EDGAR ALLAN POE

GORDON PYM

Umständlicher Bericht des
Arthur Gordon Pym von Nantucket

Verlegt von der
Büchergilde Gutenberg
Frankfurt am Main
im Jahre 1980

EDGAR ALLAN POE

GORDON PYM

Umständlicher Bericht des
Arthur Gordon Pym von Nantucket

Bebildert mit 39 Farbzeichnungen
und 15 Holzschnitten
von JÜRGEN WÖLBING
nach der phantastischen Übertragung
von ARNO SCHMIDT

Verlegt von der
Büchergilde Gutenberg
Frankfurt am Main
im Jahre 1980

Buchgestaltung
Juergen Seuss, Niddatal bei Frankfurt am Main

Erste Auflage

Satz und Druck Color- und Werkoffsetdruckerei Richard Wenzel, Goldbach bei Aschaffenburg
Bindearbeiten R. Oldenbourg, München (Binderei Monheim)
Schrift Korpus Baskerville (Linotype-Bleisatz)
Reproduktionen Graphische Kunstanstalt Paja, Frankfurt am Main
Papier 110 g/qm matt satiniertes Werkdruckpapier der Papierfabrik Scheufelen, Oberlenningen
Printed in Germany 1980. ISBN 3 7632 2458 0

Neben der Normalausgabe gibt es eine numerierte und vom Künstler signierte Sonderausgabe mit 250 Exemplaren, denen ein numerierter und signierter Holzschnitt-Umdruck beiliegt

Edgar Allan Poe

Gordon Pym

Umständlicher Bericht des
Arthur Gordon Pym von Nantucket

enthaltend
sämtliche Einzelheiten
einer Meuterei & abscheulichen Metzelei an Bord
der Amerikanischen Brigg GRAMPUS,
während ihrer Fahrt in die Süd-Meere,
im Monat Juni des Jahres 1827. –
Sowie die Schilderung der Wiedereroberung des Fahrzeugs
durch einige der Überlebenden;
deren Schiffbruch, und sich anschließende
schreckliche Erleidnisse unter Verschmachtungserscheinungen;
ihre endliche Erlösung
durch den Britischen Schooner JANE GUY;
das kurze Kreuzen des letztgenannten Fahrzeugs
in den Antarktischen Meeren;
wie man es, inmitten einer unter dem 84. Grad südlicher Breite gelegenen
Inselgruppe kaperte & seine Mannschaft massakrierte;
welch bedauerlicher Unglücksfall
jedoch die Veranlassung zu fürderen erstaunlichen
Abenteuern & Entdeckungen noch weiter
südlich werden sollte.

INHALTSVERZEICHNIS /

VORBEMERKUNG / Anläßlich meiner erst wenige Monate zurückliegenden Heimkehr in die Vereinigten Staaten, nach einer Reihe erstaunlicher Abenteuer in den Südmeeren und andernorts, über die auf den folgenden Seiten berichtet werden wird, verschlug mich der Zufall in Richmond, Virginia, in die Gesellschaft einiger Herren, die das tiefste Interesse hinsichtlich aller Einzelheiten der von mir besuchten Himmelsstriche bekundeten, und die mir beständig dahingehend anlagen: es sei einfach Pflicht, meinen Bericht der Öffentlichkeit zu übergeben. Ich hatte jedoch diverse Gründe, ein solches Ansinnen abzulehnen; einige davon waren gänzlich privater Natur, und gehen Niemanden etwas an, außer mir selbst; was für andere nicht in dem Maße gilt. Eine Erwägung, die mich abhielt, war zum Beispiel die, daß ich für einen größeren Zeitraum meiner Abwesenheit keine Tagebuchaufzeichnungen geführt hatte, und befürchtete, ich möchte nicht imstande sein, aufgrund der bloßen Erinnerung eine so detaillierte & zusammenhängende Darstellung zu liefern, daß sie schon rein äußerlich den *Anschein* jener Wahrheit mache, der ihr in Wirklichkeit innewohne; lediglich abgesehen von denjenigen natürlichen & unvermeidlichen Übertreibungen, zu denen wir Alle hinneigen, sobald wir uns über Ereignisse verbreiten, die aufs mächtigste dazu angetan gewesen sind, die Bildkraft der Seele an- & aufzuregen. Ein weiterer Grund bestand darin, wie die zu schildernden Vorfälle von so schlechterdings wundersamer Natur waren, daß ich für meine Behauptungen, unbezeugt wie sie notwendigerweise bleiben mußten, (abgesehen von der Aussage 1 einzelnen Menschen, der überdem noch ein Mestize war), bestenfalls innerhalb meiner eigenen Familie auf Glauben hoffen durfte; oder denjenigen meiner Freunde, die ein Leben hindurch gelernt hatten, auf meine Wahrheitsliebe zu bauen – wogegen ein größeres Publikum alles was ich vorbrächte, höchstwahrscheinlich nur als unverfrorene & witzige Erfindungen betrachten würde. Nichtsdestoweniger will ich gestehen, daß es ein Mißtrauen in meine eigenen schriftstellerischen Fähigkeiten war, was mich hauptsächlich davon zurückhielt, auf die Vorschläge meiner Ratgeber einzugehen.

Unter den erwähnten Herren aus Virginia, die das größte Interesse an meinen Mitteilungen bekundeten, (präziser: hinsichtlich jenes Teiles davon, der sich mit dem Antarktischen Ozean befaßt), befand sich auch Mr. POE, damals Heraus-

geber des ›Southern Literary Messenger‹, einer Monatszeitschrift, die im Verlag von Thomas W. White in Richmond erschien. Er riet mir unter anderem aufs Nachdrücklichste, unverzüglich einen umfassenden Bericht über alles aufzusetzen, was ich gesehen & durchgemacht hätte; und im übrigen auf den Scharfsinn & gesunden Menschenverstand der Leserschaft zu vertrauen – wobei er gleichzeitig recht überzeugend dartat, daß mein Büchlein, wie unbeholfen es sich auch immer darstellen möge, was reine Federfertigkeit anbelange, gerade wegen seiner wunderlichen Ungeschlachtheit – falls davon überhaupt die Rede sein könne – eine umso bessere Chance hätte, als Wahrheit akzeptiert zu werden. Ungeachtet dieses neuen Gesichtspunktes, konnte ich mich nicht entschließen, zu tun, wie er empfahl. Späterhin, (als er sah, daß ich mich in der Angelegenheit immer noch nicht rühre), schlug er vor, daß ich ihm Erlaubnis erteilen möge, aufgrund von mir zu liefernder Tatsachen einen Reisebericht über den einleitenden Teil meiner Abenteuer, in seinen eigenen Worten abzufassen, und diesen im ›Southern Messenger‹, *offiziell als Roman deklariert,* erscheinen zu lassen. Hierauf, wogegen nichts stichhaltiges einzuwenden war, ging ich ein, und bedang mir nur noch aus, daß man mit meinem richtigen Namen zurückhalte. Folglich erschienen im Januar- & Februarheft des ›Messenger‹ (1837) 2 Nummern des angeblichen Romans, und damit er auch ganz gewißlich als reine Erfindung betrachtet werde, war im Inhaltsverzeichnis des Magazins hinter die Artikel der Name von Herrn POE gesetzt worden.
Die Art, wie dieser *Trick* aufgenommen wurde, hat mich endlich doch bewogen, eine regelrechte Zusammenstellung der hier infrage kommenden Abenteuer vorzunehmen, und sie zu veröffentlichen; denn ich überzeugte mich, daß, der absichtlich fabulösen Aufmachung zum Trotz, die so geschickt über jenen im ›Messenger‹ erschienenen Teil meines Berichtes gebreitet worden war, (ohne jedoch auch nur 1 Faktum zu verändern oder zu entstellen!), das Publikum dennoch nicht im geringsten darauf einging, ihn als reine Fabel zu akzeptieren; ja, es sind mehrere Leserbriefe bei Herrn POE eingegangen, in denen sich ganz eindeutig die gegenteilige Überzeugung ausdrückt. Hieraus nun folgerte ich, daß die einzelnen Tatsachen meines Berichtes sich doch als so geartet erwiesen, um aufgrund ihrer eigenen inneren Wahrscheinlichkeit hinlängliche Überzeugungs-

kraft zu besitzen; und daß ich ergo, was öffentliche Ungläubigkeit anbetrifft, wenig zu fürchten haben dürfte.

Nach solch abgegebenem *Exposé* wird man sogleich erkennen, wie viel von dem Folgenden ich als von mir herrührend in Anspruch nehme; und auch das sei nochmals betont, daß sich auf den wenigen ersten, von Herrn POE geschriebenen Seiten, keine Einzelheit ungenau oder falsch dargestellt findet. Selbst für diejenigen Leser, die den ›Messenger‹ nicht zu Gesicht bekommen haben, wird ein ausdrücklicher Hinweis darauf, wo sein Anteil endet & der meinige beginnt, unnötig sein; der Unterschied in puncto Stil ist unschwer wahrzunehmen.

New York, im Juli 1838 A. G. Pym

I. KAPITEL / Mein Name ist Arthur Gordon Pym. Mein Vater war ein angesehener Handelsmann & Lieferant für Schiffsausrüstungen in Nantucket, wo ich auch geboren bin. Mein Großvater mütterlicherseits war Rechtsanwalt, und besaß eine ausgebreitete Praxis. Er hatte in all- & jedem Glück; und hatte überaus erfolgreich in Aktien der ›Neuen Edgartoner Bank‹, wie sie seinerzeit hieß, spekuliert. Durch solche & ähnliche Transaktionen hatte er es fertig gebracht, sich ein recht ansehnliches Sümmchen zurückzulegen. Mir war er, wie ich glaube, mehr zugetan, als sonst einem Menschen auf dieser Welt; und im Fall seines Todes konnte ich erwarten, den größten Teil seiner Besitzungen zu erben. Er war es, der mich, als ich 6 Jahre alt wurde, zu dem alten Mr. Ricketts in die Schule schickte; einem Herrn, der nur 1 Arm, dafür aber sehr excentrische Manieren hatte – er dürfte schier Jedermann, der einmal in New Bedford gewesen ist, hinlänglich bekannt sein. Ich verblieb in seiner Schule, bis ich 16 war; wo ich ihn verließ, und zu Mr. E. Ronald's Akademie am Hügel abging. Hier war es, wo ich mich mit dem Sohn Mr. Barnard's eng anfreundete, eines Schiffskapitäns, der meist im Auftrag von Lloyd & Vredenburgh fuhr – auch Mr. Barnard ist in New Bedford wohlbekannt und hat, wie ich gewiß weiß, viele Verwandte in Edgarton. Sein Sohn hieß Augustus, und war nicht ganz 2 Jahre älter als ich. Er war schon einmal mit seinem Vater an Bord des ›John Donaldson‹ auf dem Wal-Fang gewesen, und schwärmte mir immerfort von seinen Abenteuern im südlichen Stillen Ozean vor. Ich begleitete ihn häufig mit nach Hause, und blieb den ganzen Tag dort; ja, zuweilen auch die ganze Nacht. Dann teilten wir dasselbe Bett; und ich konnte mich darauf verlassen, daß er mich mit seinen Geschichten von den Eingeborenen der Insel Tinian, und anderen Lokalitäten, die er auf seinen Reisen besucht hatte bis fast zum Morgengrauen munter halten würde. Allmählich konnte ich nicht mehr umhin, mich für das, was er sagte, zu interessieren; und nach & nach verspürte ich das größte Verlangen, selbst zur See zu gehen. Ich besaß ein Segelboot, der ›Ariel‹ genannt, das rund seine 75 Dollar wert sein mochte. Es hatte eine ›Pflicht‹ (also ein Halb-Deck) und war als Schaluppe getakelt – die genaue Tonnenzahl hab' ich vergessen; aber 10 Personen hatten Platz darin, ohne sich allzu beengt zu fühlen. Mit diesem Boot hatten wir uns angewöhnt, auf die allerverrücktesten Streiche von der Welt auszuziehen;

sodaß, wenn ich heut nur daran denke, es mir wie 1000 Wunder erscheint, daß ich überhaupt noch am Leben bin.
Eines dieser Abenteuer möchte ich doch hersetzen, gleichsam als Auftakt zu einem längeren & gewichtigeren Bericht. – Eines Abends hatte bei Barnard's eine Gesellschaft stattgefunden; und wir Beide, Augustus wie auch ich, waren nicht wenig angeheitert, als sie sich dem Ende zuneigte. Wie bei solchen Anlässen schon üblich, zog ich es vor, sein Bett zu teilen, anstatt nach Hause zu gehen. Er legte sich, wie mir schien, ganz ruhig schlafen, (war es doch fast schon 1 Uhr, als die Gesellschaft auseinanderging), und ohne noch ein Wort über sein Lieblingsthema zu verlieren. Eine halbe Stunde mochte, seitdem wir uns Schlafen gelegt hatten, so vergangen sein, und ich war just dabei, hinüberzudämmern, als er plötzlich in die Höhe fuhr, und mit einem terriblen Eide schwor, daß er nicht daran denke, bei einer so gloriosen Südwestbrise schlafen zu gehen, jedwedem Arthur Pym in der Christenheit zum Trotz! In meinem ganzen Leben war ich noch nie so verdutzt gewesen; da ich keine Ahnung hatte, was er beabsichtige, und nur denken konnte, daß die vielen Weine & Liköre, die er verkonsumiert hatte, ihn gänzlich außer Rand & Band gebracht hätten. Er jedoch fuhr ganz kalt zu reden fort; wobei er betonte, wie er sehr wohl wisse, daß ich ihn für betrunken halte, aber er sei in seinem Leben noch nicht nüchterner gewesen. Er sei es lediglich überdrüssig, fügte er hinzu, sich in einer so prachtvollen Nacht im Bette zusammenzurollen wie ein Hund; er habe sich deshalb entschlossen, aufzustehen & sich anzuziehen, und eine lustige Bootstour zu unternehmen. Ich kann schwerlich klar formulieren, was mich jetzt überkam; aber kaum, daß diese Worte aus seinem Munde waren, verspürte ich einen Schauder aus kitzelndster Erregung & Lüsternheit; und seine Tollmannsidee dünkte mich eine der ergötzlichsten & logischsten Angelegenheiten von der Welt. Der Wind war nahezu böig zu nennen, und das Wetter empfindlich kalt – ging es doch schon gegen Ende Oktober. Nichtsdestoweniger sprang ich in einer Art von Ekstase aus dem Bett; und informierte ihn, daß ich genau so tapfer sei, wie er auch; und gänzlich so überdrüssig, wie er, mich wie ein Hund im Bette zusammenzurollen; und mindestens ebenso zu Lustbarkeiten & Streichen aufgelegt, wie jedweder Augustus Barnard in ganz Nantucket!

Im Handumdrehen waren wir angekleidet und eilten schleunigst zum Boot hinunter. Es lag festgemacht an dem alten verrotteten Kai beim Holzlager von Pankey & Co., und bumste sich an den gestapelten Stämmen beinah die Seitenplanken ein. Augustus kletterte hinein, und schöpfte es erst einmal leer, denn es war nahezu halb voll Wasser. Dies getan, setzten wir Klüver & Großsegel, und stachen, direkt vorm Wind, kecklich in See.
Der Wind blies, wie ich schon sagte, steif aus Südwest. Die Nacht war sehr klar & kalt. Augustus hatte sich des Steuers bemächtigt; und ich meinerseits faßte Posto am Mast, auf dem Halbdeck oben. Wir flogen mit großer Geschwindigkeit dahin – keiner von uns hatte mehr 1 Wort geäußert, seitdem wir vom Kai losgemacht hatten. Jetzt erkundigte ich mich bei meinem Gefährten, welchen Kurs er zu steuern beabsichtige, und um welche Zeit wir, seiner Ansicht nach, vermutlich wieder zurück sein würden? Er pfiff erst ein paar Minuten lang, und gab dann kurz angebunden zurück: »*Ich* fahr' auf's Offene Meer – *Du* darfst heim gehen, wenn Du's für angemessen hältst.« Da ich die Blicke zu ihm hinüber richtete, bemerkte ich sogleich, daß er, seiner vorgeblichen *nonchalance* zum Trotz, hochgradig aufgeregt war. Ich konnte ihn beim Scheine des Mondes ganz deutlich erkennen – sein Gesicht war fahler denn Marmor, und seine Hand zitterte derart, daß sie kaum noch die Ruderpinne zu halten vermochte. Ich merkte, daß irgendetwas schief gegangen war, und wurde ernstlich beunruhigt. Ich verstand damals noch wenig, was die Handhabung von Segelbooten anbetrifft; und hing infolgedessen gänzlich von der seemännischen Geschicklichkeit meines Freundes ab. Auch hatte der Wind plötzlich an Stärke zugenommen, da wir uns ja rasch aus dem Schutz der Küste entfernten – aber noch schämte ich mich, meine Bestürzung zu zeigen, und bewahrte fast eine halbe Stunde hindurch entschlossenes Schweigen. Dann jedoch vermochte ich es nicht länger auszuhalten, und sprach Augustus an, des Sinnes: ob es nicht richtiger wäre, allmählich umzudrehen? Wie zuvor dauerte es nahezu wieder 1 Minute, ehe er Antwort gab, oder von meinem Vorschlag sonst irgend Notiz nahm. »Wird schon werden –« sagte er endlich – »massig Zeit – werden schon heim kommen.« Ich war zwar auf eine Antwort solchen Schlages gefaßt gewesen; aber im Tonfall dieser Worte schwang etwas, das mich mit einem unbeschreiblichen Gefühl des Grauens erfüllte. Wie-

der schaute ich angespannt zu dem Sprechenden hin. Seine Lippen waren förmlich bleifarben, und seine Kniee schlotterten so heftig gegeneinander, daß er kaum noch zu stehen fähig schien. »Um Gottes willen, Augustus!«, schrie ich auf, nun wirklich von Herzen erschrocken: »Was fehlt Dir? — Was ist denn los? — Was *stellst* Du denn da an?!« »Los?«, stammelte er, anscheinend in höchstem Erstaunen; wobei er aber im selben Augenblick das Steuer fahren ließ, und nach vornüber, auf den Boden des Bootes, fiel —: »los? — wieso; nix iss doch — los — heim geht's — m- — m- — merxU das nich?« Jetzt kam die volle Wahrheit wie ein Blitz über mich. Ich flog hin zu ihm, und richtete ihn auf —: Er war betrunken — viehisch besoffen — er konnte weder länger stehen noch sprechen noch sehen. Seine Augen waren vollkommen glasig; und als ich ihn, im Übermaß meiner Verzweiflung, los ließ, rollte er wie ein Klotz wieder in das Bilschwasser, aus dem ich ihn hochgezogen hatte. Es lag auf der Hand, daß er im Lauf des Abends beträchtlich mehr getrunken hatte, als ich argwöhnen konnte; und daß seine Aufführung im Bett vorhin, nur die Folge & 1 Phase hochgradiger Alkoholvergiftung gewesen war — ein Zustand, der, ähnlich wie Verrücktheit auch, sein Opfer nicht selten befähigt, nach außen hin das Benehmen Eines nachzuahmen, der sich im Vollbesitz seiner Sinne befindet. Die Kälte der Nachtluft jedoch hatte ihre übliche Wirkung getan — der Rest an Energie vor ihrem Einfluß nachzugeben begonnen — und die verworrene Empfindung, die ihn inzwischen zweifellos von der Gefahr der Situation überkam, hatte dazu beigetragen, die Katastrofe zu beschleunigen. Er war jetzt total ohne Gefühl; und es bestand für diverse Stunden keine Aussicht, daß sich sein Zustand nennenswert ändern würde.

Es ist schwer möglich, sich einen Begriff von dem Ausmaß meines Entsetzens zu machen. Die Dünste des unlängst genossenen Weins hatten sich verzogen, und mich doppelt zaghaft & unentschlossen zurückgelassen. Ich war mir bewußt, daß ich ganz & gar unfähig sei, das Boot zu regieren, und daß eine wütende Windsbraut mit starkem Ebbstrom vereint, uns zum schleunigen Untergang hinrissen. Ein Sturm begann sich augenscheinlich hinter uns zusammenzubrauen; wir hatten weder einen Kompass mit, noch Lebensmittel; und es war klar, daß, falls wir unsern gegenwärtigen Kurs beibehielten, das Land noch vor Tagesanbruch außer Sicht sein würde. Derlei Gedanken, zusammen mit einem Schwarm anderer, nicht minder bänglicher, zuckten mir in verwirrender Turbulenz durch den Sinn; und lähmten mich für den Moment auf eine Art, daß es mir unmöglich war, das Geringste zu unternehmen. Das Boot jagte in fürchterlichem Tempo durchs Wasser dahin — direkt vorm Wind — ohne jegliches Reff, weder in Klüver noch Großsegel — den Bug vollkommen in Schaum verwühlt. Es war ein Tausendswunder, daß es nicht aufluvte — hatte doch Augustus, wie ich schon sagte, die Ruderpinne fahren lassen, und ich war viel zu aufgeregt gewesen, als daß mir der Gedanke gekommen wäre, sie selbst zu übernehmen. Zum Glück jedoch hielt es seinen Kurs, und allmählich gewann ich auch wieder einen gewissen Grad von Geistesgegenwart zurück. Dennoch nahm der Wind wahrhaft furchterregend zu; und jedesmal, wenn wir uns vorn erhoben, schlugen hinten die Wogenkämme übers Heck, und überschwemmten uns mit einer Flut von Wasser. Auch war ich derart ertaubt an allen Gliedern, daß ich nahezu jegliches Gefühl darin verloren hatte. Endlich ermannte ich mich mit dem Mut der Verzweiflung, stürzte zum Großsegel hin, und machte es einfach los. Wie zu erwarten stand, flog es erst über den Bug weg; und, nachdem es sich mit Wasser vollgesogen hatte, nahm es den Mast mit sich, der dicht über der Bordlinie abbrach. Dieser letztere Unfall allein war es, der mich vor dem sofortigen Untergang rettete. Einzig unter dem Klüver schoß ich nun vor dem Winde dahin; mußte zwar gelegentlich noch die ein- & andere schwere Sturzsee übernehmen; war aber doch vor der Drohung eines sofortigen Todes bewahrt. Ich ergriff das Steuer, und schöpfte freier Atem, da ich erkannte, daß uns wohl doch noch 1 Chance verblieb, endgültig zu entkommen. Augustus lag immer noch besinnungslos auf dem Boden des Bootes; und da ihm die unmittelbare Gefahr des Ertrinkens drohte (stand doch das Wasser dort, wo er hingefallen war, fast 1 Fuß hoch), brachte ich es fertig, ihn teilweise aufzurichten, und in sitzender Stellung dadurch zu fixieren, daß ich ihm ein Seil um die Taille legte, und dieses dann an einem ins Deck eingelassenen Ringbolzen festmachte. Nachdem ich dergestalt Alles so gut bestellt hatte, wie ich in meinem halberstarrten & aufgeregten Zustand nur vermochte, befahl ich mich Gott, und beschloß, Alles was da noch kommen wolle, mit so viel Festigkeit zu ertragen, wie nur in meiner Macht stünde.

Kaum war ich zu diesem Entschluß gelangt, als urplötzlich ein laut- & langge-

zogenes Gekreisch oder Gegelle, wie aus den Kehlen eines Tausends von Dämonen, den ganzen Luftraum um mich herum & über dem Boot durchdrang & erfüllte. In meinem ganzen Leben nicht werde ich die entsetzliche Todesangst jemals vergessen, die ich in dem Augenblick erfuhr. Das Haar auf dem Kopf stand mir zu Berge – ich fühlte das Blut in meinen Adern gerinnen – mein Herz hörte buchstäblich auf zu schlagen – und ohne auch nur 1 Mal die Augen in die Höhe gerichtet zu haben, um die Quelle meines Schrecks kennen zu lernen, sackte ich längelang & gefühllos über den Körper meines in sich zusammengesunkenen Gefährten.

Als ich wieder zu leben begann, fand ich mich in der Kajüte eines großen Walfangschiffes wieder, des ›Pinguin‹, auf seinem Wege nach Nantucket. Mehrere Personen standen über mich gebeugt; und Augustus, blasser denn der Tod, war eifrig damit beschäftigt, mir die Hände zu frottieren. Als er sah, daß sich meine Augen geöffnet hatten, waren seine Schreie der Freude & Dankbarkeit von einer Art, daß sie den anwesenden, wahrlich rauh-dreinschauenden Männern, abwechselnd Gelächter & Thränen abnötigten. Das Geheimnis unseres Nochdaseins war nun auch bald geklärt. Das Walfangschiff, dicht am Wind & unter sämtlichen Segeln, die zu setzen man nur riskieren konnte, in voller Fahrt auf Nantucket zu & folglich in nahezu rechtem Winkel zu unserm eigenen Kurs, hatte uns schlicht überfahren. Wohl waren mehrere Leute vorn auf dem Ausguck gewesen; hatten unser Bötchen aber nicht eher gewahrt, als bis es eine Unmöglichkeit war, den Zusammenstoß zu vermeiden – ihr Warngeschrei, als sie uns sichteten, war, was mich so tödlich schockiert hatte. Das mächtige Schiff ritt, wie man mir erzählte, prompt mit der gleichen Mühelosigkeit über uns hinweg, wie unser eigenes kleines Fahrzeug eine Feder erledigt haben würde, und ohne daß sein Fortgang das geringste wahrnehmbare Hindernis erfahren hätte. Nicht 1 Schrei stieg vom Deck des Opfers auf – ein leichtes ratschendes Geräusch war zu hören, das sich ins Geröhre von Wind & Wasser mischen wollte, als die gebrechliche Barke eingeschlungen wurde, und eine Sekunde lang am Kiel ihres Zerstörers entlangrieb – aber das war auch Alles. Da er unser Boot (man erinnere sich, daß es entmastet war), für irgendeine ausrangierte Nußschale ansah, die man absichtlich den Wellen preisgegeben hätte, war der Kapitän (Kapitän E. T. V. Block, aus New London) dafür, einfach den Kurs fortzusetzen, ohne sich um den Zwischenfall weiter groß zu scheeren. Glücklicherweise gab es 2 Mann vom Ausguck, die ausdrücklich beschworen, eine Person am Steuer gesehen zu haben, und die ihm die Möglichkeit vorstellten, jene noch zu retten. Eine Debatte schloß sich an, in deren Verlauf Block ärgerlich wurde; und sich schließlich sogar dahingehend äußerte, daß »es nicht seines Amtes sei, ewig auf Eierschalen aufzupassen; daß das Schiff wegen solchem & ähnlichem Unfug *nicht* über Stag gehen werde; und falls tatsächlich 1 Mann überfahren worden sein sollte, dann wäre das auch noch Niemandes Schuld als seine eigene – solle er halt ersaufen & zur Hölle fahren«, oder ähnliche Wendungen desselben Sinnes. Nunmehr nahm sich jedoch Henderson, der erste Maat, der Sache an; ebenso wie die gesamte Besatzung des Schiffes voll gerechter Entrüstung über Äußerungen, die einen derartigen Grad von herzloser Grausamkeit besprachen. Er redete frei heraus, da er sah, daß er sämtliche Leute geschlossen hinter sich hatte; erklärte dem Kapitän, er betrachte ihn als reif für den Galgen; und daß er ihm hiermit den Gehorsam verweigere, und wenn man ihn auch augenblicks darob hängen würde, sobald er den Fuß an Land setze. Er schritt nach achtern; wobei er Block (der ganz blaß geworden war, und keine Antwort gab) zur Seite stieß; ergriff das Ruder & gab mit fester Stimme das Kommando *Hart nach Lee!* Die Leute flogen auf ihre Posten, und das Schiff begann vorbildlich über Stag zu gehen. All das hatte jedoch fast 5 Minuten in Anspruch genommen, und man hielt es allgemein für kaum im Bereich der Möglichkeit liegend, daß auch nur Einer noch gerettet werden könne — immer vorausgesetzt, daß überhaupt Jemand an Bord des Bootes gewesen sei. Dennoch waren, wie der Leser bereits weiß, Augustus & ich befreit worden; und zwar schien unsre Erlösung durch gleich 2 jener schier unvorstellbaren Glückszufälle bewirkt zu sein, welche die Weisen und Frommen dem ausdrücklichen Eingreifen der Vorsehung zuzuschreiben pflegen.

Während das Schiff noch in der Wendung lag, ließ der Maat schon die Jolle zu Wasser und sprang hinein; gefolgt von eben den beiden Männern, glaube ich, die mich am Steuer gesehen haben wollten. Der Mond schien noch immer hell; und sie waren just aus dem Lee des Schiffes, das sich gerade schwer & weit ausholend windwärts überlegte, heraus, als Henderson auch schon im gleichen Moment von seinem Sitz auffuhr & der Bemannung zubrüllte, *rückwärts zu rudern.* Kein Wort weiter brachte er heraus — wiederholte vielmehr ungeduldig seinen Ruf: *Rückwärts rudern! Rückwärts rudern!* Wohl drückten die Leute so hurtig wie möglich zurück; aber inzwischen war das Schiff herumgeschwungen und hatte wieder volle Fahrt bekommen; obwohl alle Mann an Bord die größten Anstrengungen unternahmen, Segel einzuholen. Trotz der Gefährlichkeit des Unternehmens, hielt sich der Maat an den Großmastpüttingen fest, sobald sie ihm in Reichweite kamen. Das nächste weitausholende Rollen des Schiffes brachte seine ganze Steuerbordseite bis fast zum Kiel aus dem Wasser; worauf der Anlaß für seine

Aufregung nunmehr augenfällig genug wurde: an dem glatten und schimmernden Schiffsboden (der ›Pinguin‹ war mit Kupfer verbolzt & beschlagen) sah man auf die kurioseste Weise den Körper eines Menschen befestigt, der bei jeder Bewegung des Rumpfes heftig dagegen anschlug. Nach diversen ergebnislosen Bemühungen, bei jeglichem neuen Überholen des Schiffes, unter ständiger Gefahr daß die Jolle volliefe, unternommen, wurde ich endlich aus meiner gefährlichen Situation losgemacht und an Bord genommen – denn der betreffende Körper erwies sich als der meinige. Anscheinend hatte sich 1 der Spanten-Bolzen ein Stück hervor & durch den Kupferbeschlag hindurch gearbeitet; mich in meinem Fortgang, als ich unter dem Schiff hindurchglitt, aufgehalten, und auf die folgende merkwürdige Weise an dessen Boden befestigt: der Kopf des Bolzens hatte sich seinen Weg erst durch den Kragen der grünen Fries-Jacke, die ich anhatte, gebahnt; dann, weiter, hinten in mein Genick hinein; und zwischen 2 Sehnen, genau unterhalb des rechten Ohres, wieder heraus. Man hatte mich – obwohl das Leben gänzlich erloschen schien – unverzüglich ins Bett gesteckt. Ein Wundarzt war nicht an Bord; doch hatte der Kapitän mir jede erdenkliche Sorgfalt angedeihen lassen – um, wie ich annehme, sein herzloses Benehmen während des vorhergegangenen Teiles des Abenteuers, in den Augen der Mannschaft einigermaßen wieder gut zu machen.

In der Zwischenzeit hatte Henderson erneut vom Schiff abgestoßen, obschon der Wind jetzt nahezu Orkanstärke angenommen hatte. Er war noch nicht viele Minuten unterwegs, als er schon auf einige Wrackteile unsres Bootes stieß; und kurz darauf versicherte ihm einer seiner Leute, wie er, durch das Sturmgeheul hindurch, in Abständen Hülferufe unterscheiden könne. Dies bewog die abgehärteten Seeleute dazu, auf ihrer Suche länger als eine halbe Stunde auszudauern; obgleich sie wiederholt von Kapitän Block Signale empfingen, zurückzukommen; und obgleich in einem so leichten Boot jeder Moment länger auf dem Wasser, für sie mit der unmittelbarsten & tödlichsten Fülle von Gefahren verbunden war.

Es ist auch tatsächlich fast unmöglich, sich vorzustellen, wie die kleine Jolle, in der sie sich befanden, auch nur 1 Augenblick lang der sofortigen Zerstörung hat entgehen können; immerhin war sie speziell für den Walfang gebaut, und, wie ich inzwischen Grund bekommen habe anzunehmen, mit eingebauten Luftkästen

versehen, in der Art, wie sie bei manchen Rettungsbooten an der Küste von Wales verwendet werden.
Nachdem man besagte Zeitspanne hindurch vergeblich gesucht hatte, wurde beschlossen, zum Schiff zurückzukehren. Sie waren jedoch kaum zu solcher Entscheidung gelangt, als sich von einem dunklen Gegenstand, der reißend vorbeitrieb, ein schwächlicher Schrei erhob. Sie verfolgten & überholten ihn bald – er erwies sich als das komplette Halbverdeck des ›Ariel‹. Dicht daneben haspelte Augustus sich ab, anscheinend im letzten Stadium des Todeskampfes begriffen. Als man seiner habhaft wurde, stellte sich heraus, daß er vermittelst eines Seils an dem treibenden Holzwerk festhing. Eben dies Seil hatte ich, wie man sich erinnern wird, ihm eigenhändig um die Taille gebunden & an einem Ringbolzen festgemacht, mit der Absicht ihn in aufrechter Stellung zu fixieren; und diese meine Haltung war es anscheinend gewesen, die in allerletzter Instanz dazu gedient hatte, ihm das Leben zu erhalten. Der ›Ariel‹ war nur leicht gebaut, sodaß beim Untergehen natürlich sein Gerippe auseinanderging; das Halbverdeck wurde, wie vorauszusehen stand, von der Gewalt des einströmenden Wassers als Ganzes von der Bordwänden abgehoben, und stieg (wie zweifellos andere Wrackteile auch) wieder an die Oberfläche – gleichzeitig mit ihm wurde Augustus flott erhalten, und entrann so einem schrecklichen Tode.
Es bedurfte mehr als einer Stunde, nachdem man ihn an Bord des ›Pinguin‹ genommen hatte, ehe er sich zusammenhängend über sich selbst zu äußern vermochte; beziehungsweise bevor er überhaupt die Natur des Unfalls begriff, der unser Boot betroffen hatte. Am Ende rüttelte es ihn aber doch gründlich auf; und er verbreitete sich ausgiebig über seine Empfindungen, während er im Wasser gewesen war. Da er zuerst wieder einen gewissen Grad von Bewußtlosigkeit erlangte, fand er sich unter Wasser, wie es ihn, mit einem Seil in 3 oder 4 Windungen fest um seinen Hals geschlungen, mit unvorstellbarer Geschwindigkeit um sich selbst drehte. Einen Augenblick darauf fühlte er sich mit rasender Schnelle aufwärts geführt, als sein Kopf jedoch heftig gegen irgendeine harte Substanz anschlug und er aufs neue in Besinnungslosigkeit verfiel. Als er das nächstemal auflebte, befand er sich schon in vollerem Besitz seines Verstandes – der aber immer noch in hohem Grade umnebelt & konfuse war. Er wußte jetzt, daß irgend

ein Unglück geschehen sei, und daß er sich im Wasser befinde; wiewohl sein Mund über der Oberfläche war, und er leidlich frei zu atmen vermochte. Vermutlich trieb das Deck zu diesem Zeitpunkt rasch vorm Winde dahin, und zog ihn hinter sich her, da er auf dem Rücken schwamm. Solange er diese Stellung hätte beibehalten können, wäre es selbstredend so gut wie unmöglich für ihn gewesen, zu ertrinken. Gleich darauf schlenkerte ihn eine Sturzsee direkt quer über's Deck, und diese Position gelang es ihm zu behaupten; wobei er, in Abständen, um Hilfe schrie. Unmittelbar bevor er von Henderson entdeckt wurde, hatte er sich jedoch vor Erschöpfung genötigt gesehen, seinen Halt fahren zu lassen; war ins Meer zurückgefallen, und hatte sich verloren gegeben. Während des ganzen Zeitraums seines Ringens hatte er aber nicht die entfernteste Erinnerung an einen ›Ariel‹, noch an sonst irgendetwas, das mit der Ursache seines Desasters in Zusammenhang stand – ein vages Gefühlsgemisch aus Entsetzen & Verzweiflung hatte alle Sinne gänzlich mit Beschlag belegt. Als man ihn schließlich auffischte, hatten seine sämtlichen Geisteskräfte total ausgesetzt; und, wie schon erwähnt, bedurfte es nahezu einer vollen Stunde, nachdem man ihn an Bord des ›Pinguin‹ genommen hatte, daß er die Lage völlig überblickte.

Was mich selbst anbelangt – ich wurde aus einem Zustand, der haarscharf an Tod grenzte, (und nachdem man dreieinhalb Stunden lang vergeblich jedwedes andere Mittel probiert hatte) dadurch ins Leben zurückgerufen, daß man mich mit in heißes Öl getauchten Flanell nachhaltigst frottierte – ein Verfahren, das Augustus vorgeschlagen hatte. Meine Genickwunde, obschon garstig genug ausschauend, erwies sich als relativ belanglos; und ich erholte mich sehr rasch von ihren Nachwirkungen. Der ›Pinguin‹ lief gegen 9 Uhr morgens in den Hafen ein; nachdem er einen der schwersten Stürme durchgestanden hatte, die man auf der Höhe von Nantucket jemals erlebt hat. Beide, Augustus & ich, schafften wir es, noch zur rechten Zeit bei Mr. Barnard zum Frühstück zu erscheinen – das, infolge der Party von gestern Abend, glücklicherweise etwas verspätet stattfand. Ich vermute, daß alle am Tisch Anwesenden selbst noch viel zu müde waren, um auf unser mitgenommenes Aussehen groß zu achten – einer sehr rigorosen Musterung hätte es natürlich nicht standgehalten. Immerhin können Schuljungen, was Verstellung anbelangt, wahre Wunder vollbringen; und ich glaube wirklich, daß auch nicht 1 unsrer Freunde in Nantucket den leisesten Verdacht hatte, die Schauergeschichte, die ein paar Seeleute in der Stadt verbreiteten – wie sie auf Hoher See ein Fahrzeug in den Grund gesegelt hätten, und dabei 30 oder 40 arme Teufel ertrunken wären – könne sich etwa auf den ›Ariel‹, meinen Kameraden oder auf mich beziehen. Wir zwei haben seitdem noch sehr häufig die Sache durchgesprochen – aber niemals ohne Schaudern. Bei einer dieser Unterhaltungen hat Augustus mir offen gestanden, daß er in seinem ganzen Dasein noch nicht, zu keinem Zeitpunkt, ein ähnlich qualvolles Gefühl der Hoffnungslosigkeit kennen gelernt habe, wie damals, als er an Bord unsres kleinen Bootes zuerst das Ausmaß seiner Betrunkenheit spürte, und fühlen mußte, wie er ihrem Einfluß langsam erlag.

II. KAPITEL / Wo vorgefaßte Meinungen, sei's *pro* sei's *contra*, mit im Spiele sind, lassen sich selbst aus den simpelsten Daten etwelche Folgerungen mit ganz absoluter Gewißheit in keinem Falle ableiten. Man möchte ja eigentlich annehmen, daß eine Katastrofe wie die, von der ich eben berichtet habe, meine knospende Passion für die See hinreichend abgekühlt hätte. Aber im Gegenteil; nie habe ich ein glühenderes Verlangen nach den mit dem Leben des Seemanns verbundenen wilden Abenteuern verspürt, als binnen 1 Woche nach unserer miraculösen Errettung. Diese kurze Zeitspanne erwies sich als vollauf lang genug, um aus meinem Gedächtnis die Schatten des jüngsten gefährlichen Unfalls zu tilgen, und dafür im hellsten Licht all die angenehm aufregenden Farbtupfen, all das Hochmalerische hervortreten zu lassen. Meine Unterhaltungen mit Augustus wurden täglich häufiger, und immer intensiver & interessanter. Er hatte eine Art, seine Mären vom Meere vorzutragen (von denen ich freilich heute den Verdacht hege, daß es sich dabei und mehr als zur Hälfte, um freie Erfindungen handelte), die ausgezeichnet dazu angetan war, bei Einem von meinem begeisterungsfähigen Temperament und meiner düsteren obwohl durchaus glühenden Einbildungskraft, schwer ins Gewicht zu fallen. Und auch das ist vielleicht seltsam, daß er meine gefühlsmäßige Hinneigung zum Leben des Seemanns dann am stärksten in Kontribution setzte, wenn er dessen schrecklichere Seiten, wie Leiden oder Verzweiflung, ausmalte. Für die lichtere Seite des Gemäldes hatte ich nur begrenzte Sympathie. Meine Gedankenspiele waren von Schiffbruch & Hungersnot; von Tod oder Gefangenschaft inmitten barbarischer Horden; von Lebenslänglichkeiten, dahingeschleppt unter Kummer & Thränen auf irgendeinem grauen & verzweifeltisoliertem Geklipp in Ozeanen, unbekannt & unbeschiffbar. Derlei Gedankenspiele oder Wünschungen — denn zu Wünschen verstieg ich mich letztlich — sind, wie ich mich seitdem vergewissert habe, typisch für die ganze zahlreiche Gruppe der Melancholiker unter den Menschen — zu jener Zeit, von der ich berichte, betrachtete ich sie nur wie flüchtige prophetische Gesichte von einer Bestimmung, die zu erfüllen ich mich in gewissem Grade verpflichtet fühlte. Augustus ging gänzlich auf diese meine Seelenlage ein; auch ist es durchaus wahrscheinlich, daß unser intimer Umgang einen teilweisen Charakteraustausch zur Folge gehabt hat.

Rund 18 Monate nach der Zeit, da der ›Ariel‹ Schiffbruch erlitt, war die Reederei Lloyd & Vredenburgh (eine Firma, die, wie ich immer meine, irgendwie mit den Gebrüdern Enderby, Liverpool, liiert war) damit beschäftigt, die Brigg ›Grampus‹ zu reparieren, und für den Walfang herzurichten. Das war ein alter Kasten; und selbst da alles getan war, was überhaupt getan werden konnte, kaum als seetüchtig zu bezeichnen. Ich habe keine Ahnung, warum ausgerechnet er anderen & guten Fahrzeugen vorgezogen wurde, über die dieselben Eigentümer doch ebenfalls verfügten – aber es war nun einmal so. Mr. Barnard wurde mit dem Kommando betraut, und Augustus sollte ihn wiederum begleiten. Während die Brigg fahrtbereit gemacht wurde, stellte er mir mehrfach & dringend vor, wie glänzend die Gelegenheit doch sei, die sich jetzt böte, meiner Reiselust so recht zu frönen. Auch fand er bei mir ein keineswegs ungeneigtes Ohr – immerhin ließ sich die Sache so ganz leicht nicht arrangieren. Mein Vater zwar war nicht direkt dagegen; aber meine Mutter bekam bei der bloßen Erwähnung des Projekts förmlich Krämpfe; und, was schwerer als alles wog, mein Großvater, von dem ich soviel zu erwarten hatte, schwor, mich mit 1 Schilling abzufinden, wenn ich das Thema auch nur 1 Mal noch ihm gegenüber aufs Tapet brächte! All diese Schwierigkeiten, anstatt meine Begierde abzukühlen, dienten jedoch nur dazu, Öl ins Feuer zu schütten. Ich beschloß, auf jeden Fall mitzufahren; und nachdem ich Augustus meine Absicht kundgetan hatte, gingen wir daran, einen Plan zu entwerfen, aufgrund dessen sie sich verwirklichen ließe. In der Zwischenzeit vermied ich es meinen Verwandten gegenüber prinzipiell, der Reise irgend Erwähnung zu tun; und da ich mich sehr betont mit meinen Schularbeiten beschäftigte, wurde allgemein angenommen, daß ich meinen Plan aufgegeben hätte. Ich habe mir seitdem mein Betragen bei diesem Anlaß mehrfach wieder vergegenwärtigt, und jedesmal unter Gefühlen sowohl von Mißbehagen als auch Erstaunen. Die konzentrierte Heuchelei, deren ich mich zur Förderung meines Projektes bediente – eine Heuchelei, die einen derart langen Zeitraum hindurch jedes Wort & jeden Handgriff meines Daseins durchtränkt hat – kann mir eigentlich nur infolge der verwilderten & brünstigen Erwartung erträglich gewesen sein, mit der ich der Erfüllung meiner langgehegten Reiseträumungen entgegensah.
Im Verfolg des von mir aufgebauten Systems von Vorspiegelungen, war ich not-

wendigerweise gezwungen, so manches Augustus' Geschicklichkeit zu überlassen, der den größeren Teil jeglichen Tages an Bord des ›Grampus‹ beschäftigt war, wo er in der Kajüte und im Schiffsraum unterhalb die Ausführung irgendwelcher Anordnungen seines Vaters zu überwachen hatte. Allabendlich jedoch hielten wir garantiert eine Konferenz ab, auf der wir unsere Hoffnungen erörterten. Nachdem nahezu ein voller Monat auf solche Art verstrichen war, ohne daß wir auf ein Plänchen verfallen wären, das unsrer Ansicht nach Aussicht auf Erfolg bot, teilte er mir endlich mit, daß er alles Erforderliche veranlaßt habe. Ich hatte in New Bedford einen Verwandten wohnen, einen gewissen Mr. Ross, in dessen Haus ich des öfteren 2, oder gelegentlich auch 3 Wochen hintereinander, zu verbringen pflegte. Die Brigg sollte um Mitte Juni (Juni 1827) auslaufen, und es wurde verabredet, daß, 1 oder 2 Tage bevor sie in See stäche, mein Vater den üblichen Brief von Mr. Ross erhalten solle, mit der Einladung, herüberzukommen & 14 Tage bei Robert und Emmet (seinen Söhnen) zu verbringen. Die schriftliche Abfassung des Briefes, sowie alle postalischen Formalitäten, nahm Augustus auf sich. Sobald ich dann, angeblich, nach New Bedford aufgebrochen wäre, sollte ich mich bei meinem Kameraden einfinden, der inzwischen im ›Grampus‹ ein Versteck für mich herrichten wolle, ein Versteck, das, wie er mir beteuerte, selbst für einen Aufenthalt von vielen Tagen, während deren ich mich nicht sehen lassen dürfe, sich als hinreichend behaglich erweisen werde. Nachdem die Brigg so weit auf ihrem Wege vorangekommen sei, daß ein Umkehren platterdings nicht mehr infrage käme, dann sollte ich, wie er sagte, offiziell in den Genuß des Komforts der Kajüte eingesetzt werden. Was seinen eigenen Vater betreffe, so werde Der über den Streich bloß herzlich lachen; auch würde man unterwegs genug Schiffen begegnen, mit denen man einen Brief nach Hause senden, und meinen Eltern das Abenteuer erklären könne.

Mitte Juni kam allmählich heran, und alles war zur Ausführung reif. Der Brief war geschrieben worden; auch angekommen; und an einem Montag-Morgen verließ ich das Haus, um mich, wie man annahm, zum Postschiff nach New Bedford zu begeben. Ich jedoch verfügte mich geradeswegs zu Augustus hin, der schon an einer Straßenecke auf mich wartete. Ursprünglich war unser Plan der gewesen, daß ich mich bis Dunkelwerden irgendwohin aus dem Staube machen, und anschließend an Bord der Brigg stehlen solle; da uns aber gerade ein dichter Nebel begünstigte, kamen wir überein, keine Zeit zu verlieren, und mich lieber gleich zu verstecken. Augustus ging voran, den Weg zum Kai zu führen; und ich folgte ihm in geringem Abstand, eingemummelt in einen dicken Matrosenmantel, den er mitgebracht hatte, so daß man mich nicht leicht zu identifizieren vermöchte. Gerade als wir an Mr. Edmunds Brunnen vorbei, und um die zweite Straßenecke danach waren, mußte doch *Wer* auftauchen, direkt vor mir stehen bleiben & mir mitten ins Gesicht starren — ? —: natürlich der alte Mr. Peterson, mein Großvater. »Ja aber — meiner Seel', Gordon«, sagte er, nach einer langen Pause, »wie wie — Mensch, wessen dreck'jen Mantel hast denn *Du* da an?!«. »Sir!« gab ich zurück; nahm, in einem so kritischen Augenblick, nach Kräften die Miene beleidigsten Erstaunens an, und sprach auch in den barschesten Tönen, die man sich nur vorstellen kann —: »Sir!, Sie kucken woll'n büschen queer, was?! Erstens mal hat mein Name nicht die entfernteste Ähnlichkeit mit Goddin; und weiterhin möcht' ich Ihn'n nur den 1 guten Tip geben, Sie Lump Sie, daß Sie mein'n neuen Überzieher nich nochmal dreckig nenn'n.« Ich mußte mich mit Gewalt zusammennehmen, um nicht zu brüllen vor Lachen über die komische Art, wie der alte Herr auf diesen blitzsauberen Gegenschlag reagierte. Er prallte 2, 3 Schritte zurück; wurde erst blaß, und dann über die Maßen rot; schob seine Brille hoch; zerrte sie wieder herunter & galoppierte mit eingelegtem Regenschirm auf mich los. Mitten im Anlauf jedoch riß er sich zusammen, wie wenn er plötzlich wieder zum Bewußtsein gelange; drehte sich gewaltsam um, und humpelte die Straße davon, wobei er, am ganzen Leibe zitternd vor Wut, zwischen den Zähnen vor sich hinbrammelte —: »Geht nicht mehr so weiter — neue Gläser — dachte 's wär' Gordon — verdammter Tunichtgut von Salzwasser-Long-Tom!« Dergestalt mit genauer Not entronnen, rückten wir mit größerer Behutsamkeit vor; und kamen auch sicher bei unserem Bestimmungsort an. Nur 1 oder 2 von der Mannschaft waren an Bord, die überdem vollauf vorn beschäftigt waren & sich irgendwie an den Luken des Vorderschiffs zu schaffen machten. Kapitän Barnard selbst hatte, wie wir ganz gewiß wußten, im Kontor von Lloyd & Vredenburgh zu tun, und zwar bis weit in den Abend hinein; ergo hatten wir von seiner Seite wenig zu befürchten. Als Erster begab sich Augustus an Bord; und eine kleine Weile darauf folgte ich ihm, ohne daß die Arbeitsmänner meiner gewahr geworden wären. Wir verfügten uns unverzüglich in die Kajüte, und trafen Niemanden dort an. Sie war im denkbar komfortabelsten Stil eingerichtet – was für einen Walfischfänger einigermaßen ungebräuchlich ist. Es gab im Ganzen 4 ausgezeichnete Luxus-Kabinen, mit breiten & bequemen Schlafkojen. Auch 1 mächtiger Ofen stand da, wie ich bemerkte, und auffällig dicke & wertvolle Teppiche bedeckten die Fußböden, sowohl der Kajüte als auch der Luxus-Kabinen. Die Decke war volle 7 Fuß hoch; und, kurzum, Alles machte einen weit geräumigeren & einladenderen Eindruck, als ich mir vorgestellt hatte. Augustus jedoch wollte mir nur wenig Zeit zum Umsehen erlauben; sondern bestand vielmehr auf der Notwendigkeit, mich so schnell wie möglich zu verbergen. Er ging mir voran in seine eigene, an Steuerbord der Brigg & unmittelbar an den Schotten gelegene Luxus-Kabine; und nachdem wir eingetreten waren, schloß er die Tür ab & verriegelte sie. Mich dünkte, ich hätte noch niemals ein reizenderes kleines Stübchen gesehen, als das, in dem ich mich jetzt befand. Es war an die 10 Fuß lang und hatte nur 1 Koje, die, wie ich vorher schon gesagt habe, breit & bequem war. In dem, den Schotten zunächst gelegenen Teil der Kemenate, befand sich ein freier Raum von 4 Fuß im Quadrat, der 1 Tischchen enthielt, 1 Stuhl, und Hängeregälchen voll mit Büchern, überwiegend Berichte von Reisen zu Lande & zur See. Der Raum wies noch eine ganze Menge anderweitiger, kleiner Raffinessen auf; von denen ich besonders eine Art Schließ- oder Kühlfach nicht vergessen möchte, in dem Augustus, wie er mir zeigte, einen ganzen Schwung Delikatessen aufbewahrte, sowohl was Speisen wie auch Getränke anbelangt.

Er drückte nunmehr kräftig mit den Knöcheln auf 1 ganz bestimmte Teppichstelle in einer Ecke des just erwähnten freien Raumes; wobei er mich informierte, daß hier ein Teil der Dielung, rund 40 Zentimeter im Quadrat, fein säuberlich herausgesägt & anschließend wieder eingefügt worden wäre. So wie er drückte, hob sich dieses Stück auf einer Seite hinreichend, sodaß er mit den Fingern darunter greifen konnte. Auf solche Weise hob er die Klappe der Falltür, (auf deren Oberseite der Teppich mit Zwecken befestigt blieb), und ich sah, daß sie in den Achterraum hinunter führte. Als nächstes zündete er mit einem Streichholz eine kleine Kerze an, befestigte sie in einer Blendlaterne, und stieg mit ihr durch die Öffnung voran,

mit der Aufforderung, ihm zu folgen. Das tat ich; und er zog, vermittelst eines von unten her in ihn eingeschlagenen Nagels, den Deckel wieder fest ins Loch – worauf der Teppich, auf dem Fußboden der Kajüte, natürlich wieder seine normale Lage annehmen & oben jedwede Spur der Öffnung den Blicken entzogen sein mußte.

Die Kerze spendete einen so schwachen Schimmer, daß ich mir nur unter den größten Schwierigkeiten meinen Weg durch die labyrinthische Anhäufung von Balken & Gerülle zu ertasten vermochte, inmitten deren ich mich jetzt befand. Nach & nach jedoch akkomodierten sich meine Augen an die Düsternis, und ich kam weniger mühselig voran, indem ich mich an den Jackenschößen meines Freundes festhielt. Er brachte mich zuguterletzt, nachdem wir uns kriechend durch unzählige enge Tunnelhaftigkeiten geschlängelt hatten, vor eine eisenbeschlagene Kiste, wie man sie zuweilen zum Verpacken von feinen Töpferwaren verwendet. Sie war nahezu 4 Fuß hoch, und volle 6 lang; aber sehr schmal. 2 mächtige leere Öl-Tonnen lagen oben auf ihr; und über diesen wiederum eine große Anzahl Strohmatten, die sich bis zum Fußboden der Kajüte hinauftürmten. Rundum in allen Richtungen fand sich bis unmittelbar an die Decke hoch ein buchstäbliches Chaos von nahezu jeglicher Sorte Schiffsausrüstung, so dicht wie nur irgend möglich ineinandergekeilt; zusammen mit dem buntscheckigsten Durcheinander von Lattenkisten, Packkörben, Fässern & Ballen; sodaß es nichts weniger als ein rei-

nes Wunder erschien, daß wir überhaupt einen Zugang zu der Kiste hier entdeckt hatten. Späterhin erfuhr ich, daß Augustus die Ladung hier absichtlich so gestaut habe, mit dem Zweck, mir einen absolut sicheren Zufluchtsort zu schaffen; eine Arbeit, bei der er nur 1 Helfer gehabt hatte, einen Mann, der nicht auf der Brigg mitfuhr.
Mein Gefährte zeigte mir jetzt, daß eine der Schmalwände der Kiste sich nach Belieben entfernen lasse. Er schob sie beiseite; worauf sich ein Inneres präsentierte, das mich über die Maßen ergötzte. Eine Matratze aus einer der Kajütenkojen bedeckte den gesamten Fußboden, und nahezu jeglicher zur Behaglichkeit beitragende Gegenstand fand sich vor, der sich auf so engem Raum nur irgend hatte unterbringen lassen; wobei man doch gleichzeitig auf hinreichend Platz für meine Bequemlichkeit bedacht gewesen war, ob ich nun sitzen oder mich lang hinlegen wollte. Unter anderem waren ein paar Bücher vorhanden, sowie Tinte, Feder & Papier; 3 Decken; ein mächtiger Henkelkrug voll mit Wasser; ein Fäßchen Schiffszwieback; 3 oder 4 ungeheure Cervelatwürste; 1 überlebensgroßer Schinken; 1 kalte gebratene Hammelkeule; und einhalbdutzend Flaschen mit Likören & Herzstärkungen. Ich ging sogleich daran, von meinem Stübchen Besitz zu ergreifen, und, wie ich überzeugt bin, unter Gefühlen größerer Befriedigung, als jemals ein Monarch empfunden hat, der einen neuerbauten Palast betritt. Augustus unterrichtete mich nun über die Methode, wie die offene Kistenwand zu befestigen sei; und zeigte mir dann, indem er die Kerze nahe ans Deck hielt, ein Ende schwarzer Peitschenschnur, das darüber hinlief. Sie erstreckte sich, wie er sagte, beginnend bei meinem Versteck hier, durch all die erforderlichen Schlangenwege zwischen dem Gerümpel hindurch, bis zu einem ins Schiffsdeck eingeschlagenen Nagel, unmittelbar unter der Falltür, die in seine Kajüte führte. Vermittelst dieser Leine würde ich ohne weiteres imstande sein, auch ohne seine Führung den Weg nach oben zu verfolgen; gesetzt den Fall, irgendein unvorhergesehenes Ereignis sollte einen solchen Schritt notwendig machen. Darauf nahm er seinen Abgang; ließ mir jedoch die Laterne, zusammen mit einem reichlichen Vorrat an Kerzen & Phosphorzündhölzern zurück; und versprach überdem, mir so oft Besuche abzustatten, wie er, ohne bemerkt zu werden, nur einrichten könne. –
Das war am 17. Juni.

Ich blieb 3 Tage & Nächte (meiner annähernden Schätzung nach) in meinem Versteck, ohne mich je im geringsten daraus zu entfernen; ausgenommen 2 Mal, um meine Glieder dadurch ein bißchen zu strecken, daß ich mich aufrecht zwischen 2 Lattenkisten, gerade gegenüber der Öffnung, hinstellte. Während der ganzen Zeit bekam ich nichts von Augustus zu sehen; was mir jedoch wenig Unruhe bereitete, da ich wußte, wie die Brigg jegliche Stunde in See stechen, und er in all dem Durcheinander nicht leicht eine Gelegenheit finden könne, zu mir herunter zu kommen. Endlich vernahm ich doch die Klappe sich öffnen & wieder schließen, und gleich darauf, wie er mich mit leiser Stimme anrief; er erkundigte sich, ob alles in Ordnung sei, oder ob ich irgendetwas benötige? »Nichts«, erwiderte ich; »mir ist so puppenlustig, wie Einem nur sein kann. Wann fährt die Brigg denn ab?« »In weniger als einer halben Stunde werden wir die Anker lichten«, antwortete er; »das Dich wissen zu lassen, bin ich hauptsächlich gekommen; und dann auch, damit Du Dich ob meines Ausbleibens nicht beunruhigst. Ich werde jetzt für eine ganze Weile wieder kaum Gelegenheit haben, 'runter zu kommen — vermutlich 3 oder 4 weitere Tage lang. An Deck oben geht Alles seinen rechten Gang. Sobald ich fort bin & die Klappe geschlossen habe, komm' Du doch die Schnur 'lang gekrochen, bis dahin, wo der Nagel eingeschlagen ist. Dort wirst Du meine Uhr finden — sie wird Dir insofern nützlich sein, als Du ja kein Tageslicht siehst & alle Zeitrechnung verlierst. Ich nehme an, Du weißt gar nicht, wie lange Du da unten begraben gewesen bist? —: 3 Tage erst — wir schreiben heut den 20. Ich würde Dir die Uhr ja zu Deiner Kiste hinbringen; aber ich hab' Angst, daß man mich vermißt«. Damit verschwand er wieder nach oben.
Ungefähr eine Stunde nachdem er gegangen war, spürte ich deutlich, daß die Brigg in Bewegung sei, und gratulierte mir höchsteigenhändig dazu, endlich eine veritable Seereise angetreten zu haben. Voller Befriedigung ob dieses Gedankens, beschloß ich, mir so wenig Sorgen wie möglich zu machen, und den Gang der Ereignisse abzuwarten, bis mir die Erlaubnis würde, meine Kiste mit der geräumigeren (obwohl schwerlich behaglicheren) Wohnung in der Kajüte oben zu vertauschen. Meine erste Sorge war jetzt, die Uhr zu holen. Ich ließ die Kerze brennen, und tappte mich durch die Dusternis dahin, immer den zahllosen Windungen der Leine nach; wobei ich zuweilen entdeckte, daß ich, nachdem ich müh-

sam eine längere Strecke zurückgelegt hatte, mich wieder, bis auf 1 oder 2 Fuß, an einer der vorherigen Stellen befand. Schließlich erreichte ich doch den Nagel; und kehrte, nachdem ich des Gegenstandes meiner Expedition habhaft geworden war, wohlbehalten wieder damit zurück. Ich musterte nunmehr die Bücher, mit denen ich so aufmerksam versorgt worden war, und erkieste mir dann die Große Reise von LEWIS & CLARKE zur Mündung des Columbia River; womit ich mir eine geraume Weile die Zeit vertrieb; bis ich endlich schläfrig wurde, das Licht mit großer Sorgfalt löschte, und gleich darauf in einen gesunden Schlummer sank. – Als ich erwachte, fühlte ich mich seltsam wirr im Kopf; und es verging geraume Zeit, bevor ich mir meine Situation, mit all ihren verschiedenen Begleitumständen, wieder recht vergegenwärtigen konnte. Nach & nach jedoch entsann ich mich an Alles. Ich machte Licht und sah auf die Uhr; aber sie war abgelaufen, und es gab folglich keinerlei Mittel um festzustellen, wie lange ich geschlafen hätte. Mir waren die Glieder ganz steif; und ich sah mich gezwungen, zwischen die Lattenkisten zu treten, um sie wieder geschmeidig zu machen. Auch verspürte ich einen Appetit, der an Heißhunger grenzte, und gedachte sogleich der kalten Hammelkeule, von der ich, bevor ich schlafen ging, etwas gegessen & die mir hervorragend gemundet hatte. Wer beschreibt mein Erstaunen, als ich entdeckte, daß sie sich in total verfaultem Zustand befand! Diese Sachlage verursachte mir erhebliche Unruhe; denn wenn ich sie mit der geistigen Verworrenheit zusammenhielt, die ich beim Aufwachen empfunden hatte, begann ich zu argwöhnen, daß ich einen unmäßig langen Zeitraum hindurch geschlafen haben müsse. Das konnte durchaus etwas mit der stickigen Atmosfäre im Laderaum hier unten zu tun haben, und auf längere Sicht womöglich die allerernsthaftesten Ergebnisse nach sich ziehen. Der Kopf schmerzte mich über die Maßen; schon bildete ich mir ein, daß jeglicher Atemzug mir Schwierigkeiten mache; kurzum, ein ganzer Schwarm düsterer Ahnungen bedrängte mich. Dennoch konnte ich immer noch nicht riskieren, durch Öffnen der Klappe oder sonstwie die Aufmerksamkeit auf mich zu lenken; also zog ich meine Uhr auf, und gab mich so gut es ging zufrieden.
Die ganzen nächsten 24 Stunden krochen schneckengleich darin; kein Mensch erschien mich zu erlösen, und ich konnte jetzt nicht mehr umhin, Augustus der gröblichsten Vernachlässigung zu zeihen. Was mich hauptsächlich beunruhigte,

war, daß der Wasservorrat in meinem Kruge bis auf ungefähr 1 Viertelliter zusammengeschrumpft war, und ich erheblich unter Durst zu leiden begann, zumal ich nach dem Ausfallen der Hammelkeule freisamlich von meinen Cervelatwürsten gegessen hatte. Ich wurde nun ausgesprochen ängstlich, und vermochte meinen Büchern kein Interesse mehr abzugewinnen. Auch übermannte mich immer mehr das Bedürfnis zu schlafen; obwohl ich bei dem bloßen Gedanken, ihm nachzugeben, zitterte; konnte es doch sein, daß in der eingeschlossenen Luft des Laderaumes irgendein heimtückischer Einfluß am Werke sei, dem Dunst von schwelender Holzkohle vergleichbar. Inzwischen informierte mich das Rollen der Brigg, daß wir schon weit auf Hoher See sein müßten; und ein dumpfer summender Einton, der wie aus unendlicher Ferne an mein Ohr drang, sagte mir, wie oben ein Wind herrsche, der nicht alltäglich sei. Ich konnte mir für Augustus' Fernbleiben keinerlei Grund vorstellen. Wir waren doch bestimmt schon weit genug vorangekommen auf unserer Reise, daß ich hätte oben erscheinen dürfen. Vielleicht war ihm irgendein Unfall zugestoßen – aber ich konnte mir eigentlich keinen denken, der erklärt hätte, wieso er mich so lange als Gefangenen verharren lasse; es sei denn, er wäre direkt über Bord gefallen, oder sonst unversehens gestorben; und auf *der* Vorstellung durfte ich überhaupt nicht verweilen, wenn ich mir nur 1 Rest von Geduld bewahren wollte. Es war ja möglich, daß wir von widrigen Winden behindert & immer noch in nächster Nähe von Nantucket wären; eine Hypothese, die ich aber auch bald wieder aufgeben mußte, denn in diesem Fall hätte die Brigg häufig über Stag gehen müssen; wo ihr beständiges Überliegen nach Backbord mir ja doch einwandfrei dartat, daß sie, und zwar pausenlos, mit fegendem Backstagswind über Steuerbord her segele. Überdem, selbst wenn wir uns noch in Nähe der Insel befänden: welchen Grund hätte Augustus haben sollen, mich nicht zu besuchen & von der Lage zu unterrichten? Indem ich dergestalt alle Schwierigkeiten meines isolierten & trostlosen Zustandes erwog, kam ich zu dem Entschluß, noch einmal weitere 24 Stunden zu warten; worauf ich dann, falls immer noch keine Hülfe erfolgt sei, den Weg zur Falltür einschlagen & versuchen wolle, entweder Verbindung mit meinem Freunde aufzunehmen, oder zumindest doch durch die Öffnung etwas frische Luft zu schöpfen, und mir aus seiner Kajüte einen neuen Vorrat an Wasser zu besorgen. Während ich diesen Gedanken noch nachhing, fiel ich, jeglicher gegenteiligen Anstrengung zum Trotz, in einen Zustand von Tiefschlaf oder, korrekter, dumpfer Betäubung. Meine Träume waren von der allerschreckhaftesten Gattung. Jegliche Art von Unheil & Graus kam über mich. Unter anderen Erleidnissen wurde ich zwischen mächtigen Kissen elendiglich zu Tode erstickt, durch Dämonen vom allerabscheulichsten & -grimmigsten Aussehen. Ungeheuerliche Schlangen hielten mich in endloser Umarmung, und schauten wir währenddem mit ihren fürchterlich schimmernden Augenpaaren ernsthaft ins Gesicht. Dann wieder erschienen Einöden von der allerverlorensten & ehrfurchtgebietendsten Art, die sich grenzenlos vor mir ausbreiteten. Unmäßig große Baumstrünke, grau & blattlos, ragten auf, in endloser Folge, so weit das Auge reichte. Ihre Wurzeln unten bargen sich in weithingedehnten Morästen, deren kummervolle Lachen um sie lagen, tiefschwarz & still & schrecklich ganz & gar. Und die wunderlichen Bäume schienen mit menschlicher Lebhaftigkeit begabt, und renkten die Knochenarme hin & her, und schrien auf die stummen Wasser ein, um Gnade, in den schrill- & durchdringenden Tönen der allerempfindlichsten Todesangst & Verzweiflung. Wiederum wandelte sich die Szene, und ich stand, nackt & allein, inmitten der glühenden Sandflächen der Sahara. Mir zu Füßen lag, zusammengeschmiegt, ein grimmer Tropenlöwe. Plötzlich gingen seine wilden Augen auseinander und richteten sich voll auf mich. Mit einem krampfigen Satz sprang er auf die Füße, und legte sein schreckliches Gebiß bloß. Im nächsten Augenblick darauf brach aus seinem roten Schlund ein Brüllen, gleich dem Donner des Firmaments, und ich stürzte wie gefällt zu Boden. In einem Paroxysmus von Entsetzen schier erstickend, erwachte ich endlich, wenigstens teilweise. Mein Traum war demnach nicht gänzlich ein Traum gewesen. War ich zumindest nunmehr doch im Besitz meiner Sinne. Die Tatzen irgendeines mächtigen & leibhaftigen Ungeheuers lasteten schwer auf meiner Brust – sein heißer Odem füllte mein Ohr – und seine weißen, spukhaften Fangzähne glommen aus dem Dunkel über mir mich an.

Und hätte ein ganzes Tausend Leben von der Bewegung 1 Gliedes, vom Hervorstoßen 1 Silbe abgehangen, ich hätte weder reden noch mich regen können. Die Bestie, was immer es auch sein mochte, behielt ihre Stellung bei, ohne sich mit weiteren sofortigen Gewalttätigkeiten zu beeilen; während ich in gänzlich hülflo-

sem Zustande, und, wie ich mir einbildete, sterbend unter ihr lag. Ich fühlte, wie meine Körper- & Geisteskräfte mich rasch verließen – mit 1 Wort, daß ich umkäme; und zwar umkäme aus reiner Angst. Mein Hirn schwindelte – tödliche Übelkeit befiel mich – meine Sehkraft setzte aus – selbst die wildschimmernden Augenbälle über mir wurden undeutlich. In einer letzten, gewaltsamen Anstrengung hauchte ich endlich ein schwaches Stoßgebet zu Gott, und ergab mich in meinen Tod. Der Klang meiner Stimme schien all die schlummernde Wildheit des Tieres erneut anzufachen. Es stürzte sich seiner ganzen Länge nach mir über den Leib – aber was war nicht mein Erstaunen, als es, unter langgezogenem & leisem Winseln, anhob, mir mit dem größten Eifer & unter den ausschweifendsten Bezeigungen von Zuneigung & Freude Gesicht & Hände zu lecken! Ich war total verwirrt, war ganz hin vor Überraschung – aber das charakteristische Winseln meines großen Neufundländers ›Tiger‹ war unverwechselbar, und die schnurrige Art seiner Zärtlichkeiten mir wohlbekannt. Es war Er. Ich spürte einen plötzlichen Blutandrang nach den Schläfen – ein taumeliges, überwältigendes Gefühl von Befreiung & neugeschenktem Leben. Hastig erhob ich mich von der Matratze, auf der ich gelegen hatte, umschlang heftig den Nacken meines getreuen Gefolgsmanns & Freundes, und die lange Bedrücktheit meiner Brust löste sich in einer Flut leidenschaftlichster Tränen.

Wie schon einmal zuvor, waren alle meine Begriffe in einem Zustand größter Unschärfe & Verworrenheit, nachdem ich mich von der Matratze erhoben hatte. Längere Zeit hindurch war es mir schlechterdings nicht möglich, etwelche Ideen logisch miteinander zu verknüpfen – allmählich jedoch, in ganz langsamen Übergängen, kehrte mir die Denkfähigkeit zurück, und ich vermochte mir die einzelnen Nebenumstände meiner Situation wieder zu vergegenwärtigen. Die Anwesenheit Tiger's freilich suchte ich mir vergeblich zu erklären; und war, nachdem ich tausend der verschiedensten Konjekturen ihn betreffend aufgestellt hatte, genötigt, mich mit der Freude zufrieden zu geben, daß er bei mir sei, meine traurige Einsamkeit zu teilen, und mir durch seine Liebkosungen Trost zu bringen. Die meisten Menschen lieben ihre Hunde – aber für Tiger hegte ich eine weit innigere Zuneigung, als üblich ist; und sicherlich hat auch niemals ein Geschöpf sie redlicher verdient. Sieben lange Jahre hindurch war er mein unzertrennlicher Kame-

rad gewesen, und hatte bei einer Vielzahl von Gelegenheiten bewiesen, daß er all die edlen Eigenschaften besitze, ob derentwillen wir diese Tiere so schätzen. Ich hatte ihn, als winziges Hündchen, aus den Klauen eines kleinen boshaften nantucketer Galgenvogels erlöst, der ihn, einen Strick um den Hals, hin zum Wasser zerrte; und der erwachsene Hund vergalt mir, rund 3 Jahre später, diese Verbindlichkeit dadurch, daß er mich vor dem Knüttel eines Straßenräubers rettete. Als ich nunmehr die Uhr zur Hand nahm & mir ans Ohr hielt, fand ich, daß sie neuerlich abgelaufen war; worüber ich diesmal aber nicht im geringsten mehr erstaunte; war ich doch aufgrund meines eigentümlichen Bewußtseinszustandes von vornherein davon überzeugt, daß ich wiederum, wie zuvor, einen sehr langen Zeitraum verschlafen haben müsse – wie lange, war mir natürlich unmöglich zu sagen. Ich glühte wie im Fieber, und mein Durst war schier unerträglich. Ich tastete in der Kiste nach meinem kleinen restlichen Wasservorrat herum; denn ich hatte kein Licht, da die Kerze in der Laterne bis in die Tülle heruntergebrannt war, und die Schachtel mit den Phosphorzündhölzern sich nicht gleich finden lassen wollte. Nachdem ich jedoch den Krug erfühlt hatte, stellte sich heraus, daß er leer war – zweifellos hatte Tiger Appetit auf einen Trunk gehabt; ebenso, wie er den Rest der Hammelkeule verzehrt hatte, deren Knochen, fein säuberlich abgenagt, vor der Öffnung der Kiste lag. Das verdorbene Fleisch konnte ich gut & gern entbehren; aber mein Herz setzte aus, wenn ich des Wassers gedachte. Ich befand mich im äußersten Stadium der Schwäche – derart, daß ich bei der geringsten Bewegung, geschweige denn Anstrengung, am ganzen Leibe wie im Schüttelfrost zitterte. Um meine Beschwerden noch zu vermehren, stampfte & schlingerte die Brigg mit großer Heftigkeit; und die Öltonnen, die auf der Kiste lagen, waren in beständiger Gefahr, herunter zu kollern & somit meinen einzigen Ein- & Ausgang rettungslos zu blockieren. Zusätzlich war mir noch sterbensübel von Seekrankheit. All diese Erwägungen zusammengenommen bewogen mich, auf jedes Risiko hin den Weg zur Falltür einzuschlagen, und mir dort unmittelbar Erleichterung zu verschaffen, bevor ich unfähig würde, dergleichen überhaupt noch zu unternehmen. Nachdem ich zu diesem Entschluß gekommen war, tastete ich noch einmal nach der Streichholzschachtel & den Kerzen um mich herum. Die erstere zwar fand ich nach einiger Mühe; da ich jedoch die Kerzen nicht so flink entdeckte wie ich eigentlich erwartete (denn ich entsann mich ziemlich genau der Stelle, wo ich sie hingelegt hatte), gab ich meine Suche danach für den Augenblick auf, befahl Tiger, ruhig liegen zu bleiben, und begann unverzüglich meine Expedition in Richtung Falltür.

Bei diesem Bemühen wurde meine große Schwäche augenfälliger denn je. Nur mit größten Schwierigkeiten vermochte ich überhaupt dahinzukriechen; und nur zu häufig gaben meine Glieder unversehens unter mir nach, worauf ich dann aufs Gesicht fiel und minutenlang in einem an Empfindungslosigkeit grenzenden Zustand liegen blieb. Dennoch kämpfte ich mich langsam-zollweise voran, ständig in Angst, jeglichen Augenblick inmitten der engen & verworrenen Schlangengänge des Ballastgerümpels in Ohnmacht zu sinken, für welchen Fall nur 1 einziges Ergebnis zu erwarten stand: der Tod. Auf einmal, als ich just mit aller Energie, die ich aufbringen konnte, einen Vorstoß unternahm, schlug ich mir die Stirn heftig an der scharfen Kante einer mit Bandeisen beschlagenen Lattenkiste. Zwar betäubte der Unfall mich nur für einen Moment; aber zu meinem unaussprechlichen Leidwesen mußte ich feststellen, daß das rasche & heftige Rollen des Schiffes mir die Kiste genau quer über'n Weg hatte fallen machen, sodaß der Durchgang total blockiert war. Selbst mit der äußersten Anstrengung vermochte ich sie nicht um 1 Zoll breit aus ihrer Lage zu bewegen, derart fest hatte sie sich zwischen die umgebenden Behältnisse & das Schiffszubehör eingekeilt. Ich stand deshalb, schwach wie ich war, vor der folgenden Alternative: entweder den Ariadnefaden meiner Peitschenschnur aufzugeben & mir einen neuen Durchgang zu suchen; oder aber über das Hindernis wegzuklettern & den Weg auf der andern Seite wieder aufzunehmen.

Die ersterwähnte Möglichkeit stellte sich mir als viel zu schwierig & gefahrvoll dar, als daß ich sie ohne Schaudern hätte durchdenken können. In meinem derzeitigen, an Leib & Seele so geschwächten Zustand, würde ich bei dem Versuch ja unfehlbar den Weg verlieren, und in den unheimlichen & scheußlichen Labyrinthen des Laderaumes elendiglich zugrunde gehen. Deshalb schickte ich mich ohne großes Zögern an, die ganze mir noch verbliebene Kraft & Entschlossenheit zu sammeln; um dann, so gut ich konnte, das Unternehmen der Kistenüberkletterung zu beginnen.

Nachdem ich mich zu diesem Zweck aufrecht hingestellt hatte, mußte ich erkennen, daß es sich bei meinem Unterfangen um eine noch schwierigere Aufgabe handele, als selbst meine Befürchtungen mir vorgespiegelt hatten. Zu beiden Seiten des engen Durchgangs erhoben sich wahre Mauern von verschiedenartigstem schwerem Gerümpel, welches, durch das geringste Versehen meinerseits, mir über dem Kopf zusammenbrechen, beziehungsweise falls nicht direkt dies eintreten, so mir doch den Rückweg endgültig durch niederstürzende Massen verlegen konnte, wie es nach vorn zu, durch das Hindernis hier, bereits geschehen war. Die Lattenkiste selbst war ein langes & ungefüges Gemächte, an dem der Fuß keinen festen Widerhalt fand. Vergebens versuchte ich mit jedem mir zu Gebote stehenden Mittel, ihre Oberkante zu fassen; in der stillen Hoffnung, daß es mir dann möglich sein würde, mich hoch zu ziehen. Hätte ich mit Erfolg bis hinauf gelangt, so ist aber gewiß, daß meine Kraft sich für die Aufgabe, darüber hinweg zu turnen, als gänzlich unzureichend erwiesen haben würde, und der Fehlschlag war in jeglicher Beziehung besser. Am Ende, bei einer neuen verzweifelten Anstrengung, die Kiste aus ihrer Lage zu drängen, fühlte ich nämlich an der mir zugekehrten Seite ein starkes Vibrieren. Ich fuhr eifrig mit der Hand über die Bretterenden, und stellte fest, daß eines der breitesten locker sei. Vermittelst meines Taschenmessers, das ich glücklicherweise bei mir hatte, gelang es mir nach beträchtlichen Mühen endlich, das betreffende Brett völlig beiseite zu hebeln; und nachdem ich mich durch die entstandene Öffnung gezwängt hatte, entdeckte ich zu meiner größten Freude, daß sich auf der gegenüberliegenden Seite keine Bretter mehr befanden — mit anderen Worten, daß es der Boden der Kiste gewesen war, durch den ich mir meinen Weg gebahnt hatte & daß der Deckel fehle! Ab nun traf ich, beim Verfolgen der Schnur, auf kein ernstliches Hindernis mehr, bis ich endlich den Nagel erreicht hatte. Unter heftigem Herzklopfen richtete ich mich auf, und drückte mit sachter Hand gegen die Unterseite der Klappe —: sie ließ sich gar nicht so leicht heben, wie ich angenommen hatte; und ich stemmte mit etwas mehr Entschiedenheit darwider, immer noch mit der Befürchtung, daß sich jemand Anders als Augustus in der Kajüte aufhalten könne. Die Falltür jedoch, zu meinem Erstaunen, blieb standhaft, und ich wurde ein bißchen unruhig, wußte ich doch, daß es früher keiner oder nur geringer Anstrengung bedurft habe, sie zu bewe-

gen. Ich preßte stärker — sie blieb trotzdem fest; aus aller Kraft — sie gab immer noch nicht nach; mit Feuer, mit Wut, mit Verzweiflung — sie spottete selbst meiner äußersten Anstrengungen; und aus der absoluten Unnachgiebigkeit des Widerstandes ergab sich, daß die Öffnung entweder entdeckt & absichtlich zugenagelt, oder aber irgendein ungeheures Gewicht darauf gepackt worden sei, das beseitigen zu wollen ein sinnloses Unterfangen wäre.
Meine Empfindungen waren ein Gemisch aus heftigstem Entsetzen & ebensolcher Bestürztheit. Vergeblich versuchte ich, über den mutmaßlichen Grund meines also Begrabenseins nachzudenken — ich vermochte keine zusammenhängende Kette von logischen Folgerungen zu entwickeln; sank vielmehr zu Boden, und überließ

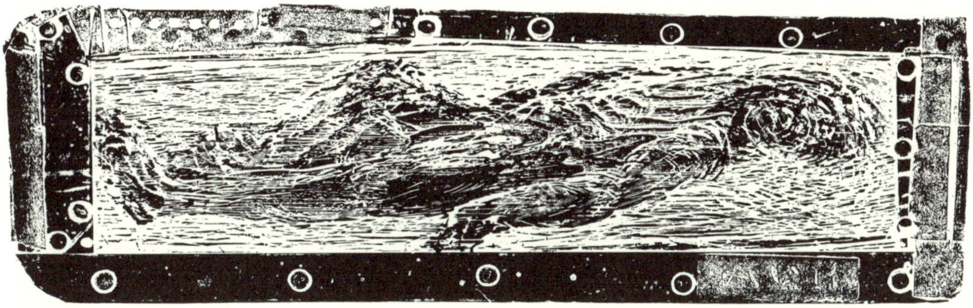

mich hemmungslos den andrängenden, allerdüstersten Einbildungen, in deren Zug gräßliche Todesarten wie Verhungern Verdursten Ersticken Lebendigbegraben, sich mir als die vordringlichsten Gefahren darstellten, auf die ich mich gefaßt halten könne. Am Ende kehrte mir jedoch ein Stückchen Geistesgegenwart zurück. Ich erhob mich, und fühlte mit den Fingern nach den Umrissen, den Ritzen der Öffnung. Nachdem ich sie ausgemacht hatte, untersuchte ich sie sorgfältig, um mich zu vergewissern, ob sie etwa einen Lichtschein von der Kajüte oben her durch ließen; aber es war nichts zu erblicken. Als nächstes schob ich die Federmesserklinge ein, bis sie an ein hartes Hindernis stieß. Als ich etwas dagegen kratzte, stellte ich fest, daß es sich um eine solide Eisenmasse handeln müsse, und zwar, wie ich aus dem eigentümlichen Undulieren schloß, als ich die Klinge daran entlang führte, um ein Stück Ankerkette. – Das einzige, was mir jetzt noch übrig blieb, war, wieder den Rückweg nach meiner Kiste einzuschlagen, und mich dort entweder in mein trauriges Schicksal zu ergeben, oder aber zu versuchen, mich geistig so weit zu beruhigen, daß ich irgendeinen Befreiungsplan zu entwerfen vermöchte. Ich machte mich auch unverzüglich an das Unternehmen; und hatte, nach Überwindung unsäglicher Schwierigkeiten, das Glück, zurückzufinden. Als ich zu Tode erschöpft, auf die Matratze sank, schmiegte sich Tiger der Länge nach an meine Seite, und schien mich durch seine Zutunlichkeit in meinen Nöten trösten, und mir zureden zu wollen, sie mit Standhaftigkeit zu ertragen. Die Eigentümlichkeit seines Gebarens erregte endlich doch zwangsläufig meine Aufmerksamkeit. Jedesmal, nachdem er mir ein paar Minuten lang Gesicht & Hände geleckt hatte, hielt er plötzlich damit inne & stieß ein leises Winseln aus; und wenn ich daraufhin meine Hand nach ihm ausstreckte, fand ich ihn unveränderlich mit hochgehobenen Pfoten auf dem Rücken liegen. Eine solche, sich derart häufig wiederholende Aufführung, schien mir seltsam, und ich konnte sie mir auf keine Weise erklären. Da der Hund wie in Bedrängnis wirkte, mutmaßte ich, daß er vielleicht irgendeine Beschädigung erlitten habe; nahm seine Pfoten in die Hand, und untersuchte sie, eine nach der andern, fand aber keine Spur einer Verletzung. Dann nahm ich an, er wäre hungrig, und verehrte ihm ein großes Stück vom Schinken, das er auch mit Begier verschlang – anschließend jedoch seine erstaunlichen Manöver wieder aufnahm. Nunmehr bildete ich mir ein, er leide, wie ich ja auch, unter den Qualen des Durstes, und war schon soweit, das als die wahre Lösung des Rätsels zu betrachten, als mir der Gedanke kam, daß ich bisher schließlich nur die Tatzen untersucht habe, und daß sich womöglich an irgendeiner Stelle seines Körpers oder am Kopf eine Wunde befinden könne. Den letzteren tastete ich sorgfältig rundherum ab; fand aber nichts. Als ich jedoch mit der Hand der Länge nach über seinen Rücken fuhr, fühlte ich, wie ein Strich leicht aufgerichteten Haares quer darüberhin lief. Indem ich vorsichtig dort mit dem Finger sondierte, entdeckte ich eine Schnur; und fand, als ich ihr nachging, daß sie um den ganzen Leib herum führte. Bei noch genauerem Nachfassen kam mir ein schmaler Streifen von etwas, das sich wie Briefpapier anfühlte, zwischen die Finger, durch den die Schnur sich dergestalt zog, daß er unmittelbar unter der linken Achsel des Tieres festgehalten wurde.

III. KAPITEL / Auf der Stelle durchzuckte mich der Gedanke, daß es sich bei dem Zettel um eine Mitteilung von Augustus handeln müsse, und daß er — durch ein nicht vorherzusehendes zufälliges Ereignis daran verhindert, mich aus meinem Kerker zu erlösen — auf diese Methode verfallen sei, mich mit dem wirklichen Stand der Dinge bekannt zu machen. Zitternd vor Übereifer, begann ich jetzt einmal mehr die Suche nach meinen Fosforzündhölzern & Kerzen. Ich hatte die verworrene Erinnerung, sie unmittelbar vor meinem Einschlafen sorgfältig weggepackt zu haben; und vor meiner letzten Expedition zur Falltür hin, war ich auch tatsächlich noch imstande gewesen, mich der genauen Stelle zu entsinnen, wo ich sie hingelegt hatte. Jetzt aber mühte ich mich vergebens ab, sie mir zu vergegenwärtigen; und beschäftigte mich, eine geschlagene Stunde hindurch, mit der ebenso fruchtlosen wie verdrießlichen Suche nach den fehlenden Gegenständen — wahrlich, es hat wohl nimmermehr solche Tantalusqualen an Hangen & Bangen gegeben. Zuguterletzt, da ich nahe der Öffnung der Kiste aber schon außerhalb von ihr, mit dem Kopf ganz dicht am Ballast herumtappte, nahm ich in Richtung Zwischendeck einen schwachen Schimmer von Licht wahr. Höchlichst überrascht, versuchte ich, den Weg dorthin einzuschlagen; schien es doch nur einige Fuß von meiner Stellung entfernt zu sein. Aber kaum hatte ich mich zu diesem Behuf in Bewegung gesetzt, als ich den Schimmer auch schon gänzlich aus den Augen verlor; und, bevor ich ihn wieder ins Gesichtsfeld bringen konnte, genötigt war, mich solange an der Kiste entlang zu fühlen, bis ich meine ursprüngliche Position haargenau wieder eingenommen hatte. Nunmehr, indem ich den Kopf vorsichtig hin & her bewegte, fand ich heraus, daß, wenn ich sehr sorgfältig & ganz langsam in einer, der zuerst eingeschlagenen Richtung fast entgegengesetzten, vordränge, ich in der Lage sei, mich dem seltsamen Lichte zu nähern & es gleichzeitig immer im Auge zu behalten. Plötzlich befand ich mich direkt davor (nachdem ich mir den Hinweg durch unzählige enge Windungen erzwängt hatte); und erkannte, daß es von etwelchen Fragmenten meiner Zündhölzer ausging, die in einem auf der Seite liegenden leeren Fasse lagen. Ich war noch dabei, mich zu wundern, wie sie an so einen Fleck gelangt sein mochten, als meine Hand auch schon auf 2 oder 3 Stückchen Kerzenwachs traf, die unverkennbar vom Hund zerkaut worden waren. Ich folgerte daraus sogleich, daß er meinen gesamten Kerzenvorrat verschlungen haben müsse, und verlor alle Hoffnung, jemals imstande zu sein, Augustus' Botschaft lesen zu können. Die kümmerlichen Überbleibsel des Wachses waren dazu noch derart mit anderem Gemüll im Fasse durcheinander gemanscht, daß ich an ihrer Nutzbarkeit für mich verzweifelte, und alles ließ wie es war. Den Fosfor, von dem ebenfalls nur noch 1 Krümelchen oder 2 vorhanden waren, klaubte ich mir, so gut es ging, zusammen; und kehrte damit, unter beträchtlichen Schwierigkeiten, nach meiner Kiste zurück, wo Tiger die ganze Zeit über ruhig liegen geblieben war.

Was jetzt als nächstes zu tun sei, wußt' ich nicht zu sagen. Die Finsternis im Schiffsraum war so groß, daß ich meine eigene Hand nicht erkennen konnte, wie nahe ich sie mir auch immer ans Gesicht hielt. Der weiße Papierstreifen war kaum zu unterscheiden, und nicht einmal das, sobald ich direkt hin spähte; nur wenn ich die äußeren Partien der Retina sich darauf richten ließ, (das heißt, ihn etwas von der Seite her musterte), fand ich, daß er einigermaßen wahrnehmbar wurde. Man mag daraus auf den Grad von Dunkelheit in meinem Gefängnis schließen; und die Nachricht meines Freundes – immer vorausgesetzt, daß es sich um eine Nachricht von ihm handelte – schien nur dazu angetan, mich in zusätzliche Ungelegenheiten zu stürzen, indem sie meinen sowieso schon geschwächten & erschütterten Geist zwecklos einmal mehr beunruhigte. Vergebens wälzte ich in meinem Hirn ganze Schwärme absurdester Auskunftsmittel zur Erzeugung von Licht – Auskunftsmittel von genau der Art, auf die ein Mann im verworrenen Halbschlummer des Opiumrausches zu ähnlichem Zweck zu verfallen tendieren würde – also solche, die sich dem Träumer, abwechselnd & der Reihe nach, bald als ausgesprochene Erleuchtungen, bald als widersinnige Abgeschmacktheiten darstellen; je nachdem wie die Seelenkräfte einander flackernd ablösen, die vernunftenden oder die bilderzeugenden. Zuletzt kam mir doch ein Einfall, der verständig schien und mir gerechten Anlaß zur Verwunderung gab, daß ich nicht schon eher darauf verfallen sei. Ich legte ein Buch vor mich hin & den Papierstreifen darauf; sammelte dann die Überbleibsel der Fosforzündhölzer, die ich aus dem Faß mitgebracht hatte, und tat sie zusammen darauf. Anschließend rieb ich mit dem Handballen das Ganze rasch aber gleichmäßig darüber hin –: ein klares Licht verbreitete sich sogleich über die ganze-kleine Fläche; und

falls sich überhaupt Schriftzüge darauf befunden hätten, würde ich nicht die gegeringste Schwierigkeit gehabt haben, sie zu lesen, des bin ich gewiß. Aber nicht 1 Silbe stand da — nichts als eine traurige & unbefriedigend helle Lücke; binnen einiger weniger Sekunden starb das Licht wieder dahin, und mit ihm erstarb mir das Herz im Leibe.
Ich habe früher schon mehr als einmal darauf hingewiesen, daß mein Geist bereits geraume Zeit zuvor in einem Zustand gewesen war, der dicht an Idiotie grenzte. Sicher, es gab auch momentane Einlagen von völliger Normalität, ja, ab & an sogar von Energie; aber deren waren wenige. Man halte sich doch stets vor Augen, daß ich jetzt bestimmt schon viele Tage lang, die schier pestilentialischen Dünste im hermetisch verschlossenen Bauch eines Walfischfängers einzuatmen gehabt hatte, und einen erheblichen Teil dieser Zeit nur sehr kärglich mit Wasser versorgt gewesen war. Seit den letzten 14 oder 15 Stunden hatte ich keinen Tropfen mehr — noch hatte ich während dieser Zeit geschlafen. Eingepökeltes von der schärfsten Sorte war meine hauptsächliche, ja, seit dem Verlust des Hammelfleisches meine einzige Nahrung gewesen, wenn ich vom Schiffszwieback absehe; und dieser letztere war mir absolut nutzlos, denn er war viel zu hart & trocken, als daß ich ihn bei dem verdorrten & geschwollenen Zustand meiner Kehle hätte hinunterschlingen können. Im Augenblick hatte ich hohes Fieber, und war in jeder Hinsicht ein Schwerkranker. Dies wird hinreichen, zu erklären, wieso nach meinem letzten Abenteuer mit dem Fosfor so manche Stunde des Elends & der Verzagtheit verstrich, bevor sich der Gedanke einstellte, daß ich ja eigentlich nur 1 Seite des Papieres untersucht hätte. Ich will nicht erst den Versuch machen, meine Wut zu beschreiben, (denn ich glaube, mehr als alles andere bin ich simpel wütend gewesen), als sich meinem Geist das unerhörte Versehen, das ich begangen hatte, schlagartig darstellte. Der Schnitzer an sich würde relativ unwichtig gewesen sein, hätten nicht meine eigene Torheit & Heftigkeit es anders gewollt —: in meiner Enttäuschung, nicht 1 Wort auf dem Zettel zu finden, hatte ich ihn kindischerweise in Stücke gerissen & weggeworfen — es war unmöglich zu sagen, wohin.
Aus dem schlimmsten Teil dieses Dilemmas wurde ich durch den Scharfsinn Tigers erlöst. Als ich nämlich, nach langem Suchen, einer kleinen Ecke des Papiers habhaft geworden war, hielt ich es dem Hund an die Nase & versuchte ihm begreiflich

zu machen, daß er mir den Rest davon zu bringen habe. Zu meinem Erstaunen (denn ich hatte ihn zu keinem der üblichen Tricks abgerichtet, für die seine Rasse berühmt ist) schien er sofort auf meine Absicht einzugehen; stöberte einige Augenblicke herum; und hatte bald ein anderes ansehnliches Fragment gefunden. Er brachte es mir, machte ein Weilchen Pause & rieb seine Nase an meiner Hand, augenscheinlich in Erwartung meines Beifalls ob dessen, was er geleistet hatte. Ich tätschelte ihm den Kopf; worauf er sogleich wieder los ging. Diesmal dauerte es mehrere Minuten, bevor er zurück war – aber als er dann kam, brachte er auch eine große Ecke mit, die sich als der gesamte noch fehlende Rest des Papieres erwies – wie es schien, war es nur in 3 Stücke zerrissen gewesen. Glücklicherweise hatte ich keine Schwierigkeit, die paar Krümchen zu finden, die vom Fosfor noch übrig waren; wobei mich das undeutliche Glimmlicht leitete, welches 1 oder 2 der Teilchen immer noch aussandten. Meine Fehlleistungen hatten mir die Notwendigkeit äußerster Vorsicht beigebracht; und ich nahm mir diesmal Zeit, ausgiebig über das nachzudenken, was ich mir als nächstes vorgesetzt hatte. Es bestand also hohe Wahrscheinlichkeit, überlegte ich, daß einige Worte auf derjenigen Seite des Zettels stünden, die ich *nicht* untersucht hatte – welche Seite aber war dieses? Daß ich die Stücke zusammenpassen konnte, lieferte mir in dieser Beziehung noch keinen Fingerzeig; obschon ich dadurch die Garantie hatte, daß die Worte (falls überhaupt welche da waren) sich alle auf ein- & derselben Seite & im richtigen Zusammenhang, wie ursprünglich hingeschrieben, befinden würden. Diese anstehende Frage über jedweden Zweifel hinaus eindeutig zu entscheiden, bestand umso dringendere Notwendigkeit, als der verbliebene Fosfor für einen dritten Versuch auf keinen Fall mehr reichen würde, sollte derjenige, den zu unternehmen ich im Begriff stand, mir fehlschlagen. Wie zuvor legte ich das Papier auf ein Buch, und saß dann gedankenverloren ein paar Minuten, während deren ich das Problem im Geist hin & her erwog. Zuletzt schien mir 1, allerdings sehr schwache, Möglichkeit die, daß die Oberfläche der beschriebenen Seite vielleicht die ein- oder andere Unebenheit aufweisen möchte, die zu entdecken ein feines Tastgefühl mich möglicherweise in den Stand setzen könnte? Ich beschloß das Experiment zu machen, und führte die Fingerspitze sehr sorgfältig über die obenliegende Seite hin, die sich als erste darbot – nicht war jedoch zu merken; und ich wandte das

Papier um, immer auf dem Buch als Unterlage. Wiederum führte ich jetzt den Zeigefinger behutsam darauf entlang, als ich eines überaus schwachen, aber immerhin unterscheidbaren Glimmens gewahr wurde, das seinem Strich folgte. Dies, so schloß ich sofort, mußte von einigen ganz winzigen, zurückgebliebenen Fosforpartikeln ausgehen, mit denen ich das Papier bei meinem ersten Versuch bedeckt hatte. Ergo war die andere, die untere Seite diejenige, auf der sich die

Schrift befand; sofern Geschriebenes sich überhaupt als dort vorhanden erweisen sollte. Wiederum wendete ich das Blättchen, und ging dann genauso zu Werke, wie früher. Nachdem ich den Fosfor eingerieben hatte, erfolgte ein Aufleuchten wie zuvor – diesmal jedoch wurden mehrere Zeilen einer großen Handschrift, anscheinend in roter Tinte, deutlich sichtbar. Aber das Glimmlicht, obschon hinreichend hell, war nur ganz vorübergehend. Dennoch hätte, wäre ich nicht so über die Maßen aufgeregt gewesen, die Zeit völlig hinreichend sein müssen, um sämtliche mir vorliegenden 3 Sätze zu durchlaufen – denn daß es 3 waren, das sah ich. In meiner Angst jedoch, womöglich Alles auf einmal zu lesen, gelang es mir lediglich, die abschließenden 7 Worte zu erfassen, die also erschienen – *›Blut – Dein Leben hängt vom Verstecktbleiben ab!‹*

Wäre ich imstande gewesen, den gesamten Inhalt der Benachrichtigung herauszu-

bringen — den vollen Sinn der Warnung, die mein Freund mir dergestalt zu übermitteln versucht hatte — dann würde, wie ich fest überzeugt bin, diese Warnung, selbst für den Fall daß sie mir eine Mär unsäglichen Grauens enthüllt hätte, mein Gemüt dennoch nicht mit auch nur 1 Zehnteil jenes peinigenden & gleichzeitig undefinierbaren Entsetzens durchtränkt haben, mit dem mich jetzt dieser abgebrochene Mahnruf erfüllte. Und ausgerechnet ›BLUT‹ noch, dieses Wort aller Worte — zu allen Zeiten so schwanger mit Geheimnis & Leid & Graus — wie dreifach-sinnschwer erscholl es jetzt nicht — wie schwerflüssig & vereisend (abgelöst, wie es hier auftrat, von jedwedem vorangehenden Wort, das es erläutert oder näher bestimmt hätte) sank die unklare Tropfsilbe nicht, inmitten der großen Finsternis meines Kerkers, bis in die innersten Buchtungen meiner Seele!
Augustus hatte zweifellos seine guten Gründe, wenn er wünschte, daß ich im Versteck bleiben sollte, und ich stellte 1000 Mutmaßungen an, worum es sich dabei wohl handeln möchte — konnte jedoch nicht auf 1 verfallen, die eine befriedigende Lösung des Geheimnisses geliefert hätte. Unmittelbar nach der Rückkehr von meinem letzten Ausflug nach der Falltür, und noch bevor das eigentümliche Gebaren Tigers meine Aufmerksamkeit in andere Richtung gelenkt hatte, war ich zu dem Entschluß gekommen, mich, und zwar auf alle Fälle, Denen an Bord bemerkbar zu machen; beziehungsweise, wenn mir dies nicht direkt gelänge, wollte ich versuchen, mir einen Weg durchs Orlopdeck zu schneiden. Die Halbzuversicht, mit der ich mich im alleräußersten Notfall als noch leidlich fähig fühlte, 1 dieser 2 Pläne durchzuführen, sie war es gewesen, die mir den Mut verliehen hatte (den ich ansonsten nicht aufzubringen imstande gewesen wäre) in den Schrecknissen meiner Lage auszudauern. Nunmehr aber hatten die wenigen Worte, die zu entziffern gelungen war, mir auch diese beiden äußersten Auskunftsmittel abgeschnitten; und ich empfand jetzt zum ersten Male den ganzen Jammer meines Geschicks. In einem Paroxysmus von Verzweiflung warf ich mich wieder auf meine Matratze; wo ich, es mag rund 1 Tag + 1 Nacht lang gewesen sein, in einer Art Dämmerschlaf verharrte, den nur gelegentlich Kurzintervalle von Vernunft & Besinnung ablösten.
Schließlich erhob ich mich einmal mehr, und beschäftigte mich mit Betrachtung der Schrecken, die mich umringten: weitere 24 Stunden ohne Wasser zu existieren,

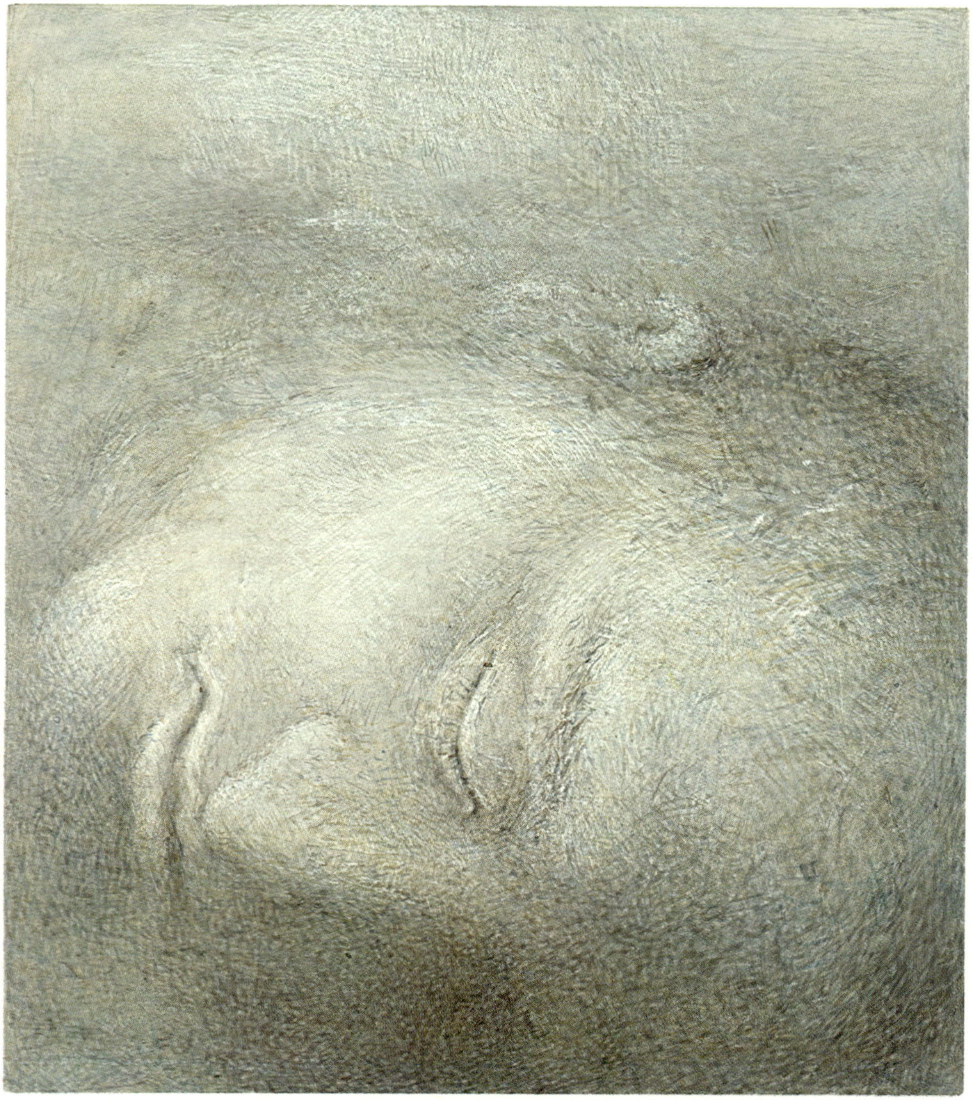

würde mir schwerlich – für einen noch längeren Zeitraum platterdings unmöglich sein. Während der ersten Halbschied meiner Gefangenschaft hatte ich weidlich Gebrauch von den Alcoholica gemacht, mit denen Augustus mich versorgt hatte; aber sie dienten letztlich nur dazu, Fieber zu erregen, ohne im geringsten Grade meinen Durst zu beschwichtigen. Ich hatte auch nur noch rund 1 Halbenviertelliter übrig, und das ausgerechnet eine Art starken Pfirsichlikörs, gegen den sich mein Magen empörte. Die Würste waren total aufgebraucht; vom Schinken verblieb nichts als 1 kleines Stück Schwarte; und den gesamten Zwieback hatte, ein paar Bröselchen von einem ausgenommen, Tiger aufgefressen. Um meine Nöte noch zu vermehren, spürte ich, daß mein Kopfschmerz mit jeglichem Augenblick zunahm und mit ihm jene Tendenz zum Delirieren, die mich schon, seitdem ich das erste Mal in Schlaf gefallen war, mehr oder weniger heimgesucht hatte. Bereits die letzten Stunden hindurch hatte ich nur unter größten Beschwerden überhaupt noch zu atmen vermocht, und nunmehr war jeder Ansatz dazu von den allarmierendsten krampfartigen Aktionen des Brustkorbs begleitet. Aber es gab noch eine weitere, von alldem gänzlich verschiedene Quelle zur Beunruhigung; und zwar eine, deren schreckliche Aspekte eigentlich der Hauptbeweggrund gewesen waren, daß ich mich aus der Betäubung meiner Matratzengruft überhaupt zum Handeln aufraffte – dieser Anlaß war das Betragen des Hundes.

Das erstemal hatte ich eine Änderung in seinem Verhalten wahrgenommen, als ich bei meinem letzten Versuch den Fosfor auf dem Papier verrieb. Während besagten Reibens hatte er unter leisem Schnarchen mit der Nase an meine Hand gestupst; aber ich war da ja viel zu aufgeregt gewesen, um diesem Umstand groß Aufmerksamkeit zu widmen. Unlängst darauf hatte ich mich, wie man sich erinnern wird, auf die Matratze geworfen, und war in eine Art Lethargie versunken. Bald danach war ich eines eigentümlich zischenden Geräusches, dicht neben meinem Ohr gewahr geworden, und hatte entdeckt, daß es von Tiger ausging, der unverkennbar in einem Zustand höchster Erregung röchelte & keuchte, wobei seine Augäpfel wild in die Finsternis funkelten. Ich sprach ihm gut zu; was er mit halblautem Knurren erwiderte, und anschließend ruhig blieb. Wieder sank ich in meinen Stupor zurück; und wurde wiederum, auf ähnliche Weise, daraus geweckt. Das wiederholte sich noch 3 oder 4 Mal; bis sein Gebaren mir endlich einen derartigen Grad von Furcht einflößte, daß ich vollwach wurde. Im Augenblick lag er genau vor der Tür meiner Kiste & gab ein beängstigendes, obwohl irgendwie gedämftes, böses Schnarchen von sich, begleitet von einem Zähneknirschen, wie wenn er in heftigen Krämpfen läge. Ich hegte nicht mehr den geringsten Zweifel daran, daß er infolge Wassermangels, oder der Stickluft im Schiffsraum, die Tollwut bekommen hätte, und war in beträchtlicher Verlegenheit hinsichtlich des einzuschlagenden Kurses: ihn zu töten, daran durfte ich überhaupt nicht denken; während dies aber, andererseits, für meine eigene Sicherheit, wiederum absolut erforderlich schien. Ich konnte ganz deutlich erkennen, wie seine Augen mit dem Ausdruck der tödlichsten Feindseligkeit auf mir ruhten, und erwartete jeden Augenblick, daß er zum Angriff auf mich überginge. Allmählich konnte ich meine schreckliche Situation nicht länger aushalten; ich entschloß mich, mir auf jegliches Risiko hin den Weg aus der Kiste-hier zu bahnen, und, falls sein Widerstand mir dies unumgänglich auferlegen sollte, ihn abzutun. Um hinauszugelangen, hatte ich direkt über seinen Leib hin zu schreiten — und schon schien er auch meine Absicht zu ahnen, hob sich auf die Vorderbeine, (wie ich aus der sich ändernden Position seiner Augen entnahm), und legte langsam sein weißes Gebiß zur Schau, reißzähnig-leicht zu unterscheiden. Ich nahm den Rest der Schinkenschwarte an mich, auch die Flasche, die den Likör enthielt, und verstaute beides, zusammen mit einem großen Tranchiermesser, das noch von Augustus stammte, an meiner Person — dann, indem ich den Mantel so schützend wie irgend möglich, um mich faltete, tat ich 1 erste Bewegung in Richtung Kistenöffnung. Kaum hatte ich dazu angesetzt, als auch schon der Hund, mit laut-drohendem Knurren, mir nach der Kehle

sprang! Das volle Gewicht seines Körpers traf meine rechte Schulter; und ich fiel heftig nach links hin, während das wütende Tier gänzlich über mich hinwegschoß. Ich war auf die Kniee gestürzt, den Kopf unwillkürlich in die Decken verwühlt, und dadurch vor dem zweiten furiosen Angriff geschützt, während dessen ich deutlich spürte, wie die scharfen Zähne sich in den Wollstoff eingruben, der mein Genick schützend umgab – glücklicherweise ohne imstande zu sein, alle die Falten zu durchdringen. Immerhin lag ich unter dem Hund; und ein paar Sekunden würden hingereicht haben, mich ihm auf Gnade oder Ungnade zu überliefern. Kräftig vor lauter Desperation richtete ich mich auf, und schüttelte ihn gewaltsam von mir ab, wobei ich die Decken meines Matratzenlagers mit mir hochhob. Diese warf ich sofort über ihn; und bevor er sich noch daraus befreien konnte, war ich auch schon aus der Tür, und schloß sie wirksam gegen eine Verfolgung seinerseits. Im Verlauf dieses Zweikampfes war ich jedoch gezwungen gewesen, das Restchen Schinkenschwarte fallen zu lassen; und fand mich nunmehr wieder, mit einem Vorrat von Lebensmitteln, der aus 1 Becher Likör bestand. Als diese Erkenntnis mir durch den Kopf schoß, überkam mich unwiderstehlich einer jener Anfälle von Perversität, wie sie etwa in ähnlicher Lage ein verzogenes Kind determinieren mögen: ich setzte die Flasche an die Lippen; leerte sie bis auf den letzten Tropfen; und schmetterte sie dann, mit aller Wucht, gegen den Boden! Kaum war das Echo des Geklirrs verhallt, als ich meinen Namen aussprechen hörte, von einer ebenso erregten wie gedämpften Stimme, die aus Richtung Zwischendeck her kam. Derart unerwartet war etwas dergleichen, und so hochgradig die Aufregung die dieser Schall bei mir bewirkte, daß ich mich vergeblich abmühte, zu antworten. Mein Sprachvermögen verweigerte mir einfach den Dienst; und in einer Agonie des Entsetzens, daß mein Freund mich für tot halten & ohne einen weiteren Versuch, mich zu erreichen, umkehren könne, stand ich da, zwischen Lattenwänden, nah der Kistentür, von Zitterkrämpfen geschüttelt & jappend & ringend nach Worten: und hätten eintausend Welten von 1 Silbe meinerseits abgehangen, ich hätte sie nicht herausbringen können! Jetzt entstand irgendwo in Richtung vor mir ein leichtes Geräusch, wie von sich Bewegendem, in dem Ballastgerümpel. Ein Geräusch, das sogleich weniger deutlich wurde; wieder etwas weniger; immer noch weniger. – Ob ich jemals die Empfindungen dieser Augen-

blicke werde vergessen können?: da ging er — mein Freund — mein Gefährte, von dem ich ein Recht hatte, das Höchste zu erwarten — da ging er hin — verließ mich — war praktisch schon fort! War drauf & dran, mich dem erbärmlichsten Zugrundegehen zu überlassen, dem Verröcheln im allerekligsten & -schrecklichsten Gekerkre — und ein Wörtlein — ach was, 1 arme Silbe würde mich retten —: und diese 1-einzige Silbe wollte nicht aus mir heraus! Ich habe damals, das weiß ich gewiß, die Schrecken des Todes 10.000 Mal durchlebt. Mir begann sich's im Kopf zu drehen; und ich sackte, todtübel, achtermich, an die Stirnwand meiner Kiste. Noch im Sinken war es, da rutschte das Tranchiermesser mir aus dem Bund meiner langen Hose, und polterte, rüstig rappelnd, zu Boden: niemalen ist Melodienfülle, und sei sie noch so reich, derart süß an mein Ohr geschlagen! Mit gespanntester Aufmerksamkeit lauschte ich, die Auswirkungen dieses Geräusches auf Augustus festzustellen — denn dessen war ich gewiß, daß Derjenige, der mich bei Namen gerufen hatte, niemand anders sein konnte, als er allein. Einen Moment lang war alles ganz ruhig. Aber schließlich vernahm ich neuerlich das Wort ARTHUR!? von einer leisen Stimme, einer randvoll von Zaudern, wiederholt. Belebt von neuer Hoffnung löste sich nunmehr das Band meiner Zunge, und ich schrie, aus Leibeskräften, heraus: *»Augustus! oh, Augustus!«* — »Pst' — um Gott'swillen, sei stille!« erwiderte er, mit einer Stimme, die vor Erregung schwankte; »ich bin sofort bei Dir — sobald ich mir nur den Weg durch den Raum-hier bahnen kann.« Darauf nun vernahm ich lange Zeit hindurch, wie er sich im Gerümpel entlang bewegte, und jeglicher Moment däuchte mir ein Menschenalter. Endlich aber fühlte ich seine Hand auf meiner Schulter, und wie sich mir synchron eine Flasche mit Wasser an die Lippen setzte. Nur Der, der selbst einmal plötzlich aufgaffendem Grabesschlund entrissen wurde; oder Er, der unter ähnlich erschwerenden Umständen, wie sie in meinem trüblichen Gefängnis mich umgeben hatten, die unerträglichen Qualen des Durstes am eigenen Leibe erfahren hat, vermag sich einen Begriff von der unaussprechlichen Trance des Entzückens zu machen, die jener eine-lange Zug des reichsten aller biologischen Genüsse mir gewährte. — Nachdem ich meinen Durst einigermaßen gestillt hatte, brachte Augustus 3 oder 4 gekochte kalte Kartoffeln aus der Tasche, die ich mit wahrer Wolfsgier hinunterschlang.

Auch hatte er eine Blendlaterne mit und ein Licht darin; und dessen freundliche Strahlen brachten mir kaum geringere Tröstung als Speis' und Trank. Aber ich war doch auch ungeduldig, den Grund für seine so lang hinausgezögerte Abwesenheit zu erfahren; und er schickte sich an, mir das einzelne zu berichten, was sich, während meiner Karzerzeit, an Bord oben abgespielt hatte.

IV. KAPITEL / Die Brigg war, genau wie ich vermutet hatte, rund eine Stunde, nachdem er die Uhr für mich hinterlegte, in See gestochen. Das war an 20. Juni. Man wird sich erinnern, daß ich da bereits 3 Tage im Schiffsraum zugebracht hatte; und während dieses Zeitraums war es an Bord pausenlos so lärmend & geschäftig zugegangen, hatte es, zumal in der Kajüte und den Offizierskabinen, ein derartiges Hin- & Her-Rennen gesetzt, daß sich ihm nicht 1 Besuchschance darbot, ohne das Risiko, das Geheimnis der Falltür zu verraten. Als er am Ende dann doch einmal kurz erschien, hatte ich ihm versichert, daß es mir nach Umständen gut ergehe; und er folglich, die nächsten beiden Tage, nur wenig Beunruhigung verspürt, was mich anbetraf — obschon er immer eine Gelegenheit abgepaßt habe, hinunter zu steigen. Aber nicht vor dem *vierten Tage darauf* hätte sie sich ergeben. Mehr als 1 Mal während dieser Zeit sei er drauf & dran gewesen, seinen Vater von dem abenteuerlichen Stückchen zu unterrichten & mich dadurch sofort nach oben zu befördern; aber wir wären immer noch in Reichweite von Nantucket gewesen, und Käpt'n Barnard dazu gewisse Ausdrücke entkommen, die es zumindest zweifelhaft erscheinen ließen, ob er nicht doch auf der Stelle wenden würde, wenn er entdeckte, daß ich an Bord sei. Überdem, wenn er sich die Sache überlegte, habe Augustus, wie er mir gestand, sich auch nicht vorstellen können, daß ich direkten Mangel litte; beziehungsweise, daß ich in solchem Fall irgend zögern würde, mich an der Klappe vernehmbar zu machen. Ergo wenn er so All- & Jedes in Anschlag gebracht habe, sei er zu dem Ergebnis gekommen, mich zu lassen wie & wo ich war, bis ihm eine Gelegenheit aufstieße, mich unbeobachtet zu besuchen. Diese nun, wie ich bereits erwähnte, ergab sich nicht eher, als am 4. Tage, nachdem er mir seine Uhr gebracht hatte, und also dem 7. nach dem ich zuerst den Laderaum betrat. Er war damals nach unten gegangen, ohne irgend Wasser oder sonstige Lebensmittel mitzunehmen; in erster Linie lediglich mit der Absicht, mich aufmerksam zu machen, damit ich aus meiner Kiste & zur Falltür hin käme – worauf er sich wieder in die Kabine zu begeben & mir Nachschub hinunterzureichen vorgehabt habe. Als er zu diesem Behuf einstieg, fand er mich in tiefem Schlaf; denn es scheint, daß ich überlaut geschnarcht hatte. Soweit ich hinsichtlich dieses Punktes überschlägige Rechnungen anstellen kann, muß es sich hierbei um jenen Dauerschlaf gehandelt haben, in den ich verfiel, gleich nachdem ich mit der Uhr von der Falltür zurückgekommen war; und der demzufolge zuallermindest *mehr als 3 geschlagene Tage & Nächte lang* angehalten haben muß. Letzthin ist mir übrigens Gelegenheit geworden, mich sowohl aus eigener Erfahrung als auch durch die Bestätigungen Anderer, von der stark einschläfernden Wirkung zu überzeugen, die der Dunst von altem Fischthran ausübt, zumal bei Abschluß von Außenluft; und wenn ich an den Zustand des Laderaums denke, in dem ich eingesperrt, und die langen Jahre, während deren die Brigg schon als Walfischfänger eingesetzt gewesen war, bin ich manchmal geneigt, mich mehr darüber zu wundern, daß ich überhaupt noch einmal aufgewacht bin, als daß ich nur ununterbrochen den oben angegebenen Zeitraum durchschlafen habe. Augustus rief mir zuerst mit unterdrückter Stimme, und ohne dabei die Falltür zu schließen – aber ich gab ihm keine Antwort. Daraufhin machte er die Klappe zu, und sprach zu mir in lauterem; schließlich in sehr lautem Ton – mein Schnarchen dauerte rüstig fort. Er war jetzt in Verlegenheit, was er tun solle. Den Weg durch Ballast & Gerümpel bis zu meiner Kiste hin zurückzulegen, würde eine geraume Weile erfordern; und in der Zwischenzeit könnte Käptn Barnard, der, beim Ordnen & Kopieren von Schriftstücken, die mit dem Zweck der Reise in Zusammenhang standen, seine Dienste alle paar Minuten in Anspruch nahm, eine Absentierung auffallen. Er entschied sich also, nach reiflichem Überlegen, dafür, wieder hinaufzusteigen, und eine andere-bessere Gelegenheit zu einem Besuch bei mir abzupassen. Dieser Entschluß wurde ihm umso leichter, da mein Schlummer von der allersorglosesten Art schien, sodaß er nicht entfernt vermuten konnte, meine Einkerkerung hätte mir irgendwelche Unannehmlichkeiten bereitet. Eben war er hinsichtlich dieser Punkte zu einem Entschluß gekommen, als ein ungewöhnlicher Krawall seine Aufmerksamkeit erregte, der dem Klang nach scheinbar aus der Kajüte herkam. Er sprang so flink wie möglich wieder durch die Klappe; schloß sie; und stieß die Tür seiner Kabine auf – kaum, daß er den Fuß über die Schwelle gesetzt hatte, wurde auch schon eine Pistole vor seinem Gesicht abgebrannt, und er, im selben Augenblick, von dem Hieb einer Handspake niedergeschlagen.

Eine starke Hand, die seine Kehle fest umklammerte, hielt ihn auf dem Boden der Kajüte – dennoch war er imstande, wahrzunehmen was um ihn herum vor sich ging. Sein Vater lag, an Händen & Füßen gefesselt, den Kopf nach unten, auf der Kajüt-Treppe, mit einer tiefen Stirnwunde, aus der das Blut in ununterbrochenem Strom rieselte. Er sprach nicht ein Wort, und lag anscheinend im Sterben. Über ihm stand der 1. Maat, der ihn mit einer Miene satanischen Spottes musterte & ihm gleichzeitig frech-besonnen die Taschen leerte, aus denen er soeben eine dicke Brieftasche und einen Chronometer zog. 7 von der Mannschaft, (unter ihnen der Koch, ein Neger), durchstöberten indes die Kabinen an Backbord nach Waffen; aus denen sie sich auch bald mit Musketen & Munition ausgerüstet hatten. Außer Augustus & Käptn Barnard befanden sich im Ganzen 9 Mann in der Kajüte, unter ihnen natürlich die brutalsten Raufbolde der ganzen Besatzung. Als nächstes begaben sich die Schufte an Deck; wobei sie meinen Freund, nachdem sie ihm die Arme auf dem Rücken zusammengebunden hatten, mit sich nahmen. Sie verfügten sich schnurstracks zum Vorderschiff, das verrammelt war – 2 der Meuterer standen mit Äxten daneben – und 2 weitere an der Großluke. Der Maat brüllte mit lauter Stimme: »Ihr da unten, hört Ihr? Hoch mit Euch, und zwar etwas plötzlich – aber immer nur 1 zur Zeit, verstanden? – und nicht gemuckst!« Ein paar Minuten vergingen, bevor Jemand erschien –: schließlich kam ein Engländer, der als ungelernter Matrose angeheuert hatte, nach oben, wobei er zum Erbarmen heulte, & den Maat auf die unterwürfigste Weise beschwor, doch sein Leben zu schonen. Die einzige Antwort bestand in einem Hieb mit der Axt vor die Stirn. Der arme Kerl schlug ohne 1 Laut aufs Deck hin, und der schwarze Koch hob ihn, wie er es mit einem Kinde getan hätte, auf den Arm, und kippte ihn wohlbedächtig in die See. Aber nunmehr konnten die Männer unten, die den Hieb & das Aufklatschen des Körpers gehört hatten, weder durch Drohungen noch Versprechungen mehr bewogen werden, sich auf Deck zu wagen; bis der Vorschlag

gemacht wurde, sie auszuräuchern. Da allerdings erfolgte ein allgemeiner Ansturm; und einen Augenblick lang schien es beinah möglich, daß die Brigg zurückerobert würde. Zuletzt jedoch gelang es den Meuterern, die Vorderluke endgültig zu schließen, bevor noch mehr als 6 ihrer Gegner hatten nach oben kommen können. Diese 6, die sich ohne Waffen einer so großen Überzahl gegenüber fanden, ergaben sich nach kurzem Kampf. Der Maat gab ihnen gute Worte – zweifellos mit der Absicht, Die-unten zum Nachgeben zu bestimmen; denn sie hatten keinerlei Schwierigkeit, alles mitzuhören, was an Deck gesprochen wurde. Das Ergebnis bewies auch seine Pfiffigkeit, und seine diabolische Verruchtheit nicht minder. Alle im Vorderschiff zeigten unlängst ihre Bereitschaft an, sich zu ergeben; Einer nach dem Andern stiegen sie herauf, und wurden, zusammen mit den ersten 6, gebunden auf den Rücken gelegt – alles in allem waren es 27 von der Mannschaft, die sich an der Meuterei nicht beteiligt hatten.
Eine Szene der grausigsten Metzelei schloß sich an. Die gefesselten Seeleute wurden hin zur Laufplanke geschleift. Dort hatte sich der Koch aufgestellt, der jeglichem der Opfer eins mit der Axt vor den Kopf gab, worauf die andern Meuterer es über Bord schroteten. Auf diese Weise waren schon 22 Mann umgekommen; und Augustus hatte sich endgültig verloren gegeben, mußte er doch jeden Moment erwarten, daß als Nächsten die Reihe an ihn käme. Aber es schien, wie wenn die Verbrecher nunmehr entweder müde würden, oder ihre blutige Beschäftigung sie in gewissem Grade anzuwidern beginne; denn den außer meinem Freunde noch übrigen 4 Gefangenen, die man zuerst mit dem Rest auf Deck geworfen hatte, wurde unerwarteter Aufschub: der Maat schickte hinunter, nach Rum; und die ganze Mörderbande veranstaltete ein Trinkgelage, das bis Sonnenuntergang währte. Sie verfielen bald darauf, sich zum Gegenstand ihrer Diskussion das Schicksal der paar Überlebenden zu erkiesen, die nicht mehr als 4 Schritt davon entfernt lagen & jedes einzelne Wort unterscheiden konnten. Auf einige der Meuterer schien der Alkohol besänftigende Wirkung zu üben; denn es erhoben sich mehrere Stimmen zugunsten einer Freilassung sämtlicher Gefangener, vorausgesetzt, sie schlössen sich der Meuterei an & akzeptierten ihren Anteil vom Gewinn. Der schwarze Koch aber, (der ein wahrer Dämon war in jeglicher Beziehung; und ebensoviel Einfluß zu haben schien, wie der Maat selbst, wenn nicht gar mehr),

wollte nichts von Vorschlägen solcher Art hören, und erhob sich mehrfach, mit der Absicht, seine Fallreepstätigkeit wieder aufzunehmen. Glücklicherweise war er von Trunkenheit so weit übermannt, daß ihn die weniger blutdürstigen der Kumpanei leicht zurückhalten konnten; unter ihnen ein Leinenmeister, der auf den Namen Dirk Peters hörte. Dieser Mensch war der Sohn einer Indianerin aus dem Stamme der Upsarokas, die in den unzugänglichen Berggewinden der Black Hills, nahe den Quellen des Missouri, hausen. Sein Vater war, wie ich glaube, Pelzhändler gewesen; zumindest hatte er irgendwie Beziehungen zu den indianischen Handelsfaktoreien am Lewis River gehabt. Peters selbst war einer der grotesk-wildest dreinschauenden Menschen, die mir je begegnet sind. Er war nur von kurzer Statur – nicht mehr als 1.42 groß – aber seine Gliedmaßen hatten wahrhaft herkulische Dimensionen; zumal waren seine Hände von derart enormer Breite & Dicke, daß sie kaum noch menschliches Format bewahrten. Seine Arme, und die Beine nicht minder, waren in der allereigentümlichsten Weise *gebogen;* und schienen keinerlei Flechsibilität zu besitzen. Gleichermaßen verformt war sein Kopf; von unwahrscheinlicher Größe & mit einer kleinen Dälle auf dem Scheitel, (wie sie sich bei den meisten Negerschädeln vorfindet), und dazu völlig kahl. Um letztbesagten Defekt, der nicht etwa von hohem Alter herrührte, zu tarnen, trug er gewöhnlich ein Perückoid, aus dem erst-besten haarähnlichen Material, das just bei der Hand war – vom Fell eines spanischen Wachtelhündchens an, bis notfalls hinauf zum amerikanischen Grizzly. Zu der Zeit von der ich berichte, hatte er gerade ein solches Stück Bärenfell auf; was nicht wenig zu der angeborenen Verwildertheit seiner Züge beitrug, in denen sowieso der Upsaroka-Typ überwog. Der Mund erstreckte sich beinahe von einem Ohr bis zum anderen; die Lippen waren dünn und schienen, wie gewisse andere Teile seiner Gestalt, der natürlichen Biegsamkeit zu entraten, sodaß ihr herrschender Ausdruck sich, unter dem Einfluß welcher Emotionen auch immer, imgrunde niemals änderte. Von diesem ›herrschenden Ausdruck‹ mag man sich einen Begriff machen, wenn man ergänzend in Anschlag bringt, daß seine Zähne überaus lang & vorstehend, und nie, bei keiner Gelegenheit & nicht einmal partiell, von den Lippen bedeckt waren. Wer einen solchen Mann mit nur flüchtigem Blick streifte, hätte sich einbilden können, daß Jenen ein förmlicher Lach-Krampf schüttelte – ein zweiter

Blick jedoch hätte für die schaudernde Erkenntnis hingereicht, daß, falls solch ein Gesichtsausdruck tatsächlich Freude anzeige, es sich um die Sorte Freude eines Dämons handeln müsse. Über dies kuriose Geschöpf waren unter dem seefahrenden Teil der Bevölkerung von Nantucket zahlreiche Anekdoten in Umlauf; Anekdoten, die seine, im Zustand der Erregung ans Fabelhafte grenzende Körperkraft zu belegen dienen sollten, während einige davon gleichzeitig Zweifel an seinem Verstand aufkommen ließen. An Bord des ›Grampus‹ allerdings, betrachtete man ihn zur Zeit der Meuterei, wie es scheint, mehr mit spöttlichen Gefühlen, als sonst irgendwie. Ich habe mich im Vorstehenden deshalb so ausführlich mit Dirk Peters verbreitet, weil er, erstens, grausam wie er äußerlich wirkte, sich dennoch als das Hauptwerkzeug erwies, das Augustus' Leben gerettet wurde; und dann, weil ich im weiteren Verlauf meines Berichts noch häufig Gelegenheit haben werde, seiner zu erwähnen — eines Berichtes, der, ich möchte das bereits hier betonen, in seinem letzten Teil Ereignisse von einer Natur schildert, die man als so gänzlich außerhalb des bisherigen Bereichs menschlicher Erfahrung (und eben deshalb als so weit jenseits der zumutbaren Grenze menschlicher Glaubensfähigkeit) betrachten wird, daß ich eigentlich ohne jede Hoffnung weiterschreibe, für alles was ich noch erzählen werde, hundertprozentige Glaubwürdigkeit zugebilligt zu bekommen; dennoch vertraue ich fest der Zeit & dem Fortschreiten der Wissenschaft, daß diese dereinst einige der bedeutsamsten & unwahrscheinlichsten meiner Angaben doch noch bestätigen werden.
Nach beträchtlich unschlüssigem Hin & Her, und 2 oder 3 heftigen Auseinandersetzungen, einigte man sich schließlich dahin: daß sämtliche Gefangene, (mit Ausnahme von Augustus; den Peters, ebenso spaßhaft wie beharrlich, unbedingt als seinen ›Sekretär‹ dabehalten wollte), Wind & Wellen preiszugeben seien, und zwar in einem der kleinsten Walboote. Ergo begab sich der Maat in die Kajüte hinunter, um nachzusehen, ob Käptn Barnard noch lebe — war er doch, wie man sich erinnern wird, unten gelassen worden, als die Meuterer an Deck stiegen. Gleich darauf erschienen auch die Zwei auf der Bildfläche; der Kapitän blaß wie der Tod, aber doch etwas erholt von den Nachwirkungen seiner Verwundung. Er redete die Mannschaft an, mit kaum vernehmbarer Stimme; beschwor sie, ihn mitnichten auszusetzen, vielmehr zu ihrer Pflicht zurückzukehren; und versprach

ihnen schließlich, sie an Land zu setzen, wo immer es ihnen beliebe und keinerlei juristische Schritte gegen sie zu unternehmen. Er hätte ebensogut den Winden predigen können. 2 der Rohlinge packten ihn bei den Oberarmen, und beförderten ihn über die Schiffswand ins Boot hinab, das zu Wasser gelassen worden war, während der Maat sich nach unten begab. Anschließend wurden die 4 Mann, die an Deck lagen, losgebunden & ›Einsteigen!‹ kommandiert; was sie auch ohne den geringsten Versuch zum Widerstand befolgten – während Augustus immerfort in seiner peinvollen Lage verblieb; ob er gleich rang & bettelte, und sei es nur um die armselige Vergünstigung, seinem Vater ›Lebewohl‹ sagen zu dürfen. 1 Handvoll Schiffszwieback & 1 Krug mit Wasser wurden nunmehr hinunter gereicht; aber weder Mast, Segel, Ruder, noch Kompaß. Ein paar Minuten noch wurde das Boot hintennach geschleppt, währenddes die Meuterer eine letzte Beratung abhielten – dann aber endgültig das Tau gekappt. Zu diesem Zeitpunkt begann bereits die Nacht anzubrechen – weder Mond noch Sterne waren zu sehen – und ob schon nicht gerade ein nennenswerter Wind herrschte, so ging doch eine kurze & sehr unangenehme Dünung.

Das Boot war sogleich außer Sicht; und für die unselige Besatzung, die es barg, ließ sich nur wenig Hoffnung hegen. Immerhin hatte sich das Ereignis in 35° 30′ nördl. Breite, 61° 20′ westl. Länge abgespielt, und folglich in keiner allzugroßen Entfernung von den Bermuda Inseln; weshalb Augustus sich auch mit dem Gedanken zu trösten versuchte, daß das Boot durchaus entweder mit Erfolg Land erreichen, oder ihm doch wenigstens nahe genug kommen könnte, daß jene Küsten passierende Fahrzeuge darauf stießen.

Die Brigg selbst setzte nunmehr sämtliche Segel, und verfolgte ihren ursprünglichen Kurs in Richtung Südwest – waren doch die Meuterer, soweit man sich das Gehörte zusammenreimen konnte, auf irgendein Piraten-Unternehmen aus; in dessen Verlauf als nächstes ein Schiff abgefangen werden sollte, das sich auf der Fahrt von den Kapverdischen Inseln nach Porto Rico befand. Auf Augustus, dem man die Bande abgenommen & Erlaubnis erteilt hatte, sich auf dem Vorderschiff, bis zur Kajüttreppe hin, frei zu bewegen, wurde so gut wie nicht mehr geachtet. Dirk Peters behandelte ihn mit einem gewissen Grade von Zutunlichkeit; ja, bewahrte ihn bei einem Anlaß sogar vor der Brutalität des Kochs. Dennoch war &

blieb seine Stellung überaus prekär; da die Männer pausenlos betrunken waren, und es keinerlei Verlaß gab, weder darauf, daß ihre gute Laune, noch daß ihre Sorglosigkeit ihm gegenüber ununterbrochen anhalten werde. Als die ihn am meisten peinigende Konsequenz aus dieser seiner Stellung aber, bezeichnete er mir die Angst um mich; wie ich denn auch tatsächlich niemals Grund gehabt habe, die Aufrichtigkeit seiner Freundschaft anzuzweifeln. Mehr als 1 Mal hatte er den Entschluß gefaßt, die Meuterer mit dem Geheimnis meiner Anwesenheit an Bord bekannt zu machen; war jedoch stets wieder davon zurückgekommen, teils wegen der Erinnerung an die Unmenschlichkeiten, deren Zeuge er schon gewesen war, und teils infolge einer Hoffnung, unlängst doch in den Stand zu kommen, mir Entsatz zu bringen. Zu diesem letzteren Behuf hielt er sich beständig auf der Lauer; aber, seiner ausdauerndsten Wachsamkeit wie zum Trotz, verstrichen noch drei volle Tage nach dem Aussetzen jenes Bootes, bevor sich etwas wie eine Chance zeigte. Am Spätabend dieses dritten Tages endlich, hatten schwere Böen aus Osten eingesetzt & alle Mann waren auf Deck beordert worden, um Segel einzuholen. Während des sich hieraus ergebenden Durcheinanders, nahm er unbemerkt seinen Weg nach unten & in seine alte Kabine. Was war sein Entsetzen & Gram, als er entdecken mußte, daß man sie zu einem Ablageplatz für alle möglichen Vorräte & Schiffsausrüstungsgegenstände umgewandelt hatte; und daß diverse Klafter einer alten Ankerkette, die vorher unter der Kajüttreppe weggestaut gelegen hatte, nunmehr, um Platz für eine Kiste zu gewinnen, von dort weggezerrt & ausgerechnet genau auf die Klappe gepackt worden war! Sie unauffällig zu entfernen war unmöglich; und er kehrte wieder auf Deck zurück, so geschwind er nur konnte. Kaum daß er oben war, packte ihn der Maat auch schon bei der Gurgel, herrschte ihn an, was er sich in der Kajüte zu schaffen gemacht habe?, und wollte ihn eben über die Backbordreeling werfen, als sein Leben ihm erneut durch das Eingreifen von Dirk Peters erhalten wurde. Immerhin wurden Augustus Handschellen angelegt, (von denen sich mehrere Paar an Bord befanden), und auch die Füße schnürte man ihm fest zusammen. Dann schaffte man ihn ins Zwischendeck, schmiß ihn in eine der unteren Kojen, unmittelbar am Vorderschott, mit der Beteuerung, daß er seinen Fuß nicht mehr wieder auf Deck setzen solle; zumindest ›bis die Brigg keine Brigg mehr sei‹! So war wenigstens der

Ausdruck des Kochs, der ihn in die Koje warf — es ist schwer möglich, anzugeben, welche genaue Bedeutung diese Wendung hat haben sollen. Wie dem auch sei; der ganze Zwischenfall erwies sich, in letzter Instanz, als das eigentliche Mittel zu meiner Rettung; wie sich sogleich zeigen wird.

V. KAPITEL / Lange Minuten hindurch, nachdem der Koch sich aus dem Vorderschiff entfernt hatte, überließ Augustus sich der Verzweiflung; er hatte keine Hoffnung mehr, die Koje lebend zu verlassen. Er gelangte nunmehr zu dem Entschluß, den ersten-besten der Männer, der nach unten kommen würde, mit meiner Lage bekannt zu machen; da es ihm doch noch besser däuchte, mich mein Glück mit den Meuterern versuchen, als vor Durst im Schiffsraum verkommen zu lassen — waren es ja nun zehn Tage, seit ich zuerst eingesperrt worden; und mein 1 Krug Wasser wäre selbst für 4 kein üppiger Vorrat gewesen. Während er über diesen Gegenstand noch so nachdachte, durchzuckte ihn plötzlich der Gedanke: ob es vielleicht doch möglich sein könnte, durch den Raum unter der Großluke hindurch Verbindung mit mir aufzunehmen? Unter irgend anders gelagerten Umständen, hätten ihn Schwierigkeiten & Risiko des Unternehmens von dem bloßen Versuch schon abgehalten; aber jetzt hatte er, allem Anschein nach, wenig Aussicht zu überleben & ergo wenig mehr zu verlieren — folglich konzentrierte er seine ganze Energie auf diese 1 Aufgabe.
Das erste, was zu berücksichtigen stand, waren die Handschellen. Zunächst sah er keinerlei Möglichkeit, sich ihrer zu entledigen, und fürchtete schon, daß sein Plan dadurch gleich von Anfang an zu Schanden werden müsse; bei näherer Prüfung jedoch, machte er die Entdeckung, wie sich die Eisen nach Belieben ab- & wieder überstreifen ließen, und zwar mit relativ wenig Anstrengung & Beschwerlichkeit, simpel dadurch, daß er die Hände hindurchzwängte — waren doch die betreffenden Handschellen von einer Sorte, gänzlich ungeeignet, um junge Menschen, bei denen die dünneren Knöchel noch bereitwillig jedem Druck nachgeben, festzuhalten. Anschließend knotete er sich die Füße auf, wobei er den Strick so beließ, daß er, sollte eventuell Jemand herunterkommen, leicht wieder in Ordnung gebracht werden könnte; und ging dann daran, das Schott zu untersuchen, dort

wo es an seine Koje stieß. Die Trennwand bestand hier aus einzölligem weichem Kiefernholz; und er erkannte, daß er geringe Mühe haben werde, sich einen Weg hindurch zu schnitzen. Eben jetzt aber wurde eine Stimme auf der vorderen Kajüttreppe hörbar; und er hatte grade noch Zeit, wieder seine Rechte in die Handschelle zu schieben (die Linke hatte er darin gelassen) und sich den Strick in einem schnellen Laufknoten um die Änkel zu schlingen; als auch schon Dirk Peters nach unten kam, gefolgt von Tiger, der sofort in die Koje sprang & sich dort niederlegte. Der Hund war von Augustus, der meine Zuneigung für das Tier kannte & sich gedacht hatte, es würde mir Spaß machen, ihn während der Reise bei mir zu haben, an Bord geschmuggelt worden. Er war, unmittelbar nachdem er mich zuerst in den Schiffsraum eingeschleust hatte, zu uns nach Hause gegangen und hatte ihn geholt; jedoch als er mir seinerzeit die Uhr brachte, nicht daran gedacht, des Umstandes zu erwähnen. Seit Ausbruch der Meuterei dann, hatte Augustus ihn, vor seinem Erscheinen mit Dirk Peters jetzt, nicht mehr gesehen & als verloren aufgegeben; indem er annahm, daß irgendeiner der boshaften Schufte, die zur Bande des Maats gehörten, ihn über Bord geworfen hätte. Späterhin ergab sich, daß er in ein enges Loch unter einem der Walboote gekrochen war, aus dem er sich, da er keinen Platz sich umzudrehen fand, alleine nicht mehr befreien konnte. Peters war es, der ihn am Ende herausließ; und Der ihn nun, mit einer Art von Gutmütigkeit, die mein Freund sehr wohl zu würdigen verstand, als einen Gefährten für ihn, mit sich herunter gebracht hatte; wobei er ihm, zur selben Zeit, 1 Fetzen Pökelfleisch daließ, auch Kartoffeln & 1 Kanne mit Wasser: dann begab er sich auf Deck; aber mit dem Versprechen, am nächsten Tage wieder zu kommen, und etwas mehr Essen zu bringen.

Als Jener gegangen war, machte Augustus beide Hände aus der eisernen 8 los, und befreite sich auch die Füße. Dann schob er das Kopfende der Matratze, auf der er gelegen hatte, beiseite; und fing an, mit seinem Federmesser (denn die Unfläther hatten es nicht der Mühe wert gehalten, ihn zu körpervisitieren) kräftig in die trennende Bretterwand einzuschneiden, und zwar so dicht wie möglich am Boden der Koje. Hier durchzubrechen entschloß er sich deswegen, damit er, für den Fall plötzlicher Unterbrechungen, in der Lage wäre, sein Unternehmen dadurch zu tarnen, daß er das Kopfstück der Matratze einfach in dessen ursprüngliche Lage zurücksinken ließe. Für den Rest des Tages jedoch trat keinerlei Störung mehr ein; und gegen Abend hatte er das Brett ein erstes Mal durchgeschnitzt. Es sei hier angemerkt, daß Keiner von der Mannschaft das Vorderschiff mehr zum Schlafen benützte; vielmehr waren seit der Meuterei Alle in die Kajüten umgesiedelt, wo sie Käptn Barnard's Weine tranken, in den Schiffsvorräten praßten, und dem Manövrieren der Brigg nicht mehr Aufmerksamkeit schenkten, als unbedingt erforderlich war. Diese Lage der Dinge erwies sich als äußerst günstig für Augustus, und für mich nicht minder; denn bei anders gearteten Umständen würde es ihm praktisch unmöglich gewesen sein, mich zu erreichen. Aber so fuhr er rüstig fort, voller Vertrauen auf seinen Plan. Immerhin war es schon dicht vor Tagesanbruch, bevor er das Brett ein zweites Mal durchtrennen konnte; was rund 1 Fuß über dem ersten Schnitt geschah, und eine Öffnung ergab, hinreichend groß, um ihm, und zwar mit Leichtigkeit, den Einstieg ins Hauptorlopdeck zu ermöglichen. Einmal dort angelangt, bahnte er sich auch, mit nur geringer Mühe, seinen Weg bis zur unteren Großluke; obwohl er dabei über ganze Schichten von Öltonnen hinwriggeln mußte, die nahezu bis an die Decke aufgestapelt lagen, und kaum Platz genug für seinen Körper übrig ließen. Am Lukengatter angekommen, sah er, daß auch Tiger sich zwischen 2 Lagen Fässern durchgezwängt hatte & ihm gefolgt war. Inzwischen war es jedoch zu spät geworden, um den Versuch zu machen, mich, noch ehe der Morgen aufdämmerte, zu erreichen; da die Hauptverzögerung darin bestanden hatte, die enggestaute Ladung mittschiffs zu überwinden. Er entschied sich deshalb dafür, umzudrehen & die nächste Nacht abzuwarten. Zu diesem Zweck ging er daran, jetzt schon das Lukengatter zu lockern auf daß sich, wenn er das nächstemal wiederkäme ein Minimum an Verzögerung ergebe. Kaum jedoch hatte er es gelockert, als auch schon Tiger voller Eifer auf die entstandene kleine Öffnung lossprang, 1 Moment hinein schnupperte, dann ein langes Winseln anstimmte & gleichzeitig mit den Pfoten an dem Hindernis herumzukratzen begann, wie um es zu beseitigen. Sein Gebaren ließ keinerlei Zweifel daran: er spürte, daß ich irgendwo im Schiffsraum sei; und Augustus begann es für möglich zu halten, daß der Hund, falls er ihn durchließ, sich bis zu mir hin arbeiten könne. Jetzt war es, daß er auf das Auskunftsmittel einer schriftlichen Benachrichtigung verfiel; da es ja besonders wünschenswert erschien, daß ich, zu-

mindest unter den augenblicklich vorwaltenden Umständen, keinerlei Ausbruchsversuch unternähme; und er sich andrerseits doch nicht hundertprozentig gewiß sein konnte, mich, wie er vorhatte, morgen persönlich zu erreichen. Die folgenden Ereignisse bewiesen auch, wie glücklich es war, daß gerade dieser Einfall ihm kam; denn hätte ich seine Benachrichtigung nicht erhalten, wäre ich garantiert auf irgendeinen Plan verfallen & sei er noch so verzweifelt, die Mannschaft zu allarmieren, und die Folge hiervon höchstwahrscheinlich, daß unser Beider Leben geopfert worden wären.
Den Beschluß zu schreiben einmal gefaßt, ergab sich als nächste Schwierigkeit, die dazu erforderlichen Materialien zu beschaffen. Ein alter Zahnstocher war bald zur Schreibfeder umgestaltet; obzwar dies nur nach dem Gefühl, denn es war pechschwarz in den Zwischendecks. Das nötige Papier ergab die Rückseite eines Briefes – das Duplikat übrigens jenes gefälschten Briefes, von Mr. Ross. Es war eigentlich sogar der Original-Entwurf gewesen; aber da die Handschrift nicht exakt genug imitiert schien, hatte Augustus einen weiteren angefertigt; und den früheren, zum guten Glück, in seine Jackentasche gesteckt, wo er ihn nun, unvergleichlich zu paß kommend, entdeckte. Das einzige, was noch mangelte, war die Tinte; und ein Ersatz auch dafür ergab sich sogleich, indem er sich mit dem Messer einen leichten Schnitt in den Finger, unmittelbar über der Nagelwurzel beibrachte – worauf, wie bei Verwundungen in dieser Gegend üblich, ein reichlicher Austritt von Blut erfolgte. Er schrieb nunmehr seine Mitteilung, so gut es sich im Stockfinstern & unter den Umständen bewerkstelligen ließ. Sie erklärte in aller Kürze, daß eine Meuterei stattgefunden habe; daß Käptn Barnard ausgesetzt worden sei; und daß ich, was Lebensmittel anbelange, auf unverzüglichen Nachschub rechnen könne; auf keinen Fall jedoch riskieren dürfe, das geringste Aufsehen zu erregen. Geschlossen hatte er mit den Worten: ›Ich kritzle dies schnell mit *Blut – Dein Leben hängt vom Verstecktbleiben ab!*‹
Der Zettel wurde dem Hund umgebunden, dieser anschließend in die Luke hineingeschoben; und Augustus bahnte sich seinen Weg, so gut es ging, wieder zurück ins Vorderschiff; wo er nichts antraf, das ihm Grund zu der Befürchtung gegeben hätte, Jemand von der Mannschaft sei während seiner Abwesenheit da gewesen. Um das Loch in der Wand zu tarnen, stieß er, unmittelbar oberhalb,

sein Messer hinein & dekorierte eine Tuchjacke darüber, die er in der Koje gefunden hatte. Dann band er sich den Strick um die Fußgelenke, und legte seine Handschellen wieder an.
Kaum war er mit den genannten Anordnungen fertig geworden, als auch schon Dirk Peters nach unten kam; sehr betrunken freilich, aber in glänzender Laune, und der gleichzeitig meinem Freunde die Lebensmittelration für den heutigen Tag mitbrachte. Sie bestand aus 1 Dutzend mächtig-großer Bratkartoffeln & 1 Krug Wasser. Er setzte sich für einige Zeit auf eine Kiste, die neben der Koje stand; und sprach sich frei aus, über die Situation der Brigg im allgemeinen & den Maat im besonderen. Sein Betragen dabei war beträchtlich excentrisch, ja zuweilen grotesk; und Augustus eine zeitlang ausgesprochen beunruhigt ob seines bizarren Gebarens. Am Ende jedoch entfernte er sich wieder, auf Deck; wobei er etwas wie ein Versprechen murmelte, seinem Gefangenen morgen 'mal ein anständiges Mittagessen zu bringen. Im Verlauf des Tages kamen 2 weitere Mannschaftsmitglieder (Harpuniere) nach unten, in Begleitung des Kochs; und alle 3 so ziemlich im letzten Stadium der Betrunkenheit. Genau wie Peters, schienen auch sie keinerlei Bedenken zu tragen, sich rückhaltlos über ihre Pläne auszulassen. Es machte den Eindruck, wie wenn sie unter sich recht uneins wären, was ihren endgültigen Kurs anbetraf; ja, daß sie eigentlich in keinem Punkt übereinstimmten, ausgenommen den Angriff auf jenes erwähnte Schiff von den Kapverden, auf das sie stündlich zu treffen erwarteten. Soweit sich Klarheit gewinnen ließ, war die Meuterei nicht einzig & allein um der Beute willen zustande gekommen; der Hauptantrieb vielmehr ein privater Groll des 1. Maats gegen Kapitän Barnard gewesen. Im Augenblick schien es 2 große Parteien unter der Mannschaft zu geben — die eine vom Maat angeführt, die andre vom Koch. Jene waren dafür, das erste-beste, einigermaßen geeignete Schiff, das ihnen aufstoßen würde, zu kapern; und es dann, auf irgendeiner der Westindischen Inseln, für einen Piratenzug auszurüsten. Die Letztgenannten jedoch, die übrigens die Stärkeren waren & auch Dirk Peters zu ihren Befürwortern zählten, stimmten mit Nachdruck dafür, den ursprünglich für die Brigg vorgesehenen Kurs weiter zu verfolgen, nämlich bis in den Süd-Pazifik; und dort entweder wirklich Wale zu fangen, oder aber sich anders, ganz den Umständen entsprechend, zu verhalten. Besonders Peters' Schil-

derungen, der häufig in jenen Gegenden unten gewesen war, übten allem Anschein nach großes Gewicht bei den Meuterern, gerade bei deren jetzigem Schwanken zwischen halbgeformten Vorstellungen von Gewinn oder Genuß. Er hatte sich darüber verbreitet, wie man zwischen den zahllosen Eilanden des Pazifik eine ganze Welt von Neuigkeiten & Kurzweil fände; über die vollkommene Sicherheit, auch Freiheit von jedweder Beschränkung, deren man dort genösse; im Besonderen aber auf der Herrlichkeit des Klimas verweilt, der Überfülle bester Lebensmöglichkeiten, und auf der üppigen Schönheit der Frauen dort. Bis jetzt hatte man sich noch nicht endgültig für etwas entschieden; aber die Beschreibung des Mestizen & Leinenmeisters ergriffen zusehends stärker Besitz von der feurigen Einbildungskraft der Seeleute; und es sah ganz so aus, wie wenn seine Anregungen am Ende wahrscheinlich in die Tat umgesetzt werden würden.
Alle 3 Mann begaben sich, nach rund einer Stunde, wieder von dannen; und den ganzen langen Tag hindurch betrat das Vorderschiff kein Mensch mehr. Augustus blieb, bis gegen Abend, ruhig liegen. Dann machte er sich von Strick & Eisen frei,

und traf die Vorbereitungen für sein Unternehmen. Eine Flasche fand sich in einer der Kojen, und sie füllte er mit Wasser aus dem Krug, den Peters dagelassen hatte; gleichermaßen brachte er einen Vorrat von kalten Kartoffeln in seinen Taschen unter. Zu seiner größten Freude stieß er sogar auf eine Laterne, in der sich noch ein Endchen von einem Talglicht befand. Da er selber noch im Besitz einer Schachtel mit Fosforzündhölzern war, konnte er nun also jeden Augenblick Licht machen. Als es ganz finster geworden war, stieg er durch das Loch in der Schottwand ein; nachdem er, vorsichtshalber, die Bettdecken & -tücher in seiner Koje dergestalt drapiert hatte, daß es annähernd wirkte, wie wenn Jemand, fest zugedeckt, darunter läge. Als er hindurch war, hängte er die Tuchjacke wieder über den Messergriff, genau wie vorher, um die Öffnung zu tarnen — ein Manöver, das sich insofern leicht ausführen ließ, als er das herausgeschnittene Brettstück erst hinterher wieder einsetzte. Er befand sich jetzt also im Hauptorlopdeck, und schlug genau den gleichen Weg wie neulich ein, zwischen Oberdeck & Öltonnen, bis wiederum hin zur Großluke. Hier angelangt, zündete er sein Stück Kerze an, und tappte sich nach unten; wobei er auf größte Schwierigkeiten stieß, so kompakt war die Ladung im Raum gestaut. Schon nach ganz wenigen Augenblicken überkam ihn Beunruhigung ob des schier unerträglichen Gestanks & der stagnierenden Luft. Er konnte sich kaum vorstellen, daß ich eine Einsperrung von so langer Dauer & bei so drückenden Dünsten, überlebt hätte. Er rief wiederholt meinen Namen; erhielt jedoch keine Antwort von mir; worob sich seine schlimmsten Befürchtungen zu bestätigen schienen. Die Brigg rollte & schlingerte heftig; und als Folge davon entstanden überall & soviele Geräusche, daß es sinnlos war, eines der schwächeren, wie etwa mein Atmen oder Schnarchen, erlauschen zu wollen. Er öffnete die Laterne, und hielt sie ab nun, sobald sich eine Gelegenheit dazu bot, so hoch wie nur möglich; damit ich, falls ich noch am Leben wäre, den Lichtschein erkennen & daraus entnehmen möge, daß Rettung nahe. Dennoch war & blieb nichts von mir zu hören; und seine Ahnung, daß ich tot sei, begann allmählich den Charakter der Gewißheit anzunehmen. Nichtsdestoweniger beschloß er, sich, wenn nur irgend möglich, Zugang zu meiner Kiste zu erzwingen; und wenigstens die Wahrheit seines schrecklichen Argwohns über jeden Zweifel erhaben zu machen. So kämpfte er sich in einem wahrhaft bemitleidenswerten Zustand von Niedergeschlagenheit noch eine Weile fürder; bis er endlich seinen Nicht-Pfad endgültig blockiert fand, und erkennen mußte, daß es auf diesem zur Zeit eingeschlagenen Wege, keine Möglichkeit eines Weiterkommens mehr gebe. Da warf er sich, übermannt von seinen Gefühlen, voller Verzweiflung mitten ins Labyrümpel hin, und weinte wie ein Kind. Zu diesem Zeitpunkt nun geschah es, daß er das Klirren der Flasche vernahm, die ich zu Boden schmetterte. Und, wahrlich, mein Glück war es, daß dieser Zwischenfall sich ereignete — denn von eben diesem Zwischenfall, banal wie er scheinen mag, hat mein Schicksalsfädlein abgehangen. Immerhin sind viele Jahre verstrichen, ehe ich von dieser Tatsache voll Kenntnis bekam. Natürliche Scham & Reue ob seiner Schwäche & Unentschlossenheit, hielten Augustus davon ab, mir damals sogleich zu gestehen, was, späterdanach, ein intimerer & rückhaltloserer Umgang ihn vermocht hat, mir zu bekennen: als er einsehen mußte, wie ein weiteres Vordringen im Schiffsraum von Hindernissen gehemmt ward, die er nicht überwinden konnte, hatte er sich bereits entschlossen gehabt, den Versuch mich zu erreichen aufzugeben; und unverzüglich wieder ins Vorderschiff zurückzukehren. Bevor man ihn jedoch über diesen 1 Punkt endgültig verdammt, sollten die nervenaufreibenden Umstände in Anschlag gebracht werden, die ihn allseitig bedrängten. Schon näherte sich die Nacht rapid ihrem Ende, und seine Entfernung aus dem Vorderschiff konnte entdeckt werden; was sogar praktisch unvermeidlich wurde, falls er seine Koje nicht noch vor Tagesanbruch wieder erreichte. Seine Kerze in der Tülle schwand zusehends dahin; und den Rückweg zur Luke im Stockfinstern zu ertappen, würde das Schwierigste vom Schwierigen gewesen sein. Auch muß eingeräumt werden, daß er beste Gründe hatte, mich für tot zu halten; für welchen Fall ein Vorstoß seinerseits bis zur Kiste, mir keinerlei Gewinn mehr bringen; ihn selbst aber mit einer Welt von Gefahren konfrontieren würde, und zwar ohne Sinn & Zweck. Er hatte immerhin wiederholt geschrieen; und von mir war keinerlei Antwortähnliches erfolgt. Ich hatte nun 11 Tage & ebensoviele Nächte hinter mir, mit nicht mehr Wasser, als 1 Krug enthielt, den er mir anfänglich hingestellt hatte — ein Quantum, von dem es überdem nichts weniger als wahrscheinlich war, daß ich es zu Beginn meiner Klausur sorgenfaltigst rationiert haben würde; da ich ja jeglichen Grund hatte, eine baldige Befreiung zu erwarten. Weiterhin mußte der Dunstkreis im unteren Schiffsraum ihm, der aus der im Verhältnis dazu frischen Luft des Mannschaftszwischendecks kam, als schlechthin giftig erschienen sein; und bei weitem unerträglicher als mir, da ich zuerst mein Quartier in der Kiste bezog — hatten doch damals die Luken viele Monde hindurch pausenlos offengestanden. Nimmt man zu diesen Erwägungen noch die Szenen von Blutvergießen & Terror hinzu, deren Zeuge mein Freund jüngst geworden war; sein Gefesseltsein, Entbehrungen, das mehrfache um Haaresbreite dem Tode Entkommen, und endlich die hauchfeinen & überfragwürdigen Voraussetzungen, aufgrund deren er überhaupt noch am Leben sein durfte — alles Umstände, hochgradig dazu angetan, jegliche Energie des Geistes zu lähmen — dann wird der Leser, & ebenso ging es mir, leichtlich dahin gelangen, seinen scheinbaren Abfall von Freundschaft & Treue, eher mit Gefühlen von Kummer als von Ungehaltensein zu betrachten. Das Flaschenaufklirren also war deutlich als solches zu vernehmen; trotzdem Augustus sich nicht sicher war, ob es auch wirklich vom Schiffsraum ausginge. Immerhin war ihm der bloße Zweifel Beweggrunds genug, auszudauern. Er klomm, sich des Ballasts bedienend, bis ganz-dicht unters Orlopdeck; wartete ab, bis das Schiff 1 Moment lang ruhiger lag; und tat dann, so laut er nur immer vermochte, einen Zuruf an mich — wobei er für den Augenblick die Gefahr, von der Mannschaft gehört zu werden, gänzlich außer Acht setzte. Man wird sich erinnern, daß mich seine Stimme bei diesem Anlaß sehr wohl erreichte; aber auch, daß ich, von heftigsten Erregungen total übermannt, platterdings nicht imstande war, zu erwidern. Er-seinerseits, nunmehr überzeugt, daß seine schlimmsten Befürchtungen nur zu wohl begründet seien, klomm hinter sich hinab; mit der Absicht, ohne den geringsten weiteren Zeitverlust ins Vorderschiff zurückzukehren. In seiner Hast geschah es, daß einige kleinere Kisten heruntergeworfen wurden; ein Geräusch, das, wie man sich erinnern wird, von mir gehört wurde. Er war auf seinem Rückweg schon erheblich weit gekommen, als der Fall meines Messers ihn bewog, wiederum zu zögern:? Unverzüglich grapschte er sich denselben Weg zurück; klomm neuerlich hoch in der Ballastklamm; und schrie, nachdem er relative Stille abgewartet hatte, ein zweitesmal meinen Namen hinaus:! — — Diesmal gehorchte mir die Stimme; und ich antwortete. Überfroh, mich noch am Leben zu finden, beschloß er nunmehr, jedweder Schwierigkeit & Gefahr zu trotzen, um mich zu erreichen. Nachdem er sich so rasch wie möglich, aus dem Rumpel-Labyrinth, das ihn umhemmte, herausgearbeitet hatte, traf er am Ende auf eine Öffnung, die vielversprechend schien; und langte schließlich, nach einer Reihe kraftverbrauchendster Anstrengungen, im Zustand äußerster Erschöpfung bei meiner Kiste an.

VI. KAPITEL / Dies waren im Großen & Ganzen die Hauptzüge des Berichts, den Augustus mir abstattete, während wir noch in der Nähe der Kiste verweilten. Erst späterhin geschah es, daß er ausführlich auf sämtliche Details einging. Er war voller Angst, vermißt zu werden, und ich meinerseits wild vor Ungeduld, dem verhaßten Platz meiner Gefangenschaft den Rücken zu kehren. Wir beschlossen, uns unverzüglich auf den Weg zum Loch im Schott zu machen; in dessen Nähe ich mich zunächst einmal aufhalten, während er hindurchkriechen & rekognoszieren sollte. Tiger in der Kiste zu lassen, daran wollte Keiner von uns auch nur denken; aber wie sich statt dessen verhalten, das war die Frage. Im Augenblick schien er vollkommen ruhig; ja, wir konnten, selbst wenn wir das Ohr dicht an die Kiste hielten, nicht seinen Atem gehen hören. Ich war überzeugt, daß er tot sei, und entschied mich dafür, die Tür zu öffnen: wir fanden ihn längelang-ausgestreckt liegen, anscheinend in tiefer Betäubung, aber doch noch am Leben. Nun hatten wir zwar keine Zeit zu verlieren; aber ich brachte es nicht übers Herz, ein Tier, das nun schon zweimal entscheidend dazu beigetragen hatte, mir das Leben zu retten, einfach im Stich zu lassen, ohne den geringsten Versuch ihn mir zu erhalten. Wir schleiften ihn deshalb mit uns, so gut wir konnten, obschon unter größten Schwierigkeiten & Anstrengungen; war doch Augustus zeitweilig genö-

tigt, über die Hindernisse in unserm Weg hinwegzuklabastern, mit dem mächtigen Hund in den Armen! – eine Leistung, die mir, bei meinem derzeitigen Schwächezustand, absolut unmöglich gewesen wäre. Am Ende jedoch erreichten wir glücklich das Loch; worauf Augustus hindurchkroch & Tiger ihm hinterher geschoben wurde. Alles ward noch in Ordnung befunden; und wir verfehlten nicht, Gott für die Erlösung aus der schweren Gefahr, der wir entronnen waren, unsern innigsten Dank auszusprechen. Bezüglich alles weiteren, einigten wir uns also erst einmal dahin, daß ich mich nahe der Öffnung aufhalten solle; durch welche mein Gefährte mir ohne Mühe einen Teil seiner Tagesration hindurchreichen & ich mich des Vorteils erfreuen konnte, eine schon verhältnismäßig reine Luft zu atmen.

Zur Verständlichmachung gewisser Partieen dieses Berichtes, wo die Stauung der Ladung der Brigg zur Sprache gekommen ist, und die einigen meiner Leser, die womöglich schon korrekt gestaute Ladungen gesehen haben, unklar & unüberzeugend erscheinen könnten, muß ich hier klarstellen, daß die Art, wie man diese allwichtige Aufgabe an Bord des ›GRAMPUS‹ erledigt hatte, eine wahrhaft schandbare Nachlässigkeit seitens Käptn Barnards darstellte; der leider in keiner Hinsicht ein so verantwortungsbewußter oder erfahrener Seemann war, wie die riskante Natur des Unternehmens, mit dem man ihn betraute, es eigentlich unbedingt erfordert hätte. Die korrekte Stauung einer Ladung läßt sich nun einmal nicht ›nebenbei‹ erledigen; und viele der folgenschwersten Katastrofen sind, selbst nach meinen eigenen begrenzten Erfahrungen, aus Nachlässigkeit oder Unwissenheit bezüglich dieses 1 Punktes entstanden. Küstenfahrzeuge sind, infolge der üblichen Eile & dem Durcheinander, mit dem sie be- & wieder entladen werden, am anfälligsten für Havarien aufgrund mangelhafter Unterbringung der Ladung. Der wichtigste Gesichtspunkt hierbei ist der, darauf hinzuwirken, daß die Ladung bzw. der Ballast, selbst während des heftigsten Rollens eines Schiffes, keinerlei Möglichkeit habe, sich auch nur im geringsten zu verschieben. Hierfür wiederum muß größte Achtsamkeit nicht nur der Menge der übernommenen Ladung gewidmet werden, sondern auch der *Art* dieser Ladung; und, weiterhin, ob man voll, oder nur zum Teil geladen hat. Bei der Mehrzahl der Frachtgüter wird die Stauung vermittelst einer Einpreßvorrichtung erfolgen; und dies in einem Maße, daß das Ganze zum Beispiel, bei einer Tabak- oder Mehl-Ladung derart fest in den Schiffsraum gepreßt wird, daß man die Fässer oder Oxhofte, beim Ausladen dann, buchstäblich platt gedrückt findet und es einige Zeit dauert, bis sie ihre ursprüngliche Gestalt wieder angenommen haben. Besagtes Einpressen wird jedoch hauptsächlich deswegen vorgenommen, um möglichst große Mengen im Schiffsraum unterzubringen; denn bei einer *vollen* Ladung von Gütern wie Mehl oder Tabak, kann von einer Gefahr der Verschiebung nicht die Rede sein; zumindest von keiner, die etwelche Kalamitäten herbeiführte. Vielmehr sind Fälle bekannt geworden, wo diese Methode des Einpressens zu den bedauerlichsten Folgen geführt hat; und nunmehr wiederum aus einem gänzlich andern Grunde, als dem des Verschiebens der Last. Zum Beispiel weiß man, daß eine Ladung Baumwolle, in bestimmtem Zustand fest eingepreßt, sich während der Fahrt ausgedehnt, und das Schiff, mitten auf hoher See, auseinandergesprengt hat. (Es kann keinerlei Zweifel bestehen, daß dasselbe Ergebnis auch bei Tabak auftreten würde, sobald der normale Fermentationsprozeß einzusetzen begönne; wären nicht die, aufgrund der Rotundität der Oxhofte sich ergebenden, Zwischenräume.)

Vor allem, wenn nur eine Teilladung übernommen wird, dann ist Gefährdung durch Verrutschen hauptsächlich zu besorgen, und es sollten stets Vorsichtsmaßregeln getroffen werden, sich gegen mögliche Unglücksfälle zu verwahren. Nur Derjenige, der erlebt hat, was ›heftige Böen‹ in praxi bedeuten; oder, noch eher, Wer es erfahren hat, wie ein Schiff, bei plötzlicher Windstille nach dem Sturm, in der Dünung rollt, kann sich einen Begriff machen, von der unglaublichen Wucht der Stöße und folglich von dem fürchterlichen Anschub, den Alles, was im Schiff nicht niet- & nagelfest ist, erfährt! Und hier nun ist es, wo die Notwendigkeit einer klugen Ladeweise, zumal bei bloßer Teillast, handgreiflich wird. Während des beigedreht Liegens, (besonders unter kleinem Focksegel), wird ein um den Bug nicht völlig untadelig gebautes Schiff sich immer wieder einmal weit auf die Seite legen; und zwar wird das durchschnittlich alle 15 — 20 Minuten erfolgen, ohne daß jedoch irgend ernsthaftere Konsequenzen einträten, *vorausgesetzt, es sei korrekt geladen worden.* Hat man aber hierauf nicht strikte geachtet, dann wird sich, beim ersten schweren Überholen, die gesamte Ladung, wie ein Block, nach der Seite des Schiffes hin verschieben, die wasserwärts liegt; es so daran verhindern das Gleichgewicht wieder zu gewinnen, was es ansonsten selbstverständlich tun würde; vielmehr wird es sich unvermeidlich binnen weniger Sekunden mit Wasser füllen & untergehen. Es heißt nicht zuviel gesagt, daß sich wenigstens 50% aller Fälle, in denen Schiffe auf hoher See bei schweren Stürmen gekentert sind, auf die beschriebene Verschiebung von Ladung bzw. Ballast zurückführen lassen.

Wenn eine Teil-Ladung, gleichviel um was es sich handelt, an Bord genommen wird, sollte das Ganze, nachdem es erst einmal, so kompakt, wie nur irgend möglich, gestaut wurde, mit einer festen Bohlenlage eingedeckt werden, die geschlossen von einer Schiffswand bis zur anderen reicht. Auf diese Bohlen sollten starke senkrechte Behelfsstützen gesetzt werden, die bis oben hin, an die Deckenbalken reichen, so daß Alles sicher an Ort & Stelle fixiert ist. Falls die Ladung aus Getreide oder ähnlichen geschütteten Materialien besteht, werden zusätzliche Vorsichtsmaßnahmen erforderlich; man wird doch einen Laderaum, beim Verlassen des Hafens gestrichen voll mit Getreide, bei der Ankunft dann, am Bestimmungsort, nicht mehr als nur zu 3 Vierteln voll finden — und das sogar, obgleich die Fracht, vom beauftragten Spediteur Scheffel für Scheffel nachgemessen, die laut Verladeschein vorhandene Menge um ein Beträchtliches überschreitet; (zurückzuführen auf das Aufquellen der Körner). Schuld an dem Fänomen ist das *Sich-Setzen* während der Überfahrt; und seine Wahrnehmbarkeit steht in direkter Proportion zu dem schlechten Wetter, das man durchzumachen hatte. Wenn ergo Getreide lose in ein Schiff eingeladen wird; dann tendiert es, obschon anfänglich noch so sorgsam durch Bohlenlagen & Stützständer abgesichert, während einer längeren Überfahrt trotzdem aufs stärkste dahin, durch Verrutschen die allerunangenehmsten Zwischenfälle herbeizuführen. Um dies zu verhindern, sollte man, vor Verlassen des Hafens, kein Verfahren scheuen, das *Sich-Setzen* der Ladung nach Kräften vorwegzunehmen; wozu man ja so manches ersonnen hat, wovon ich hier nur das Eintreiben von Füllkeilen ins Getreide anführen will. Aber selbst wenn all das geschehen sein sollte, und man sich wirklich ungewöhnliche Mühe gegeben hat, das Überschießen der Ladung durch Abstützen der Bohlenlagen zu verhindern, wird dennoch kein Seemann, der einigermaßen weiß worum es geht, sich während eines auch nur mittelmäßigen Sturmes mit einer Ladung Getreide an Bord, gänzlich sicher fühlen; und schon gleich gar nicht, für den Fall einer Teilladung. Und trotzdem sind bei uns Tag für Täg hunderte von Küstenfahrzeugen, und aus europäischen Häfen vermutlich noch weit mehr, mit Teilladungen unterwegs, sogar von den allerriskantesten Sorten & ohne jedwede Vorsichtsmaßnahme. Das Wunder besteht darin, daß nicht noch weit mehr Unfälle passieren, als tatsächlich der Fall ist. Ein bedauerliches Beispiel solcher Fahrlässigkeit, hat meines Wissens Kapitän Joel Rice mit seinem Schooner Firefly geliefert, der im Jahre 1825 mit einer Ladung Getreide von Richmond (Virg.) nach Madeira segelte. Der Kapitän hatte viele Fahrten ohne nennenswerten Unfall hinter sich; obschon er die Angewohnheit hatte, seiner Fracht nie mehr Aufmerksamkeit zu widmen, als sie höchstens auf die allergewöhnlichste Art abzusichern. Mit einer Last Getreide war er noch niemals gefahren; und hatte sich in diesem Fall das Korn einfach lose in den Raum schütten lassen, wo es denn am Ende das Schiff nicht mehr als nur zur Hälfte füllte. Während des ersten Teils der Überfahrt begegnete man nur leichten Winden; aber 1 Segeltag vor Madeira setzte ein heftiger Nordnordoststurm ein, der ihn zwang, beizudrehen. Er brachte seinen Schooner an den Wind, lediglich unter einem doppelt-gerefften Focksegel; worauf er denn die See so gut hielt, wie man von einem Schiff nur erwarten kann, & nicht 1 Tropfen Wasser übernahm. Gegen Abend ließ der Sturm ein wenig nach, und das Schiff begann unsteter zu rollen als vorher, hielt sich aber immer noch ausgezeichnet; bis es sich, bei einem ganz schweren Überholen, einmal besonders weit nach Steuerbord legte. Da hörte man, wie die gesamte Getreidemasse sich seitlich verschob, mit so unwiderstehlicher Gewalt, daß die Großluke vor dem Druck aufplatzte.

Das Schiff sank wie ein Stein. Das Ganze spielte sich in Rufweite einer kleinen Schaluppe aus Madeira ab, die 1 Mann von der Besatzung auffischen konnte (den einzigen Geretteten übrigens); und die ihrerseits den ganzen Sturm vollkommen sicher überstand; wie es ja bei richtiger Handhabung die kleinste Jolle ebenfalls getan hätte. –

Die Ladung an Bord des ›Grampus‹ nun, war aufs ungeschickteste verstaut worden; vorausgesetzt, daß man mit ›Stauen‹ bezeichnen will, was in wenig mehr als einem hudligen Über'nanderhäufen von Ölfässern & Schiffsausrüstung bestand[1]. Ich habe den Zustand der Dinge im Schiffsraum ja sattsam erwähnt. Im Orlopdeck etwa war, (ich sagte es schon), zwischen den Öltonnen und dem Deck darüber, Platz genug für meinen Körper; um die Großluke herum war ein freier Raum gelassen; und diverse andere beträchtliche Höhlungen befanden sich innerhalb der Ladung selbst. Nahe dem Loch im Schott, das Augustus frisch eingeschnitten hatte, wäre Platz genug für ein ganzes Faß gewesen; und in eben diesem Hohlraum, quartierte ich mich zunächst einmal leidlich bequem ein.

Zu dem Zeitpunkt, da mein Freund sicher wieder in seiner Koje lag, mit Handschellen & Strick wohlversehen, war es heller Tag geworden. Wir hatten es tatsächlich gerade noch so geschafft; denn kaum, daß er alles fertig dekoriert hatte, kam auch schon der Maat nach unten, begleitet von Dirk Peters & dem Koch. Erst schwatzten sie eine zeitlang über jenes Schiff von den Kapverden, mit dessen Erscheinen sie es erstaunlich ängstlich zu haben schienen. Am Ende kam der Koch sogar zu der Koje her, in welcher Augustus lag, und setzte sich beim Kopfende hin. Ich, in meinem Versteck, konnte Alles sehen & mitanhören; denn wir hatten das herausgeschnittene Brett nicht wieder eingesetzt; und ich war jeglichen Au-

[1] *Walfangschiffe sind für gewöhnlich mit eisernen Öltanks ausgerüstet – wieso das beim Grampus nicht der Fall war, habe ich niemals in Erfahrung bringen können.*

genblick gewärtig, den Neger sich einmal gegen die Tuchjacke lümmeln zu sehen, die wir zur Tarnung der Öffnung davorgehängt hatten, — für welchen Fall alles entdeckt, und unser Beider Leben zweifellos auf der Stelle dem Untergang geweiht gewesen wäre. Unsre Glückssträhne jedoch überwog; und obgleich er, beim Rollen des Schiffes, mehrfach die Jacke berührte, drückte er doch nie so sehr dagegen, daß es eine Entdeckung herbeigeführt hätte. (Wir hatten ihren Saum aber auch sorgfältig am Schott befestigt; so daß man nicht etwa durch Hin- & Herschwingen das Loch zu sehen bekäme.) Die ganze Zeit über lag Tiger am Fußende der Koje, und schien seine Fünfsinne wieder einigermaßen beisammen zu haben; denn ich konnte sehen, wie er ab & an die Augen öffnete, und tief durchatmete. Nach ein paar Minuten verfügten sich Maat & Koch wieder nach oben und ließen Dirk Peters allein zurück; Der, sobald Jene sich entfernt hatten, näher kam & sich auf den Platz niedersetzte, den eben noch der Maat inne gehabt hatte. Er begann, sich sehr ungezwungen mit Augustus zu unterhalten; und wir konnten jetzt erkennen, daß seine anscheinende Betrunkenheit in Gegenwart der beiden Andern, überwiegend eine Finte gewesen war. Er beantwortete alle Fragen meines Kameraden mit völligem Freimut; informierte ihn, wie er keinen Zweifel daran hege, daß sein Vater gerettet worden sei: wären doch, unmittelbar vor Sonnenuntergang an dem Tage, wo man ihn im Boot ausgesetzt hätte, nicht weniger als 5 verschiedene Segel in Sicht gewesen; und bediente sich überhaupt einer Sprache von so tröstlicher Natur, daß es bei mir nicht minder Überraschung als auch Freude bewirkte. Ich begann tatsächlich Hoffnungen zu nähren, daß wir, durch die tätige Mitwirkung von Peters, am Ende doch noch in Stand gesetzt werden könnten, von der Brigg wieder Besitz zu ergreifen; eine Idee, die ich, sobald ich Gelegenheit dazu fand, Augustus gegenüber zur Sprache brachte. Er hielt den Fall für nicht unmöglich; betonte jedoch mit Nachdruck, daß bei dem Versuch durchweg die allergrößte Vorsicht zu walten haben werde, da das Verhalten des Mischlings einzig & allein von der launenhaftesten Willkür bestimmt zu werden scheine; und wirklich war es ja schwer zu entscheiden, ob er zu einem gegebenen Zeitpunkt, immer bei gänzlich klarem Verstande war. Nach ungefähr einer Stunde entfernte sich Peters auf Deck; und ließ sich vor Mittag nicht wieder sehen, wo er denn Augustus eine reichliche Portion Pökelrindfleisch und Klöße herunterbrachte; auf

die ich, sobald wir miteinander allein waren, herzhaft einhieb; ohne mich dazu erst durch das Loch zu entfernen. Auch kam für den ganzen Rest des Tages kein Mensch mehr ins Vorderschiff herunter; und ich legte mich zur Nacht in Augustus' Koje, allwo ich, bis Tagesanbruch, süß & sorglos schlummerte, zu welchem Zeitpunkt er, der gehört hatte, wie es sich auf Deck zu regen anfing, mich weckte, und ich mich, so quick wie möglich, in mein Versteck zurückverfügte. Als es dann voller Tag war, sahen wir, daß auch Tiger fast gänzlich wieder zu Kräften gekommen war; der übrigens keinerlei Symptome von Hydrophobie zeigte, vielmehr ein wenig ihm dargebotenes Wasser, mit anscheinend großem Eifer auflappte. Im weiteren Verlauf des Tages gewann er dann all seine frühere Munterkeit & seinen Appetit wieder. Sein vormaliges befremdliches Gebaren war zweifellos nur durch die schädlichen Einwirkungen der Luft im Schiffsraum herbeigeführt worden, und hatte mit Hundswut nicht das Geringste zu schaffen. Ich konnte mich gar nicht genug darüber freuen, daß ich darauf bestanden hatte, ihn aus der Kiste zu holen & mitzunehmen. Wir schrieben heut übrigens den 30. Juni und also den 13. Tag, daß der Grampus von Nantucket ausgelaufen war.
Am 2. Juli kam der Maat nach unten, betrunken wie sich's versteht, aber in überschwenglich guter Laune. Er trat zu Augustus an die Koje, gab ihm einen Klaps auf den Rücken, fragte ihn, ob er meine, daß er sich jetzt endlich menschlich benehmen könne, falls er ihn frei ließe?; und ob er versprechen wolle, auf keinen Fall wieder in die Kajüte zu gehen, na? Alles Fragen, die mein Freund selbstredend bejahte; woraufhin der Rohling ihn denn entfesselte; nachdem Augustus erst noch aus einem Rumfläschchen hatte trinken müssen, das Jener aus der Jackentasche produzierte. Beide begaben sie sich nun gemeinsam auf Deck; und ich bekam an die drei Stunden nichts mehr von Augustus zu sehen. Dann erst kam er herunter, mit der erfreulichen Nachricht, daß er Erlaubnis erhalten habe, sich vorwärts des Großmastes nach Belieben frei an Bord der Brigg zu bewegen, und zu schlafen sei ihm, genau wie bisher, im Vorderschiff befohlen worden. Er brachte außerdem ein gutes Dinner für mich mit & eine reichliche Menge Trinkwasser.
Die Brigg war immer noch im Kreuzen begriffen, in Erwartung jenes kapverdischen Schiffes; und eben war 1 Segel in Sicht, das allgemein für das erwartete gehalten wurde. (Da die Ereignisse der nunmehr folgenden 8 Tage von geringer

Wichtigkeit waren, und keine direkte Beziehung zu den Hauptereignissen meines Berichtes haben, will ich sie hier, da ich sie nicht ganz & gar auslassen möchte, kurz in Tagebuch-Form zusammenfassen.)

3. Juli. Augustus besorgte drei Decken, mit denen ich mir in meinem Versteck ein bequemes Lager herrichtete. Niemand, mein Freund ausgenommen, ist den ganzen Tag nach unten gekommen. Tiger etablierte sich in der Koje, genau vor dem Loch; und schlief so schwer & fest, wie wenn er sich doch noch nicht ganz von den Nachwirkungen seiner Krankheit erholt hätte. Gegen Abend wurde die Brigg ehe man noch Segel einholen konnte, von einem einzelnen heftigen Windstoß getroffen, der sie um 1 Haar zum Kentern gebracht hätte. Die Böe legte sich jedoch sogleich wieder; und, abgesehen vom geplatzen Vormarssegel, war weiter kein Schaden entstanden. Dirk Peters behandelte Augustus den ganzen Tag über mit großer Freundlichkeit; und ließ sich auch in ein langes Gespräch mit ihm ein, hinsichtlich des Pazifischen Ozeans & der Eilande, die er früher in jenen Regionen besucht hatte. Er fragte ihn, ob es ihm nicht Spaß machen würde, mit den Meuterern auf eine Art Entdeckungs- & Vergnügungsreise in besagten Gebieten auszugehen; und fügte hinzu, wie die Leute sich allmählich die Ansichten des Maats immer mehr zu eigen machten. Worauf Augustus es für das Beste hielt, zu erwidern: daß er mit Freuden auf solch ein Abenteuer ausziehen würde; da man nichts besseres unternehmen könne, und einem Leben als Seeräuber letztlich Alles vorzuziehen wäre.

4. Juli. Das gesichtete Schiff hat sich als eine kleine Brigg aus Liverpool erwiesen, die man folglich unbehelligt passieren ließ. Augustus verbrachte den größten Teil seiner Zeit auf Deck; mit der Absicht, nach Kräften umfassende Informationen bezüglich der Pläne der Meuterer einzuziehen. Immer wieder fanden heftige Auseinandersetzungen zwischen ihnen statt; während deren einer Jim Bonner, ein Harpunier, über Bord geworfen wurde. Die Partei des Maats gewann dauernd an Boden. (Jim Bonner hatte zur Gruppe des Koch's gehört, dessen Parteigänger auch Peters war.)

5. Juli. Gegen Tagesanbruch setzte eine steife Westbrise ein; die um Mittag bis zur Sturmstärke auffrischte, so daß die Brigg nur noch Gaffel- & Focksegel führen konnte. Beim Einholen des Vormarssegels fiel Simms (einer der gewöhnlichen Matrosen, der ebenfalls zur Koch-Gruppe gehörte) in schwer berauschtem Zustand über Bord, und ertrank – auch wurde keinerlei Versuch gemacht, ihn zu retten. Die Gesamtzahl aller Personen an Bord betrug nunmehr 13; nämlich:

Dirk Peters; Seymour, der schwarze Koch; Jones; Greely; Hartmann Rogers; und William Allen. –	Partei des Kochs
Der Maat, (dessen eigentlichen Namen ich nie gehört habe); Absalom Hicks; Wilson; John Hunt; und Richard Parker. – und überdem eben noch Augustus & ich.	Partei des Maats

6. Juli. Der Sturm hielt den ganzen Tag hindurch an; mit heftigen, von schweren Regengüssen begleiteten, Böenfronten. Die Brigg übernahm eine ganze Menge Wasser durch die Plankennähte; und eine von den Pumpen mußte dauernd in Gang gehalten werden, wobei auch Augustus sich gezwungen sah, seine Schicht zu übernehmen. Just zur Zwielichtzeit passierte dicht bei uns ein großes Schiff, ohne daß man es entdeckt hätte, bevor es sich in Rufweite befand. Dies Schiff wurde für dasjenige gehalten, nach welchem die Meuterer beständig Ausschau hielten. Zwar rief der Maat es an; aber die Antwort ging im Geheul des Sturmes unter. Gegen 11 Uhr schlug ein schwerer Brecher mittschiffs über Bord, der ein großes Stück der Backbord-Reeling mit sich riß; und auch sonst noch leichteren Schaden anrichtete. Gegen Morgen normalisierte sich die Wetterlage; und bei Sonnenaufgang herrschte nur noch ein ganz leichter Wind.

7. Juli. Schwere Dünung den ganzen Tag über; in der die Brigg (praktisch ohne Ladung) über die Maßen rollte; und wodurch, wie ich aus meinem Versteck deutlich vernehmen konnte; so mancher Gegenstand im Raum unten sich los zu machen begann. Ich litt erheblich unter Seekrankheit. / Peters führte heut wieder eine lange Unterhaltung mit Augustus; und informierte ihn, daß 2 von seiner Partei, (Greely & Allen), zum Maat übergegangen seien, und sich entschlossen hätten, Piraten zu werden. Auch legte er Augustus einige Fragen vor, die dieser im Moment nicht völlig verstand. / Im Verlauf dieses Abends wurde das Schiff zeitweise noch undichter; wogegen aber wenig unternommen werden konnte, da Schuld daran lediglich das Arbeiten des Rumpfes war, in den das Wasser durch die Nähte eindrang. Man bespickte ein Segel, und befestigte es unterm Bug; was uns auch nützte, insofern, als man nun über das Leck allmählich Herr zu werden begann.

8. Juli. Eine leichte Brise erhob sich bei Sonnenaufgang von Osten her; worauf der Maat die Brigg Kurs nach Südwest nehmen ließ; mit der Absicht, irgendeine der Westindischen Inseln anzulaufen, um dort sein Piraten-Projekt voranzutreiben. Keinerlei Widerspruch erfolgte, weder von Seiten Peters' noch des Kochs; zumindest nicht in Hörweite von Augustus. Jeglicher Gedanke, das Schiff von den Kapverden zu kapern, war aufgegeben. / Das Leck konnte jetzt leicht dadurch in Schach gehalten werden, daß man alle dreiviertel Stunden einmal 1 Pumpe gehen ließ. Das Segel unterm Bug wurde wieder weggezogen. / Im Verlauf des Tages Signalaustausch mit 2 kleinen Schonern.

9. Juli. Prächtiges Wetter. Alle Mann eifrig beim Reeling-Reparieren. / Peters hatte erneut eine lange Unterhaltung mit Augustus, und drückte sich deutlicher aus, als er zuvor getan hatte. Er erklärte, nichts werde ihn dazu bewegen, auf die Ansichten des Maats einzugehen, und deutete sogar seine Absicht an, Jenem die Brigg aus der Hand zu nehmen. Er fragte meinen Freund, ob er sich für solchem Fall auf seine Unterstützung verlassen könne?; worauf Augustus ohne Zögern mit »Ja« antwortete. Peters sagte, er wolle nun bei den Andern von seiner Partei bezüglich des Themas sondieren; und begab sich von dannen. Den restlichen Tag hatte Augustus keine Gelegenheit mehr, sich mit ihm privat zu besprechen.

VII. KAPITEL / *10. Juli.* Eine Brigg aus Rio, auf dem Weg nach Norfolk, gesprochen. Wetter dunstig; mit leichtem umlaufendem Wind aus östlichen Richtungen. / Heute Hartmann Rogers gestorben; der schon seit dem 8., nachdem er ein Glas Grog getrunken, Anfälle von Krämpfen gehabt hatte. Er gehörte zur Partei des Kochs; und war Einer von Denen gewesen, auf die Peters sich hauptsächlich verlassen hatte. Er äußerte zu Augustus, daß Jener, seiner Ansicht nach, vom Maat vergiftet worden wäre; und wie er, wenn er sich nicht aufpasse, gewärtig sein müsse, daß binnen kurzem die Reihe auch an ihn käme. Zur Zeit bestünde seine eigene Gruppe lediglich noch aus ihm selbst, Jones & dem Koch – während es auf der Gegenseite 5 seien. Er habe, was dem Maat das Kommando abzunehmen anbelange, mit Jones gesprochen; der Plan sei jedoch so kühl aufgenommen worden, daß es ihn abgehalten habe, den Gegenstand weiter zu verfolgen, oder gegenüber dem Koch überhaupt zur Sprache zu bringen. Es war, wie sich bald herausstellen sollte, auch sehr gut, daß er so klüglich verfuhr; denn schon am Nachmittag gab der Koch seinen Entschluß bekannt, sich auf die Seite des Maats zu schlagen, und ging dann offiziell zu dessen Partei über; während Jones eine Gelegenheit vom Zaun brach, sich mit Peters zu zanken, und anzudeuten, wie er den Maat von dem Plan mit dem er umgehe, in Kenntnis zu setzen gedenke. Es lag auf der Hand, daß nun keine Zeit mehr zu verlieren sei; und Peters drückte seine Entschlossenheit zu einem Versuch aus, das Fahrzeug, auf jegliche Gefahr hin, zu nehmen – vorausgesetzt, Augustus wolle ihm seine Hülfe leihen. Mein Freund versicherte ihn auf der Stelle seiner Bereitwilligkeit, zu jedem dahin zielenden Plan mitzuwirken; auch machte er ihn, da die Gelegenheit ihn günstig dünkte, mit dem Umstand bekannt, daß ich an Bord sei! –: worauf der Mischling sich ebenso erstaunt wie erfreut zeigte; da er keinerlei Zutrauen mehr zu Jones hatte, den er als bereits zur Partei des Maats gehörig betrachtete. – Sie verfügten sich auf der Stelle nach unten; worauf Augustus mich bei Namen rief, und es nicht lange währte, daß Peters & ich Bekanntschaft geschlossen hatten. Es wurde vereinbart, daß wir bei der ersten günstigen Gelegenheit versuchen sollten, das Schiff an uns zu bringen; und weiterhin, daß Jones von unseren Beratungen gänzlich auszuschließen sei. Für den Fall eines Erfolges, wollten wir mit der Brigg den nächst-besten Hafen anlaufen & sie dort abliefern. Die Desertion seiner Parteigenossen hatte Peters' Absicht, in den Pazifik zu steuern, vereitelt — ein Abenteuer, das ohne Mannschaft nicht durchzuführen war — und er verließ sich nunmehr darauf, bei einer Untersuchung entweder freigesprochen zu werden, indem er auf Geistesgestörtheit plädire, (die ihn, wie er feierlich beteuerte, überkommen haben müsse, als er zur Meuterei tätig beitrug); oder aber, falls er wirklich für schuldig befunden werden sollte, eines Pardons dadurch teilhaftig zu werden, daß Augustus & ich sich für ihn verwendeten. Unsere diesbezüglichen Überlegungen wurden jedoch für itzt durch das Kommando:

: »Alle Mann zum Segel einholen!«

unterbrochen; worauf Peters & Augustus sofort nach oben rannten.
Wie gewöhnlich war fast die gesamte Mannschaft betrunken; und ehe die Segel noch richtig eingeholt werden konnten, legte eine erste heftige Böe die Brigg schon tief auf die Seite. Infolge sofortigen Abhaltens richtete sie sich zwar wieder auf, hatte jedoch eine ganze Menge Wasser übernommen. Kaum war alles festgemacht, als eine weitere Böe das Schiff traf; und unmittelbar darauf wieder eine — aber ohne Schaden anzurichten; immerhin alles Anzeichen, daß Sturm bevorstände; der denn auch tatsächlich kurz danach, mit großer Wut aus dem NW-Sektor losbrach. Alles wurde nach Kräften festgemacht; und wir drehten, wie üblich, unter 1 dicht-gerefften Focksegel bei. Gegen Einbruch der Nacht nahm der Wind, bei auffallend schwerer See, noch an Heftigkeit zu. Peters kam jetzt zusammen mit Augustus ins Vorderschiff herunter, und wir nahmen unsere Beratungen wieder auf.
Wir stimmten darin überein, daß keine Gelegenheit, unsre Absichten in die Tat umzusetzen, günstiger sein könne, als die gegenwärtige; weil man in einem solchen Augenblick nie & nimmer auf einen Versuch dieser Art gefaßt sein werde. Da die Brigg korrekt beigedreht lag, würden wir mit dem Manövrieren keine Not haben, zumindest bis zum nächsten schönen Wetter; wo wir dann, vorausgesetzt unser Anschlag habe Erfolg, 1 oder vielleicht gar 2 der Männer frei geben könnten, damit sie uns behilflich wären, sie in einen Hafen zu bringen. Die Hauptschwierigkeit lag in dem so mißlichen Kräfteverhältnis: wir waren unserer nur 3, und die in der Kajüte 9! Überdies hatten sie sämtliche Waffen an Bord in ihrem

Besitz; ausgenommen 1 Paar kleine Pistolen, die Peters heimlich bei sich trug, und das große Seemanns-Messer, das er habituell im Bund seiner langen Hosen stecken hatte. Weiterhin mußten wir, aufgrund gewisser Indizien – zum Beispiel, daß bestimmte Gegenstände, wie Äxte oder Handspaken, mit nichten mehr an dem ihnen zukommenden Ort lagen – zu besorgen beginnen, daß der Maat, zumindest in Bezug auf Peters, Verdacht geschöpft habe; und keine Gelegenheit mehr vorbeigehen lassen werde, sich seiner zu entledigen. Es war wirklich klar, daß wir das ›Was Du tun willst, tue bald!‹ gar nicht genug beherzigen konnten. Dennoch sprach die Ungleichheit zu stark gegen uns, als daß wir ohne die allergrößte Behutsamkeit hätten vorgehen dürfen.
Peters schlug vor: er wolle sich auf Deck begeben, und dort die Wache (Allen) in ein Gespräch verwickeln; in dessen Verlauf er sich anheischig mache, Jenen bei der ersten günstigen Gelegenheit, mühelos & ohne irgend Aufsehen zu erregen, in die See zu werfen; daß anschließend Augustus & ich nach oben kommen, und versuchen sollten, uns auf Deck mit irgendeiner Art Waffe zu versehen; und endlich, in einem vereinten Anlauf, den Eingang zur Kajüte zu besetzen, bevor noch irgend Widerstand geleistet werden könne. Hiergegen erhob ich jedoch Einspruch; weil ich nicht glauben konnte, daß der Maat (der mir, abgesehen von Allem, was nicht direkt seine abergläubische Vernageltheit anbetraf, ein äußerst gerissener Halunke schien) sich in eine derart einfältige Falle würde locken lassen. Allein der Umstand, daß sich überhaupt eine Wache auf Deck befand, bewies ja wohl hinreichend, daß er auf seiner Hut sei – da es doch nichts weniger als üblich wäre, (von Fahrzeugen, wo man prinzipiell auf strengste Disziplin halte, einmal abgesehen), bei einem, im Sturm beigedrehten Schiff, eine Wache auf Deck zu postieren. – Da ich mich hier überwiegend, wenn nicht gar ausschließlich, an Leser wende, die nie zur See gefahren sind, mag es vielleicht nicht unangebracht sein, den Zustand eines Schiffes, unter Bedingungen wie den geschilderten, einmal ausführlicher darzustellen. ›Beidrehen‹ – oder, wie es in der Seemannssprache auch lautet ›beilegen‹ – ist eine Maßnahme, deren man sich zu verschiedenen Zwecken & auf verschiedene Weise zu bedienen pflegt. Bei leidlich normalem Wetter, wird es häufig nur deswegen vorgenommen, um das Schiff zum Stillstand zu bringen; sei es, daß man auf ein anderes Schiff warten will, oder zu irgend-

einem ähnlichen Zweck. Wenn das beizudrehende Schiff sich unter vollen Segeln befindet, wird das Manöver im allgemeinen so ausgeführt, daß man einen Teil der Segel umlegt, damit, sobald der stationäre Zustand erreicht ist, der Wind sie back bekomme. Im Augenblick jedoch ist die Rede vom Beidrehen bei Sturm. Dies wird getan, wenn der Wind von vorn kommt & gleichzeitig zu heftig ist, als daß man, ohne Gefahr des Kenterns, Segel setzen könnte; zuweilen sogar auch, wenn der Wind zwar günstig, die See aber zu schwer ist, als daß man das Schiff ›lenzen‹ lassen könnte. Denn ein Fahrzeug, das man bei extrem schwerem Seegang vorm Winde laufen läßt, leidet gewöhnlich erheblichen Schaden durch das übers Heck hereinschlagende Wasser, und manchmal auch infolge des heftig-stoßweisen Eintauchens vorn. Zu diesem Manöver also entschließt man sich selten in solcher Lage, es sei denn gezwungenermaßen. Wenn zum Beispiel ein Schiff zum Lecken tendiert, läßt man es oftmals, selbst bei schwerster See, vorm Winde laufen; denn beigedreht öffnen sich die Nähte, infolge des heftigen Arbeitens des Rumpfes, zuverlässig noch viel weiter, was beim Lenzen nicht so sehr der Fall ist. Oft auch wird dies Lenzen einfach dann erforderlich, wenn die Windgewalt so ungeheuerlich ist, daß das Segel, dessen man sich bedienen will, den Steven in den Wind zu bringen, in Fetzen gerissen wird; oder auch, wenn infolge fehlerhafter Modellierung des Rumpfes, oder aus sonst irgendwelchen Gründen, das angestrebte Ziel nicht erreicht werden kann.
Es gibt, um ein Schiff im Sturm beizudrehen, verschiedne Methoden, die ganz von der individuellen Konstruktion abhängen. Manche drehen am besten unter 1 Focksegel bei, (was, wie ich glaube, das am häufigsten verwendete Segel ist). Große Schiffe, mit Rah-Takelung, führen zu diesem Behuf besondere Segel, die man Sturmstagsegel nennt. Gelegentlich bedient man sich aber auch allein des Klüvers – zuweilen des Klüvers plus Focksegels; oder eines doppelt-gerefften Focksegels; und gar nicht so selten benützt man sogar die Achtersegel. Vormarssegel werden sich oft als besser zu diesem Zweck geeignet erweisen, als alle andern Arten von Segeln. Unser ›Grampus‹ jedenfalls, lag gewöhnlich unter 1 dichtgerefften Focksegel beigedreht.
Wenn nun ein Schiff beidrehen soll, wird sein Bug gerade so dicht an den Wind gebracht, daß der das betreffende, ganz nach achtern geholte Segel, dh. wenn es

also diagonal überm Schiff steht, eben noch füllt. Ist dies der Fall, dann zeigt der Bug bis auf einige Grade in die Richtung, aus der der Wind herkommt; und die windwärts gekehrte Bugseite muß nun natürlich den Anprall der Wellen aushalten. In solcher Stellung wird ein gutgebautes Schiff selbst einen sehr schweren Sturm überstehen; ohne auch nur 1 Tropfen Wasser zu übernehmen, und ohne jedwede weitere Wartung seitens der Mannschaft. Das Steuer wird im allgemeinen festgesurrt; obschon dies gänzlich unnötig ist, (es sei denn um des Geräusches willen, das es lose macht); denn das Steuer hat auf ein beigedrehtes Schiff keinerlei Wirkung mehr. Vielmehr ist es besser, wenn das Steuerruder völlig lose, anstatt total festgebunden, bleibt; kann es doch, wenn es gar keinen Spielraum hat, durch sehr schwere Seen eventuell abgebrochen werden. So lange das Segel hält, wird ein korrekt modelliertes Schiff jedenfalls seine Stellung behaupten, und die See halten, wie ein lebendiges, mit Vernunft begabtes Wesen. Wenn allerdings das Ungestüm des Windes das betreffende Segel zerreißen sollte, (ein Kunststück, das unter normalen Verhältnissen fertig zu bringen, schon einen ausgewachsenen Orkan erfordert), dann besteht größte Gefahr! Das Schiff fällt sofort ab vom Wind, kommt quer zum Wogenschlag zu liegen und ist ihm auf Gnade & Ungnade preisgegeben: die einzige Möglichkeit in diesem Fall ist, das Schiff rasch & besonnen vor den Wind zu bringen, und solange vor Topp & Takel lenzen zu lassen, bis ein anderes neues Segel gesetzt werden kann. (Es gibt Schiffe, die sogar ohne jedwedes Segel beigedreht liegen können; aber auf solche ist auf Hoher See kein rechter Verlaß.)

Aber nach diesem Exkurs wieder zu uns zurück. — Es war noch nie die Gewohnheit des Maats gewesen, eine Wache auf Deck zu postieren, wenn wir bei Sturm beigedreht lagen; und die bloße Tatsache, daß jetzt eine da war, zusammengehalten mit dem Umstand, daß alle Äxte & Handspaken verschwunden waren, belehrte uns hinlänglich darüber, daß die Besatzung zu sehr auf ihrer Hut sei, um sich auf die Art, wie Peters vorgeschlagen hatte, überrumpeln zu lassen. Dennoch mußte irgendetwas unternommen werden, und zwar mit so wenig Verzögerung wie nur möglich; konnte doch keinerlei Zweifel daran bestehen, daß falls erst einmal ein Verdacht gegen Peters wach geworden sei, man ihn auch bei der nächsten Gelegenheit opfern werde; und daß sich eine solche entweder finden oder herbeiführen lassen würde, sobald der Sturm sich gelegt hatte, war auch sicher. Als nächster schlug Augustus vor, ob wir — vorausgesetzt, daß Peters, unter irgendeinem Vorwand, es bewerkstelligen könne, das Stück Ankerkette zu entfernen, das in seiner Kabine auf der verborgenen Falltür lag — ob wir dann eventuell auf dem Umweg durch den Schiffsraum unvermutet über sie herfallen könnten?; aber schon ein bißchen Überlegung belehrte uns, daß das Schiff für einen Versuch dieser Art viel zu sehr rolle & stampfe.

Glücklicherweise verfiel ich endlich auf die Idee, auf das böse Gewissen & abergläubische Gruseln des Maats einzuwirken. Man wird sich erinnern, daß Einer von der Mannschaft, Hartmann Rogers, im Laufe des Vormittags unter Krämpfen gestorben war, die ihn seit 2 Tagen, nach dem Genuß eines Glases Schnaps mit Wasser, schlagartig überkommen hatten. Peters hatte uns gegenüber seiner Meinung Ausdruck geliehen, daß der Mann vom Maat vergiftet worden sei; auch habe er, wie er sagte, für diese seine Ansicht Gründe, die schlechthin unwiderleglich seien, die uns auseinanderzusetzen wir ihn jedoch nicht zu bewegen vermochten — eine Weigerung, die in ihrer Grillenhaftigkeit vollkommen zu anderen Zügen seines kuriosen Charakters stimmte. Aber ob er nun stichhaltigere Gründe hatte, als wir, den Maat zu verdächtigen, oder nicht; wir ließen uns unschwer durch ihn in solchem Verdacht bestärken, und beschlossen, dementsprechend zu verfahren.

Rogers war gegen 11 Uhr Vormittags unter heftigen Zuckungen verschieden; und bereits innerhalb weniger Minuten nach dem Tode soll der Leichnam jenen Anblick geboten haben, der wirklich einer der grausigsten & ekelhaftesten war, die ich mich entsinnen kann, je zu Gesicht bekommen zu haben. Der Bauch war ungeheuerlich angeschwollen, wie bei Einem, der ertrunken ist und mehrere Wochen unter Wasser gelegen hat. Die Hände befanden sich in demselben Zustand; während das Gesicht einschrumpelt, zerknittert und von kalkiger Weiße war, ausgenommen 2 oder 3 Stellen, wo sich glutrote Klexe davon abhoben, ähnlich denen, wie sie die Rose hervorruft; einer dieser Klexe erstreckte sich diagonal übers ganze Gesicht hin & deckte dabei das eine Auge völlig zu, wie mit einem Band aus rotem Sammet. In diesem widerwärtigen Zustande hatte man den Körper gegen Mittag aus der Kajüte auf Deck hinauf gebracht, um ihn über Bord zu werfen; als der

Maat, der seiner zufällig ansichtig wurde, (denn er sah ihn jetzt das erste Mal), entweder von Reue ob seines Verbrechens angerührt, oder von Entsetzen ob des schrecklichen Anblicks überwältigt, den Männern Befehl gab, den Körper in seine Hängematte einzunähen, und dann mit den üblichen seemännischen Ehren zu bestatten. Nachdem er diese Anordnung erteilt hatte, war er sofort nach unten gegangen, wie um jeden weiteren Anblick seines Opfers zu vermeiden. Während die Vorbereitungen, seinem Befehl zu gehorchen, noch liefen, war aber schon der Sturm mit aller Wut losgebrochen, und das Vorhaben mußte für den Augenblick zurückgestellt werden. Die Leiche, sich selber überlassen, war daraufhin in die Backbordspeigatten geschwemmt worden, wo sie zu der Zeit, von der ich berichte, noch immer lag, und beim furiosen Schwanken der Brigg mit hin- & herschlitterte. Nachdem wir über unsern Plan schlüssig geworden waren, gingen wir so schnell wie möglich daran, ihn in die Tat umzusetzen. Peters begab sich auf Deck; wo er, genau wie er sich's gedacht hatte, auf der Stelle von Allen angerufen wurde; der mehr dazu postiert schien, auf das Vorderschiff aufzupassen, als zu sonst einem anderen Zweck. Das Schicksal des Schuftes war jedoch schnell & geräuschlos entschieden; denn Peters näherte sich ihm auf sorglose Art, wie wenn er ihn anreden wolle; packte ihn jedoch bei der Gurgel, und schleuderte ihn, bevor er auch nur 1 Schrei ausstoßen konnte, über die Reeling. Anschließend rief er uns; und wir kamen hinauf. Unsere erste Vorsichtsmaßnahme bestand darin, uns nach etwas umzusehen, das als Waffe dienen könne; ein Unternehmen, bei dem wir mit größter Behutsamkeit vorgehen mußten, denn es war unmöglich, auch nur 1 Augenblick auf Deck stehen zu bleiben, ohne sich fest zu halten, und bei jeglichem Eintauchen des Bugs brachen noch schwere Sturzseen über das ganze Schiff hin. Ebenso unerläßlich war es, daß wir bei allen unsern Handgriffen Schnelle walten ließen; mußten wir doch jede Minute darauf gefaßt sein, den Maat erscheinen zu sehen, um die Pumpen gehen zu lassen; denn es war unverkennbar, daß die Brigg Wasser einlassen müsse, und zwar in erheblichem Tempo. Nachdem wir eine ganze Zeit herumgesucht hatten, konnten wir dennoch für unsre Zwecke nichts Geeigneteres auftreiben, als die beiden Pumpenschwengel, von denen einen Augustus nahm & ich den anderen. Dies sichergestellt, streiften wir der Leiche das Hemd ab, und ließen den Körper über Bord sinken. Peters & ich begaben uns dann nach unten; während Augustus als Wache auf Deck zurückgelassen wurde, und sich genau dort hinstellte, wo Allen stationiert gewesen war, also mit dem Rücken zur Kajüttreppe hin; damit, falls einer von der Maat-Partei heraufkomme, er zunächst annehmen solle, es sei die Wache.

Sobald ich unten angelangt war, begann ich mich sofort als Rogers' Leiche zu verkleiden. Das Hemd, das wir dem Körper abgenommen hatten, kam uns dabei insofern zur Hülfe, als es von ganz eigenartiger Form & Machart & ziemlich unverwechselbar war – eine Art gefältelter Staubkittel nämlich, den der Verstorbene über seiner sonstigen Kleidung getragen hatte; er war aus blauem Stockinett, mit breiten weißen Querstreifen drüberhin. Nachdem ich diesen angelegt hatte, ging ich daran, mich mit einem falschen Bauch auszustaffieren, um die abscheuliche Unförmigkeit des aufgetriebenen Leichnams nachzubilden; was sich unschwer dadurch bewirken ließ, daß ich ein paar Bettlaken darunterstopfte. Anschließend verlieh ich meinen Händen das gleiche Aussehen, indem ich mir ein Paar weiße, wollene Fausthandschuhe anzog, die ich mit den ersten besten Lumpen füllte, die zur Hand waren. Dann machte Peters mir ein neues Gesicht: erst puderte er es ausgiebig mit weißer Kreide ein; und bemalte es mir darauf mit Blut, das er einem Schnitt in seinem Finger entnahm. Des Streifens, schräg übers Auge hin, wurde mit nichten vergessen, und er bot ein wahrhaft empörendes Bild.

VIII. KAPITEL / Als ich mich, beim unsicheren Schein einer Art Gefechts-Laterne, im Fragment eines Spiegels besah, das in der Kabine hing, wurde selbst ich vom Gefühl eines undefinierbaren Entsetzens ob meiner Erscheinung – gekoppelt mit der Erinnerung der grauenhaften Wirklichkeit, die ich hier nachäffte – in einem solchen Maße befallen, daß mich heftiges Zittern überkam, und ich kaum hinreichend Entschlossenheit aufzubringen vermochte, meine Rolle weiterzuspielen. Dennoch war es unerläßlich, mit Entschiedenheit zu handeln; und so begab ich mich, zusammen mit Peters, wieder an Deck.

Dort fanden wir Alles noch in Ordnung; und krochen nun alle Drei, immer dicht an der Reeling entlang, bis hin zur Kajüttreppentür. Sie war nur zum Teil geschlossen; da man die Vorsicht gebraucht hatte, sie gegen ein plötzliches Zuschlagen von außen dadurch zu sichern, daß auf der obersten Stufe Holzklötze angebracht worden waren, die ein Schließen verhinderten. Wir hatten keine Schwierigkeit, das gesamte Innere der Kajüte durch den Angelspalt hindurch zu überblicken: jetzt erwies es sich, wie günstig es für uns gewesen war, daß wir gar nicht erst den Versuch zu einem Überraschungsangriff gemacht hatten; denn sie waren offenkundig auf ihrer Hut. Nur 1 schlief; und Der lag genau am Fuße der Kajüttreppe, eine Muskete ihm zur Seite. Die Übrigen saßen auf Matratzen herum, die man aus den Kojen geholt und auf den Fußboden gelegt hatte. Sie waren eifrig ins Gespräch vertieft; und obgleich sie, wie sich aus 2 leeren Kannen & ein paar herumliegenden Zinnbechern ergab, auch gezecht hatten, waren sie doch nicht entfernt so betrunken, wie sonst. Ein Jeder trug sein Messer; Einer oder Zwei auch Pistolen; und in einer Koje, gleich bei der Hand, lag eine große Anzahl Musketen.

Wir hörten ihrer Unterhaltung eine zeitlang zu, bevor wir uns entschließen konnten, wie nun weiter zu verfahren; hatten wir uns doch bisher noch nicht auf etwas Endgültiges geeinigt; ausgenommen das eine eben, daß wir, sobald wir zum Angriff übergingen, versuchen wollten, ihre Energie durch die Gespenstererscheinung Rogers' zu lähmen. Sie diskutierten ihre seeräuberischen Projekte; wovon aber das einzige, was wir deutlich verstehen konnten, dieses war: wie sie vorhätten, sich mit der Besatzung eines gewissen Schooners, ›Hornet‹, zusammenzutun, und auch diesen Schooner selbst, wenn möglich, in ihren Besitz zu bringen, als

Vorbereitung für ein Unternehmen in großem Stil; dessen Einzelheiten jedoch nicht Einem von Uns richtig klar wurden.
Einer der Männer erwähnte jetzt Peters; worauf der Maat ihm, erst mit leiser Stimme, etwas entgegnete, was wir nicht mitbekamen; und dann, lauter, hinzufügte, wie er ›nicht begreifen könne, daß Jener so viel mit dieser Kapitänsbrut, im Vorderschiff, zusammen stecken müsse; und wie er der Ansicht sei: je eher die Beiden über Bord wären, desto besser‹. Hierauf erfolgte zwar keine direkte Antwort; aber wir vermochten doch leicht zu erkennen, daß die Anspielung von der gesamten Kumpanei bestens aufgenommen wurde, zumal von Jones. (Zu diesem Zeitpunkt war ich über die Maßen aufgeregt; umso mehr als ich erkennen mußte, daß weder Augustus noch Peters sich entschließen konnten, was zu tun sei. Immerhin wurde ich mir darüber einig, mein Leben so teuer wie möglich zu verkaufen, und mich von keinerlei Gefühlen wie Zittern & Beben übermannen zu lassen.)
Die überschreckhaften Geräusche, die das Röhren der Windsbraut in der Takelage verursachte, oder das gewaltige Gewäsche der Brecher über Deck, verhinderten uns, (die paar vorübergehenden Augenblicke relativer Stille ausgenommen), voll abzuhören, was unten gesprochen wurde. Während einer dieser Pausen aber, vernahmen wir Alle ganz deutlich, wie der Maat einem der Männer befahl, ›nach vorn zu gehen; und den beiden verdammten Schlingeln auszurichten, in die Kajüte zu kommen, wo er ein Auge auf sie haben könnte; denn solche Heimlichtuerei an Bord der Brigg dulde er nicht!‹ Es war ein Glück für uns, daß das Schiff gerade in diesem Augenblick so heftig stampfte, daß sein Kommando sich nicht auf der Stelle in die Tat umsetzen ließ. Der Koch erhob sich zwar von seiner Matratze, um uns zu holen; als ein Schwanken, so ungeheuerlich, daß ich meinte, die Masten würden über Bord gehen, ihn mit dem Kopf voran gegen eine der Kabinentüren an Backbord warf, so daß sie aufsprang, und auch sonst noch ein gut Teil Durcheinander verursacht wurde. Glücklicherweise hatte es keinen von unsrer Partei nennenswert aus dem Gleichgewicht gebracht; und wir fanden hinreichend Zeit, einen überstürzten Rückzug in Richtung Vorderschiff anzutreten & uns, ehe der Abgesandte noch erschien, hastig über einen Aktionsplan zu einigen – präziser: bevor er den Kopf aus der Kajütluke steckte; denn ganz auf Deck kam er nicht.
In dieser Stellung konnte er aber nun auch nicht gewahren, daß Allen fehle; und

brüllte ihm dementsprechend zu, indem er den Befehl des Maats wiederholte. Peters rief ihm mit verstellter Stimme ein: »Jawoll!« zurück; worauf der Koch sofort wieder in der Tiefe verschwand, ohne daß ihm ein Verdacht gekommen wäre, es könne nicht alles in Ordnung sein.
Meine beiden Gefährten begaben sich nun beherzt nach achtern, und in die Kajüte hinunter, deren Tür Peters hinter sich so anlegte, wie er sie vorgefunden hatte. Der Maat empfing sie mit verstellter Herzlichkeit; und teilte Augustus mit, daß, da er sich letzthin so gut geführt habe, er nun auch mit in die Kajüte übersiedeln & sich künftig als Einer der ihrigen betrachten dürfe; worauf er ihm noch einen Tummler halb voll Rum einschenkte, den Jener austrinken mußte. All dies sah & hörte ich; denn ich folgte meinen Freunden, sobald die Tür sich hinter ihnen geschlossen hatte, bis an die Kajüte, und nahm meinen alten Beobachtungsposten wieder ein. Die beiden Pumpenschwengel hatte ich mitgebracht; und verwahrte 1 davon neben der Treppe, auf daß er, wenn er benötigt werde, sofort griffbereit sei.
Ich nahm nunmehr eine möglichst feste Stellung ein, um einen guten Überblick über alles zu haben, was drinnen vor sich ging; und versuchte dann, meinen Mut auf die Aufgabe zu konzentrieren, zwischen die Meuterer hinabzusteigen, sobald Peters mir das vereinbarte Zeichen gäbe. Nicht lange, und er hatte es zuwege gebracht, das Gespräch auf die Bluttaten während der Meuterei zu lenken; bewirkte auch, Schritt vor Schritt, daß die Männer von dem tausendfältigen Aberglauben zu schwatzen anfingen, wie er unter Matrosen in der ganzen Welt im Schwange ist. Ich konnte zwar nicht alles, was gesagt wurde, verstehen; wohl aber deutlich auf den Gesichtern der Anwesenden die Auswirkungen des Themas erkennen. Der Maat war einwandfrei völlig außer Fassung; und als nun noch Einer in diesem Zusammenhang das gruselige Aussehen von Rogers' Leiche erwähnte, dachte ich, er sei nahe daran, in Ohnmacht zu fallen. Peters fragte ihn gleich, ob er nicht meine, daß es besser wäre, den Leib sofort über Bord werfen zu lassen?; sei es doch ein gar zu schrecklicher Anblick, ihn derart in den Speigatten herumrutschen zu sehen. Woraufhin der Schurke buchstäblich nach Luft schnappte, und langsam den Kopf in die Runde verdrehte, wie wenn er 1 x-beliebigen seiner Kumpane stumm bettelte, doch nach oben zu gehen & die Sache zu erledigen:?. Aber nicht

Einer rührte sich; und es war klar ersichtlich, daß die Nerven der ganzen Gesellschaft bis zum Zerreißen gespannt waren. Da gab Peters mir das Zeichen. Ich warf sofort die Kajüttreppentür auf; stieg, ohne 1 Sylbe zu äußern, zu der Bande hinunter; und stellte mich hochaufgerichtet in ihre Mitte. –

Die durchschlagende Wirkung, die diese plötzliche Erscheinung hervorbrachte, ist nicht im geringsten zu verwundern, wenn man ihre diversen Begleitumstände gehörig in Anschlag bringt. Gewöhnlich wird, bei ähnlich gelagerten Fällen, im Gemüt des Beschauers doch stets noch ein Rest von Zweifel verbleiben, was die Realität des Gebildes vor seinen Augen-dort anlangt; ein Schimmer von Hoffnung, und sei er noch so schwach, daß man nur das Opfer eines Tricks & die Erscheinung nicht im Ernst ein Besucher aus dem Reich der Schatten sei. Es heißt nicht zuviel behauptet, daß dergleichen Überreste von Zweifel bei nahezu jeder solchen Heimsuchung doch imgrunde vorhanden sind; und daß das überwältigende Entsetzen, das zuweilen ausgelöst worden ist, selbst in den hier einschlägigsten

Fällen & wo größte Seelenqualen durchlebt worden sind, mehr einer Art von vorgreifendem Grauen: die Erscheinung *könne möglicherweise doch* echt sein!, zuzuschreiben ist, als dem sofortigen rückhaltlosen Glauben an ihre Echtheit. Bei dem gegenwärtigen Beispiel jedoch wird man sogleich einsehen, daß in den Gemütern der Meuterer schlechterdings nicht der Schatten einer Basis vorhanden sein *konnte,* auf die sich ein Zweifel daran hätte gründen lassen, daß es sich bei Rogers' Erscheinung *nicht* tatsächlich um eine Widerbelebung seines ekelhaften Kadavers, oder doch zumindest um dessen gespenstisches Ebenbild handele.
Die isolierte Lage der Brigg, vereint mit ihrer absoluten Unerreichbarkeit infolge des Sturmes, setzten den paar allenfalls denkbaren Täuschungsmanövern so enge & festumrissene Grenzen, daß sie sich mit Recht imstande gedünkt haben müssen, alle auf 1 Blick zu überschauen. Sie waren jetzt im ganzen 24 Tage auf See gewesen, ohne mit etwelchem Fahrzeug anders als per Distanz & auf dem Ruf-Fuße zu verkehren. Auch war die gesamte Mannschaft – zumindest Alle, von denen man nur entfernt den Verdacht hegen durfte, daß sie an Bord seien – hier in dieser Kajüte versammelt; mit der einzigen Ausnahme von Allen, der Wache, und dessen gigantischen Statur (1.98 groß!) war ihren Augen viel zu vertraut, als daß auch nur 1 Augenblick lang der Gedanke aufgekommen wäre, bei der Erscheinung vor ihnen könne es sich um ihn handeln. Nimmt man zu diesen Überlegungen die immer einschüchternde Geräuschkulisse eines Orkans hinzu, sowie das von Peters aufs Tapet gebrachte Thema; den tiefen Eindruck, den die Ekelhaftigkeit der wirklichen Leiche während des Vormittags auf die Einbildungskraft der Leute hervorgebracht hatte & hiermit zusammengehalten meine excellente Maskierung; weiterhin das unsichere & huschende Licht, bei dem sie mich erblickten, je nachdem wie das Flämmchen der heftig her und wieder fort pendelnden Kajütenlaterne dubios & stoßweise über meine Gestalt hinzuckte – und man wird keinen Grund mehr haben, sich zu wundern, daß unsere List sogar noch mehr als die von uns einkalkulierte Wirkung ausübte:
: der Maat schnellte von der Matratze, auf der er gelümmelt hatte, hoch; und fiel dann, ohne auch nur 1 Silbe hervorzubringen, rücklings auf den Fußboden der Kajüte, tot wie ein Stein – ein schweres Überrollen der Brigg schlenkerte ihn wie einen Klotz nach Lee, aus dem Weg. Von den noch verbleibenden 7, zeigten an-

fänglich nur 3 etwas wie eine Art von Geistesgegenwart; die 4 Übrigen blieben eine zeitlang sitzen wie in den Boden gewurzelt, die jämmerlichsten Opfer von Grauen & äußerster Verzweiflung, die mein Auge jemals erblickt hat. Praktischen Widerstand setzten uns einzig der Koch, John Hunt & Richard Parker entgegen; aber auch sie verteidigten sich nur relativ schwächlich & unentschlossen. Die beiden Erstgenannten wurden sofort von Peters erschossen; und ich, mit 1 Schädelhieb meines Pumpenschwengels, den ich mit mir gebracht hatte, fällte Parker. Inzwischen griff Augustus sich eine der auf dem Fußboden liegenden Musketen, und schoß einen weiteren der Meuterer (Wilson) durch die Brust. Es blieben nunmehr nur 3 noch übrig; sie jedoch waren mittlerweile aus ihrer ersten Lähmung allmählich aufgewacht, und begannen anscheinend einzusehen, daß sie sich von einem Trugbild hatten foppen lassen; denn sie verteidigten sich mit größter Entschlossenheit & Wut, und hätten uns, wäre nicht die unwahrscheinliche Muskelkraft Peters' gewesen, am Ende vielleicht noch übermannt. Diese 3 Männer waren Jones, Greely & Absalom Hicks. Jones hatte Augustus zu Boden gerungen, ihn an mehreren Stellen in den rechten Arm gestochen und würde ihn, (da weder Peters noch ich uns im Augenblick unserer Gegner entledigen konnten), ohne Zweifel rasch in die andere Welt spediert haben, wäre uns nicht zur rechten Zeit 1 Freund zu Hülfe gekommen, auf dessen Unterstützung wir überhaupt nicht gerechnet hatten: dieser Freund war niemand anders als Tiger. Unter halblautem Knurren kam er, in einem für Augustus äußerst kritischen Augenblick, in die Kajüte gesprungen, warf sich über Jones, hatte ihn im Handumdrehen auf dem Boden und hielt ihn dort wie angenagelt. Dennoch war mein Freund bereits zu schwer verletzt, um uns noch irgend Hülfe leisten zu können; mich selbst behinderte meine Verkleidung in einem Maße, daß ich auch nur wenig tun konnte; und der Hund dachte nicht daran, Jones' Gurgel loszulassen. Dessen ungeachtet war Peters den beiden noch Verbleibenden mehr als nur gewachsen, und würde sie zweifellos weit eher abgetan haben, wäre nicht der Raum für seine Aktionen so beschränkt und das Überholen des Fahrzeugs so unmäßig gewesen. Eben geriet ihm einer der schweren Schemel in die Hand, von denen mehrere auf dem Fußboden herumlagen: mit ihm schlug er Greely gerad in dem Augenblick den Schädel ein, als Jener eine Muskete auf mich abfeuern wollte. Und unmittelbar darauf brachte das nächste Rollen der Brigg ihn mit Hicks in Berührung, den er bei der Kehle faßte & dadurch vermöge seiner bloßen Kraft, mit 1 Druck erwürgte. – Dergestalt sahen wir uns, in weit kürzerer Zeit, als ich hier zum Erzählen benötigt habe, als Herren der Brigg.

Der einzige von unsern Widersachern, der noch Leben zeigte, war Richard Parker. Ihn hatte, wie man sich erinnern wird, gleich zu Beginn der Attacke, ich mit 1 Schlag meines Schwengels zu Boden gestreckt. Er lag zunächst regungslos nahe der Tür der ramponierten Kajüte; als ihn jedoch Peters mit dem Fuß anstieß, begann er zu sprechen & um Gnade zu bitten. Sein Kopf war nur leicht verletzt; ansonsten hatte er, lediglich von dem Hieb betäubt, keine Beschädigung weiter davongetragen. Er kam nun wieder auf die Beine; und wir banden ihm erst einmal die Hände auf dem Rücken zusammen. Über Jones lag noch immer grollend der Hund; bei näherer Untersuchung aber stellten wir fest, daß Jener längst tot war, und das Blut ihm aus einer tiefen Kehlwunde förmlich strömte, die ihm zweifellos die scharfen Zähne des Tieres beigebracht hatten.

Es war nun gegen 1 Uhr in der Frühe, und der Wind fauchte noch immer zum Erschrecken. Die Brigg arbeitete unverkennbar weit mehr als gewöhnlich; und es wurde unbedingt erforderlich, etwas zu unternehmen; mit dem Zweck, ihr zumindest in gewissem Grade Erleichterung zu schaffen. Nahezu jedesmal, wenn sie nach Lee überrollte, kamen Sturzseen über Deck geschlagen; von denen einige teilweise, während unseres Handgemenges, bis in die Kajüte gedrungen waren; da ich selbst beim Hinuntersteigen, die Tür offen gelassen hatte. An Backbord war die Reeling in ihrer ganzen Länge weggeschlagen worden; die Kombüse nicht minder; und auch die Jolle vom Hinterschiff. Das Knarren & Arbeiten des Großmastes deutete ebenfalls darauf hin, daß er dicht vorm Springen war. Um im Achterraum mehr Platz & Lademöglichkeiten zu gewinnen, hatte man nämlich das Hiel des Mastes zwischen den Decks eingelassen, (ein äußerst tadelnswertes Verfahren, dessen sich unwissende Schiffskonstrukteure gelegentlich bedienen), so daß unmittelbare Gefahr bestand, der Mast würde sich aus seiner Bettung herausarbeiten. Um jedoch all diesen Kalamitäten die Krone aufzusetzen, loteten wir den Pumpensoot – und lasen nicht weniger als 7 Fuß Wasser im Raum ab! Da ließen wir die Leichen der Mannschaft in der Kajüte liegen, und verfügten uns

unverzüglich an die Pumpen — wobei wir Parker selbstredend die Freiheit wiedergaben, auf daß er uns bei der Arbeit unterstütze. Augustus' Arm ward verbunden, soweit wir vermochten & verstanden; und auch er tat, was er konnte, aber das war nicht viel. Immerhin ergab sich, daß, wenn wir 1 Pumpe pausenlos gehen ließen, wir das Leck gerade noch würden in Schach halten können. Da wir nur unser 4 waren, bedeutete das Schwerstarbeit; aber wir gaben uns Mühe, den Mut nicht sinken zu lassen, und harrten beklommen des ersten Tagesschimmers, wo wir dann der Brigg dadurch Erleichterung zu bringen hofften, daß wir den Großmast kappten.
Dergestalt verstrich uns eine Nacht schrecklichster Angst & Erschöpfung; und als der Tag dann endlich anbrach, hatte der Sturm weder im geringsten nachgelassen, noch gab es auch nur 1 Anzeichen dafür. Wir schleiften jetzt die Körper auf Deck und warfen sie über Bord; und dann war die nächste Sorge, uns des Großmastes zu entledigen. Nachdem die erforderlichen Vorbereitungen getroffen waren, begann Peters den Mast zu kappen (Äxte hatten wir in der Kajüte gefunden); während wir Übrigen an den Stags & Taljereepen standen. Als die Brigg sich dann das nächstemal gewaltig nach Lee überlegte, kam das Kommando, die Taljereeps auf der Luvseite durchzuhacken — dies getan, kippte die ganze große Masse aus Holz und Takelwerk in die See; und wurde, ohne nennenswerten Schaden anzurichten, von der Brigg frei. Es ergab sich daraufhin, daß das Schiff nicht mehr ganz so sehr arbeitete, wie zuvor; aber unsere Lage blieb dennoch überaus prekär; und trotz äußerster Anstrengungen konnten wir, ohne beide Pumpen einzusetzen, des Lecks eben doch nicht Herr werden. Das bißchen Unterstützung, das Augustus uns zu leisten vermochte, war imgrunde kaum der Rede wert. Um unsere Niedergeschlagenheit noch zu vermehren, traf eine schwere See die Brigg auf der Luvseite so, daß sie mehrere Strich vom Wind abfiel; und bevor sie noch die rechte Richtung wieder einnehmen konnte, brach schon eine zweite total über sie hin, so daß sie sich bis zum Kentern auf die Seite legte. Worauf der Ballast sich nunmehr in seiner Gesamtheit nach Lee hin verschob, (war doch die Ladung schon seit geraumer Zeit völlig wirr durcheinandergefahren), und ein paar Sekunden lang dachten wir, daß nichts uns vorm Umschlagen mehr retten könnte. Trotzalledem richteten wir uns, sehr bald, zum Teil wieder auf; da jedoch die Ballastmasse

ihren Überhang nach Backbord hin beibehielt, lagen wir derart schief, daß es sinnlos war, an eine weitere Bedienung der Pumpen auch nur zu denken; was wir übrigens in keinem Fall beträchtlich länger noch hätten leisten können, da unsre Hände von der unsinnigen Arbeit, der wir uns unterzogen hatten, schon ganz roh waren & auf die entsetzlichste Weise bluteten.
Gegen Parker's ausdrücklichen Rat, machten wir uns jetzt daran, den Fockmast zu kappen; was uns am Ende auch gelang; obschon wegen der schiefen Lage, in der wir uns befanden, erst nach erheblichen Schwierigkeiten. Beim Überbordgehen nahm das Mastwrack das Bugspriet mit sich; so daß nur der nackte Rumpf blieb. Bis dahin hatten wir einen gewissen Grund zur Freude insofern gehabt, als das Großboot immer noch intakt war, das von keinem der schweren Brecher, die über Deck gingen, Schaden gelitten hatte. Aber lange konnten wir uns hierzu nicht mehr gratulieren; denn da nunmehr der Fockmast fort war & mit ihm organisch das Focksegel, das bis dahin die Brigg beigedreht gehalten hatte, schlug jetzt jegliche Woge total über uns weg, und binnen 5 Minuten war unser Deck, vom Steven bis zum Stern, wie rasiert: das Großboot fort; die Steuerbord-Reeling weggerissen; ja selbst das Ankerspill in Trümmern. Eine noch bemitleidenswertere Situation für uns, war tatsächlich schwer vorstellbar.
Gegen Mittag schien es, wie wenn der Sturm ein klein wenig nachlassen wolle; aber auch darin wurden wir schwer enttäuscht, denn er flaute nur für ganz wenige Minuten ab, um danach mit verdoppelter Wut zu toben. Gegen 4 Uhr nachmittags war es platterdings nicht mehr möglich, sich gegen die Heftigkeit des Luftstroms aufrecht stehend zu erhalten; und als die Nacht hereinzubrechen begann, hatte ich persönlich nicht mehr den Schatten einer Hoffnung, daß das Fahrzeug bis nächsten Morgen zusammenhalten werde.
Um Mitternacht waren wir tief schon ins Wasser eingesunken, das im Augenblick bis ans Orlopdeck stand. Unlängst darauf büßten wir unser Steuerruder ein; wobei die Woge, die es mit sich fortriß, das gesamte Hinterteil der Brigg aus dem Wasser hob, auf das es beim Niederfallen mit einer derartigen Erschütterung aufprallte, wie wenn wir gestrandet wären! Wir hatten Alle damit gerechnet, daß das Ruder bis zum Letzten durchhalten werde, da es ungewöhnlich stark war & dazu in einer Art gelagert, wie ich weder vor- noch nachher je eins gelagert gese-

hen habe. Den Haupthinterbalken hinunter lief eine ganze Reihe derbster eiserner Ösen, und ebensoviele, entsprechend angeordnete, befanden sich am Achtersteven: durch alle diese Ösen hindurch ging als Achse eine sehr starke, schmiedeeiserne Stange; sodaß das Ruder mit dem Achtersteven fest verbunden war & sich gleichzeitig frei auf besagter Stange drehen konnte. Von der ungeheuerlichen Gewalt der Woge, die das alles mit sich nahm, mag man sich daraus ein ungefähres Bild machen, daß die Ösen im Achtersteven, die ganz durch ihn hindurchgingen & auf der Innenseite vernietet waren, ohne Ausnahme durch das massive Holz einfach hindurchgezogen wurden!
Wir hatten nach dem Schock des Aufpralls kaum wieder Luft geschöpft, als eine der allerriesigsten Wellen, die uns bis dahin vorgekommen waren, über uns hereinbrandete; den Eingang zur Kajüte schlicht wegwischte, sämtliche Luken einschlug, und das Schiff bis in den letzten Winkel mit Wasser füllte.

IX. KAPITEL / Glücklicherweise hatten wir uns alle Vier, kurz bevor die Nacht hereinbrach, an die Sockelreste der Ankerwinde fest angebunden gehabt, und zwar auf die Art, daß wir uns so flach wie möglich auf das Deck andrückten. Diese Vorsicht allein rettete uns vor der Vernichtung. Dennoch wurden wir Alle mehr oder weniger betäubt, durch das ungeheuerliche Gewicht der Wasser, die sich jetzt über uns warfen; —; und die nicht eher davonrollten, bis wir nahezu erschöpft waren. Sobald ich wieder Luft holen konnte, rief ich laut meinen Gefährten;?! — Augustus allein gab Antwort; und er sagte: »Es ist endgültig vorbei mit uns; möge GOtt unsrer Seele gnädig sein.« Nach & nach erkräftigten sich auch die beiden Andern bis zu Worten, und ermahnten uns, Mut zu fassen, da immer noch Hoffnung bestünde: sei es doch infolge der Art unserer Ladung unmöglich, daß die Brigg als Ganzes sinken könne; und bis zum Morgen müsse ein Sturm dieser Art ausgekeucht haben. Diese Worte flößten mir ein neues Leben ein; denn, wunderlich wie es sich anhören mag, obschon es eine Binsenwahrheit war, daß ein Fahrzeug mit einer Fracht von leeren Ölfässern schlechterdings nicht sinken *könne,* war es mir bisher derart konfuse im Gemüt gewesen, daß ich die Erwägung gänzlich übersehen hatte; vielmehr war die Gefahr, die ich seit geraumer Zeit als die drohendste betrachtete, immer die des Untergehens gewesen. Da also die Hoffnung in mir geweckt war, nützte ich nunmehr jede Gelegenheit, die Bande fester zu ziehen, die mich mit den Resten des Ankerspills verknüpften; und es währte nicht lange, daß ich entdeckte, wie auch meine Gefährten eifrig hiermit beschäftigt waren. Die Nacht war so finster wie nur eine; und selbst der Versuch, das haarsträubende Geheule & Gelärme & Durcheinander das uns umgab, zu schildern, wäre nutzlos. Unser Deck lag in einer Ebene mit dem Meeresspiegel; beziehungsweise korrekter: wir waren von einem himmelhohen Zackenkranz aus Schaum umringwallt, von dem jeglichen Augenblick ein Teil über uns zusammenbrach. Es ist nicht übertrieben, wenn ich sage, daß unsere Köpfe von 3 Sekunden höchstens 1 einigermaßen über Wasser waren. Obgleich wir dicht beisammen lagen, konnte Keiner von Uns den Andern erblicken; oder auch nur ein Stück der Brigg selbst, auf der es uns durch Orkan & Orkus dahinspielballte. In Abständen riefen wir einander an, im Bemühen, die Hoffnung wach zu halten, und Trost & Ermutigung Denen von uns zu spenden, Die dessen am meisten bedürftig waren. Der Schwächezustand Augustus' machte ihn zum Hauptgegenstand von unser Aller Beunruhigung; und da es infolge seines zerfleischten rechten Armes ihm unmöglich gewesen sein mußte, die Stricke, die ihn hielten, auch nur einigermaßen fest genug zu ziehen, schwebten wir in dauernder Besorgnis, zu finden, daß er über Bord gegangen sei – aber ihm Hülfe zu bringen war ebenfalls ein Ding der Unmöglichkeit. Glücklicherweise lag er beträchtlich gesicherter, als wir andern Alle; befand sich doch sein Oberkörper genau in Deckung eines Teils des zertrümmerten Ankerspills; sodaß die Heftigkeit der Wogen, die über ihn hinfegten, schon vorher großenteils gebrochen wurde. In jeder anderen Stellung als dieser, (in die er ziemlich zufälligerweise geworfen worden war; nachdem er sich erst an einem sehr exponierten Fleck angebunden gehabt hatte), wäre er unweigerlich bevor der Morgen anbrach zugrunde gegangen. Da die Brigg so hochgradig schieflag, waren wir übrigens Alle in weit geringerer Gefahr, weggespült zu werden, als ansonsten wohl der Fall gewesen wäre. Wir lagen, ich sagte es bereits, so weit nach Backbord über, daß sich diese Hälfte des Decks dauernd unter Wasser befand. Folglich wurden die Brecher, die uns von Steuerbord her trafen, erst einmal weitgehend durch die Schiffswand gebrochen, und erreichten uns, die wir flach auf

dem Gesicht lagen, nur zum Teil noch: während diejenigen, die von Backbord kamen, die also das waren, was man ›Stauwasser-Seen‹ nennt, und denen wir infolge unsrer Lage auch wenig Angriffspunkte boten, nicht genügend Kraft besaßen, uns aus unsern Verschnürungen loszuzerren.
In dieser fürchterlichen Situation lagen wir, bis der Tag anbrach; der uns denn die Schrecknisse, die uns umgaben, noch umfassender vorführte. Die Brigg war nunmehr ein bloßer Klotz, den jegliche Woge nach Belieben umherschlenkerte; der Sturm schien, wenn überhaupt etwas, dann im Zunehmen begriffen & konnte tatsächlich nur noch ein Orkan genannt werden; und nach irdischen Maßstäben gemessen, schien keine Aussicht auf Rettung übrig. Mehrere Stunden hindurch hielten wir schweigend aus; jeglichen Augenblick darauf gefaßt, daß entweder unsre Stricke nachgäben; oder die Reste des Ankerspills über Bord gingen; oder daß eine der mächtigen Sturzseen, von denen es in jeder Richtung um uns & über uns dröhnte & donnerte, den Rumpf einmal so tief unter Wasser drücken werde, daß wir, bevor er die Oberfläche wieder erreicht hätte, ertränkt sein würden. Durch GOttes Gnade jedoch blieben wir vor diesen unmittelbaren Gefahren bewahrt; und gegen Mittag ermunterte uns der gesegnete Anblick eines ersten Sonnenstrahles! Kurz darauf konnten wir bereits eine merkliche Abnahme in der Macht des Windes verzeichnen; und nun sprach auch — zum ersten Mal seit dem vorangegangenen, gestrigen Spätabend — Augustus wieder, der sich bei dem, am dichtesten neben ihm liegenden Peters erkundigte: ob er meine, daß noch irgendeine Möglichkeit bestünde & wir davonkommen könnten? Daraus, daß zunächst keine Erwiderung auf diese Frage erfolgte, schlossen wir Alle, der Mischling sei, dort wo er lag, ertrunken; auf einmal jedoch, zu unsrer größten Freude, hub er an zu sprechen, wenngleich nur sehr schwach; er sagte, daß er große Pein litte, hätten sich doch die Stricke um seinen Leib derartig tief eingeschnitten, daß er entweder ein Mittel ausfindig machen müsse, sie zu lockern, oder aber zugrunde gehen; denn daß er seine Qualen noch wesentlich länger ertragen könne, sei unmöglich. Diese Mitteilung machte uns sehr niedergeschlagen; da es völlig sinnlos war, an irgendeine Hülfeleistung für ihn auch nur zu denken, solange der Wogenschlag noch derart über uns hin ging, wie es zur Zeit der Fall war. Wir redeten ihm gut zu, seine Leiden mit Standhaftigkeit zu ertragen; und versprachen ihm, die aller-

erste sich nur bietende Gelegenheit zu benützen um ihm Linderung zu bringen. Er entgegnete, daß es sehr bald zu spät, und es mit ihm zu Ende sein werde, bevor wir ihm helfen könnten; worauf er noch ein paar Minuten lang stöhnte; und dann stille lag; woraus wir folgerten, daß er zugrundegegangen sei.
Als es gen Abend ging, hatte die See sich so weit beruhigt, daß im Verlauf von fünf Minuten durchschnittlich kaum mehr als 1 Woge noch von Luv her über das Wrack hinschlug; und auch der Wind hatte beträchtlich nachgelassen, obschon er immer noch annähernd mit Sturmstärke wehte. Seit Stunden hatte ich nun wiederum keinen meiner Gefährten mehr reden hören; und rief jetzt Augustus an:?. Er gab Antwort; allerdings so matt, daß ich nicht unterscheiden konnte, was er sagte. Worauf ich mich an Peters wandte; und dann an Parker; deren keiner jedoch etwas erwiderte. Kurz nach dieser Periode des Redens, verfiel ich in einen Zustand teilweiser Absence, während dem ich in meiner Einbildung die gefälligsten Bilderfluchten genoß: grüne graziös bewegte Bäume etwa; wellende Wiesenweiten aus reifem Getreide; Prozessionen jugendlicher Tänzerinnen; Trupps von Kavallerie; und andere Fantastica. Ich entsinne mich jetzt, daß in allem, was vor meinem geistigen Auge vorüberzog, *Motilität* das Hauptmerkmal bildete. So hat sich mir nie ein Ortsunbewegliches vorgestellt, wie etwa ein Haus, ein Berg, oder sonstetwas der Art; wohl aber flügelnde Windmühlen, ziehende Schiffe, riesige Vögel, wehende Ballons, Menschen zu Pferde, wild dahinpreschende Karriolen, und ähnliche regsame Objekte, die sich mir in nicht endenwollender Folge vorführten. – Als ich aus diesem Zustand erwachte, stand die Sonne, so weit ich das annähernd zu schätzen vermochte, eine Stunde hoch. Es bereitete mir die größten Schwierigkeiten, mir die mit meiner Lage verbundenen Begleitumstände wieder ins Gedächtnis zurückzurufen; so war ich eine ganze zeitlang fest davon überzeugt, daß ich mich noch im Schiffsraum befände, in Kistennähe, und daß der Körper von Parker der von Tiger sei.
Als ich am Ende dann wieder voll zu Bewußtsein kam, fand ich, daß der Wind nur noch eine mäßige Brise & die See verhältnismäßig ruhig war; und zwar so sehr, daß sie nur noch mittschiffs über die Brigg hin spülte. Mein linker Arm hatte sich aus seinen Banden irgendwie frei gemacht und war sehr zerschunden um den Ellenbogen herum; der rechte dagegen war völlig taub, und Hand samt Gelenk

ungeheuerlich geschwollen, infolge der Abschnürung durch den Strick, der sich von der Schulter her armabwärts gearbeitet hatte. Auch bereitete ein anderes Seil mir große Pein, das um meine Taille ging & sich zu einem schier unerträglichen Grad von Strammheit zusammengezogen hatte. Als ich mich nach meinen Gefährten umschaute, sah ich, daß Peters doch noch lebte; obwohl eine dicke Leine seine Lenden so gewaltsam einschnürte, daß es buchstäblich aussah, wie wenn er in 2 Teile geschnitten wäre — da ich mich regte, machte seine Hand 1 schwächliche Bewegung zu mir her & deutete auf den Strick. Augustus, den es über einen Stumpf des Ankerspills fast wie eine Haarnadel hingekrümmt hatte, gab keinerlei Lebenszeichen. Parker redete mich an, als er sah, daß ich mich bewegte, und fragte, ob ich nicht genügend Kraft hätte, ihn aus seiner Lage zu erlösen?; wobei er hinzufügte, daß wenn ich alle mir zu Gebote stehende Energie zusammennehmen & es fertig bringen könnte, ihn loszubinden, wir vielleicht noch mit dem Leben davonkämen; andernfalls müßten wir Alle zugrundegehen. Ich antwortete ihm: er möge Mut fassen, und ich würde versuchen, ihn zu befreien. Worauf ich in meiner Hosentasche herumtastete; mein Federmesser zu fassen bekam; und es schließlich, nach diversen erfolglosen Versuchen, auch aufzuklappen vermochte. Als nächstes gelang es mir mit der linken Hand, meine Rechte aus ihrer Verfesselung frei zu machen; und anschließend auch alle übrigen Stricke durchzuschneiden, die mich noch festhielten. Als ich aber nunmehr versuchte, mich vom Fleck zu bewegen, stellte sich heraus, daß meine Beine mir total versagten & ich einfach nicht aufstehen konnte; und ebenso vermochte ich den rechten Arm in keiner Richtung zu dirigieren. Als ich dies Parker mitteilte, riet er mir, mich mit der linken Hand am Ankerspill festzuhalten & ein paar Minuten ganz stille zu liegen, um dem Blut Zeit zum freien Zirkulieren zu lassen. Dies befolgend, merkte ich, wie das Taubheitsgefühl rasch abzuklingen begann; so daß ich erst das 1 Bein bewegen konnte; und dann das andere; und kurz darauf erlangte ich auch den teilweisen Gebrauch des rechten Armes wieder. Ich kroch nun ganz vorsichtig & ohne mich auf die Füße zu erheben, auf Parker zu; und hatte bald sämtliche Verschnürungen um ihn herum losgeschnitten; worauf auch er, nach einer kleinen Weile, den Gebrauch seiner Glieder zum Teil wieder erlangte. Wir verloren nun aber keine Zeit mehr, den Strick um Peters locker zu bekommen. Er hatte sich in einem tiefen Klaff eingeschnitten: durch den Bund seiner langen Wollenhose; dann durch 2 Hemden hindurch; und weiter noch ins Lendenfleisch hinein; aus dem, sobald wir die Verstrickung entfernt hatten, denn auch reichlich Blut floß. Immerhin war sie kaum beseitigt, als er auch schon zu sprechen anhob & überhaupt sofortige Linderung zu verspüren schien – wie er sich denn gleich mit weit größerer Leichtigkeit zu regen vermochte, als Parker oder selbst ich – was zweifellos eben dem Aderlaß zuzuschreiben war. Daß Augustus sich noch einmal erholen werde, hatten wir wenig Hoffnung, da er keinerlei Lebenszeichen von sich gab; als wir ihn jedoch erreichten, entdeckten wir, daß er lediglich vor Blutverlust in Ohnmacht gefallen war, weil den Verband, den wir um seinen verwundeten Arm gelegt, das Wasser mit sich genommen hatte; wogegen von den Stricken, die ihn am Ankerspill hielten, nicht 1 so fest gezogen war, daß es hätte den Tod herbeiführen können. Nachdem wir ihn von seinen Banden befreit & aus den Balkentrümmern des Spills losgemacht hatten, brachten wir ihn an einem trockenen Fleck in Luv sicher unter, den Kopf etwas tiefer gelagert als den Leib; und mühten uns dann emsig, alle Drei, ihm die Glieder zu massieren. Nach rund einer halben Stunde kam er denn auch wieder zu sich; obgleich er nicht vor dem nächsten Morgen das geringste Zeichen gab, daß er Einen von Uns erkenne, oder hinreichend Kraft zum Sprechen erlangte. Übrigens war es, da wir uns unserer Bande endgültig entledigt hatten, schon ganz dunkel geworden & hatte sich auch erneut zu bewölken begonnen; sodaß war schon wieder Todesängste ausstanden, es möchte heftig zu wehen anfangen; für welchen Fall uns denn, erschöpft wie wir waren, nichts mehr vorm Tode hätte retten können. Zum guten Glück fuhr es fort, die ganze Nacht hindurch sehr mäßig zu bleiben; und der Wellengang ließ mit jeder Minute mehr nach, was uns große Hoffnungen gab, letzten Endes doch noch davonzukommen. Obwohl eine sanfte Nordwestbrise zu wehen anhielt, war das Wetter doch nicht im geringsten kalt. Augustus, der immer noch zu schwach war, um sich selbst festhalten zu können, wurde sorgfältig auf der Luvseite angebunden, dergestalt daß er beim Schwanken des Schiffsrumpfes nicht über Bord rutschen konnte. Für uns Andere war dergleichen nicht mehr notwendig. Wir setzten uns dicht zu einander hin; hielten uns gemeinsam mit Hülfe der am Ankerspill herumhängenden Strickenden fest; und entwarfen Pläne, wie aus unsrer schreckensvollen Situation zu entkommen sei.

Eine beträchtliche Steigerung des Wohlbefindens erbrachte das Ausziehen & Trockenwringen unserer Kleidungsstücke: als wir sie darauf wieder anlegten, fühlten sie sich ganz warm & angenehm an, was in nicht geringem Maße dazu beitrug, uns zu stärken. Auch Augustus wurden die seinigen abgestreift & für ihn ausgewrungen; worauf er denn die gleiche Erleichterung verspürte.
Unsere Hauptleiden bestanden nunmehr in Hunger & Durst; und wenn wir die diesbezüglichen Hülfsquellen & Möglichkeiten ins Auge faßten, verging uns freilich jeglicher Mut, und wir waren nahe daran, zu bedauern, daß wir den weniger fürchterlichen Gefahren des Meeres entronnen seien. Wir versuchten jedoch, uns mit der Hoffnung zu trösten, daß wir sicher bald von einem Schiff aufgenommen werden würden; und ermunterten uns gegenseitig, alles was an Übeln noch begegnen könne, mit Standhaftigkeit zu ertragen.
Der Morgen des 14. dämmerte endlich herauf; und das Wetter fuhr auch weiterhin fort, klar & freundlich zu bleiben, mit einer stätigen aber ganz leichten Brise aus Nordwest. Die See war nunmehr ganz glatt; und da die Brigg, infolge irgendeiner Ursache, die wir nicht feststellen konnten, nicht mehr so viel Schlagseite hatte wie zuvor, war das Deck relativ trocken & wir konnten uns frei darauf bewegen. Wir waren jetzt mehr als drei volle Tage & Nächte ohne das geringste zu essen oder zu trinken gewesen; und es wurde absolut notwendig für uns, einen Versuch anzustellen, von unten etwas heraufzuholen. Da die Brigg total voll Wasser stand, gingen wir unter Zagen an diese Arbeit, und hatten nur geringe Hoffnung, daß es uns gelingen könne, des ein- oder andern habhaft zu werden. Wir fertigten uns eine Art Dregge; indem wir aus den Trümmerresten der Kajütluke mühsam ein paar Nägel herauswakkelten, und sie dann in 2 Holzstücke hineintrieben. Nachdem wir diese kreuzweis übereinandergebunden und an einem Stück Schnur festgemacht hatten, ließen wir das Ganze in die Kabine hinunter & zogen es hin & her; in der schwachen Hoffnung, es würde sich womöglich irgendein Gegenstand hineinverfangen, der uns entweder als Nahrung zustatten käme, oder zumindest doch als weiteres Werkzeug dienen könnte, solche zu erlangen. Wir verbrachten den größten Teil des Vormittags bei dieser Arbeit; ohne anderen Erfolg, als ein paar Bettlaken zu erangeln, dei freilich leicht genug an den Nägeln hängen blieben. Unser Gerät war aber auch derart plump, daß ein größerer

Erfolg sich schwerlich erwarten ließ. Anschließend versuchten wir unser Glück im Vorderschiff; aber gleichermaßen vergebens; und waren nahe am Rande der Verzweiflung, als Peters vorschlug, wir sollten ihm einen Strick um den Leib binden, und ihn den Versuch machen lassen, durch Hinabtauchen in die Kajüte etwas nach oben zu bringen, — ein Einfall, den wir mit all dem Entzücken begrüßten, das neu erwachende Hoffnung Einem nur einzuflößen vermag. Er ging ohne Verzug daran, alle seine Kleider, mit Ausnahme der Hosen, abzulegen; dann wurde ein starkes Seil aufs sorgfältigste um seine Taille befestigt & gleichzeitig noch auf solche Art über die Schulter hinweg, daß es unmöglich abrutschen konnte. Das Unternehmen war äußerst schwierig & mit beträchtlicher Gefahr verbunden; denn da wir kaum erwarten konnten, nennenswerte (falls überhaupt irgendwelche!) Lebensmittel in der Kajüte selbst anzutreffen, wurde es erforderlich, daß der Taucher, nachdem er sich hinuntergelassen, eine Wendung nach rechts mache, dann unter Wasser, in einem engen Durchgang, 10 bis 12 Fuß zurücklege, bis zum Vorratsraum; und dann wieder zurückkehre: alles ohne Luft zu holen. Sobald jegliches einsatzbereit war, stieg Peters zunächst in die Kajüte hinunter, erst auf der Treppe, soweit, bis das Wasser ihm ans Kinn reichte. Dann tat er einen Kopfsprung hinein; wobei er sich, während des Sprunges noch, schon nach rechts wandte, bestrebt, den Weg nach dem Vorratsraum einzuschlagen. Bei diesem ersten Versuch jedoch, blieb er absolut erfolglos. Binnen weniger als einer halben Minute schon, nachdem er hinuntergegangen war, fühlten wir, wie es heftig am Seil ruckte, (das Zeichen, das wir vereinbart hatten, sobald er hochgezogen sein wollte). Dementsprechend zogen wir ihn unverzüglich nach oben; aber leider so unvorsichtig, daß er an den Stufen über zerstoßen wurde. Er hatte nichts mit heraufgebracht, und war auch nicht imstande gewesen, mehr als nur ein ganz kleines Stück in den Durchgang einzudringen; woran die ständigen Anstrengungen Schuld trugen, die dauernd erforderlich wurden, um zu verhindern, daß er an die Decke hoch gedrückt werde. Er war äußerst erschöpft beim Herauskommen; und mußte sich erst geschlagene 15 Minuten lang ausruhen, bevor er neuerlich wagen konnte, hinab zu steigen.

Dem zweiten Versuch war sogar noch schlimmerer Erfolg beschieden; denn er blieb derart lange unter Wasser ohne das Signal zu geben, daß wir, die wir all-

mählich um seine Sicherheit besorgt wurden, ihn ohne das herauszogen, und fanden, daß er beinah in den letzten Zügen lag; wo er doch, wie er sagte, mehrfach am Seil geruckt habe, ohne daß wir es gefühlt hatten. Schuld daran war vermutlich, daß sich ein Stück davon in dem Geländer am Fuß der Treppe verfangen gehabt hatte. Dies Geländer war aber auch tatsächlich derart im Wege, daß wir es, wenn irgend möglich, zu beseitigen beschlossen, ehe wir unser Vorhaben weiter voran trieben. Da wir kein anderes Mittel besaßen, es zu entfernen, als die bloße Kraft, stiegen wir alle auf der Treppe so tief ins Wasser hinein, wie wir nur konnten; drückten dann mit vereinten Kräften, Ruck-Zug, dagegen, und hatten auch den Erfolg, daß es abbrach.
Der dritte Versuch war gleichermaßen unergiebig, wie die beiden ersten; und wir mußten nun erkennen, daß auf diese Weise so lange nichts zu erreichen sei, als der Taucher nicht ein Gewicht mit sich habe, das ihn, während er herumsuche, in gleichmäßiger Stellung & am Fußboden der Kajüte hielte. Geraume Zeit hindurch sahen wir uns vergeblich nach Irgendetwas um, das diesem Zweck dienen könnte; bis wir am Ende zu unserer großen Freude entdeckten, daß 1 von den Fockrüsten auf der Luvseite so locker war, daß wir nicht die geringste Schwierigkeit hatten, sie ganz los zu drehen. Nachdem Peters sie sich sorgfältig an einem Fußknöchel befestigt hatte, begann er seinen vierten Abstieg in die Kajüte; und hatte diesmal insofern Erfolg, als er den Weg bis zur Tür des Proviantmeister-Raums zurücklegen konnte. Zu seinem unbeschreiblichen Kummer fand er sie jedoch verschlossen, und sah sich genötigt umzukehren, ohne den Eingang zu forcieren; da er, selbst mit der größten Anstrengung, nicht länger unter Wasser aushalten konnte, als 1 einzige Minute im Höchstfalle. Unsre Lage sah nunmehr wahrlich düster genug aus; und weder Augustus noch ich selber vermochten uns der Tränen zu enthalten, wenn wir der Schwärme von Schwierigkeiten gedachten, die uns umringten, und der geringen noch verbleibenden Wahrscheinlichkeit eines endgültigen Davonkommens. Aber diese Schwäche war nicht von langer Dauer. Wir warfen uns auf die Kniee, flehten GOtt um seine Hülfe in all den Gefahren an, die uns bedrängten; und erhoben uns dann, voll erneuter Hoffnung & Stärke, um zu überdenken, was menschliche Mittel etwa noch zu leisten vermöchten, unsere Errettung zu bewerkstelligen.

X. KAPITEL / Unlängst darauf ereignete sich ein Zwischenfall, den ich geneigt bin als aufwühlendere Erregung auslösend zu betrachten, als weit mehr mit extremen Gefühlswerten gesättigt, erst des Entzückens, dann des Grauens, als sonst irgendeiner der tausend Wechselfälle, wie sie mir späterhin während neun langer Jahre widerfuhren, und die doch wahrlich randvoll der frappierendsten, in vielen Fällen unbegriffenen & unbegreiflichsten Ereignisse gewesen sind. Wir lagen auf dem Deck, nahe der Kajütluke, ausgestreckt; und waren dabei, die Möglichkeiten durchzusprechen, uns vielleicht doch noch einen Weg in den Vorratsraum zu bahnen; als ich, den Blick auf Augustus richtend, der mir genau gegenüberlag, wahrnahm, wie er mit 1 Schlage todtenblaß geworden war und daß seine Lippen auf die eigentümlichste & unerklärlichste Art zitterten. Aufs höchste beunruhigt, sprach ich ihn an; er aber gab mir keinerlei Antwort, und ich fing eben an zu denken, daß ihm wohl plötzlich schlecht geworden sei, als mir seine Augen auffielen, deren Blick anscheinend starr auf irgendeinen Gegenstand hinter mir gerichtet war. Ich wandte den Kopf – und werde nie die ekstatische Verzückung vergessen, die jede Zelle meines Körpers durchschauerte, da ich der großen Brigg, nicht mehr als ein Paar Meilen entfernt, gewahr wurde, die geradeswegs auf uns zu hielt! Ich sprang auf die Füße, wie von einer Musketenkugel mitten ins Herz getroffen; ich streckte die Arme in Richtung des Fahrzeugs aus, und stand so, bewegungsunfähig & nicht imstande, auch nur 1 Sylbe hervorzubringen. Peters und Parker waren gleichermaßen außer sich; obschon Jeder auf gänzlich verschiedene Weise. Der Erstere tanzte auf dem Deck herum wie ein Irrsinniger, wobei er die extravagantesten Rodomontaden von sich gab, untermischt mit Geheul & Verwünschungen; während der Letztere in Thränen ausbrach, und lange Minuten hindurch fortfuhr zu weinen, wie ein Kind.

Das Fahrzeug in Sicht war ein Hermaphrodit, also eine große Skuner-Brigg; holländischer Bauart, schwarz gestrichen, und mit einer abgeschmackten vergoldeten Gallionsfigur. Sie hatte unverkennbar schon so manchen Sturm erlebt; und vermutlich auch in dem Unwetter, das uns so verhängnisvoll geworden war, beträchtlich gelitten; denn ihr Vormars war dahin, und auch ein Teil der Reeling an Steuerbord. Als wir ihrer zuerst ansichtig wurden, war sie, wie ich schon gesagt habe, windwärts an die 2 Meilen von uns entfernt & hielt stracks auf uns zu. Nun

herrschte ja nur eine ganz gelinde Brise; und was uns hauptsächlich verwunderte, war, daß sie keinerlei andere Segel gesetzt hatte, als lediglich den Außenklüver, sowie Fock- & Großsegel — infolgedessen sie sich nur ganz gemächlich näherte, was unsre Ungeduld bis fast zum Wahnsinn steigerte! Auch fiel die kurios-unbeholfene Art, in der man dort steuerte, uns Allen, trotz unsrer Exaltiertheit, sofort auf: sie ›gierte‹ derart herum, daß wir 1 oder 2 Mal tatsächlich daran zweifelten, man könnte uns gesehen, beziehungsweise, falls gesehen, so doch Niemand mehr an Bord-hier entdeckt haben; und sie also im Begriff sein, über Stag zu gehen & sich in der ein- oder andern Richtung zu entfernen. Jedesmal sobald dieser Fall eintrat, kreischten & brüllten wir, was unsere Gurgeln nur hergaben — worauf der Fremde seine Absichten einen Moment lang zu ändern, und wiederum auf uns zuzuhalten schien — ein ganz eigentümliches Gebaren, das sich 2 oder 3 Mal wiederholte; so daß wir zuletzt auf keine andere Erklärung dafür mehr zu geraten wußten, als daß der Mann am Ruder betrunken sein müsse.
Auch war kein Mensch an Deck zu erblicken, bis daß man uns auf 4—500 Meter nahe gekommen war. Da endlich wurden wir dreier Seeleute gewahr, die wir, ihrer Tracht nach, als Holländer ästimierten. 2 davon lagen lässig auf ein paar alten Segeln, nahe der Back; und ein Dritter, der uns mit großer Neubegier zu mustern schien, lümmelte, dicht beim Bugspriet, auf der Steuerbordreeling. Dieser Letztere war ein großer, athletisch gebauter Mann, mit auffällig dunkler Hautfarbe. Soweit sich aus seinem Benehmen schließen ließ, ermutigte er uns zur Geduld, indem er uns auf muntere obwohl etwas excentrische Weise zunickte; auch beständig zulächelte, wobei er ein Gebiß zeigte, das vor Weißheit förmlich strahlte. Als sein Fahrzeug näher kam, sahen wir, wie die rote Flannellmütze, die er aufhatte, ihm vom Kopf, und ins Wasser hinunterfiel — wovon er jedoch wenig oder gar nicht Notiz zu nehmen schien; vielmehr seine wunderlichen Lächelungen & die Nickgestik fortsetzte. (Ich berichte über diese Details & Umstände eingehend; und referiere darüber, wie ich betonen möchte, ganz so, wie sie uns *erschienen.*)
Die Brigg kam langsam herzu, und nun weit stetiger als zuvor, und — ich kann von dem Vorfall einfach nicht ruhig sprechen! — uns begannen die Herzen wie wild im Leibe zu hüpfen; wir schütteten unsre ganzen Seelen aus & riefen & dankten GOtt für die umfassende unerwartete herrliche Erlösung, die da so hand-

greiflich nahe war! Plötzlich aber, ganz unvermittelt, kam über'n Ozean her, von dem fremden Fahrzeug, (das nun ganz dicht bei uns war), herübergeschwebt ein Geruch, ein Gestank, für den's auf Erden keinen Namen hat – keinen Begriff gibt – höllisch – schlechthin erstickend – unerträglich unvorstellbar. Ich rang nach Luft; und als ich mich zu meinen Gefährten umwendete, gewahrte ich, daß sie bleicher denn Marmor waren. Aber wir hatten nun keine Zeit mehr übrig für Fragen oder Vermutungen – die Brigg war uns bis auf 50 Fuß genaht; und man schien dort die Absicht zu hegen, direkt an unser Hinterschiff anzulegen, so daß wir an Bord gehen könnten, ohne daß man ein Boot aussetzte. Wir stürmten nach achtern; als plötzlich ein weites Gieren sie wieder volle 5 oder 6 Strich von dem Kurs abbrachte, den sie bisher eingehalten hatte; und wie sie nun langsam, in einer Entfernung von etwa 20 Fuß, unsern Stern passierte, hatten wir einen vollen Überblick über ihre Decks. Werd' ich je das Dreimalgräßliche jenes Schauspiels vergessen?: 25 oder 30 menschliche Leiber, unter denen sich auch einige weibliche befanden, lagen, unregelmäßig verstreut, zwischen Heck und Kombüse herum, im letzten & ekelhaftesten Stadium der Verwesung. Wir sahen klar, daß auf dem Unglücksfahrzeug nicht 1 lebende Seele mehr war! Und trotzdem konnten wir nicht anders: wir schrieen die Toten um Hülfe an! Ja, lange bettelten wir & laut, in der Verzweiflung des Augenblicks, daß diese schweigenden & widerlichen Gebilde auf uns warten möchten, uns nicht verlassen, auf daß wir würden wie sie, vielmehr uns aufnehmen möchten in ihre wackre Kumpanei! Wir rasten vor Grauen & Verzweiflung – schlicht verrückt ob der Qualen unsrer fürchterlichen Enttäuschung.

Als unser erster lauter Schreckensschrei erscholl, wurde ihm irgendwie Erwiderung, etwa vom Bugspriet des Fremden her; und glich so sehr dem Kreischen einerMenschenstimme, daß das geübteste Ohr getäuscht & aufgeschreckt worden wäre. Gleichzeitig brachte eine neuerliche Schwenkung uns die Region des Vorderschiffes einen Moment lang in Sicht, und sogleich erschauten wir den Ursprung des Lautes. Wir sahen die große athletische Gestalt noch immer an der Reeling lehnen, ihr Haupt noch immer hin & her nicken, aber das Gesicht im Augenblick von uns abgewandt, so daß wir's nicht erkennen konnten. Die Arme waren aufs Geländer hingebreitet und die Handflächen nach auswärts gekehrt;

und die Kniee lagen auf einem derben Tau gelagert, das straff gespannt vom Ansatz des Bugspriets zu einem Kranbalken hin verlief. Auf seinem Rücken, von dem ein Stück Hemd heruntergerissen war, sodaß er teilweise bloß lag, saß eine großmächtige Seemöve, eifrig damit beschäftigt, sich mit dem furchtbaren Fleisch vollzustopfen; Schnabel & Krallen waren tief hineinvergraben, und das weiße Gefieder über & über mit Blut besprüht. Als die Brigg noch weiter herumholte, auf daß wir sie ganz von nahem sehen könnten, zog der Vogel, augenscheinlich unter beträchtlichen Schwierigkeiten, seinen karminenen Kopf heraus, beäugte uns einen Augenblick lang wie betäubt; erhob sich träge von dem Leib, an dem er sich gütlich getan; und schwebte dann, direkt über unser Deck hinstreichend, eine Weile noch um uns herum, einen Batzen geronnener lebrigter Substanz im Krummschnabel. Endlich entfiel ihm der gräuliche Bissen, und landete, mit einem dumpfen Plop, direkt zu Parkers Füßen. Möge GOtt mir verzeihen; aber jetzt durchzuckte mich zum ersten Mal ein Gedanke, ein Gedanke, dem ich nicht Worte leihen will; und mir war, wie wenn ich 1 Schritt auf den bebluteten Fleck zu tun müsse. Ich blickte auf; und Augustus' Augen begegneten den meinen, mit einem so hochgradig sinnschwer- & gierenden Ausdruck, daß es mich sofort wieder zur Besinnung brachte. Ungestüm sprang ich vorwärts, und stieß, mit tiefem Schaudern, das Schreckensding in die See:!.

Der Körper, dem es entstammte, (wie beschrieben auf einem Tau gelagert), war von dem kraftvoll arbeitenden Raubvogel mühelos zum Wippen & Pendeln gebracht worden; und diese Bewegung war es, die uns zuerst die Überzeugung beigebracht hatte, es handle sich um einen Lebenden. Als die Möve ihn jetzt von ihrem Gewicht befreite, schwang er herum & fiel zum Teil hintüber, so daß sein Gesicht voll erkennbar wurde. Niemals, bestimmt nicht, ist je ein Gegenstand derart saturiert mit Scheu- & Schrecklichkeiten gewesen! Die Augen waren hin; auch die gesamte Fleischpartie um den Mund, was das Gebiß total bloßlegte: das also war das Lächeln, das uns zu hoffen ermutigt hatte!; das der — aber ich halte inne. Die Brigg jedenfalls, wie ich bereits gesagt habe, passierte unsern Stern; und zog langsam aber stetig, leewärts von dannen. Mit ihr & ihrer grausen Besatzung schwanden all unsre heiteren Gesichte von Erlösung & Freude. Gemächlich, wie sie vorüberzog, hätten wir vielleicht durchaus Mittel finden können, an Bord zu steigen, hätten nicht der Schock der Enttäuschung & die schauderhafte Natur der Enthüllung, die ihn begleitete, jegliche geistige & körperliche Fähigkeit zum Handeln bei uns total gelähmt. Gesehen hatten wir, auch gefühlt ja; aber denken & handeln konnten wir erst wieder, als es, leider, zu spät war. Wie sehr unser Aller Intellekt durch den Vorfall angegriffen worden war, mag man dem Umstand entnehmen, daß, als das Fahrzeug sich schon soweit entfernt hatte, um uns nur noch die Hälfte seines Rumpfes erkennen zu lassen, wir noch ganz ernstlich darüber debattierten, ob es nicht möglich sei, es vielleicht durch Schwimmen einzuholen!

Ich habe seit jenen Tagen immer wieder vergeblich versucht, irgendeinen Schlüssel ausfindig zu machen, bezüglich der abscheulichen Ungewißheit, die das Schicksal der fremden Brigg umgab. Ihr Bau & allgemeiner Eindruck machten uns, wie ich zuvor schon erwähnt habe, glauben, daß es sich um ein holländisches Kauffahrteischiff handeln müsse; und die Tracht der Besatzung bestärkte uns in dieser Meinung. Wir hätten, natürlich, unschwer den Namen am Heck ablesen und auch weitere Beobachtungen anstellen können, die als Richtschnur zu ihrer Identifizierung gedient hätten; aber die übermäßige Aufregung des Augenblicks machte uns für Details dieser Art blind. Aus der safran-ähnlichen Verfärbung derjenigen Leichen, die noch nicht gänzlich verwest waren, schlossen wir, daß alle an Bord Befindlichen am Gelben Fieber zugrunde gegangen wären, oder sonst einer bösartigen Seuche ähnlichen Schlages. Wenn das der Fall gewesen sein sollte, (und ich weiß eigentlich nicht, was sonst noch infrage käme), muß der Tod, aus den Attitüden der Leiber zu schließen, sie in unerhört rapider & schrecklicher Weise überkommen & überwältigt haben; auf eine Art, grundverschieden von derjenigen, die im allgemeinen selbst die tödlichsten Epidemien charakterisiert, mit denen die Menschheit bislang bekannt ist. Theoretisch wäre auch das möglich, daß ein zufällig unter ihre Lebensmittel geratenes Gift, die Katastrofe herbeigeführt haben könnte; beziehungsweise, daß sie durch den Genuß irgendeiner unbekannten & giftigen Fischart, oder sonstigen Meergetiers oder Seegevögels, ausgelöst worden ist – aber es ist platterdings müßig, da Konjekturen anzustellen, wo Alles in ein schreckhaft-unergründliches Geheimnis gehüllt ist, und ohne Zweifel auch für immer gehüllt bleiben wird.

XI. KAPITEL / Wir verbrachten den Rest des Tages in einem Zustand stupider Lethargie, indem wir hinter dem sich entfernenden Fahrzeug hergafften; bis die Dunkelheit es allmählich unsern Blicken entzog, und uns im gleichen Verhältnis wieder einigermaßen zur Besinnung brachte. Da kehrten denn Hunger & Durst mit ihren Qualen zurück, vor denen alle anderen Sorgen & Bedenklichkeiten in den Hintergrund traten. Immerhin konnte bis nächsten Morgen nichts unternommen werden; also sicherten wir uns so gut wie möglich; und versuchten dann, ein Auge voll Schlaf zu erhaschen. Mir gelang dies weit über Erwarten; und ich schlummerte, bis meine Gefährten, die nicht so glücklich gewesen waren, mich bei Tagesanbruch weckten, auf daß wir unsere Versuche erneuerten, Lebensmittel aus dem Rumpf zu fördern.

Es war nunmehr völlig windstill & die See so glatt, wie ich sie nur jemals gesehen habe — das Wetter warm & angenehm. (Die Brigg war außer Sicht.) Wir begannen unsere Operationen damit, daß wir ein zweites Stück Fockrüste losdrehten, allerdings mit einiger Mühe; befestigten an jedem Fuß Peters' je eine; worauf er dann erneut den Versuch unternahm, die Tür des Vorratsraumes zu erreichen, die gewaltsam zu öffnen er doch für möglich hielt, vorausgesetzt er könnte in entsprechend kurzer Zeit bis hin gelangen; und eben dies hoffte er jetzt, wo der Schiffsrumpf so viel ruhiger lag als vordem, zu schaffen.

Es gelang ihm auch, sehr rasch jene Tür zu erreichen, wo er sich denn eines der Eisen vom Knöchel losmachte, und damit unter allen Anstrengungen versuchte, den Eingang zu forcieren — aber vergebens; Gebälk & Holzwerk des Raums waren weit solider, als wir angenommen hatten. Er war überdem total erschöpft von seinem langen Aufenthalt unter Wasser; und es wurde unbedingt erforderlich, daß jetzt ein Anderer von uns seinen Platz übernähme. Parker meldete sich sofort freiwillig zur Ablösung; aber nachdem er 3 ergebnislose Versuche unternommen hatte, mußte er erkennen, daß er nicht einmal imstande sei, auch nur in Türnähe zu gelangen. Da der Zustand von Augustus' verwundetem Arm jeden Versuch seinerseits hinunterzugehen sinnlos machte, (weil er, selbst falls er den Raum erreichen sollte, doch nicht fähig wäre, ihn gewaltsam aufzubrechen), fiel es denn logischerweise nunmehr mir anheim, für unsre gemeinsame Rettung eine Anstrengung zu unternehmen.

Peters hatte das Eisenstück unten im Durchgang liegen lassen; und ich merkte gleich beim Eintauchen, daß ich nicht genügend Ballast hätte, um mich sicher unten zu erhalten. Infolgedessen beschloß ich, bei meinem ersten Versuch weiter nichts anzustreben, als nur jenes andre Eisen wieder herbeizuschaffen. Indem ich auf dem Fußboden des Ganges danach herumtappte, erfühlte ich einen harten Gegenstand, den ich unverzüglich festhielt, obwohl ich keine Zeit hatte, mich zu vergewissern, um was es sich handele; vielmehr sofort umkehrte, und wieder zur Oberfläche emporstieg. Mein Fang erwies sich als eine Flasche; und man wird sich einen Begriff von unsrer Freude machen, wenn ich sage, daß sie sich als voll erwies & zwar mit Portwein! Wir dankten Gott für diese rechtzeitige & tröstliche Unterstützung; zogen, mit Hülfe meines Taschenmessers unverzüglich den Kork; nahmen Jedweder 1 mäßiges Schlückchen; und verspürten ein gar nicht zu beschreibendes Wohlbehagen ob der Durchwärmung Stärkung Anregung, mit der er uns belebte. Anschließend verstöpselten wir die Flasche wieder aufs sorgfältigste; und bewahrten sie, vermittelst eines Taschentuches, hängend so auf, daß sie auf keinen Fall irgend zerbrochen werden konnte.
Nachdem ich, auf solchen Glücksfund hin, eine Weile ausgeruht hatte, verfügte ich mich wiederum nach unten; und fand diesmal das Eisen, mit dem ich sofort hoch kam. Ich machte es an mir fest; und ging dann zum drittenmal hinunter; wodurch ich jedoch völlig überzeugt wurde, daß, auf diese Weise, keine Anstrengung meinerseits mich je in den Stand setzen werde, die Tür zum Vorratsraum aufzusprengen. Weshalb ich, voller Verzweiflung, zurückkehrte.
Es schien nun nicht länger Raum für etwelche Hoffnung mehr; und ich konnte es an den Gesichtern meiner Gefährten erkennen, daß sie sich im Geist darauf gefaßt gemacht hatten, zugrundezugehen. Der Wein hatte bei ihnen offensichtlich eine Art von Delirium erzeugt; welches ebenfalls durchzumachen mir vielleicht deshalb erspart wurde, weil ich mich nach dem Trinken einem Kaltwasserbad unterzogen hatte. Sie jedenfalls schwatzten unzusammenhängend & über Dinge, die mit unsrer Lage in keinerlei Verbindung standen; so erkundigte sich Peters wiederholt bei mir nach Einzelheiten über Nantucket. Auch Augustus trat, wie ich mich erinnere, mit der ernsthaftesten Miene an mich heran, und ersuchte mich, ihm einen Taschenkamm zu leihen, da sein Haar total voll Fischschuppen wäre,

und er sie doch gern heraushaben möchte, bevor er an Land ginge. Parker, der den am wenigsten angegriffenen Eindruck machte, beschwor mich, doch aufs Geratewohl in die Kajüte zu tauchen, und einfach den ersten-besten Gegenstand mit heraufzubringen, der mir in die Finger käme. Ich willigte darin ein; und brachte beim ersten Versuch, nachdem ich eine volle Minute unten geblieben war, einen kleinen Lederkoffer nach oben, der Käptn Barnard gehörte. Er wurde auf der Stelle geöffnet; in der schwachen Hoffnung, er könne etwas zu essen oder zu trinken enthalten? Wir fanden jedoch nichts; ausgenommen ein Etui mit Rasiermessern & 2 leinene Hemden. Ich ging darauf wieder nach unten; mußte aber umdrehen, ohne jedweden Erfolg. Als mein Kopf über Wasser kam, hörte ich ein Klirren auf Deck; und sah, als ich ganz herausgestiegen war, daß die Gefährten undankbarerweise meine Abwesenheit dazu mißbraucht hatten, den restlichen Wein auszutrinken; und bei dem Bemühen, die Flasche, eh' sie von mir gesehen würden, wieder an Ort & Stelle zu bringen, hatten sie sie fallen lassen. Ich stellte ihnen die Herzlosigkeit ihres Verhaltens vor; worauf Augustus in Tränen ausbrach. Die beiden Andern versuchten die Angelegenheit als Spaß zu behandeln & ins Lächerliche zu ziehen; aber ich hoffe, daß ich Gelächter solcher Sorte niemals wieder werde zu sehen bekommen: die Verzerrungen der Züge waren schlechthin grausig! Es war auch ganz unverkennbar, daß das Stimulans, bei dem leeren Zustand ihrer Mägen, sofortige & heftigste Wirkung geübt, und sie Alle hochgradig betrunken waren. Mit größter Schwierigkeit nur vermochte ich sie zum Hinlegen zu bewegen; wo sie denn sehr bald in einen schweren Schlummer, begleitet von lautem schnarchendem Atmen versanken.

Ich befand mich nunmehr, so zu sagen, allein auf der Brigg; und man mag sich darauf verlassen, daß meine Betrachtungen von der düstersten & ängstlichsten Natur waren. Keine andere Aussicht zeigte sich mir mehr, als entweder ein langsamer Tod durch Verschmachten; oder aber, bestenfalls ein rasches Ende im nächsten sich etwa erhebenden Sturm, denn in unserm gegenwärtigen erschöpften Zustand, konnten wir nicht hoffen, noch einen weiteren zu überleben.

Der nagende Hunger, den ich jetzt verspürte, war schier unerträglich; und ich hatte das Gefühl, daß ich, um ihn zu beschwichtigen, fähig sei, bis zum Äußersten zu gehen. Mit meinem Messer schnitt ich mir ein kleines Stück von dem Lederkoffer ab, und gab mir Mühe es zu essen; fand es jedoch gänzlich unmöglich, auch nur 1 einzigen Bissen herunterzuschlucken, obschon ich mir einbildete, daß sich eine gewisse geringe Erleichterung meiner Leiden einstelle, wenn ich kleine Stückchen davon durchkaute, und sie dann ausspuckte. Gegen Abend erwachten meine Gefährten, Einer nach dem Andern, und jeder in einem unbeschreiblichen Zustand von Schwäche & Beklemmung, bewirkt durch den Wein, dessen Dünste sich nunmehr verflüchtigt hatten. Sie flogen am ganzen Leib wie vor Fieberfrost, und schrieen aufs erbärmlichste nach Wasser. Ihr Zustand ging mir in höchstem Grade nahe; obwohl er mir gleichzeitig Anlaß wurde, mich der glücklichen Verkettung von Umständen zu freuen, die mich verhindert hatten, dem Wein übermäßig zu frönen, und so davor bewahrt zu bleiben, ihre Gefühle der Beängstigung & Trostlosigkeit jetzt teilen zu müssen. Trotzdem verursachte mir ihr Zustand beträchtliche Unruhe & Besorgnis; lag es doch auf der Hand, daß, wenn nicht bald eine Veränderung zum Besseren einträte, sie mir, beim Bemühen für unsre gemeinsame Sicherheit, keine Hilfstellung würden leisten können. Ich hatte all- & jeden Gedanken daran, von unten doch etwas heraufholen zu können, noch nicht ganz aufgegeben; aber die Versuche konnten unmöglich neu aufgenommen werden, ehe nicht wenigstens 1 von ihnen wieder Herr genug über sich selbst war, um, während ich nach unten ging, das Seilende fest zu halten. Parker schien mir etwas mehr im Besitz seiner Sinne zu sein, als die Andern; und ich versuchte, mit allen mir zu Gebote stehenden Mitteln, ihn aufzurütteln. Da mir einfiel, Eintauchen in kaltes Meerwasser könnte eine wohltätige Wirkung üben, brachte ich es zuwege, ihm ein Strickende um den Leib zu befestigen; führte ihn anschließend zur Kajütluke hin (während er sich die ganze Zeit über rein passiv verhielt); schubste ihn hinein, und zog ihn dann unverzüglich wieder heraus. Ich hatte guten Grund, mir zu gratulieren, dies Experiment angestellt zu haben; denn er schien wie neubelebt & -gestärkt, und fragte mich beim Herauskommen auf ganz verständige Weise: wieso ich ihn derart traktiert hätte? Als ich ihm meine Absicht auseinandergesetzt hatte, drückte er mir seinen Dank aus, sagte, daß er sich wesentlich besser fühle, nach diesem Bade; und diskutierte anschließend vernünftig unsere Lage mit mir. Wir beschlossen als nächstes, Augustus & Peters auf dieselbe Weise zu behandeln; was wir auch unverzüglich in die Tat umsetzten; worauf Beide denn die wohltätigsten Folgen ob des Schocks verspürten. (Mir war die Idee solchen Kaltwasserstoßes dadurch gekommen, daß ich einmal, in irgendeinem medizinischen Werk, etwas von den günstigen Erfolgen einer Dusch-Behandlung gelesen hatte, in einem Fall, wo der betreffende Patient an *mania a potu* laborierte.) Da ich sah, daß ich meinen Gefährten nunmehr wieder das Festhalten des Seilendes anvertrauen konnte, tauchte ich neuerlich 3 oder 4 Mal in die Kajüte hinunter; obschon es inzwischen ganz finster geworden war, und eine sanfte aber lange Dünung von Norden her, den Schiffsrumpf etwas schwanken machte. Im Verlauf besagter Versuche gelang es mir, 2 große Messer mit Scheide, 1 Krug von 3 Gallonen (leer), und 1 Decke mit hoch zu bringen; aber nichts, was uns zur Nahrung hätte dienen können. Ich setzte meine Anstrengungen, nachdem ich dieser Gegenstände habhaft geworden war, noch fort, bis ich völlig erschöpft war; förderte jedoch nichts weiter nach oben. Auch Parker und Peters betätigten sich im Laufe der Nacht abwechselnd gleichermaßen; da uns aber nichts mehr in die Hände fiel, stellten wir diese Versuche nunmehr voller Verzweiflung ein; in der Erkenntnis, daß wir unsre Kräfte vergeblich abnützten.

Den Rest der Nacht verbrachten wir in einem Zustand so unglaublicher geistiger & körperlicher Beängstigung, wie man ihn sich nur immer vorstellen kann. Der Morgen des 16. dämmerte endlich herauf; und wir suchten gierig den Horizont rundum nach Erlösung ab; aber ohne Ergebnis. Die See war immer noch ruhig; abgesehen von einer langen Dünung aus Nord, genau wie gestern. Das war nun der sechste Tag, daß wir weder Speise noch Trank genossen hatten, abgesehen von jener Flasche mit Portwein; und es war offenkundig, daß wir nur noch 1 ganz winzige Weile länger aushalten konnten, es sei denn, irgendetwas ließe seiner habhaft werden. – Nie zuvor hatte ich menschliche Wesen derart abgemagert gesehen, wie Peters & Augustus (und möchte es, wenn möglich, auch nicht mehr sehen!). Wenn ich ihnen, in ihrem gegenwärtigen Zustand, an Land begegnet wäre, ich hätte nicht den leisesten Verdacht gehegt, die Leute früher schon jemals gesehen zu haben. Der Ausdruck ihrer Gesichter war so durchgreifend verändert, daß ich mich einfach nicht mehr zu dem Glauben überreden konnte, es handle sich um dieselben Individuen, mit denen ich, nur einige-wenige Tage zuvor, Umgang gepflogen hatte. Parker, obwohl auch betrüblich verfallen & so schwach, daß er

den Kopf nicht mehr von der Brust hochnehmen konnte, war dennoch nicht so weit hin, wie die beiden Anderen. Er trug seine Leiden mit vorbildlicher Geduld; er klagte nicht; sondern versuchte vielmehr, uns auf jegliche Art, die ihm nur einfiel, zum Hoffen zu überreden. Was mich anbetrifft, (obschon ich bei Antritt der Reise etwas kränklich, und überhaupt allezeit von anfälliger Konstitution gewesen bin), litt ich, von uns Allen, doch am mindesten; war körperlich am wenigsten heruntergekommen & hatte mir auch meine intellektuellen Fähigkeiten in überraschendem Maße bewahrt; während die Anderen geistig total flach lagen & wie auf eine Art zweiter Kindheit reduziert wirkten; sich im allgemeinen einfältig-geziert ausdrückten, begleitet von idiotischem Lächeln; und überhaupt nur noch die plattesten Absurditäten von sich gaben. Periodisch jedoch schienen sie plötzlich wiederaufzuleben, gleich wie schlagartig vom Bewußtsein ihrer Lage durchdrungen; wo sie denn wohl, in einem momentanen Energieausbruch, auf die Füße sprangen, und kurzfristig & auf ganz rationale Weise, sich über ihre Aussichten verbreiteten, obwohl stets voll hochgradiger Desperation. (Es ist selbstverständlich durchaus möglich, daß meine Gefährten ihrerseits genau den gleichen Eindruck von sich gehegt haben, wie ich von mir; und daß ich, unbewußterweise, mich derselben Extravaganzen & Infantilismen schuldig gemacht habe, wie sie auch — das ist eine Frage, die nicht mehr entschieden werden kann.)
Gegen Mittag erklärte Parker, wie er in Richtung Backbord Land erblicke!; und mit äußerster Mühe nur konnte ich ihn davon abhalten, sich in die See zu stürzen, mit der Absicht, es schwimmend zu erreichen. Peters & Augustus nahmen von dem, was er vorbrachte, wenig Notiz; und waren ihrerseits anscheinend in düstere Betrachtungen versunken. Als ich in der angezeigten Richtung Ausschau hielt, konnte ich nicht die leiseste Andeutung einer Küste wahrnehmen — wußte ich ja doch nur zu gut, wie weit wir von jeglichem Lande entfernt waren, um mich in Hoffnungen dieser Art zu wiegen. Trotzdem währte es geraume Zeit, ehe ich Parker von seinem Irrtum überzeugen konnte. Worauf er in einen Strom von Thränen ausbrach und zwei-drei Stunden lang, unter lautem Klagen & Schluchzen, wie ein Kind weinte; dann wurde er allmählich erschöpft, und verfiel in Schlaf.
Peters & Augustus machten nun mehrere fruchtlose Versuche, Stückchen von dem Leder hinunterzuschlucken. Ich riet ihnen, sie zu kauen, und wieder auszuspucken;

aber sie waren allzusehr entkräftet, um meinen Rat befolgen zu können. Ich selbst fuhr fort, in Abständen kleine Ecken davon durchzukauen, und verspürte doch eine gewisse Erleichterung darob; mein Hauptkummer war der Wassermangel, und ich wurde nur dadurch verhindert, einen Trunk aus dem Meer zu tun, daß ich mir beständig die schrecklichen Folgen vor Augen hielt, welche Andern widerfahren sind, die sich in ähnlicher Situation wie wir befunden haben.
Dergestalt schleppte der Tag sich dahin; als ich plötzlich, in Ost, backbord voraus, 1 Segel entdeckte! Es schien sich um ein großes Schiff zu handeln, dessen Kurs sich annähernd mit unserem kreuzte, und das schätzungsweise 12—15 Meilen entfernt war. Keiner meiner Gefährten hatte es bis jetzt gewahrt; und ich unterließ es vorläufig auch, sie davon zu unterrichten, damit wir nicht etwa wieder in unsern Hoffnungen enttäuscht würden. Schließlich, da es uns näher kam, erkannte ich deutlich, daß es mit geblähten Beisegeln, unmittelbar auf uns zu hielt. Da konnte ich mich nun doch nicht länger halten, und machte meine Leidensgenossen darauf aufmerksam. Sie sprangen unverzüglich in die Höhe; überließen sich wieder den extravagantesten Freudenbezeugungen, weinten & lachten auf idiotische Weise durcheinander, hüpften, stampften das Deck, rauften ihr Haar, und beteten und fluchten abwechselnd. Ich wurde sowohl von ihrem Gebaren, als auch von dem, was ich jetzt doch als todsichere Aussicht auf Erlösung betrachtete, derart angerührt, daß ich mich nicht enthalten konnte, in ihre Tollheit miteinzustimmen, und den Impulsen meiner Dankbarkeit & Entzückung nachgab, indem ich mich aufs Deck legte & und herumkollerte, in die Hände klatschte, schrie, und andere ähnliche Possen trieb; bis ich urplötzlich wieder zur Besinnung gebracht wurde (und damit einmal mehr an die Grenzen menschlicher Not & Verzweiflung) durch die Wahrnehmung, daß das Schiff uns ganz unvermittelt voll den Stern zukehrte, und in einer Richtung davonsteuerte, derjenigen, in der ich es zuerst erblickt hatte, nahezu entgegengesetzt!
Es dauerte einige Zeit, bevor ich meine armen Gefährten bewegen konnte, mir zu glauben, daß diese betrübliche Umkehrung unserer frohen Aussichten tatsächlich stattgefunden habe. Sie erwiderten alle meine Beteuerungen nur mit Blicken & Gebärden des Sinnes, daß sie sich durch Verdrehungen solcher Art nicht irreführen ließen. Augustus' Aufführung aber war es, die mir am meisten zu Herzen

ging. Trotz allem, was ich an Gegenteiligem tun oder vorbringen konnte, blieb er dabei, zu behaupten, daß das Schiff sich uns mit großer Geschwindigkeit nähere; und traf immer weiter Vorbereitungen, an Bord zu gehen. Von einem, an unsrer Brigg vorbeitreibenden Tanggeflecht behauptete er, daß es sich um ein Boot jenes Schiffes handele, und machte Anstalten sich darüberhin zu werfen, wobei er auf die herzzerreißendste Weise heulte & schrie; bis ich ihn gewaltsam davon zurückhielt, sich dergestalt in die See zu stürzen.
Nachdem wir uns in gewissem Grade wieder beruhigt hatten, fuhren wir fort, das Schiff weiterhin zu beobachten; bis wir es endlich aus den Augen verloren; auch das Wetter dunstiger wurde, während gleichzeitig eine leichte Brise sich erhob. / — / In dem Augenblick, wo es völlig verschwunden war, wandte sich Parker plötzlich zu mir, mit einem Ausdruck auf seinem Gesicht, der mich schaudern machte. Es lag über ihm etwas derart Klares & Gefaßtes, wie ich es bisher nie bei ihm gesehen hatte; und bevor er noch die Lippen auftat, sagte mein Herz mir bereits, was zu äußern er im Begriff stünde. Er schlug, in dürren Worten vor: daß 1 von uns sterben solle, um das Dasein der Anderen zu fristen.

XII. KAPITEL / Ich hatte mich seit einiger Zeit schon gedanklich mit der Möglichkeit auseinandergesetzt, wir könnten uns zu diesem letzten schrecklichen Auskunftsmittel herabgewürdigt sehen; und hatte heimlich bei mir beschlossen, lieber den Tod in jeglicher Gestalt & unter was für Umständen immer zu erleiden, als Zuflucht zu dergleichen zu nehmen. Ein Entschluß, der auch durch den gegenwärtigen maßlosen Grad von Hunger, unter dem ich litt, nicht im geringsten ins Wanken geraten war. Weder Peters noch Augustus hatten den Vorschlag vernommen. Deshalb nahm ich Parker auf die Seite; und, unter einem heimlichen Stoßgebet zu GOtt, daß Er mir Kraft verleihen möge, Jenen von seinem gräulichen Vorsatz abzubringen, machte ich ihm lange Zeit die ernstlichsten Vorstellungen; bat ihn aufs flehentlichste, im Namen all dessen was ihm heilig sei; und setzte ihm mit allen möglichen Argumenten zu, wie der verzweifelte Ernst des Falles sie mir nur eingab: seine Idee aufzugeben; und sie doch ja nicht Einem der beiden Andern gegenüber zu erwähnen!

Er hörte sich Alles, was ich sagte, an, ohne den geringsten Versuch, auch nur 1 meiner Argumente zu widersprechen; und ich hatte bereits zu hoffen begonnen, er könne letztlich dazu bewogen werden, sich meinen Wünschen gemäß zu verhalten. Aber als ich zu sprechen aufgehört hatte, sagte er: wie er sehr wohl wisse, daß Alles, was ich vorgebracht habe, völlig wahr sei; und daß zu dergleichen seine Zuflucht zu nehmen, die allerschrecklichste Alternative sei, die dem Geist eines Menschen gestellt werden könne; dennoch habe er nunmehr so lange ausgehalten, wie die menschliche Natur es überhaupt nur ertrüge; daß ein Zugrundegehen Aller unnötig sei, wenn durch den Tod von 1 die Möglichkeit, ja sogar die Wahrscheinlichkeit, entstünde, die Übrigen könnten am Ende überleben; er setzte hinzu, ich möge mir die Mühe sparen, zu versuchen, ihn von seinem Vorhaben abwendig zu machen; sei er doch bereits vor dem Auftauchen des Schiffes bezüglich dieser Frage zu einem endgiltigen Entschluß gelangt gewesen; und nur dessen Insichtkommen habe ihn daran verhindert, seine Absichten schon zu einem früheren Zeitpunkt bekannt zu geben.
Ich bat ihn nun, wenn er sich durchaus nicht bestimmen lassen wolle, seine Entwürfe aufzugeben, sie dann wenigstens 1 Tag noch zurückzustellen, während dem uns ja ein Fahrzeug zu Hülfe erscheinen könne; und wiederum zählte ich ihm jedes mir nur ersinnliche Argument her, von dem ich für möglich hielt, daß es auf rauhe Naturen, wie die seine, von Einfluß sein könnte. Worauf er, als Erwiderung, sagte: er habe wirklich schon nicht eher gesprochen, als bis zum allerletzten tragbaren Augenblick; er könne nicht länger mehr ohne Nahrungsmittel, welcher Art auch immer, existieren; und daß deshalb nach noch einem Tage sein Vorschlag, zumindest was ihn selbst anbetreffe, zu spät kommen würde.
Da ich erkennen mußte, wie nichts, was ich in gütlichem Tone vorbrächte, ihn irgend zu bewegen vermochte, schlug ich nunmehr das andere Verfahren ein, und erklärte ihm: er sei sich ja wohl darüber klar, daß von uns Allen ich am wenigsten unter unsern Heimsuchungen gelitten habe; daß folglich meine Gesundheit & Kraft im Moment weit besser wären, als seine eigene, oder auch die von Peters oder Augustus; mit 1 Wort: daß ich in der Lage sei, meine Ansicht nötigenfalls mit Gewalt durchzudrücken; und daß ich, wenn er den Versuch wagen sollte, die Andern mit seinen blutigen & kannibalischen Entwürfen bekannt zu machen, ich

nicht zögern würde, ihn in die See zu werfen! Worauf er mich unverzüglich bei der Gurgel packte; ein Messer zückte; und mehrere, allerdings erfolglose, Versuche machte, mich in den Unterleib zu stechen; eine Gemeinheit, die zu begehen einzig seine übermächtige Schwäche ihn verhinderte. Inzwischen war aber nun auch ich ehrlich wütend geworden, und rang ihn zum Rande des Fahrzeugs hin; mit der vollen Absicht, ihn über Bord zu werfen! Von diesem Schicksal rettete ihn jedoch das Eingreifen Peters', der jetzt herzu kam & uns trennte; wobei er sich gleichzeitig nach dem Grund solchen Zerwürfnisses erkundigte. Bevor ich noch irgendein Mittel finden konnte, ihn daran zu verhindern, hatte Parker es ihm auch schon mitgeteilt. Die Wirkung seiner Worte war sogar noch schrecklicher, als ich befürchtet hatte. Beide, sowohl Augustus als auch Peters, die sich wie's schien insgeheim längst schon mit derselben gräulichen Idee herumtrugen, der Parker lediglich als Erster Worte geliehen hatte, traten ihm in seinem Vorhaben bei; ja, bestanden darauf, daß es ohne Verzug in die Tat umgesetzt werde! Ich hatte damit gerechnet, daß sich wenigstens 1 der beiden Erstgenannten noch den genügenden Fond von Charakterstärke bewahrt haben würde, um beim Widerstand gegen den Versuch, die fürchterliche Absicht auszuführen, sich auf meine Seite zu stellen; und mit Unterstützung von auch nur 1 von ihnen, hätte ich keine Sorge gehabt, die Durchführung unterbinden zu können. In dieser Erwartung enttäuscht, wurde es allerdings absolut notwendig, ab jetzt auch auf meine eigene Sicherheit Rücksicht zu nehmen; da ein weiterer Widerstand meinerseits, von Männern in ihrem verwilderten Zustand, möglicherweise als hinreichende Entschuldigung betrachtet worden wäre, mir in der Tragödie, die nun, das wußt' ich, sogleich beginnen würde, ehrlich Spiel zu verweigern.
Ich erklärte ihnen also, wie ich einwilligen wolle, mich dem Mehrheitsantrag zu unterwerfen; bloß daß ich um rund 1 Stunde Aufschub noch nachsuchen möchte; damit der Nebel, der sich um uns angesammelt hatte, Gelegenheit habe, sich zu heben; wo es denn ja möglich wäre, daß das Schiff von vorhin doch wieder in Sicht sein könne. Nach beträchtlichen Schwierigkeiten erlangte ich von ihnen das Versprechen, bis dahin zu warten; auch hob, wie ich vorausgesehen hatte, (zumal gleich anschließend eine Brise aufkam), der Nebel sich noch vor Ablauf jener Stunde; da jedoch kein Fahrzeug in Sicht erschien, bereiteten wir uns zum Losen vor.

Nur unter äußersten Widerständen geschieht es, daß ich auf der abstoßenden Szene, die nun erfolgte, verweile; eine Szene, die zusamt all ihrem Mikrodetail, kein späteres Ereignis imstand gewesen ist, auch nur im geringsten Grad aus meinem Gedächtnis zu tilgen; eine so ernste Erinnerung, daß sie jeglichen künftigen Moment meines Daseins noch verbittern wird. Man vergönne mir, diesen Teil meines Berichts so hastig-andeutungsweise zu erledigen, wie die Natur des zu besprechenden Ereignisses es nur gestatte. Unsere einzige technische Möglichkeit für die Terror-Lotterie, bei der Jeder von uns sein Ich als Einsatz gab, war die des ›Strohhalm-Ziehens‹. Wir machten uns für unser Vorhaben kleine Holzsplitterchen zurecht; und ich, so wurde vereinbart, sollte der Halter sein. Ich zog mich also an das eine Ende des Rumpfes zurück; während meine armen Gefährten sich an dem andern aufstellten, schweigend, den Rücken mir zugewandt. Die bitterlichste Angst, die ich in irgendeinem Stadium des schaurigen Dramas ausgestanden habe, begann ich nunmehr zu erleben, da ich mich mit dem Arrangieren der Holzsplitter befaßte. Es sind ja wenige Situationen denkbar, die einem Menschen widerfahren können, in denen er *nicht* das tiefste Interesse an der Erhaltung seiner Existenz verspürte; ein Interesse, das im umgekehrten Verhältnis zur Fragwürdigkeit des Besitztitels auf welchem diese Existenz beruht, mit jedem Augenblick noch zunimmt. Aber jetzt, wo die stumme endgiltige todternste Natur der Beschäftigung, mit der ich mich emsig befaßte, (so verschieden von den tumultuarischen Gefahren eines Sturms; oder den gemächlich-schrittweis sich nähernden Schrecknissen des Verschmachtens), mir Raum ließ, über die paar Chancen zu grübeln, die ich hatte, dem gräßlichsten der Tode zu entrinnen – einem Tod für den allerekelhaftesten der Zwecke – da floh jedwedes Partikelchen der Energie, die mich so lange leidlich hochgehalten hatte, wie Federchen vorm Wind davon, und ließ mich als hülfloses Opfer des niederträchtigsten & bemitleidenswertesten Entsetzens zurück. Als Erstes vermochte ich nicht einmal genügend Energie zu cumulieren, um die paar Holzsplitterchen zurecht zu kniffen, und nebeneinander hin zu legen: meine eignen Finger versagten mir platterdings den Dienst, und meine Kniee schlugen heftig gegeneinander. Ich wälzte im Geist rapide tausend absurde Projekte, wie ich vermeiden könne, ein Partner bei dem abscheulichen Hazardspiel zu werden. Ich dachte daran, vor meinen Gefährten

auf die Knie zu fallen, und sie zu beschwören, mich bei dem Unvermeidlichen doch auszulassen!?; oder ob ich mich etwahn hinterrücks auf sie stürzen, flugs Einen ermorden, und so die Entscheidung durch das Los erübrigen könnte? – kurzum, Alles zuckte mir durch den Sinn, außer mich des einen anzunehmen, das mir oblag. Endlich, da ich lange Zeit bei so kindischem Getue vergeudet hatte, rief mich Parkers Stimme wieder zur Besinnung zurück, der mich beschwor: sie doch, bitte!, ohne Verzug aus der schrecklichen Angst zu erlösen, die sie, bei sich dort, ausstünden! Aber selbst da konnte ich mich noch nicht dazu bewegen, die Splitter nun sogleich zu arrangieren; war vielmehr eifrig darauf bedacht, alle Arten von Finessen zu ersinnen, durch die ich einen meiner Leidensgenossen dahin bringen könne, den kurzen Halm zu ziehen; denn es war von uns vereinbart worden, daß Wer von den 4 Splittern in meiner Hand den kürzesten zöge, sterben müsse, zur Erhaltung der Übrigen. Bevor man mich ob meiner scheinbaren Herzlosigkeit verdammt, möge der Betreffende erst einmal in genau die entsprechende Situation versetzt gewesen sein.
Schließlich jedoch war kein längeres Hinauszögern mehr möglich; und mit derart klopfendem Herzen, daß es mir schier die Brust zersprengen wollte, ging ich vor mich hin, aufs Vorderschiff zu, wo die Gefährten meiner harrten. Ich hielt ihnen die Hand mit den Splittern hin; und sofort hatte Peters gezogen. —: Er war frei; *seiner* zumindest war nicht der kürzeste; und wieder gab es 1 Chance mehr gegen mein Entkommen. Ich raffte alle meine Kräfte zusammen, und präsentierte die Lose Augustus. Auch er zog ohne Zaudern: auch er war frei; und nunmehr standen die Chancen ob ich leben oder sterben sollte, nicht mehr & nicht minder, als einander absolut gleich. In diesem Augenblick zog alle Wut des Tigers in meinen Busen ein; und ich empfand gegen meine arme Mitkreatur, gegen Parker, den allergiftigsten diabolischsten Haß. Aber das Gefühl war nicht von Dauer; und am Ende, unter convulsivischen Schaudern & mit geschlossenen Augen, hielt ich ihm die 2 verbleibenden Splitter hin:! Es währte volle fünf Minuten, bevor er den Entschluß zum Ziehen aufbrachte; ein Zeitraum von so herzzerreißender Ungewißheit, daß ich nicht einmal währenddessen meine Augen auftat. Plötzlich spürte ich 1 der beiden Lose mir rasch aus der Hand gezogen. Die Entscheidung war also gefallen; aber ob für oder gegen mich, das wußte ich nicht. Keiner sprach; und immer

noch wagte ich nicht mich zu vergewissern, und mir den verbliebenen Splitter anzusehen. Endlich nahm Peters mich bei der Hand; und ich zwang mich gewaltsam aufzuschauen — wo ich denn sofort am Gesichtsausdruck Parkers erkannte, daß ich gerettet & er Derjenige war, den das Gericht ereilt hatte. Ich rang nach Luft; und fiel besinnungslos zu Boden.
Ich erwachte aus meiner Betäubung noch rechtzeitig, um Zeuge des Vollzugs der Tragödie zu sein; des Todes Desjenigen, der das meiste dazu beigetragen hatte, sie in Gang zu bringen. Er leistete aber auch keinerlei Widerstand; und wurde von Peters rücklings so erdolcht, daß er auf der Stelle tot zusammenbrach. Ich muß auf dem schrecklichen Imbiß nicht verweilen, der sich unverzüglich anschloß. Dergleichen Szenen kann man sich allenfalls vorstellen; aber Buchstaben haben nicht die Macht, das Gemüt mit der erlesenen Scheußlichkeit solcher Realität zu beeindrucken. Sei es genug, zu sagen, daß, nachdem wir den rasenden Durst, der uns verzehrte, einigermaßen mit dem Blut des Opfers gestillt hatten; auch dahin übereingekommen waren, Hände Füße und Kopf abzutrennen, und sie, zusammen mit den Eingeweiden, dem Meer zu übergeben; wir den Rest des Leibes verschlangen; stückweis'; während der 4 unvergeßlich-folgenden Tage des 17.; 18.; 19.; und 20. dieses Monats.
Am 19., da ein frischer Regenschauer über uns hinwegzog, der 15—20 Minuten anhielt, gelang es uns, mit Hilfe eines der Bettlaken, die wir gleich nach dem großen Sturm vermittelst jener Dregge aus der Kajüte heraufgeangelt hatten, zu etwas Wasser zu gelangen. Es handelte sich um keine erhebliche Menge, nicht mehr als 2 Liter im Ganzen; aber selbst diese kärgliche Ration verlieh uns schon relativ Kraft & Hoffen.
Am 21. dann, waren wir wiederum am Ende mit Allem. Das Wetter blieb immer noch warm & angenehm; mit gelegentlichen Nebelfeldern; oder leichten Winden, ganz überwiegend aus dem Nordwest-Sektor.
Am 22., da wir dicht zusammengedrängt beieinander hockten, in düsteren Gedanken ob unsres lamentablen Zustands, durchzuckte mich plötzlich eine Idee, die mich mit einem hellen Hoffnungsschimmer erfüllte. Ich entsann mich, daß damals, als wir den Fockmast kappten, Peters in den Püttingen auf der Luvseite gestanden & mir eine der Äxte in meine Hand hin gereicht hatte, mit dem Ersuchen,

sie wenn möglich an einen sicheren Ort zu legen; und daß ich, einige Minuten bevor der letzte schwere Brecher die Brigg traf & füllte, besagte Axt mit ins Vorderschiff genommen, und in eine der Kojen an Backbord gelegt hatte. Es schien mir jetzt doch möglich, daß, wenn wir an diese Axt herankämen, wir die Deckplanken überm Vorratsraum durchhacken, und uns auf solche Weise ohne weiteres mit Lebensmitteln müßten versorgen können.

Als ich dieses Projekt meinen Gefährten mitteilte, stießen sie einen schwächlichen Freudenruf aus; und Alle begaben wir uns, ohne Verzug, zum Vorderschiff. Die Schwierigkeit hier hinabzusteigen, war allerdings größer als bei der Kajüte neulich, da die Öffnung wesentlich kleiner war; wird man sich doch erinnern, daß es alles Holzwerk um die Kajütluke herum weggeschwemmt hatte; wogegen der Einstieg ins Vorderschiff völlig unbeschädigt geblieben, und eine simple Luke von rund 90 x 90 war. Ich zögerte jedoch nicht im geringsten, den Abstieg zu versuchen; und nachdem wir, genau wie früher, um meinen Leib ein Seil befestigt hatten, sprang ich, die Füße voran, keck hinein; legte rasch den Weg bis zur Koje zurück, und brachte, gleich beim allerersten Versuch, die Axt nach oben! Sie wurde mit wahrhaft ekstatischem Jubel & Triumph begrüßt, und die Leichtigkeit, mit der wir ihrer habhaft geworden, förmlich als Omen einer endlichen Errettung betrachtet. Wir fingen gleich an, auf das Deck einzuhacken, mit all der Energie neuangefachter Hoffnung; und zwar übernahmen immer abwechselnd Peters und ich die Axt, da Augustus' Armwunde ihm nicht erlaubte, uns auch nur im geringsten beizuspringen. Da wir immer noch so entkräftet waren, daß wir ununterstützt kaum allein aufrecht stehen, und folglich, ohne auszuruhen, höchstens 1 oder 2 Minuten arbeiten konnten, ging uns sehr bald auf, daß so manche lange Stunde erforderlich sein würde, unser Vorhaben durchzusetzen — das heißt also, eine Öffnung auszuhauen, groß genug, um freien Zugang zum Vorratsraum zu gestatten. Aber auch diese Einsicht entmutigte uns mit nichten; wir schafften die ganze Nacht hindurch, beim Scheine des Monds; und hatten, am Morgen des 23., bei Tagesanbruch, die Genugtuung, unser Ziel erreicht zu haben.

Peters erbot sich nunmehr freiwillig zum Tauchen; stieg auch, nachdem alle Vorkehrungen wie bisher getroffen waren, hinab; und kehrte binnen kurzem zurück, mit einer kleinen Kruke, die sich zu unsrer großen Freude als randvoll mit Oliven herausstellte. Nachdem wir sie unter uns geteilt, und mit denkbar größter Gier verschlungen hatten, gingen wir daran, ihn erneut hinunter zu lassen. Diesmal übertraf sein Erfolg sogar unsere ausschweifendsten Erwartungen, kehrte er doch auf der Stelle zurück, mit einem mächtigen Schinken & einer Flasche Madeirawein. Von diesem letzteren genehmigten wir Jeder nur 1 ganz mäßiges Schlückchen, hatten wir doch die verderblichen Folgen allzu freisamlichen Genusses am eigenen Leibe erfahren. Der Schinken, ausgenommen an die 2 Pfund unmittelbar um den Knochen herum, war freilich nicht mehr in eßbarem Zustand, vielmehr durch das Salzwasser total verdorben. Das noch verwendbare Stück teilten wir uns. Peters & Augustus, nicht imstande ihren Appetit zu zügeln, schlangen das ihrige augenblicks hinunter; ich aber verfuhr behutsamer, und aß von meiner Portion nur 1 kleinen Teil, da ich den Durst scheute, der, wie ich wußte, unvermeidlich folgen werde. Als nächstes ruhten wir eine Weile von unsern Mühen aus, die unerträglich hart gewesen waren.

Gegen Mittag dann, als wir uns einigermaßen gestärkt & erquickt fühlten, erneuerten wir unsre Versuche, Lebensmittel heraufzufördern, wieder; dergestalt, daß bis Sonnenuntergang Peters und ich abwechselnd hinab gingen; jegliches Mal mit mehr oder weniger Erfolg. Während dieses Zeitraums war uns das Glück so hold, daß wir im Ganzen folgendes zutage förderten: 4 weitere kleine Krüge mit Oliven; noch 1 Schinken; 1 Korbflasche, die nahezu 15 Liter besten Kap Madeiraweins enthielt; und schließlich, zu unsrer noch größern Freude, 1 kleine Galapagos-Schildkröte, von denen Käptn Barnard, als der ›Grampus‹ schon den Hafen verließ, noch mehrere an Bord genommen hatte, von einem Schooner, der ›Mary Pitts‹, der just aus den pazifischen Gewässern vom Robbenfang zurückkehrte.

In einem der späteren Teile meines Berichtes werde ich noch häufiger Gelegenheit haben, dieser Schildkrötenart zu erwähnen. Sie findet sich hauptsächlich, wie den meisten meiner Leser bekannt sein dürfte, auf der Inselgruppe, die man ›Galápagos‹ nennt, und die tatsächlich ihren Namen von dem Tier erhalten hat – denn das spanische Wort heißt nichts weiter, als ›Süßwasser-Sumpfschildkröte‹. Ob der Eigentümlichkeit ihrer Gestalt & Fortbewegungsart, hat man sie auch manchmal als ›Elefantenschildkröte‹ bezeichnet. Man trifft häufig Exemplare von enormer Größe an. Ich habe selbst einige gesehen, die zwischen zwölf- und fünf-

zehnhundert Pfund gewogen haben müssen; obwohl ich mich nicht erinnern kann, daß Reisende berichtet hätten, je Stücke von über 800 Pfund Gewicht angetroffen zu haben. Ihr Aussehen ist sonderbar, ja, zum Teil widerlich. Die Schritte erfolgen sehr langsam, abgemessen & schwerfällig; wobei der Leib etwa 1 Fuß überm Erdboden getragen wird. Ihr Hals ist lang & dabei äußerst geschlank: 45–60 Zentimeter ist eine ganz normale Länge; und ich habe einmal eine erlegt, wo der Abstand von der Schulter bis zur Schädelspitze nicht weniger als 115 betrug. Der Kopf selbst hat frappante Ähnlichkeit mit dem einer Schlange. Sie können schier unglaublich lange Zeit hindurch ohne Nahrung existieren; sind doch Beispiele bekannt, wo man sie in den Schiffsraum geworfen, dort zwei Jahre ohne jedwedes Futter einfach hat liegen lassen – und sie dann, nach Ablauf jener Zeit, noch ebenso fett und in jeglicher Beziehung gesund & munter vorgefunden hat, wie als sie zuerst übernommen wurden. In einer Eigentümlichkeit ähneln diese merkwürdigen Tiere dem Dromedar oder Kamel der Wüste: in einer Blase am Halsansatz führen sie grundsätzlich einen konstanten Wasservorrat bei sich. In einigen Fällen hat man, als sie nach einem vollen Jahr absoluten Fastens dann geschlachtet wurden, nicht weniger als 15 Liter vollkommen süßen & frischen Wassers in der betreffenden Blase vorgefunden. Ihre Hauptnahrung besteht in wildwachsender Petersilie und Sellerie, auch Portulak, Seetangen und Opuntien; und zumal bei dem letztgenannten Pflanzenfutter gedeihen sie wundervoll, wie denn auch die küstennahen Hügelhänge, wo man das Tier gewöhnlich antrifft, in reichem Maße damit bestanden sind. Ihr Fleisch ist ausgezeichnet & höchst nahrhaft; und ist zweifellos das Mittel gewesen, Tausenden von Seeleuten, die beim Walfang oder sonstigen Unternehmungen im Pazifik tätig waren, das Leben zu erhalten. Diejenige, die wir aus dem Vorratsraum zutage zu fördern das Glück gehabt hatten, war nicht von sonderlicher Größe, indem sie schätzungsweise nur 65–70 Pfund wog. Es war ein Weibchen und in ausgezeichnetem Zustand, über die Maßen fett, und mit mehr als 1 Liter klaren & süßen Wassers in besagter Blase. Das war nun wirklich ein Schatz; und wir fielen wie ein Mann auf die Kniee, und sagten GOtt unsern inbrünstigen Dank für eine so rechtzeitige Hülfe.
Wir hatten übrigens Schwierigkeiten, das Tier durch die Öffnung nach oben zu bekommen; da es sich wütend & mit unwahrscheinlicher Kraft wehrte. Es war eben

auf dem Punkte, aus Peters' Zugriff zu entkommen und wieder ins Wasser zu entschlüpfen, als Augustus ihm noch einen Strick mit der Laufschlinge daran um den Hals werfen, und es auf diese Art solange oben halten konnte, bis ich mich neben Peters in das Loch gezwängt, und ihm dabei geholfen hatte, es heraus zu heben. Das Wasser zogen wir sorgfältig aus der Blase auf jenen Krug ab, den wir, wie man sich vielleicht entsinnen wird, früher aus der Kajüte leer mit hoch gebracht hatten. Dies getan, schlugen wir einer Flasche den Hals so ab, daß er, mit dem Korken darin, umgedreht eine Art Trinkglas ergab, das nicht ganz den 10. Teil einer Normalflasche fassen mochte. Anschließend tranken wir dann Jeder 1 solchen Meßbecher voll aus; und beschlossen, uns auf diese Menge pro Tag zu beschränken, so lange der Vorrat reichen würde.
Während der letzten 2, 3 Tage, bei ständig trockenem & angenehmem Wetter, war das Bettzeug, dessen wir in der Kajüte habhaft geworden, wie auch alle unsre Kleidung, das erstemal vollkommen getrocknet, so daß wir diese Nacht (die des 23.) in relativer Behaglichkeit verbrachten; und uns, nachdem wir ein reichliches Abendbrot von Oliven & Schinken sowie eine kleine Weinzuteilung zu uns genommen hatten, einer ungestörten Ruhe erfreuten. Da wir Angst hatten, für den Fall daß im Lauf der Nacht Wind aufkommen sollte, einen Teil unsrer Vorräte über Bord zu verlieren, sicherten wir sie so gut wie möglich mit Strippen an den Resten des Ankerspills. Unsere Schildkröte, die wir möglichst, so lang' es sich nur irgend tun ließ, am Leben erhalten wollten, drehten wir auf den Rücken, und banden sie zusätzlich sorgsam fest.

XIII. KAPITEL / *24. Juli.* Dieser Morgen sah uns wundersam erholt an Leib & Seele. Trotz der gefahrvollen Situation, in der wir uns immer noch befanden; unwissend wo, nach Länge & Breite, wir sein mochten, (obschon gewiß in großer Entfernung vom Festland); ohne mehr Nahrungsmittel, als uns, selbst bei sorglichster Rationierung, auch nur 14 Tage reichen würden; fast gänzlich ohne Wasser; dazu auf dem blanksten Wrack von der Welt umgetrieben & der Gnade jedes Wind- & Wellenstoßes preisgegeben; bewirkten doch die unendlich grausigeren Nöte & Gefahren, aus denen wir so kürzlich & so gnädig erst errettet wor-

den waren, daß wir das, was wir momentan durchzumachen hatten, als wenig mehr denn ein normales Übel betrachteten – so ausgesprochen relativ sind Beide, das Gute wie das Schlimme.
Bei Sonnenaufgang bereiteten wir uns eben vor, unsre Versuche, aus dem Vorratsraum etwas herauf zu fördern, wieder zu erneuern, als ein frischer Regenschauer einsetzte, begleitet von ein paar Blitzen, und wir unser Augenmerk dem Auffangen von Wasser zuwendeten; vermittelst jenes Bettlakens, dessen wir uns neulich schon zum gleichen Zweck bedient hatten. Wir verfügten über keine andre Möglichkeit, den Regen zu sammeln, als das Laken, mit einem der Eisenstücke in die Mitte gelegt, weit ausgespannt zu halten. Dergestalt wurde das Wasser nach dem tiefsten Punkt im Zentrum hingeleitet, und in unsern darunterstehenden Krug geseiht. Wir hatten ihn auf diese Weise beinahe gefüllt, als von Nord her schwere Böen aufkamen, die uns nötigten abzubrechen; da der Rumpf wieder einmal mehr so ungefüge zu rollen begann, daß wir uns nicht länger auf den Beinen halten konnten. Wir verfügten uns also nach vorn; banden uns an den Trümmern des Ankerspills fest, wie zuvor; und harrten dessen was da kommen wollte, mit weit mehr Fassung, als man unter solchen Umständen hätte annehmen, oder, präziser, überhaupt für möglich halten können. Gegen Mittag hatte der Wind bereits zu einer sogenannten ›Zweireffbrise‹ aufgefrischt; die gegen Abend Sturmstärke annahm, und von einem fürchterlich schweren Seegang begleitet war. Da uns die Erfahrung jedoch schon die beste Methode gelehrt hatte, wie die Verschnürungen anzubringen seien, überstanden wir diese traurige Nacht in leidlicher Sicherheit; obschon nahezu jeglichen Augenblick total durchweicht von den Wogen & unter ständiger Angst, mit fortgespült zu werden. Glücklicherweise war das Wetter so warm, daß wir die Nässe eher wohltuend empfanden, als sonst irgendwie.

25. Juli. Diesen Morgen hatte der Sturm nachgelassen, sodaß nur noch eine bloße 10-Knoten-Brise wehte, und mit ihm hatte die See sich so weit beruhigt, daß wir imstande waren, uns trocken auf Deck zu erhalten. Zu unserm großen Gram mußten wir allerdings feststellen, daß, aller Sorgfalt mit der wir sie festgebunden hatten zum Trotz, 2 der Krüge mit Oliven, sowie unser gesamter Schinkenvorrat über Bord geschwemmt worden waren. Wir beschlossen, die Schildkröte zunächst

noch nicht zu töten; und begnügten uns im Moment mit einem Frühstück aus ein paar Oliven & 1 Maß Wasser pro Kopf, welch letzteres wir, halb und halb, mit Wein versetzten; eine Mischung, die sich als erstaunlich erquickend und kräftigend herausstellte, auch keinerlei betrübliche Trunkenheit hervorrief, wie sie damals, auf den Portwein hin, erfolgt war. / Die See ging immer noch viel zu hoch, als daß sie eine Wiederaufnahme unserer Bemühungen, Proviant aus dem Vorratsraum heraufzuholen, gestattet hätte. Diverse, uns in der gegenwärtigen Situation unwichtige Gegenstände, kamen im Lauf des Tages von selbst aus der Öffnung nach oben getrieben, und wurden unverzüglich über Bord geschwemmt. Uns fiel weiterhin auf, daß der Rumpf noch mehr Schlagseite hatte, denn je zuvor, so daß wir unangebunden keine Sekunde mehr aufrecht stehen konnten; ein Umstand, ob dessen wir den Tag recht unbequem & mißmutig verbrachten. Gegen Mittag schien uns die Sonne nahezu scheitelrecht zu stehen; und wir hegten keinen Zweifel, daß es uns, infolge der langanhaltenden Winde aus nord- & nordwestlichen Richtungen, bis dicht in Äquatornähe getrieben hatte. / Gegen Abend erblickten wir mehrere Haifische, und gerieten in einige Bestürzung ob der kecken Manier, in der ein riesengroßer davon uns anging. Ein Mal, als das Deck bei einem besonders schweren Überrollen sehr tief unter Wasser geriet, kam das Monstrum doch tatsächlich auf uns eingeschwommen; flunderte einige Momente genau über der Kajütluke herum, und verpaßte Peters sogar einen heftigen Schlag mit dem Schwanz.
Eine schwere Woge beförderte ihn schließlich, zu unserer beträchtlichen Erleichterung, wieder über Bord. (Bei ruhigem Wetter hätten wir seiner ohne weiteres habhaft werden können.)

26. Juli. Diesen Morgen, bei beträchtlich abgeflautem Wind & nicht übermäßig rauher See, beschlossen wir, unsere Anstrengungen im Vorratsraum zu erneuern. Nach einem großteil Schwerstarbeit, den ganzen Tag über, mußten wir erkennen, daß von dieser Seite her nichts mehr zu erwarten stand; waren doch über Nacht die Trennwände des Raums eingedrückt, und der gesamte Inhalt in das Schiffsinnere verschwemmt worden. Eine Entdeckung, die wie man sich vorstellen kann, uns mit Verzweiflung erfüllte.

27. Juli. See nahezu glatt, bei leichten Winden, (und immer noch aus dem Nordwestsektor). Nachmittags kam die Sonne so hell & heiß hervor, daß wir daran gingen, unsere Kleidungsstücke zu trocknen. Weitgehende Linderung unseres Durstes & auch sonst wohltuendste Wirkungen, erbrachte das Baden im Meer; wobei wir uns jedoch genötigt sahen, große Vorsicht walten zu lassen, aus Angst vor Haifischen, von denen wir im Lauf des Tages wiederholt einige die Brigg umrunden sahen.

28. Juli. Immer noch schönes Wetter. / Das Überliegen der Brigg begann allmählich so beunruhigend zu werden, daß wir fürchteten, sie möchte am Ende den Kiel nach oben kehren wollen. Bereiteten uns, so gut wir konnten, auf diesen neuen Notstand vor, indem wir Schildkröte, Wasserkrug & die 2 verbliebenen Kruken mit Oliven, so weit wie irgend möglich nach Luv hin an die Außenwand des Schiffes banden, noch unterhalb der Großmastpüttinge. / Schöne-glatte See, den ganzen Tag über; mit nur wenig oder gar keinem Wind.

29. Juli. Fortdauer des gleichen Wetters. / Augustus' verwundeter Arm fing an, erste Symptome von Brand zu zeigen. Er klagte über Benommenheit & unmäßiges Durstgefühl, nicht aber direkte Schmerzen. Nichts konnte zu seiner Erleichterung unternommen werden, als ihm die Wunden mit ein bißchen Weinessig (von den Oliven) einzureiben; wodurch ihm aber auch keine spürbare Linderung zu kommen schien.
Wir taten zu seiner Tröstung alles nur in unsrer Macht stehende, und verdreifachten seine Wasserration.

30. Juli. Extrem heißer Tag, ohne jeden Luftzug. / Ein enormer Hay trieb sich den ganzen Vormittag hindurch in größter Nähe des Schiffsrumpfes herum. Wir veranstalteten mehrere erfolglose Versuche, ihn vermittelst einer Seilschlaufe zu fangen. / Augustus wesentlich schlimmer; anscheinend ebensosehr aus Mangel an angemessener Ernährung dahinsiechend, als infolge seiner Verletzungen. Er betete unaufhörlich um Erlösung von seinen Leiden & wünschte nichts andres mehr, als den Tod. / Diesen Abend aßen wir unsre letzten Oliven; und fanden das

Wasser im Kruge so faulicht, daß wir es ohne einen Zusatz von Wein nicht mehr hinunterwürgen konnten. Beschlossen, nächsten Morgen unsre Schildkröte zu schlachten.

31. Juli. Nach einer Nacht äußerster Angst & Strapatzen (der Schräglage des Rumpfes wegen), gingen wir daran, unsere Schildkröte zu töten und zu zerlegen. Sie erwies sich als bedeutend kleiner als wir angenommen hatten, obwohl sonst in guter Verfassung – Die gesamte Fleischmenge betrug nicht mehr als 10 Pfund. Mit der Absicht, einen Teil hiervon so lange wie möglich zu konservieren, schnitten wir es in feine Streifen; füllten damit die 3 uns noch verbliebenen Olivenkrükchen sowie die Weinflasche, (die wir alle aufgehoben hatten), und gossen anschließend den Weinessig von den Oliven darüber. Auf solche Weise reservierten wir an die 3 Pfund Schildkröte; mit der Absicht, sie nicht anzurühren, bevor wir den Rest nicht verbraucht hätten. Wir vereinbarten, uns auf 100 Gramm Fleisch pro Tag zu beschränken; so daß uns das Ganze also 13 Tage reichen würde. / Um die Zeit der Abenddämmerung zog, unter erheblichem Blitzen & Donnern, eine frische Regenfront durch, die leider nur so kurze Zeit anhielt, daß wir lediglich 1/4 Liter Wasser ergattern konnten. Wir ließen das Ganze einmütig Augustus zuteil werden, mit dem es nunmehr zu Ende zu gehen schien. Er trank das Wasser direkt aus dem Laken, wie wir es auffingen, (hielten wir es doch über ihn, den Liegenden, so, daß es ihm unmittelbar in den Mund laufen konnte); auch hätten wir ja im Augenblick über nichts zur Wasseraufnahme geeignetes mehr verfügt, es sei denn, wir hätten uns entschlossen den Wein aus der Korbflasche, oder das abgestandene Wasser aus dem Krug wegzugießen. (Falls der Schauer angehalten hätte, würden wir wohl zu einer dieser Alternativen haben greifen müssen.)
Der Dulder schien nur wenig Nutzen mehr aus solchem Trunk zu ziehen. Sein Arm war vollkommen schwarz, vom Handgelenk bis zur Schulter hinauf, und seine Füße schon wie Eis. Wir erwarteten jeden Augenblick seinen letzten Atemzug zu hören. Er war entsetzlich abgemagert; in einem Ausmaße, daß, obwohl er bei der Abfahrt von Nantucket 115 Pfund gewogen hatte, er jetzt nicht mehr als *35–40 höchstens* wog. Die Augen waren ihm tief in den Kopf eingesunken, kaum

noch wahrnehmbar; und die Wangenhaut hing so schlaff, daß es ihn verhindert haben würde, etwelche Nahrung zu kauen; je selbst Flüssigkeiten zu schlucken bereitete große Schwierigkeiten.

1. August. Fortdauer des gleichen ruhigen Wetters; bei drückend heißer Sonne. / Litten maßlos unter Durst; da das Wasser im Krug total verwest war & von Ungeziefer wimmelte. Nichtsdestoweniger brachten wir es fertig, noch eine Portion davon hinunterzuwürgen, indem wir es mit Wein mischten — was den Durst allerdings nur wenig beschwichtigte. Größere Erleichterung brachte es uns, im Meere zu baden; ein Auskunftsmittel, dessen wir uns aber leider nur in langen Abständen bedienen konnten, infolge der ununterbrochenen Anwesenheit von Haifischen. Wir erkannten jetzt klar, daß Augustus nicht mehr zu retten war & einwandfrei im Sterben lag. Wir konnten nichts mehr unternehmen, um seine Leiden, die augenscheinlich groß waren, zu mildern. Gegen 12 Uhr verröchelte er, unter heftigen Zuckungen; und ohne während mehrerer Stunden noch einmal gesprochen zu haben. Sein Tod erfüllte uns mit den allerdüstersten Vorahnungen; und übte eine derartige Wirkung auf unsere Lebensgeister, daß wir bewegungslos neben der Leiche sitzen blieben, den ganzen geschlagenen Tag hindurch, und einander nicht anredeten, es sei denn im Flüsterton. Erst einige Zeit, nachdem es dunkel geworden war, brachten wir die Energie auf uns zu erheben, und den Leib über Bord zu werfen. Der war inzwischen über allen Ausdruck widerwärtig geworden, und so weitgehend verwest, daß, als Peters ihn aufzuheben versuchte, ihm ein ganzes Bein in der Hand blieb. Als der Haufen Fäulnis über den Rand des Fahrzeugs schlitterte, ins Wasser hin, ließ uns das fosforeszierende Glimmlicht mit dem er umgeben war, deutlich 7 oder 8 großmächtige Haye erkennen; und das Geklappe der schrecklichen Gebisse, da sie ihre Beute untereinander in Fetzen rissen, mag man wohl auf die Entfernung einer Meile weit vernommen haben. Wir schrumpften vor Entsetzen ob solchen Geräusches in unser Nichts zusammen.

2. August. Dasselbe fürchterlich reglose & heiße Wetter. / Der aufdämmernde Morgen fand uns in einem Zustand von ebenso bemitleidenswerter Gedrücktheit, als körperlicher Erschöpfung. Das Wasser im Kruge war nunmehr absolut nutz-

los & eine einzige dicke Geléemasse geworden; nichts als Schleim, durchringelt von scheußlich anzuschauendem Gewürm. Wir kippten das weg; wuschen den Krug gut mit Seewasser aus; und gossen dann anschließend etwas Essig hinein, (aus unsern Flaschen mit einmarinierter Schildkröte). Unser Durst war nun fast nicht mehr zu ertragen, und wir unternahmen vergebens ihn mit Wein zu beschwichtigen; was jedoch nur Öl ins Feuer zu gießen schien, und uns zu einem hohen Grade von Betrunkenheit aufregte. Daraufhin versuchten wir, unsere Qualen dadurch zu lindern, daß wir Wein mit Meerwasser mischten; was jedoch fast auf der Stelle das heftigste Erbrechen herbeiführte, sodaß wir diesen Versuch nie mehr wiederholt haben. / Den ganzen Tag hindurch hielten wir ängstlich Ausschau nach einer Gelegenheit zum Baden; aber ohne jeden Erfolg, denn der Rumpf war nunmehr auf allen Seiten förmlich belagert von Haifischen – zweifellos genau dieselben Ungeheuer, die unsern armen Gefährten am Vorabend verschlungen hatten, und sich jeden Augenblick in Erwartung eines weiteren ähnlichen Festmals wiegten. Dieser Umstand verursachte uns das bitterste Leidwesen, und erfüllte uns mit Ahnungen der niederschlagendsten & melancholischsten Art. Das Baden hatte uns unbeschreibliche Erleichterung geschafft; nun selbst diese Hülfsquelle abgeschnitten zu finden & auf eine so fürchterliche Weise, war mehr, als wir zu ertragen vermochten. Auch waren wir ja nicht einmal frei von den Befürchtungen unmittelbarster Gefahr; denn das geringste Ausgleiten, oder 1 falsche Bewegung, würden uns sofort in Reichweite der gefräßigen Fischriesen gebracht haben; die auch mehrfach von Lee her anschwammen & direkt auf uns einzudringen versuchten. Weder heftige Gebärden noch Schreie unsererseits schienen sie zu beeindrucken. Selbst als einer der Allergrösten von Peters mit der Axt getroffen & erheblich verletzt worden war, setzte er seine Bemühungen fort, sich dorthin zu schnellen, wo wir uns befanden. / In der Abenddämmerung kam ein Wolkenfeld auf; zog jedoch zu unsrer größten Pein über uns hinweg, ohne sich zu entladen. Es ist unmöglich, sich vorzustellen, was wir zu jenem Zeitraum vom Durst ausgestanden haben. Wir verbrachten eine Nacht ohne Schlaf; sowohl dieserhalb, als aus Furcht vor den Hayen.

3. August. Keine Aussicht auf Rettung, und die Brigg mehr & mehr überliegend; in einer Art, daß der Fuß auf Deck keinerlei Halt mehr finden konnte. Beschäftigten uns damit, den Wein & das Schildkrotfleisch zu sichern; damit wir sie für den Fall des Kenterns möglichst nicht verlören. Konnten aus den Fockmastpüttingen 2 derbe Spieker losmachen, die wir dann, vermittelst der Axt, auf der Luvseite in dem Rumpf eintrieben, nur einige wenige Fuß über der Wasserlinie; was, da wir so gut wie auf der Seite lagen, nicht mehr weit entfernt vom Kiel war. An diese Spieker banden wir nunmehr unsere Vorräte fest; weil sie in solcher Position sicherer waren, als an ihrer früheren Stelle, unterhalb der Püttinge. / Todesqualen vor Durst ausgestanden, den ganzen langen Tag über – keine Gelegenheit zum Baden, der Haie wegen, die uns nicht 1 Moment verließen. / Fanden es unmöglich zu schlafen.

4. August. Kurz vor Tagesanbruch spürten wir, wie der Rumpf sich umzuwälzen anhob, und rüttelten uns wach, um zu verhindern, daß die Schwungkraft uns herunter schüttele. Zunächst erfolgte die Kippbewegung langsam & gleichmäßig, so daß es uns ganz prächtig gelang, auf die Luvseite hinaus & ihr entgegen zu klimmen; da wir die Vorsicht gehabt hatten, von den für die Lebensmittel eingeschlagenen Spiekern gleichzeitig ein paar lose Stricke herabhängen zu lassen. Aber wir hatten die Beschleunigung des Umschwungs nicht genügend einkalkuliert; denn plötzlich wurde das Kippen zu heftig, als daß wir damit noch hätten Schritt halten können; und bevor noch Einer von Uns recht erkannt hätte, was bevorstand, fanden wir uns auch schon gewaltsam in die See geschleudert; und gleich darauf mehrere Klafter unterhalb der Oberfläche mit den Fluthen ringend, den mächtigen Rumpf unmittelbar über uns. Als ich unter Wasser gedrückt wurde, hatte ich mich genötigt gesehen, meinen Halt am Strick fahren zu lassen; und da ich erkannte, daß ich mich, bei völlig erschöpften Kräften, direkt unterhalb des Schiffes befand, machte ich so gut wie gar keine Anstalten, um mein Leben zu kämpfen; fand mich vielmehr damit ab, binnen ein paar Sekunden tot zu sein. Hierin jedoch hatte ich mich erneut betrogen; weil das Wiederzurückpendeln des Rumpfes nach Luv von mir nicht in Anschlag gebracht worden war. Der Aufwärtssog der Wasserwirbel, den das Schiff beim teilweisen Rückschwanken verursachte, beförderte mich wieder an die Oberfläche, und zwar mit fast noch mehr Wucht, als es mich hineingestürzt hatte. Beim Auftauchen fand ich mich an die 20 Meter

vom Wrack entfernt, so gut ich das abzuschätzen vermochte. Es lag kieloben, schaukelte wild-gewaltig von einer Seite auf die andere; und die See rundherum war, in allen Richtungen, äußerst aufgeregt & voll kräftiger Strudel. Von Peters war nichts zu sehen. Ein paar Fuß von mir entfernt trieb eine Öltonne, und diverses anderes Schiffszubehör zeigte sich verstreut umher.
Meine Hauptangst galt nunmehr den Haifischen, die ich in unmittelbarer Nachbarschaft wußte. Um sie, wenn möglich, von mir abzuhalten, schlug ich das Wasser nach Kräften mit Händen & Füßen, so daß ich, während ich auf den Rumpf zuschwamm, eine Schaumwolke um mich erzeugte. Ich zweifle nicht daran, daß ich diesem Auskunftsmittel, simpel wie es war, meine Erhaltung verdanke; war doch das Meer, auf allen Seiten der Brigg, just bevor sie kenterte, so gedrängt voll von den Ungethümen gewesen, daß ich während meines Vordringens in direkte Berührung mit einigen von ihnen gekommen sein muß, wie es denn auch wirklich der Fall war. Durch ein ausgesprochen gütiges Geschick jedoch, erreichte ich die Schiffswand in Sicherheit; obschon infolge der heftigen Anstrengung, der ich mich unterzogen hatte, derart geschwächt, daß ich nie & nimmer imstande gewesen wäre, hinauf zu gelangen, hätte mir nicht Peters rechtzeitige Unterstützung gewährt; der eben, zu meiner größten Freude, oben erschien, (er hatte sich von der entgegengesetzten Seite des Rumpfes auf den Kiel hinauf gearbeitet), und mir ein Strickende zuwarf – eines von denen, die wir an den Spiekern befestigt gehabt hatten. – Mit genauer Not dieser Gefahr entronnen, wurde unser Augenmerk sogleich auf die fürchterliche Bedrohung durch eine nächste gerichtet: die des glatten Verhungerns. Unser gesamter Lebensmittelvorrat war, aller aufgewandten Mühe ihn zu erhalten zum Trotz, über Bord gespült worden; und da sich uns auch nicht die entfernteste Möglichkeit mehr zeigte, Ersatz dafür zu schaffen, überließen wir uns, Beide, der nackten Verzweiflung; weinten laut wie die Kinder; und Keiner unternahm es, dem Andern Trost zuzusprechen. Dergleichen Kleinmut ist schwer vorstellbar, und wird Denjenigen, die niemals ähnlich situiert gewesen sind, zweifellos unnatürlich erscheinen; aber man muß im Auge behalten, daß unsere Geister infolge des langen Kursus von Entbehrungen & Terror, dem wir ausgesetzt gewesen, gänzlich aus den Fugen geraten & wir, zu jenem Zeitpunkt, gerechterweise nicht mehr als mit dem Licht der Vernunft begabte Wesen zu be-

trachten waren. Während späterer, nahezu gleichgroßer (wenn nicht gar größerer) Gefahren, bin ich wahrlich mit Standhaftigkeit allen Schrecknissen der Situation entgegengetreten; und Peters hat, wie man noch sehen wird, einen philosophischen Stoizismus an den Tag gelegt, der ähnlich unglaublich war, wie seine gegenwärtige kindische Schlaffheit & Imbecillität – die psychische Verfassung machte den Unterschied.

Das Kentern der Brigg, selbst den daraus resultierenden Verlust von Wein & Schildkröte miteingerechnet, würde nämlich in Wahrheit unsre Lage gar nicht beklagenswerter denn zuvor gestaltet haben – einmal abgesehen von dem Verlust der Bettlaken, die uns bis dahin instand gesetzt hatten, den Regen aufzufangen; sowie des Kruges, in dem wir das Aufgefangene bewahrt hatten; denn wir entdeckten, daß der ganze Boden, von etwa 2 oder 3 Fuß unterhalb der Krummhölzer bis hin zum Kiel, ebenso wie dieser Kiel selbst, *dicht bedeckt mit großen Entenmuscheln war, die sich als ganz ausgezeichnete Speise, von hohem Nährwert, herausstellten!* Dergestalt hatte sich der von uns so gefürchtete Unfall in zwiefach-bedeutsamer Hinsicht eher als Segnung denn als Schaden erwiesen; hatte uns einen Lebensmittelvorrat aufgetan, den wir, bei verständigem Gebrauch, binnen Monatsfrist nicht hätten erschöpfen können; und weiterhin war zu unserer Bequemlichkeit insofern beträchtlich beigetragen worden, als wir, was Bewegungsfreiheit anlangt, viel sorgloser und mit unendlich geringerer Gefahr denn zuvor leben konnten. Nichtsdestoweniger machte uns die Schwierigkeit nunmehr Wasser zu erlangen, gegen all die wohlthätigen Veränderungen unserer Lage blind. Damit wir wenigstens nach Kräften bereit wären, uns jeglichen Schauer, dem es zu fallen beliebe, möglichst zunutze zu machen, zogen wir unsere Hemden aus, um sie wie vordem die Bettlaken zu verwenden – obwohl wir uns selbstredend nicht in der Hoffnung wiegten, auf diese Weise, auch unter den allergünstigsten Umständen, je mehr als einen Becher auf einmal gewinnen zu können. Auch zeigte sich im Verlauf des Tages nicht das geringste Anzeichen von Bewölkung; und unsre Beängstigungen infolge des Durstes waren nahezu unerträglich. Gegen Abend gelang es Peters, ein Stündchen (obschon verstörten) Schlafes zu genießen; meine Leiden aber waren so intensiv, daß sie mir nicht erlauben wollten, die Augen auch nur 1 einzigen Moment zu schließen.

5. August. Heute, da eine leichte Brise sich erhob, führte es uns durch eine weite Fläche von Seetangen dahin; zwischen denen wir so glücklich waren, 11 zarte kleine Krabben zu finden, die für uns mehrere erlesene Mahlzeiten ergaben. Da ihre Schalen völlig weich waren, verspeisten wir sie ganz; und es ergab sich, daß sie uns weit weniger Durst erregten, als die Muscheln. Da wir innerhalb der Tangwiesen keine Spur von Haifischen wahrnahmen, wagten wir auch wieder zu baden, und blieben an die 4—5 Stunden im Wasser, während deren wir eine deutlich spürbare Verminderung unsres Durstes verzeichneten. Beträchtlich erquickt, verbrachten wir die Nacht ein bißchen behaglicher als vordem; und erhaschten auch Beide ein Auge voll Schlaf.

6. August. Diesen Tag wurden wir durch einen kräftigen und anhaltenden Regen beglückt, der gegen Mittag begann & bis in die Dunkelheit währte. Jetzt beklagten wir bitterlich den Verlust unsres Kruges und der Korbflasche; denn trotz der kärglichen uns verbliebenen Mittel zum Wasserauffangen, hätten wir bestimmt eines davon, wenn nicht gar beide, füllen können. Wie die Dinge lagen, stillten wir wenigstens unsern brennenden Durst dadurch hinlänglich, daß wir die Hemden sich sättigen ließen, und sie dann so ausdrückten, daß uns das erquickende Naß in die Münder träufelte. Mit solcher Beschäftigung verbrachten wir den ganzen Tag.

7. August. Gerad bei Tagesanbruch erspähten wir, Beide genau im selben Augenblick, ostwärts von uns 1 Segel, das *augenscheinlich auf uns zu kam!* Wir begrüßten den grandiosen Anblick mit einem langen, obschon schwächlichen, verzückten Geschrei; und begannen auf der Stelle, sämtliche nur irgend in unserer Macht stehende Signale zu geben: ließen unsre Hemden in der Luft flackern, indem wir dabei so hoch sprangen, wie unser entkräfteter Zustand es nur immer erlaubte; ja, hallohten sogar mit aller Macht unserer Lungen, wiewohl das Fahrzeug nicht weniger als 15 Meilen entfernt gewesen sein kann. Dennoch näherte es sich stetig immer mehr unserm Wrack; und wir hatten das Gefühl, daß, wenn es seinen jetzigen Kurs nur beibehielte, man uns schließlich so nahe kommen müsse, um uns zu bemerken. Rund eine Stunde nachdem wir es zuerst entdeckt hatten,

konnten wir deutlich die Leute auf Deck erkennen. Es handelte sich um einen langen, flachen, etwas verwegen-dreinschauenden Gaffelskuner, mit einem schwarzen Kreis im Vormarssegel; der auch, wie es schien, volle Besatzung hatte[1]. Aber jetzt

[1] Der Fall der bostoner Brigg ›Polly‹ illustriert das hier Gesagte derart, und ihr Schicksal ist in so viel Beziehungen dem unsrigen so auffallend ähnlich, daß ich mich nicht entbrechen kann, ihn hier anzuführen. – Besagtes Fahrzeug, von 130 Bruttoregistertonnen, segelte am 12. Dezember 1811 mit einer Ladung, bestehend aus Bauholz und Lebensmitteln, von Boston nach Santa Croix, unter dem Kommando von Kapitän Casneau. Außer dem Kapitän befanden sich noch 8 Seelen an Bord – der Maat; 4 Matrosen; dazu der Koch, und überdies ein Mister Hunt mit einer ihm gehörenden jungen Negerin. Am 15., nachdem man die Georges-Bank passiert hatte, wurde das Schiff nach einem Südoststurm leck; ja, kenterte schließlich; richtete sich jedoch, nachdem der Mast über Bord gegangen war, wieder auf. In solcher Lage, ohne Feuerungsmaterial & mit nur ganz geringem Proviant, verblieben sie nunmehr volle einhunderteinundneunzig Tage lang (vom 15. Dezember bis zum 20. Juni); wo endlich Käptn Casneau und Samuel Badger, die einzigen Überlebenden, vom Wracke erlöst wurden, und zwar von der ›FAME‹ (aus Hull; Kapitän Featherstone), auf ihrer Heimreise von Rio de Janeiro. Als man sie aufnahm, befanden sie sich auf 28° nördlicher Breite & 13° westlicher Länge, waren also an die zweitausend Meilen weit getrieben! Am 9. Juli dann begegnete die ›FAME‹ der Brigg ›DROMEO‹ (Kapitän Perkins), der die beiden Dulder übernahm, und in Kennebech an Land setzte. Der amtliche Bericht, dem wir diese Einzelheiten entnehmen, schließt mit den folgenden Worten: ›Man wird sich natürlich fragen, wie es möglich sei, daß sie im verkehrsreichsten Teil des Atlantik, über eine derartige Distanz hingetrieben & all die Zeit über nicht entdeckt werden konnten? –: Mehr als ein volles Dutzend Segel haben sie passiert; von denen 1 nahe genug kam, daß man ganz deutlich die Menschen auf Deck wahrnehmen & erkennen konnte, wie man sie, aus der Takelage her, beobachtete; zu der unaussprechlichen Enttäuschung der fröstelnden & halbverhungerten Schiffbrüchigen jedoch unterdrückte man jegliches Diktat des Mitgefühls, hißte die Segel und überließ sie aufs grausamste ihrem Geschick.‹

wurden wir unruhig, konnten wir es doch kaum für möglich erachten, daß man uns nicht bemerke; und begannen zu befürchten, daß man uns im Stiche, & so wie wir waren zugrunde gehen lassen wolle – eine Handlungsweise von dämonischer Barbarei; die aber, unglaublich wie es sich anhören mag, wiederholt auf See verübt worden ist: unter nahezu gleich gelagerten Verhältnissen & von Wesen, die man als der Species MENSCH angehörig betrachtet. Im vorliegenden Fall jedoch fügte es die GOttliche Gnade, daß wir dazu bestimmt waren, im besten Sinne enttäuscht zu werden; denn auf einmal wurden wir eines plötzlichen Durcheinanders auf Deck des Fremdlings gewahr, der unmittelbar darauf die britische Flagge hißte, und, anluvend, direkt auf uns zu hielt. / 1 halbe Stunde später fanden wir uns in seiner Kabine wieder. / Es handelte sich um die ›JANE GUY‹; Heimathafen Liverpool, Kapitän Guy; begriffen auf einer Reise bezwecks Tauschhandel & Robbenschlag in die Süd-Meere & den Pazifik.

XIV. KAPITEL / Die ›JANE GUY‹ war ein gut-aussehender Gaffelskuner von 180 Bruttoregistertonnen. Ihr Bug war ungewöhnlich scharf gebaut; und dicht am Wind, bei nicht allzu extremem Wetter, war sie der schnellste Segler, den ich jemals gesehen habe. Bei rauher See jedoch waren ihre Eigenschaften weniger befriedigend; und ihr Tiefgang für den Handelszweig, zu dem sie bestimmt war, bei weitem zu groß. Für diesen speziellen Dienst sind größere Fahrzeuge, die dabei proportional geringeren Tiefgang haben, erwünschter – sagen wir, ein Schiff zwischen 300 und 350 Tonnen. Es sollte Bark-Takelung haben; und auch in anderen Beziehungen noch von den üblichen Südmeerfahrern abweichend gebaut sein. Unbedingt erforderlich ist zum Beispiel, daß es gut bewaffnet wäre. Es müßte, sagen wir 10 oder 12 zwölfpfündige Carronaden führen; dazu 2 oder 3 Zwölfer mit Langrohr; auch Hakenbüchsen aus Geschützbronze, und auf jedem Deck wasserdichte Waffenkisten. Seine Anker & Kabeltaue sollten von beträchtlich größerer Stärke sein, als in jeglichem anderen Handelszweig gebräuchlich; vor allem aber müßte seine Mannschaft zahlreich & tüchtig sein – für ein Fahrzeug, wie ich es eben skizziert habe, nicht weniger als 50 oder 60 körperlich volltaugliche Leute. Die JANE GUY hatte, außer dem Kapitän & dem Maat, eine

Bemannung von 35, alles erprobte Seeleute; aber sie war weder hinreichend bewaffnet, noch auch ansonsten so ausgerüstet, wie ein mit den Schwierigkeiten & Gefahren seines Unternehmens vertrauter Schiffsführer es sich hätte wünschen können.

Kapitän Guy war ein Gentleman, von großer Urbanität im Umgang, und erheblicher Erfahrung, was den Geschäftsverkehr in südlichen Breiten angeht, dem er einen großen Teil seines Lebens gewidmet hatte. Immerhin ermangelte er doch wohl der Energie & folglich auch jenes Unternehmungsgeistes, der gerade hier so unbedingt erforderlich ist. Er war teilweiser Besitzer des ihm unterstehenden Schiffes; und mit unumschränkter Vollmacht bekleidet, in den Südmeeren so zu kreuzen, wie es jedwede annehmbare Ladung, die ihm vorteilhaft aufstieße, erforderlich mache. Er hatte, wie das bei Unternehmen dieser Art üblich ist, Glasperlen, Spiegel, Feuerzeuge, Äxte, Hackebeilchen, Sägen, Hohlbeile, Hobel, Stemmeisen, Hohlstichel, Bohrer, Feilen, Ziehklingen, Raspeln, Hämmer & Nägel, Messer, Scheren, Rasiermesser, Nadeln & Garn, Töpferwaren, Kattune, Flittertand & andere ähnliche Artikel an Bord.

Der Skuner war am 10. Juli von Liverpool aus in See gegangen; hatte, auf 20° westlicher Länge, am 25. den Wendekreis des Krebses passiert, und am 29. Sal, eine der Kapverdischen Inseln, erreicht, wo man Salz und anderes für die Fahrt Notwendiges übernommen hatte. Am 3. August hatte man die Kapverden hinter sich gelassen, und ab da südwestlich laviert, in Richtung der brasilianischen Küste, so daß man den Äquator zwischen den Meridianen 28° und 30° westlicher Länge durchkreuzte; ein Kurs, den Fahrzeuge, die von Europa nach dem Kap der Guten Hoffnung, unterwegs sind, beziehungsweise von dort aus weiter, nach Ost-Indien, im allgemeinen einzuschlagen pflegen. Indem man so verfährt, vermeidet man nämlich sowohl die Kalmen als auch die starke Gegenströmung, die fortwährend entlängst der Küste von Guinea herrscht; und es erweist sich, in letzter Instanz, als der kürzeste Weg, da späterhin westliche Winde, vermittelst denen man das Kap erreichen kann, praktisch niemals ausbleiben. Kapitän Guy's Absicht war, einen ersten Zwischenaufenthalt auf Kerguelen-Land zu machen — ›Warum?‹ weiß ich kaum zu sagen. Am Tage, da man uns auffischte, befand sich der Skuner jedenfalls auf der Höhe von Kap St. Roque, auf 31° westlicher

Länge; so daß wir, als man uns fand, von Nord nach Süd wahrscheinlich *nicht weniger als volle 25 Grade* getrieben waren!
An Bord der JANE GUY wurden wir mit all der Freundlichkeit behandelt, wie unser trostloser Zustand es erforderte. Und binnen 1 Vierzehntnacht, (während der wir, bei leichtem Wind & schönem Wetter, unverändert nach Südost steuerten), hatten sowohl Peters wie auch ich, uns gänzlich von den Auswirkungen unserer jüngsten Entbehrungen & schrecklichen Erleidnisse wieder erholt; und wir fingen an, dessen was sich eräugnet hatte, mehr als eines peinlichen Alptraums zu gedenken, aus dem man uns glücklicherweise geweckt habe, denn als einer Ereignisreihe, die sich in der nüchternen & nackten Realität abgespielt hätte. Ich habe seitdem die Erfahrung gemacht, daß diese spezielle Art von teilweiser Amnesie gewöhnlich durch einen sehr plötzlichen Übergang zustande kommt, sei es von Freud' zu Leid, oder von Leiden zu Freuden—wobei der Grad der Vergeßlichkeit sich als direkt proportional der Größe des Gegensatzes der einander ablösenden Situationen erweist. So fühle ich es, in meinem ureigensten Fall, zum Beispiel heute unmöglich, mir das volle Ausmaß der Misère zu vergegenwärtigen, die ich während der auf dem Wrack verbrachten Tage ausgestanden habe. Der Einzel-

heiten entsinne ich mich; aber nicht mehr der Gefühle, welche diese Einzelheiten zur Zeit ihres Eintretens hervorbrachten. Ich weiß lediglich dies: daß, als sie eintraten, ich *damals* meinte, die menschliche Natur könne größere Agonien nicht ertragen.

Wir setzten unsre Fahrt ein paar Wochen lang fort, ohne daß Ereignisse von größerer Wichtigkeit eingetreten wären, als die gelegentliche Begegnung mit einem Walfangschiff, beziehungsweise, und dies öfter, mit einem Schwarz- oder Grönlandwal selbst, (so genannt, um ihn vom Pottwal oder Cachelot zu unterscheiden). Sie jedoch trafen wir hauptsächlich erst ab 25° Süderbreite an. Am 16. September, schon in der Nähe des Kaps der Guten Hoffnung, hatte der Skuner seinen ersten einigermaßen heftigen Sturm seit der Abfahrt von Liverpool zu überstehen. In dieser Nachbarschaft nämlich, noch häufiger jedoch südlich & östlich des Vorgeburges, (wir befanden uns westlich), haben die Seefahrer oft mit Nordstürmen zu kämpfen, die mit großem Ungestüm toben. Sie sind grundsätzlich von schwerem Seegang begleitet; und eines ihrer gefährlichsten Charakteristica besteht in einem plötzlichen Umspringen des Windes; ein Ereignis, das fast garantiert dann eintritt, wenn die Gewalt des Sturmes am größten ist. Eben noch heult ein ausgewachsener Orkan von Nord oder Nordost her; und im nächsten Augenblick wird man aus dieser Richtung keinen Windhauch mehr verspüren; während es gänzlich unvermittelt aus Südwest zu stürmen beginnt, mit einer Heftigkeit, die schier unvorstellbar ist. Ein heller Fleck am Südhimmel ist der sichere Vorläufer solchen Wechsels; und die Schiffe sind so in der Lage, angemessene Vorsichtsmaßregeln zu ergreifen.

Es war gegen 6 Uhr in der Frühe, als die Sturmböen aus heiterem Himmel, und wie üblich aus dem Nordsektor her, einsetzten. Gegen 8 hatten sie sehr zugenommen, und uns einen Seegang beschert, den furchtbarsten, den ich bis dahin erblickt hatte. Nun war Alles bei uns so fest gemacht & geborgen wie möglich; aber der Skuner arbeitete unmäßig; legte andauernd Zeugnis von seinen bedenklichen Eigenschaften ab, was Seetüchtigkeit anbelangt, indem er bei jeglichem Stampfen das Vorderschiff tief ins Wasser steckte, und sich mit genauer Not unter der einen Woge hervorgekämpft hatte, wenn die nächste ihn bereits wieder halb begrub. Just vor Sonnenuntergang erschien in Südwest der Helle Fleck, nach dem wir schon Ausschau gehalten hatten; und 1 Stunde darauf sahen wir das kleine Focksegel, das wir führten, wie teilnahmslos an den Mast anschlagen. Und 2 Minuten später wiederum, fanden wir uns, allen veranstalteten Vorbereitungen zum Trotz, wie durch Magie fast auf die Seite gekippt, und ein wahres Dickicht aus Schaum schlug, wie wir so lagen, über uns zusammen. Erfreulicherweise jedoch erwies sich diese Attacke aus Südwest nur als eine rasch durchziehende Böenfront; und wir hatten das Glück, das Schiff sich wieder aufrichten zu sehen, ohne den Verlust auch nur 1 Spiere. Zwar bereitete uns ein schwerer gekreuzter Seegang danach, noch einige Stunden hindurch nicht wenig Unbehagen; aber gegen Morgen dann fanden wir uns in annähernd gleichgutem Zustand, wie vor dem Sturm. Käptn Guy war der Ansicht, daß er gewissermaßen nur wie durch ein Wunder davongekommen sei. –

Am 13. Oktober kamen wir in Sicht der Prince Edward Insel, auf 46° 53′ südlicher Breite & 37° 46′ östlicher Länge. 2 Tage darauf befanden wir uns in der Nähe von Possession Island; und passierten anschließend den Crozet-Archipel, auf 42° 59′ südlicher Breite, 48° östlicher Länge. Am 18. dann liefen wir die Desolation Insel, also Kerguelen-Land, im südlichsten Indischen Ozean, an; und ließen den Anker in Christmas Harbour, in 4 Faden Wassertiefe, fallen.

Die Insel, oder korrekter Insel-Gruppe, liegt vom Kap der Guten Hoffnung aus in südöstlicher Richtung, in einer Entfernung von beinahe 4.500 Kilometern. Sie ist zuerst 1772 von einem Franzosen, entdeckt worden, dem Baron de Kergulen, oder Kerguélen; der, in der Meinung, es handele sich dabei um den Ausläufer eines mächtigen südlichen Kontinentes, daheim in diesem Sinne berichtete, was seinerzeit erhebliches Aufsehen erregt hat. Die Regierung nahm sich der Sache an, und sandte den Baron im folgenden Jahre noch einmal dahin aus; zum Zweck, seine neue Entdeckung einer eingehenden Nachprüfung zu unterziehen; wo der Irrtum sich denn herausstellte. 1777 dann lief Cäptn Cook die Gruppe an, und gab der Hauptinsel den Namen ›Desolation Island‹, eine Bezeichnung, welche sie wahrlich rechtschaffen verdient. Freilich, wenn man sich dem Land zuerst nähert, mag der Seefahrer geneigt sein, anders zu denken; sind doch die Hänge der meisten Hügel von September bis März in das strahlendste Grün gekleidet. Diese trügerische Erscheinung wird von einer kleinen, saxifragen-ähnlichen Pflanze

hervorgerufen, die in großen Flecken & reicher Fülle, auf der Unterlage einer Art krümeligen Mooses gedeiht. Abgesehen von ihr findet sich kaum eine Andeutung von Vegetation auf der Insel; wenn man eine geil wuchernde Sorte groben Grases in der Nähe des Hafens ausnimmt; dazu einige Flechten; und eine Staude, die Ähnlichkeit mit Kohl hat, der in den Samen schießt, und von bitterem, beißendem Geschmack ist.
Die Oberfläche des Landes ist hügelig; obschon keiner dieser Hügel stattlich genannt werden könnte. Ihre Gipfel sind mit ewigem Schnee bedeckt. Es gibt mehrere natürliche Häfen, von denen Christmas Harbour meist am gelegensten kommt; ist er doch der erste, auf den man auf der Nordostseite der Insel stößt, nachdem man Kap François passiert hat, das die nördlichste Ecke bildet, und das infolge seiner eigenartigen Gestalt dazu dient, den Hafen leicht ausfindig zu machen: seine vorspringende Spitze endigt in einem hohen Felsen, in dem sich ein mächtiges Loch befindet, so daß ein natürlicher Triumphbogen gebildet wird.
Die Einfahrt befindet sich auf 48° 40′ Süd, 69° 6′ östlicher Länge. Wer hier einläuft, wird im Schutze mehrerer Inselchen, die hinreichende Deckung gegen alle östlichen Winde bilden, guten Ankergrund finden. Von dieser Rhede ostwärts vorschreitend kommt man nach Wasp-Bay, am oberen Fjordende. Das ist ein kleines, gänzlich von Höhen eingeschlossenes Bassin, in das man mit 4 Faden Tiefe

einlaufen kann, und überall guten Ankergrund (nämlich harten Thonboden) antreffen wird, in einer Tiefe zwischen 3 und 10 Faden. Allhier könnte ein Schiff, unter dem Großen Buganker, ohne Gefahr das ganze Jahr über liegen. Nach West hin, am oberen Ende von Wasp-Bay, mündet ein Flüßchen ein, das ausgezeichnetes & bequem zu erreichendes Trinkwasser liefert.
Einige Seehunde, die Bären- und die gewöhnliche Robbe, finden sich noch immer auf Kerguelen-Land, und von See-Elephanten wimmelt es. Gefiedertes Volk trifft man in großer Zahl an. Vor allem Pinguine gibt es die Fülle; und zwar 4 verschiedene Arten. Die eindrucksvollste ist der Königspinguin, so genannt ob seiner Größe & des prächtigen Federkleides. Sein Oberleib ist im allgemeinen grau, zuweilen mit einem Hauch Lila darüber; der untere Teil dagegen von dem denkbar reinsten Weiß. Der Kopf zeigt ein glatt-glänzendes, prachtvolles Schwarz, und ebenso die Füße. Der Hauptreiz des Gefieders besteht jedoch in zwei breiten, goldfarbenen Streifen, die vom Kopf aus hinab zur Brust verlaufen. Der Schnabel ist lang, und variiert zwischen Rosa und hellem Scharlach. Diese Vögel gehen aufrecht, in stattlicher Haltung. Der Kopf wird hoch getragen, während die Flügelflossen wie zwei Ärmchen herniederhängen; und da der Schwanz in gleicher Richtung wie die Beine vom Körper absteht, ist ihre Ähnlichkeit mit einer menschlichen Gestalt frappierend, und ganz dazu angetan, bei flüchtigem Hinschauen oder in tiefer Abenddämmerung, den Beobachter zu foppen. Die Königspinguine, die wir hier auf Kerguelen-Land antrafen, waren eher größer als normale Gänse. (Die übrigen Arten sind die goldschopfigen ›Maccaronis‹; die Eselspinguine; und die Siedler-Pinguine. All diese sind wesentlich kleiner; von schlichterem Federkleid; und auch in anderer Hinsicht noch unterschieden.)
Neben dem Pinguin sind noch viele andere Vogelarten hier vertreten, von denen die Lumme erwähnt sei, der blaue Sturmvogel, die Krickente, sowie Enten allgemein, Port-Egmont-Hennen (also Raubmöven), Krähenscharben, Captauben, ›Nellies‹ (oder Riesensturmvögel), See- & Meer-Schwalben, Seemöven, ›Mutter Carey's Küchlein‹ (Fulmar), ›Mutter Carey's Gans‹ oder der Große Sturmvogel, und endlich noch der Albatross. Der Große Peters- oder Sturm-Vogel wird ebensogroß wie der gewöhnliche Albatross, und ist ein überaus reißendes Tier; wes-

halb er auch häufig als ›Knochenbrecher‹ oder ›Fischadler‹ bezeichnet wird. Sie sind nicht im geringsten scheu; und ergeben, wenn richtig zubereitet, eine schmackhafte Mahlzeit. Beim Fliegen schweben sie manchmal ganz dicht über der Wasseroberfläche dahin, mit weit ausgebreiteten Flügeln, die sie dabei scheinbar nicht im geringsten Grade bewegen oder irgendeine sichtbare Anstrengung damit unternehmen.

Der Albatross ist einer der größten & ungezähmtesten Vögel der Südmeere. Er gehört zur Gattung der Möven, erhascht seine Beute im Fluge, und nähert sich niemals dem Lande, es sei denn zu Brutzwecken. Zwischen ihm & dem Pinguin besteht die allerkurioseste der Freundschaften: ihre Nester sind mit größter Regelmäßigkeit nach einem Plan angelegt, den die beiden Arten förmlich vereinbart haben müssen — dergestalt, daß sich 1 vom Albatross im Mittelpunkt eines kleinen Quadrates befindet, dessen Ecken von 4 Pinguin-Nestern gebildet werden. Es ist bei den Seefahrern gebräuchlich geworden, ein Kombinat solcher Nistplätze als ›Rookery‹ zu bezeichnen. Solche Rookeries sind mehrfach beschrieben worden; da aber vermutlich nicht jeder meiner Leser eine dieser Schilderungen zu Gesicht bekommen haben, und ich späterhin noch Gelegenheit nehmen werde von Pinguin und Albatross zu berichten, wird es vielleicht nicht fehl am Platz sein, hier einiges über die Art, wie sie hausen & leben, zu sagen.

Sobald die Brutzeit herannaht, versammeln sich die Vögel in großen Scharen; und machen ein paar Tage hindurch den Eindruck, wie wenn sie über den angemessensten, nunmehr einzuschlagenden Kurs berieten. Schließlich schreiten sie dann zur Tat. Man erkiest sich ein angemessen großes Grundstück, dh im allgemeinen ein solches von 5—7 Morgen, das gleichzeitig möglichst eben & in Meeresnähe gelegen ist; obschon so, daß die Flut es nicht erreichen kann. Der Hauptakzent bei Auswahl der Stelle liegt jedoch auf der Planheit der Oberfläche; und diejenige, die am wenigsten mit Steinchen blockiert ist, wird als die baureifste vorgezogen. Sobald hier Einigung erzielt ist, gehen die Vögel, wie 1 Mann & ganz unverkennbar auf einen gemeinsamen Entschluß hin, daran, mit mathematischer Genauigkeit ein Quadrat oder auch ein Parallelogramm zu traciren, je nachdem, wie es der Natur des Geländes am besten entspricht; von gerade hinreichender Größe, um sämtliche versammelten Vögel bequem aufzunehmen: und nicht mehr! — in dieser

speziellen Beziehung scheint man entschlossen, das etwaige Eindringen künftiger Herumtreiber zu verhindern, die sich an der Arbeit bei Anlegung des Nistplatzes nicht beteiligt haben. Eine Seite der dergestalt abgesteckten Nistsiedlung, nämlich die parallel zum Strand hin verlaufende, wird als Ein- bzw. Ausgang offen gelassen. Nachdem die Außenränder der Siedlung markiert sind, beginnen die Kolonisten als nächstes, sie von jeder Art Müll & Plunder zu säubern; indem sie Steinchen für Steinchen aufnehmen, und es außerhalb der Siedlungsgrenzen schaffen, so, daß auf allen 3 inlandwärts gerichteten Seiten eine Art Mäuerchen gebildet wird. Unmittelbar innerhalb dieser Umwallung wird ein ganz ebener & geglätteter Umgang gebildet, von 6—8 Fuß Breite, der sich um die gesamte Siedlung herumzieht, und so eine Art gemeinsamer Promenade bildet.
Der nächste Schritt besteht darin, die ganze Fläche in kleine, genau gleich große Quadrate zu unterteilen. Das erfolgt dadurch, daß schmale, sehr glatte & einander in rechten Winkeln durchkreuzende Pfädlein angelegt werden, die sich über die ganze Ausdehnung der Rookery hin erstrecken. Auf jeglicher dieser Wegkreuzungen erbaut sich 1 Albatross sein Nest; und im Mittelpunkt jeglichen Quadrates 1 Pinguin — woraus folgt, daß jeder Pinguin von 4 Albatrossen, und jeder Albatross von der gleichen Anzahl Pinguine umgeben ist. Das Nest des Pinguins besteht aus einem sehr flachen Grübchen in der Erde; eben nur tief genug, um das eine-einzige Ei am Fortrollen zu verhindern. Die Albatrossin richtet sich etwas weniger behelfsmäßig ein; indem sie aus Erde, Tang & Muschelschalen ein Hümpelchen von 1 Fuß Höhe & 2 Fuß Durchmesser errichtet. Auf seiner Spitze legt sie ihr Nest an.
Die Vögel tragen ganz besondere Sorge, ihre Nester während der Zeit der Bebrütung nicht 1 Augenblick lang unbesetzt zu lassen; ja sogar bis die junge Nachkommenschaft kräftig genug ist, um auf sich selbst aufzupassen. Solange das Männchen draußen auf dem Meere zwecks Nahrungssuche abwesend ist, hat das Weibchen Dienst; und erst nachdem ihr Partner wieder zurück ist, versucht sie ihrerseits ihr Glück. Unbedeckt werden die Eier überhaupt nicht gelassen — während der eine Vogel sich anschickt, das Nest zu verlassen, kuschelt der andere sich schon wieder an seine Seite. Diese Vorsicht wird erforderlich, infolge der merkwürdigen Neigung zur Dieberei, die in der Rookery herrscht; machen ihre Bewoh-

ner sich doch keinerlei Skrupel daraus, einander bei jeder günstigen Gelegenheit die Eier weg zu stibitzen.
Obgleich es Rookeries gibt, wo einzig Pinguin & Albatross die Bevölkerung stellen, wird man doch in den meisten von ihnen eine Vielfalt ozeanischer Vögel antreffen, die sich aller bürgerlichen Privilegien erfreuen, und ihre Nester hier & dort, überall wo sie Raum finden können, verteilt haben; obschon sie die Brutstationen der größeren Arten niemals irgendwie behelligen. Der Anblick einer solchen Vogelstadt ist, zumal aus einiger Entfernung gesehen, etwas äußerst Eigentümliches. Der ganze Luftkreis unmittelbar über der Niederlassung, ist förmlich verdunkelt ob der unglaublichen Zahl von Albatrossen (untermischt mit Angehörigen der kleineren Arten), die ununterbrochen darüber schweben, entweder auf dem Abflug zum Meer begriffen, oder aber auf der Heimkehr. Zur selben Zeit wird man Scharen von Pinguinen erblicken, von denen einige auf den schmalen Gäßchen hin & wider wandeln; und Andere, mit der für sie so charakteristischen militärisch-affektierten Gespreiztheit über die gemeinsame große Promenade stolzieren, die sich um die Rookery herumzieht. Kurzum, von welchem Gesichtspunkt wir es auch betrachten, nichts kann erstaunlicher sein, als der Geist der Überlegsamkeit, den diese befiederten Wesen bekunden; und wahrlich, nichts besser dazu angetan, jedwedem wohlgeratenen menschlichen Intellekt Stoff zu Reflexionen zu geben. —
Am Morgen nach unserm Eintreffen in Christmas Harbour, nahm der 1. Maat, Mr. Patterson, die Boote und begab sich (obgleich es noch etwas früh in der Saison war) auf die Suche nach Robben; wobei er den Kapitän zusamt einem jungen Verwandten von Diesem, auf einer kahlen unfruchtbaren Landzunge im Westen absetzte, weil sie irgendeine Transaktion, deren nähere Umstände ich nicht in Erfahrung bringen konnte, im Innern der Insel vorhatten. Käptn Guy nahm eine Flasche mit, in der sich ein versiegeltes Schreiben befand; und schlug von der Stelle aus, wo er sich hatte an Land setzen lassen, den Weg nach einer der höchsten Bergspitzen in der Runde ein. Es steht zu vermuten, daß er die Absicht hatte, für irgendein Schiff, von dem er annahm, daß es nach ihm hierherkommen würde, den Brief auf jener Höhe oben zu deponieren. Sobald wir ihn aus dem Gesicht verloren hatten, machten wir (denn Peters & ich befanden uns im Boot des Maats)

uns wieder an unsern Streifzug um die Küste herum, und hielten Ausschau nach Seehunden. Mit dieser Beschäftigung verbrachten wir an die 3 Wochen, während der wir mit großer Sorgfalt sämtliche Ecken & Winkel, nicht nur von Kerguélen-Land, sondern auch der benachbarten zahlreich-kleinen Eilande untersuchten. Trotzdem waren unsre Bemühungen von keinem nennenswerten Erfolg gekrönt. Wohl sahen wir eine ganze Menge Bären-Robben; aber sie waren äußerst scheu; und nur unter größten Anstrengungen konnten wir, Alles in Allem, 350 Felle erbeuten. See-Elephanten gab es in Fülle, besonders entlängst der Westküste der Hauptinsel; von diesen jedoch vermochten wir lediglich 20 zu erlegen, und auch das nur unter großen Schwierigkeiten. Auf den kleineren vorgelagerten Schären bemerkten wir eine hübsche Menge gewöhnlicher Seehunde; die wir jedoch nicht weiter plagten. Am 11. jedenfalls kehrten wir endgültig zum Skuner zurück; wo wir Käptn Guy und seinen Neffen wieder trafen, die uns einen recht negativen Bericht vom Inneren gaben, das nach ihrer Darstellung einer der trostlosesten & ödesten Landstriche von der Welt sein mußte. (Sie hatten, infolge eines Mißverständnisses seitens des 2. Maats, bezüglich Sendung der Jolle vom Skuner, um sie abzuholen, zwei Nächte auf der Insel zubringen müssen.)

XV. KAPITEL / Am 12. segelten wir von Chrismas Harbour wieder ab, verfolgten unsern Kurs nach Westen zurück, und ließen Marion-Island, 1 der Crozet-Gruppe, backbords liegen. Danach passierten wir die Prinz-Edwards-Insel; ließen auch sie links liegen; hielten jedoch ab da mehr nach Norden; und erreichten, nach 15 Tagen Fahrt, auf 37° 8′ südlicher Breite & 12° 8′ westlicher Länge, die Inseln von Tristan d'Acunha.
Diese, heutzutage so gut bekannte Gruppe, die aus 3 kreisrunden Inseln besteht, ist zuerst von den Portugiesen entdeckt, und späterhin dann von Holländern (1643) und Franzosen (1767) besucht worden. Die 3 Inseln bilden zusammen ein Dreieck, und sind voneinander je rund 10 Meilen entfernt, mit feinen offenen Durchfahrten dazwischen. Bei allen von ihnen ist das Gelände sehr steil & hoch; zumal bei dem eigentlichen, so genannten Tristan d'Acunha. Dies ist die größte Insel der Gruppe; hat einen Umfang von 15 Meilen; und erhebt sich zu einer solchen

Höhe, daß sie bei klarem Wetter aus 140 bis 160 Kilometern Entfernung gesehen werden kann. Ein Teil der Nordküste steigt mehr als 1.000 Fuß hoch lotrecht aus dem Meere auf. Ein Tafelland von etwa gleicher Höhe, erstreckt sich von da aus landeinwärts bis in Inselmitte; und aus ihm erhebt sich ein mächtiger Bergkegel, ähnlich dem Pik von Teneriffa. Die untere Hälfte dieses Kegels ist mit ansehnlichen Bäumen bekleidet; der obere Teil jedoch ist nackter Fels, gewöhnlich in Wolken gehüllt, und den größeren Teil des Jahres über mit Schnee bedeckt. Man findet weder Untiefen noch sonstige Fährnisse in Nähe der Insel; vielmehr sind die Ufer beträchtlich abschüssig und das Wasser tief. In der Nordwestküste befindet sich eine Bucht, mit einem Strand aus schwarzem Sande, wo sich eine Landung mit Booten unschwer bewerkstelligen läßt; vorausgesetzt, daß Südwind herrsche. Hier kann man treffliches Trinkwasser in Fülle einnehmen; und auch Dorsch & andere Fischarten mit der Angel fangen.

Das hinsichtlich Größe nächstfolgende Eiland, und gleichzeitig das westlichste der Gruppe, ist das ›Inaccessible‹ genannte. Seine genauen Koordinaten sind 37° 17′ Süd, 12° 24′ West. Es hat einen Umfang von 7 oder 8 Meilen; und macht von allen Seiten her einen besonders jähen durchaus abweisenden Eindruck. Seine Oberfläche ist vollkommen flach, und das ganze Gebiet steril, indem außer ein paar verbutteten Sträuchern nichts darauf gedeiht.

Die Insel Nightingale endlich, die kleinste & am südlichsten gelegene, hat 37° 26′ Breite, und Länge 12° 12′. Ihrem südlichen Ende ist ein Kranz von hohen felsigen Schären vorgelagert; von denen man einige wenige, des gleichen Habitus, auch im Nordosten erblickt. Der Boden ist unfruchtbar, und das Terrain coupiert; eine tiefe Senke teilt es in zwei Teile.

Die Küsten dieser Inseln wimmeln in jeweils der betreffenden Saison von See-Löwen, See-Elephanten, Haar- & Pelzrobben, sowie einer großen Vielfalt ozeanischer Vogelarten. Auch Wale sind in der Umgebung häufig. Dank der Leichtigkeit, mit der all diese verschiedenen Tierarten ehemals hier gefangen werden konnten, ist die Gruppe, seit ihrer Entdeckung, vielfach besucht worden. Holländer und Franzosen frequentierten sie schon in sehr früher Zeit. Im Jahre 1790 lief Käptn Patten, mit seinem Schiff, der ›Industry‹ (Heimathafen Philadelphia), Tristan d'Acunha an; und verweilte volle 7 Monate hier (von Aug. 1790 bis

April 1791), zum Zweck, Seehundsfelle einzuernten: während dieses Zeitraums brachte er nicht weniger als 5.600 zusammen; und hätte, nach eigener Aussage, keinerlei Schwierigkeiten gehabt, binnen dreier Wochen ein großes Schiff mit Tran zu beladen! Bei seiner Ankunft hatte er, ganz wenige wilde Ziegen ausgenommen, kein vierfüßiges Tier angetroffen – heutzutage herrscht auf der Insel Überfluß an allen wertvolleren Haustieren, die von später folgenden Seefahrern ausgesetzt-eingeführt worden sind.
Wenn ich mich recht erinnere, war es nicht lange nach Käptn Patten's Besuch, daß Kapitän Colquhoun, mit der amerikanischen Brigg ›Betsey‹, die größte dieser Inseln, zu Erholungszwecken, anlief. Er pflanzte damals Zwiebeln, Kartoffeln, Kohl, sowie eine ganze Menge anderer Gemüsesorten, die man seitdem in üppiger Fülle dort antreffen kann.
1811 wurde Tristan von einem gewissen Kapitän Heywood, im ›Nereus‹, besucht; der 3 Amerikaner antraf, die sich zum Zweck des Gewinns von Seehunds-Fellen & -Tran dort niedergelassen hatten. Einer von diesen Männern hieß Jonathan Lambert, und bezeichnete sich selbst als das ›Staatsoberhaupt‹ des Gebietes. Er hatte an die 100 Morgen Landes gerodet und bestellt; und sich besonders vorgesetzt, Kaffee & Zuckerrohr anzubauen, mit denen ihn der amerikanische Gesandte in Rio de Janeiro versehen hatte. Diese Ansiedlung wurde schließlich aber doch wieder aufgegeben; und im Jahre 1817 ergriff die Britische Regierung, die zu diesem Zweck ein Detachement vom Kap herüber sandte, Besitz von der Gruppe. Zwar hielt man sie nicht lange offiziell besetzt; aber da man das Land als britischen Militärstützpunkt evakuierte, wurde es von 2 oder 3 englischen Familien, unabhängig von ihrer Regierung, zum Wohnsitz erkoren. Als am 25. März 1824 die ›Berwick‹, Kapitän Jeffrey, auf der Fahrt von London nach Van Diemen's Land, hier eintraf, fanden sie einen Engländer namens Glass vor, einen ehemaligen Corporal in der Britischen Artillerie. Er erhob den Anspruch, ›Oberster Gouverneur‹ der Insel zu sein, und seiner Herrschaft unterstanden 21 Männer & 3 Frauen. Er machte eine sehr vorteilhafte Darstellung von der Zuträglichkeit des Klimas & der Fruchtbarkeit des Bodens. Die Bevölkerung war überwiegend mit der Zubereitung von Seehundsfellen und See-Elephanten-Öl beschäftigt, mit denen man vermittelst eines kleinen, Glass gehörenden Skuners, nach Kapstadt

Handel trieb. – Zur Zeit unserer Ankunft, residierte jener Gouverneur noch immer dort; seine kleine Gemeinde aber hatte sich beträchtlich vermehrt, nämlich auf 56 Personen auf Tristan selbst; nebst einer kleineren Zweigniederlassung von 7, auf Nightingale. Wir stießen auf keinerlei Schwierigkeit, uns nahezu jede Art von Abwechslung im Essen zu verschaffen, deren wir bedurften – Schafe, Schweine, Jungstiere, Kaninchen, Geflügel, Ziegen, Fische verschiedenster Arten, dazu Gemüse, sämtlich im Überfluß. Wir waren nahe der Hauptinsel, in 18 Faden Tiefe, vor Anker gegangen, und konnten Alles aufs Bequemste an Bord nehmen. Auch erhandelte Kapitän Guy von Glass 500 Seehundsfelle, sowie etwas Elfenbein. Wir verweilten eine Woche hier; bei etwas dunstigem Wetter & leichten Winden, überwiegend aus dem Nordwestsektor. Am 5. November dann, hißten wir die Segel, und steuerten in Richtung Südwest; mit der Absicht, eine gründliche Suche nach einer Inselgruppe, genannt die ›Auroras‹ anzustellen, bezüglich deren Existenz schon große Meinungsverschiedenheit geherrscht hat.
Besagte Inseln sind angeblich bereits im Jahre 1762 entdeckt worden, und zwar von dem Befehlshaber des Schiffes ›Aurora‹. 1790 hatte sich Kapitän Manuel de Oyarvido, in der, der ›Königlich Philippinischen Gesellschaft‹ gehörenden ›Prinzessin‹, mitten zwischen ihnen befunden, wie er beteuerte. 1794 dann wurde die spanische Korvette ›Atrevida‹ mit dem ausdrücklichen Auftrag abgeschickt, endlich ihre präzise Lage festzustellen; und in einer, von der ›Königlichen Hydrographischen Gesellschaft zu Madrid‹ im Jahre 1809 herausgegebenen Abhandlung, bedient man sich, bezüglich dieser Forschungsreise, wörtlich der folgenden Sprache:

»Die Korvette Atrevida hat, in der Zeit vom 21.–27. Januar, alle erforderlichen Beobachtungen in unmittelbarer Nachbarschaft angestellt; und mit Hülfe ihrer Chronometer den Längenunterschied zwischen besagten Inseln & dem Hafen Soledad auf den Maluinen exakt gemessen. Es handelt sich um 3 annähernd auf dem gleichen Meridian gelegene Inseln; die mittlere ist relativ flach, die beiden anderen dagegen können aus 9 Leguas Entfernung wahrgenommen werden.«
Die an Bord der ›Atrevida‹ vorgenommenen Beobachtungen ergeben bezüglich der präzisen Lage der Einzelinseln das folgende Resultat:

1. die nördlichste befindet sich auf 52° 37′ 24″ südlicher Breite; 47° 43′ 15″ westlicher Länge;
2. die mittlere auf 53° 2′ 40″ Süd; 47° 55′ 15″ West;
3. und endlich die am südlichsten gelegene auf 53° 15′ 22″ S., und 47° 57′ 15″ W.

Am 27. Januar 1820 segelte Kapitän James Weddell, von der britischen Kriegsmarine, von Staten Land aus, ebenfalls auf der Suche nach den Auroras. Er gibt zu Protokoll, daß nach der allereingehendsten Untersuchung, in deren Zuge er nicht nur über die vom Kommandanten der ›Atrevida‹ angegebenen Positionen genau hinwegfuhr, sondern auch die Umgebung dieser Stelle in jeglicher Himmelsrichtung durchmusterte, er keinerlei Anzeichen von Land zu entdecken vermocht hat. Diese einander widersprechenden Angaben, haben immer wieder Seefahrer bewogen, nach der Gruppe Ausschau zu halten; und das Merkwürdige ist eben, daß, während Einige jeden einzelnen Quadratzoll Meer an der Stelle, wo sie liegen sollen, abgesucht haben, ohne sie zu finden; es auf der anderen Seite nicht Wenige gibt, die positiv behaupten, sie gesehen, ja sich sogar ganz nahe vor ihren Küsten befunden zu haben. Kapitän Guy's Absicht nun war es, jegliche in seiner

Macht stehende Anstrengung zu unternehmen, um die so kurios umstrittene Frage zu einer Entscheidung zu bringen[1].
Wir behielten unsern Kurs nach Süd & West, bei wechselndem Wetter, bis zum 20. des Monats bei; wo wir uns dann in dem umstrittenen Gebiet befanden, auf einer Breite von 53° 15′ Süd, und einer Länge von 47° 58′ West – das bedeutet also, fast genau auf der Stelle, die für die Lage des südlichsten Gliedes der Gruppe angegeben ist. Da wir keinerlei Anzeichen von Land wahrnehmen konnten, setzten wir unsere Fahrt, den 53. Breitengrad entlang, nach Westen fort; und zwar bis zum 50. Meridian. Dann drehten wir ab, nach Norden, bis hinauf zum 52.; von da an ging's wieder in östlicher Richtung, wobei wir unsere Breite ständig, morgens und abends durch 2 Höhen mit Zwischenzeiten, und überdem noch durch Meridianhöhen von Mond und Planeten kontrollierten. Dergestalt ostwärts, bis zum Längengrad der Westküste von Süd-Georgien gekommen, bogen wir rechtwinklig ab, und steuerten auf diesem Meridian entlang, bis wir die Breite wieder erreicht hatten, von der wir ausgegangen waren. Dann schlugen wir Diagonalkurse ein, quer durch das ganze umfahrene Seegebiet hindurch; wobei pausenlos vom Top des Mastes Ausschau gehalten wurde, und wir unsere Untersuchungen über eine Zeitspanne von vollen drei Wochen hindurch mit der größten Sorgfalt wiederholten; während deren auch das Wetter bemerkenswert angenehm & schön blieb, ohne die geringste Spur von Dunst. Jedenfalls überzeugten wir uns aufs gewissenhafteste davon, daß, was für Inseln auch immer zu einem früheren Zeitpunkt in dieser Gegend sich befunden haben mögen, heutzutage auch nicht das kleinste Rudiment mehr von ihnen vorhanden sei. (Seit meiner Heimkehr habe ich in Erfahrung gebracht, daß dasselbe Gebiet, mit gleicher Sorgfalt, bereits 1822 durchmustert worden ist; einmal von Kapitän Johnson, mit dem amerikanischen Skuner ›Henry‹; und von Käptn Morell, mit dem amerikanischen Skuner ›Wasp‹ – beidemale mit dem gleichen negativen Resultat, wie in unserem Fall.)

[1] *Von den Schiffen, die zu verschiedenen Zeitpunkten beteuert haben, den Auroras nahe gekommen zu sein, mögen hier erwähnt werden, der ›San Miguel‹ 1769; die ›Aurora‹ 1774; die Brigg ›Pearl‹ 1779; und die ›Dolores‹ 1790. Alle stimmen sie darin überein, für die südliche Breite einen Mittelwert von etwa 53° zu nennen.*

XVI. KAPITEL / Ursprünglich war es Kapitän Guy's Absicht gewesen, nachdem er sich bezüglich der ›Auroras‹ Gewißheit verschafft hätte, anschließend die Magellan-Straße zu passieren, und die Westküste Patagoniens hinaufzufahren; jedoch bewogen ihn auf Tristan d'Acunha erhaltene Mitteilungen, weiter nach Süden zu steuern: in der Hoffnung, auf ein paar kleinere Inseln zu stoßen, die, wie es hieß, auf Länge 41° 20′ West, und ungefähr auf 60° südlicher Breite gelegen seien. Für den Fall, daß er diese Inseln nicht zu entdecken imstande sein sollte, hatte er nunmehr im Sinne, vorausgesetzt, die Jahreszeit erwiese sich als günstig, in Richtung Pol vorzustoßen. Dementsprechend nahmen wir, am 12. Dezember, Kurs dorthin. Am 18. befanden wir uns auf der von Glass bezeichneten Stelle; und kreuzten 3 Tage lang in ihrer Nähe herum; ohne jedoch irgendwelche Spuren der von Jenem erwähnten Inseln ausfindig zu machen. Am 21. dann, bei ungewöhnlich einladendem Wetter, steuerten wir erneut nach Süden; mit dem festen Entschluß, in dieser Richtung so weit vorzudringen, wie nur irgend möglich. — Bevor ich mit diesem Teil meines Berichtes anhebe, wird es, zur Information derjenigen Leser, die dem geografischen Fortschritt in diesen Regionen wenig Aufmerksamkeit haben zuwenden können, vielleicht angemessen sein, einen gedrängten Überblick über die ganz wenigen Versuche, den Südpol zu erreichen, die bisher überhaupt unternommen worden sind, zu geben.

Der von Kapitän Cook war der erste, über den uns ein verläßlicher Bericht vorliegt. 1772 segelte er in seinem Schiff, der ›Resolution‹ nach Süden; begleitet von der ›Adventure‹ unter Leutnant Furneaux. Im Dezember fand er sich bis zum 58. Grad südlicher Breite vorgedrungen, auf 26° 57′ östlicher Länge. Hier stieß er auf lange-schmale Eisfelder, die von Südost nach Nordwest verliefen, und eine Stärke von 20–25 Zentimetern hatten. Das Eis bestand aus großen Schollen, und war im allgemeinen so dicht gepackt, daß die Fahrzeuge beträchtliche Schwierigkeiten hatten, sich einen Durchgang zu erzwingen. Um diese Zeit schloß Käptn Cook übrigens — sowohl aus den mächtigen Vogelschwärmen, die man gewahrte, wie auch aus anderen Andeutungen — daß er sich in unmittelbarer Nähe von Land befinde. Er steuerte weiter südwärts, bei extrem kaltem Wetter; bis er, auf Länge 38° 14′ Ost, den 64. Breitengrad erreichte. Hier hatte er, 5 Tage lang, mildes Wetter, bei einem Thermometerstand von +2, und sanften Brisen. Im Januar

1773 überschritten die Fahrzeuge den Südlichen Polarkreis; doch gelang es ihnen nicht, nennenswert weiter vorzudringen; denn nachdem sie eine Breite von 67° 15′ erreicht hatten, zeigte sich jedem weiteren Vorschreiten ein Ende gesetzt, durch eine ungeheuerliche Eismasse, die sich über den ganzen südlichen Horizont hindehnte, so weit das Auge nur reichte. Das Eis wies die verschiedensten Bildungen auf – einige besonders mächtige Tafeln, meilengroß, formierten eine kompakte Masse, die sich bis zu 6 und 7 Metern über das Wasser erhob. Da es schon relativ spät im Jahre war, und keine Hoffnung bestand, dergleichen Hindernisse rasch umgehen zu können, mußte Käptn Cook nunmehr wohl oder übel wieder umdrehen, nach Norden.

Im folgenden November erneuerte er seine Durchmusterung der Antarktis. In 59° 40′ Breite, traf er auf eine starke, nach Süden hin gerichtete Strömung. Im Dezember, da sich die Schiffe auf 67° 31′ Breite, 142° 54′ westlicher Länge befanden, herrschte enorme Kälte, vereint mit schweren Stürmen & Nebel. Auch hier gab es wieder Vögel die Fülle: den Albatross, den Pinguin, und vor allem den Petrel. Auf Breite 70° 23′ begegnete man mehreren großen Eisbergen; und kurz darauf wurde beobachtet, wie die Wolken im Süden von geradezu schneeiger Weiße waren, was immer das Vorhandensein von ausgedehnten Eisfeldern anzeigt. Auf 71° 10′ Breite dann (Länge 106° 54′ West) sahen sich die Seefahrer, genau wie früher, wiederum aufgehalten von einer unübersehbaren gefrorenen Weite, die den gesamten Südhorizont ausfüllte. Der Außensaum dieser Fläche nach Norden hin, war ein wild zerklüfteter Wirrwarr von ungefähr 1 Meile Breitenausdehnung, und so fest ineinandergekeilt, um garantiert unpassierbar zu sein. Dahinter dann, lag die erstarrte Oberfläche auf eine gewisse Distanz verhältnismäßig glatt da; bis sie endlich, weitweit im Hintergrunde, in gigantische Ketten von Eisbergen überging, eine immer höher sich türmend als die andere. Käptn Cook schloß daraus, daß dieses mächtige Feld sich entweder bis zum Pol erstrecken, oder aber mit einem Kontinent in Zusammenhang stehen müsse. Mr. J. N. Reynolds, dessen beachtlicher Initiative & Ausdauer es endlich gelungen ist, eine nationale USAmerikanische Expedition in Gang zu bringen, deren 1 Teilaufgabe es sein wird, diese Regionen zu erkunden, urteilt über den Versuch der ›Resolution‹ folgendermaßen:

»Es ist nicht weiter verwunderlich, daß Käptn Cook nicht imstande war, über 71° 10′ hinaus vorzudringen; vielmehr das ist erstaunlich, daß er diesen Punkt auf einer Länge von 106° 54′ West erreicht hat. Palmer's Land nämlich beginnt südlich der Süd-Shetlands, in 64° Breite, und zieht sich, von da aus, nach Südsüdwesten hin, weiter als irgendein Entdecker bisher erkundet hat. Cook hatte Kurs auf dieses Land, als seinem weiteren Vordringen durch das Eis Einhalt geboten wurde, (was, wie zu befürchten steht, an diesem Ort & so früh im Jahre, als der 6. Januar es nun einmal ist, stets der Fall sein wird); und es würde uns nicht im geringsten überraschen, wenn ein Teil der beschriebenen eisigen Gebirge entweder direkt der Verlängerung von Palmer's Land aufläge, oder aber sonst irgendeinem Küstenstrich, der sich dort weiter nach Süden & Westen hin erstreckt.«
Im Jahre 1803 schickte Zar Alexander von Rußland die Kapitäne Kreutzenstern und Lisiausky auf eine Weltumsegelung aus. Beim Versuch, nach Süden vorzustoßen, gelangten sie nicht weiter, als bis 59° 58′, und dies auf 70° 15′ West. Sie trafen hier auf starke, ostwärts gerichtete Strömungen. Wale gab es in Fülle; doch von Eis war nichts zu erblicken. In Bezug auf diese Reise merkt Mr. Reynolds an, daß, wenn Kreutzenstern früher im Jahre dort hingekommen wäre, wo er hin kam, er Eis hätte antreffen müssen – es war nämlich bereits März, als er die angegebene Breite erreichte. Die dort im allgemeinen vorherrschenden Winde aus Süd & Südwest, hatten, von Meeresströmungen unterstützt, die Schollen in jene eisigen Bereiche geführt, die im Norden von Süd-Georgien, im Osten von Sandwich-Land & den Süd-Orkneys, im Westen von den Süd-Shetland-Inseln begrenzt werden.
Im Jahre 1822, drang James Weddell, Kapitän a. D. in der britischen Kriegsmarine, mit 2 ganz winzigen Fahrzeugen, weiter nach Süden vor, als irgendeiner seiner Vorgänger; und dies sogar, ohne irgend auf besondere Schwierigkeiten zu stoßen. Er teilt mit, daß, ob er schon häufig von Eis behindert wurde, *bevor* er den 72. Parallelkreis erreicht hatte, man jedoch *nach* dem Eintreffen dort nicht die Spur mehr davon entdeckte; und daß, bei Ankunft auf 74° 15′ Breite keinerlei Eisfeld mehr zu erblicken, und auch von Eisbergen lediglich 3 in Sicht waren. Es ist einigermaßen bemerkenswert, daß Weddell – obgleich große Scharen von Vögeln, sowie andere allgemein angenommene Anzeichen von Land sich zeigten; auch

im Süden der Süd-Shetlands, von der Spitze des Mastes aus, neue, sich nach Süd hinziehende Küsten beobachtet wurden – er dennoch jede Idee, daß in den Polargebieten nach Süden hin Land existieren könne, strikt von sich weist.
Am 11. Januar 1823 startete Käptn Benjamin Morrell, mit dem amerikanischen Skuner ›Wasp‹, von Kerguelen-Land aus, mit der Absicht, soweit wie nur immer möglich, nach Süden vorzudringen. Am 1. Februar befand er sich auf Breite 64° 52′, in einer Länge von 118° 27′ Ost. Das folgende Zitat ist seinem Journal von eben diesem Datum entnommen: »Der Wind frischte bald zu einer 11-Knoten-Brise auf, und wir ergriffen die günstige Gelegenheit, westwärts zu gelangen mit Freuden; da wir jedoch der Überzeugung waren, daß, je weiter wir über den 64° südlicher Breite hinaus gelangen könnten, wir desto weniger Eis zu besorgen hätten, hielten wir beständig ein wenig auch nach Süd; bis wir den Polarkreis überschritten, und uns auf 69° 15′ Breite befanden. Hier trafen wir *keinerlei Eisfelder* mehr an, und von Eisbergen waren nur ganz wenige in Sicht.«
Unterm Datum 14. März finde ich noch diese Eintragung: »Die See war nunmehr gänzlich frei von Eisfeldern, und nicht mehr als 1 Dutzend Eisberge in Sicht. Zur selben Zeit war die Temperatur von Luft und Wasser um mindestens 8° höher (gleich milder) als wir sie zwischen 60 und 62° südlicher Breite angetroffen hatten.

— Wir befanden uns jetzt 70° 14′ S., und die Temperatur der Luft war +8,3, die des Wassers +6,7 Grad. An dieser Stelle betrug die Nadelabweichung per Azimuth, 14° 27′ östlich . . . Ich habe diverse Male den südlichen Polarkreis, auf verschiedenen Meridianen, überschritten; und dabei regelmäßig gefunden, daß die Temperaturen, sowohl der Luft als auch des Wassers, immer milder & milder wurden, je weiter ich über 65° Süderbreite hinaus vordrang, und daß die Nadelabweichung im gleichen Verhältnis abnahm. Während wir nördlich von diesen Breiten — sagen wir, zwischen 60 und 65 Süd — häufig erhebliche Schwierigkeiten hatten, zwischen den unmeßbargroßen & schier nicht zu zählenden Eisbergen, von denen einzelne einen Umfang von 1 bis 2 Meilen & eine Höhe von mehr als 150 Metern aufwiesen, einen Durchlaß für uns ausfindig zu machen.«

Da Käptn Morrell inzwischen jedoch nahezu von Brennmaterial und Trinkwasser entblößt, und ohne angemessene Instrumentenausrüstung, es überdem schon spät im Jahre war, sah er sich genötigt umzudrehen; ohne einen Versuch, noch weiter nach Westen vorzudringen, unternehmen zu können, obwohl ein gänzlich offenes Meer vor ihm lag. Er gibt der Meinung Ausdruck, daß, hätten ihn nicht die erwähnten gebieterischen Rücksichten zur Rückkehr gezwungen, er, wenn nicht gar bis zum Pol selbst, so doch mindestens bis zum 85. Breitengrad vorzustoßen imstand gewesen wäre. Ich habe seine Ansichten bezüglich dieser Fragen deshalb etwas ausführlicher wiedergegeben, damit der Leser Gelegenheit haben möge, zu vergleichen, inwieweit sie durch meine eigenen nachherigen Erfahrungen gestützt werden.

Im Jahre 1831 brach Käptn Briscoe, im Dienste der Reederei Gebrüder Enderby, London (Eigentümer hauptsächlich von Walfangschiffen) mit der Brigg ›Lively‹ in die Südmeere auf, begleitet von dem Kutter ›Tula‹. Am 28. Februar, auf einer Breite von 66° 30′ S. & 47° 13′ östlicher Länge, gewahrte man Land, und »erkannte durch das Schneetreiben deutlich die schwarzen Spitzen einer Bergkette, die sich nach OSO hinzog.« Noch den ganzen folgenden Monat hindurch hielt er sich in dem Seegebiet auf; war jedoch infolge der ungestümen Witterung nicht imstande, sich der betreffenden Küste auf weniger als 50 Kilometer zu nähern. Da er es als unmöglich erkennen mußte, noch während dieser Saison weitere Entdeckungen zu machen, kehrte er um, nach Norden, um in Van Diemen's Land zu überwintern.

Zu Beginn des Jahres 1832 stieß er wiederum nach Süden vor; und am 4. Februar, auf 67° 15′ Breite & 69° 29′ westlicher Länge, sichtete man Land. Es ergab sich bald, daß es sich um eine Insel handele, nahe dem Vorgebirge jenes zuerst entdeckten Landes. Am 21. des Monats gelang es ihm, den Fuß auf das letztere zu setzen, und im Namen William IV. Besitz davon zu ergreifen; wobei er ihm, zu Ehren der englischen Königin, den Namen ›Adelaide-Land‹ verlieh. Nachdem diese Einzelheiten der Königlichen Geografischen Gesellschaft zu London unterbreitet worden waren, zog jene Vereinigung daraus den Schluß: »daß sich alldort eine zusammenhängende Landmasse befinde, die sich von 47° 30′ östlicher bis zu 69° 29′ westlicher Länge hinziehe, und dabei im großen dem 66. respective dem 67. Grad südlicher Breite folge.« Bezüglich dieser Folgerung merkt Mr. Reynolds an: »Was ihre Richtigkeit anlangt, können Wir auf keinen Fall konform gehen; auch rechtfertigen die Briscoe'schen Funde dergleichen Hypothesen mit nichten. War es doch durchaus innerhalb des angegebenen Sektors, daß Weddell auf einem Meridian östlich von Georgia, Sandwich-Land, sowie der Süd-Orkney's und Shetland Inseln, beträchtlich weiter nach Süden vordrang.« Man wird sehen, daß auch meine persönlichen Erfahrungen aufs direkteste die Irrigkeit der Folgerung, zu der die Gesellschaft gelangt ist, beweisen.

Dies sind die nennenswertesten, bisher unternommenen Versuche, in hohe südliche Breiten vorzudringen; und man wird nunmehr eingesehen haben, daß vor der Reise der ›Jane‹ nahezu 300° in Länge verblieben, auf denen nicht einmal der Polarkreis überschritten worden war. Da lag natürlich ein weites Feld für Entdeckungen vor uns; und unter Empfindungen des lebhaftesten Interesses geschah es, daß ich Kapitän Guy seinen Entschluß aussprechen hörte, kühnlich nach Süden hin vorzustoßen.

XVII. KAPITEL / 4 Tage lang steuerten wir unsern südlichen Kurs, nachdem wir die Suche nach den Glass'schen Inseln aufgegeben hatten; ohne daß wir der geringsten Spur von Eis begegnet wären. Zur Mittagsstunde des 26., befanden wir uns auf 63° 23′ südlicher Breite, 41° 25′ westlicher Länge. Nunmehr erblickten wir einige große Eiseilande, sowie 1 treibendes Schollenfeld, das jedoch keine sonderliche Ausdehnung hatte. Die Winde kamen im allgemeinen aus Süd- beziehungsweise Nord-Ost; waren aber nur sehr leicht. Sobald Westwind einsetzte, was selten der Fall war, zeigte er sich grundsätzlich von Regenböen begleitet. Jeden Tag fiel mehr oder weniger Schnee. Das Thermometer stand am 27. auf +1,5 Grad.

1. Januar 1828. An diesem Tage fanden wir uns völlig von Eis umgeben; und um unsre Chancen schien es in der Tat trübe bestellt. Den ganzen Vormittag hindurch wehte es mit Sturmstärke aus Nordost, und trieb große Schollen aus der Drift mit solcher Heftigkeit gegen Ruder & Hinterschiff an, daß wir Alle ob der möglichen Folgen zitterten. Gegen Abend, da die Windsbraut immer noch wütete, teilte sich vor uns ein großes Feld; und wir waren, dadurch daß wir sofort sämtliche Segel setzten, imstande, uns durch die kleineren Schollen einen Durchpaß zu forcieren, bis in eine jenseits gelegene, begrenzte Fläche offenen Wassers.
Wie wir uns ihr näherten, holten wir in entsprechendem Tempo Segel ein; und drehten dann, als wir endlich klar gekommen waren, unter 1 einzigen gerefften Focksegel bei.

2. Januar. Wir hatten nunmehr leidlich angenehmes Wetter. Zu Mittag befanden wir uns auf 42° 20′ westlicher Länge, 69° 10′ südlicher Breite, und hatten also den Polarkreis überschritten. Nach Süden zu war nur ganz wenig Eis zu erblicken; obgleich ausgedehnte Felder davon hinter uns lagen. Heute verfertigten wir uns auch ein behelfsmäßiges Tiefenlot; bestehend aus einem mächtigen Eisentopf, der seine 75 Liter fassen konnte, und einer Leine von 200 Faden Länge. Wir fanden eine nach Norden gerichtete Strömung, von rund 1 Viertelmeile pro Stunde.
Die Lufttemperatur betrug um +0,5 Grad; die Abweichung ergab sich, per Azimuth gemessen, zu 14° 28′ östlich.

5. Januar. Wir hatten immer weiter nach Süden zu gehalten; ohne auf irgend übergroße Hindernisse zu stoßen. Diesen Morgen jedoch, auf 73° 15′ Breite, Länge 42° 10′ West, wurden wir erneut durch eine unabsehbare Fläche kompakten

Eises zum Stillstand gebracht. Nichtsdestoweniger konnten wir, nach Süden hin, weite offene Wasserflächen erkennen; und verzweifelten nicht daran, sie schließlich noch erreichen zu können. Da wir, dicht an der Kante des Feldes entlang, immer ostwärts hielten, kamen wir schließlich auch an eine Passage, die etwa 1 Meile breit sein mochte, und durch die wir uns, während die Sonne sank, am Schleppseil hindurchbugsierten. Die See, in der wir uns befanden, war dicht bedeckt von Eisinseln, wies jedoch keinerlei Treibeisfelder auf; und wir drangen mutig voran. Die Kälte schien nicht zuzunehmen; obschon es häufig schneite, und dann & wann Hagelböen von großem Ungestüm durchzogen. Immense Scharen von Albatrossen zogen an diesem Tage über den Skuner dahin, allgemeine Flugrichtung von Südost nach Nordwest.

7. Januar. Immer noch anhaltend hübsch-offenes Meer, so daß wir keine Schwierigkeiten hatten, unsern Kurs beizubehalten. Westlich von uns erblickten wir einige Eisberge von unglaublicher Größe; und passierten am Nachmittag dicht bei einem, dessen Gipfelhöhe vom Spiegel des Ozeans aus gemessen, nicht weniger als 400 Faden betragen haben kann. Seine Gürtellinie, um die Basis herum, wird schätzungsweise drei-Viertel einer Ligue betragen haben; und etliche Wasserbäche entrannen den Spalten in seinen Flanken. Wir verblieben 2 volle Tage lang in Sicht dieses Eilandes, und verloren es auch dann nur infolge eintretenden Nebels außer Sicht.

10. Januar. Heut Morgen, in aller Frühe, hatten wir das Mißgeschick, einen Mann über Bord zu verlieren. Er war ein Amerikaner, ein gebürtiger New Yorker, namens Peter Vredenburgh, und einer der tüchtigsten Matrosen an Bord des Skuners gewesen. Als er auf dem Bugspriet hinaus ging, rutschte sein Fuß ab; er fiel zwischen zwei Eisschollen hinein, und kam nicht mehr nach oben. / Am Mittag des heutigen Tages waren wir auf 78° 30′ Breite, Länge 40° 15′ West. Die Kälte war nunmehr außerordentlich, und wir hatten einige Hagelschauer, prinzipiell aus dem Nordostsektor. In dieser Richtung erblickten wir auch einige weitere immense Eisberge; und der ganze östliche Horizont schien von Feldeis blockiert zu sein, das sich, eine Masse über der andern, in Lagen & Staffeln hochschichtete. Im Laufe des Abends kam einiges Treibholz vorbeigeflößt; und eine große Menge Vögel zog oben, in der sich ›Nellies‹ befanden, Petrells, Albatrosse, und 1 große Vogelart mit strahlend-blauem Gefieder. / Die Nadelabweichung per Azimuth war hier geringer, als sie zuvor gewesen war, ehe wir den Polarkreis passiert hatten.

12. Januar. Um unsern Vorstoß nach Süden schaute es wieder einmal dubios aus; da in Richtung des Pols nichts zu erblicken war, als eine, anscheinend grenzenlose Eistafel; verstärkt im Hintergrunde durch wahre Gebirge zerklüfteten Eises, von denen eine Klippe immer drohender über die andere aufragte. Wir steuerten westwärts, bis zum 14.; in der Hoffnung, eine Einfahrt zu finden.

14. Januar. Heute Morgen erreichten wir das äußerste Westende des Feldes, das uns behindert hatte; und gelangten, es luvwärts umschiffend, in offenes Wasser, frei von jedwedem Stückchen Eis. Als wir mit unserm 200-Faden Log-Lot sondierten, stellten wir hier eine südwärts gerichtete Strömung fest, von 1/2 Meile pro Stunde. Die Lufttemperatur betrug +8,3; die des Wassers +1,1 Grad. Wir segelten nunmehr, ohne nennenswerte Unterbrechung, nach Süden, bis zum 16.; wo wir uns, zur Mittagsstunde, auf 81° 21′ Breite fanden, in einer westlichen

Länge von 42°. Hier wurde neuerlich sondiert; und wir erfanden die Strömung immer noch südwärts gerichtet, mit einer Geschwindigkeit von 3/4 Meilen pro Stunde. Die Nadelabweichung per Azimuth hatte sich weiter vermindert; und die Lufttemperatur war mild & angenehm, da der Thermometerstand eine Höhe von +10,6 erreichte. Zu diesem Zeitpunkt war nicht 1 Gran Eis mehr zu entdekken. Alle Mann an Bord fühlten sich nunmehr gewiß, den Pol zu erreichen.

17. Januar. Der heutige Tag war voll von Ereignissen. – Unzählige Scharen von Vögeln flogen über uns dahin, von Süden kommend, und mehrere wurden von Deck aus abgeschossen; der Eine davon, eine Art Pelikan, erwies sich als äußerst schmackhaft. / Gegen Mittag wurde vom Mastkorb aus, backbord voraus eine kleine Eisscholle gesichtet, auf der, wie es den Anschein hatte, sich irgendein großes Tier befand. Da das Wetter gut & nahezu windstill war, ordnete Käptn Guy an, 2 der Boote auszuschicken, um festzustellen, worum es sich handle. Dirk Peters & ich begleiteten den Maat, in dem größeren der Boote. Während wir uns der Scholle näherten, erkannten wir, daß sie sich im Besitz eines gigantischen Geschöpfes befinde, der Rasse der Arktischen Bären angehörig; aber an Größe die mächtigsten jener Tiere weit übertreffend. Da wir gut bewaffnet waren, machten wir uns keinerlei Skrupel daraus, es unverzüglich zu attackieren. Ein paar Schüsse wurden in rascher Folge abgefeuert; von denen die meisten auch, wie es schien, in Kopf & Leib Wirkung zeigten. Nicht im geringsten entmutigt, stürzte sich das Monstrum dennoch vom Eise herunter; und kam, mit weit geöffnetem Rachen, auf das Boot zugeschwommen, in dem sich Peters & ich befanden. Infolge der Verwirung, die ob dieser unvorhergesehenen Wendung der Dinge bei uns einsetzte, war nicht 1 von uns mit einem zweiten Schuß zur Hand; und es war dem Bären tatsächlich gelungen, sich mit dem halben-riesigen Leib über'n Bootsrand zu schieben & 1 unsrer Leute im Kreuz zu packen, bevor noch wirksame Gegenmaßnahmen ergriffen wurden, ihn zurückzuschlagen. In dieser Krisis bewahrte uns nichts vor dem Untergang, als Peters' Geistesgegenwart & Agilität. Er sprang der Riesenbestie huckepack auf den Rücken, stieß ihr eine Messerklinge in den Genickansatz & traf sofort, beim ersten Stich das Rückenmark. Das Vieh kippte, leblos & ohne jede Zuckung, ins Meer und begrub beim Zurücksinken Peters unter sich.

Dieser Letztere war jedoch sofort wieder da; und, als ihm ein Tau zugeworfen wurde, sicherte er, bevor er wieder ins Boot kletterte, erst noch den Leichnam damit. Dann kehrten wir im Triumph zum Skuner zurück, die Trophäe im Schlepptau hinter uns. Dieser Bär hatte, wie sich beim Nachmessen herausstellte, volle 15 Fuß in seiner größten Länge. Die Wolle war vollkommen weiß, auch sehr grob & stark gekraust. Die Augen waren von einem blutigen Rot, und größer als die des arktischen Bären – auch war die Schnauze abgerundeter, sodaß sie mehr der Schnauze einer Bulldogge ähnelte. Das Fleisch war zart, aber über die Maßen ranzig & tranig; obgleich die Leute es mit wahrer Gier verschlangen, und für einen ausgesprochenen Leckerbissen erklärten.

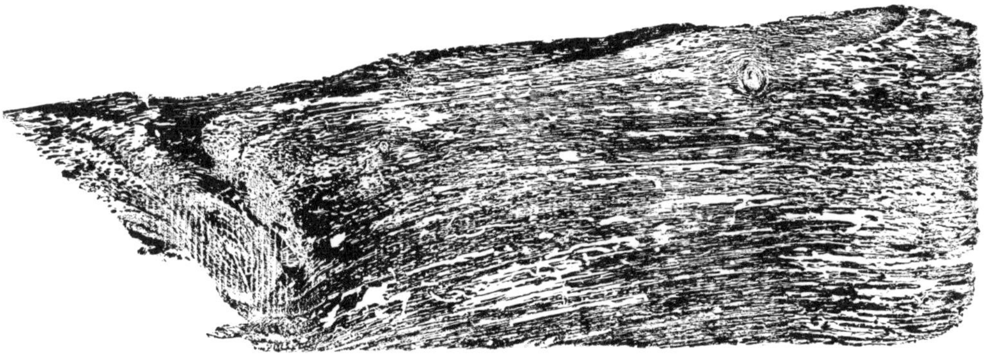

Kaum waren wir übrigens mit unserem Fang längsseits, als vom Mann im Ausguck oben, der freudige Ruf kam: *»Land an Steuerbord voraus!«* Alle Leute waren sofort auf dem Posten; und da, wie bestellt, eben eine Brise von Nordost einsetzte, befanden wir uns bald in Küstennähe. Es erwies sich als ein flaches, felsiges Eiland, von rund 5 Kilometern im Umfang; und jeglichen Pflanzenwuchses baar, wenn man von einer Art Opuntien absieht. Wer sich ihm von Norden her nähert, dem fällt eine eigentümliche Felsbank auf, die in die See vorspringt, und starke Ähnlichkeit mit verschnürten Baumwollballen hat. Um diese Bank herum, nach Westen, kommt man in eine kleine Bucht, in deren Hintergrund unsre Boote bequem die Landung bewerkstelligten.

Es nahm uns nicht lange in Anspruch, jeden Winkel des Eilands zu erkunden; aber, mit 1 Ausnahme, trafen wir auf nichts, was der Beobachtung wert gewesen wäre. Am äußersten Südende nämlich, lasen wir, nahe dem Strande & halb begraben unter einem Haufen loser Steine, ein Stück Holz auf, das anscheinend einmal den Bug eines Kanus gebildet hatte. Es war unverkennbar der Versuch gemacht worden, etwas darauf einzuschnitzen; ja, Käptn Guy bildete sich ein, die Figur einer Schildkröte herausbringen zu können, obwohl ich von der Ähnlichkeit nicht sonderlich überwältigt war.
Außer diesem Bug-Stück, falls es eines war, fanden wir kein weiteres Zeichen, daß je ein lebendes Wesen zuvor hier gewesen sei.

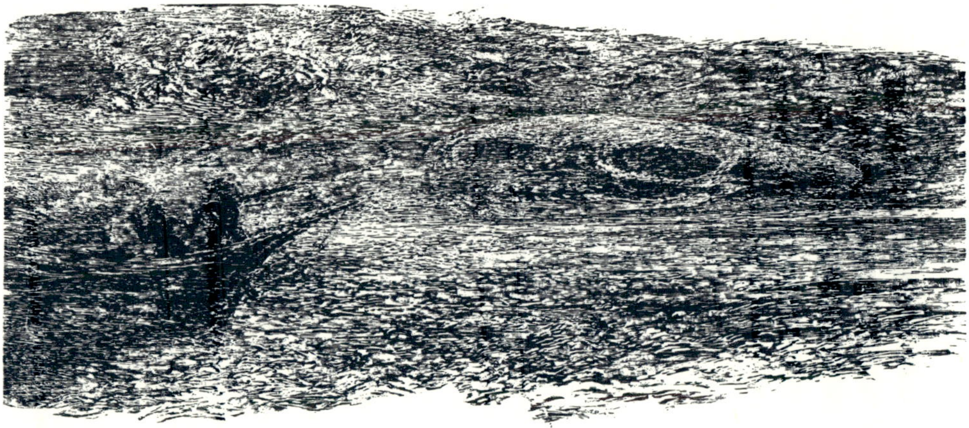

Beim Umrunden der Küste sahen wir gelegentlich kleinere Eisschollen – aber es waren ihrer nur ganz wenige. Die exakte Lage dieses Eilandes, (dem Käptn Guy, zu Ehren des Miteigentümers seines Skuners, den Namen ›Bennet's Insel‹ gab), ist 82° 50′ südliche Breite, 42° 20′ westliche Länge.
Wir waren nun bereits um 8 Grade weiter nach Süden vorgedrungen, als sonst einer unserer Entdecker-Vorgänger; und immer noch lag das Meer vor uns, völlig offen. Auch verzeichneten wir, daß die Nadelabweichung, je weiter wir voran-

kamen, gleichmäßig abnahm, und, was noch weit erstaunlicher war, die Temperaturen, sowohl der Luft, als letzthin auch des Wassers, wurden laufend milder.
Das Wetter hätte man sogar schlicht als ›angenehm‹ bezeichnen können; und es herrschte anhaltend eine, ob schon sehr leichte, Brise, die grundsätzlich aus den nördlichen Strichen der Windrose herwehte.
Der Himmel war im allgemeinen klar; höchstens, daß dann & wann, unten am südlichen Horizont, etwas wie ein leichter Dunst erschien – der jedoch grundsätzlich nur von kurzer Dauer war.

Einzig 2 Schwierigkeiten stellten sich unsern Blicken dar: einmal begann die Feuerung knapp zu werden; und bei Einigen von der Besatzung waren die ersten Symptome von Skorbut aufgetreten. Diese Erwägungen hatten Käptn Guy von der Notwendigkeit zu überzeugen begonnen, die Rückfahrt anzutreten, wovon er auch häufig sprach. Ich meinerseits, der ich fest darauf vertraute, auf dem von uns eingeschlagenen Kurs sehr bald irgendeine Gattung Land zu erreichen, von dem ich, aufgrund der bisher beobachteten Erscheinungen, alle Ursache hatte anzunehmen, daß es sich dabei mit nichten um den sterilen Boden handeln werde, den man normalerweise in höheren arktischen Breiten antrifft; ich also stellte ihm mit Wärme das Vorteilhafte eines Durchhaltens, und sei es nur ein paar Tage noch, in der augenblicklichen Richtung vor. Eine derart verlockende Gelegenheit, das große, mit der Frage nach einem arktischen Kontinent verknüpfte Problem zu lösen, war Menschen noch nie so geboten worden; und ich gestehe gern, daß ich ob der furchtsamen & unzeitigen Bedenklichkeiten unsres Kommandanten, vor Entrüstung hätte bersten mögen. Aber glaube ich tatsächlich, daß das, was ich ihm bezüglich dieses Punktes zu sagen mich nicht entbrechen konnte, die Wirkung hatte, ihn zu weiterem Vordringen zu bewegen. Während ich folglich einerseits, die höchst unseligen & blutigen Vorfälle, die die unmittelbare Folge meiner Ratschläge waren, nur beklagen kann; muß es mir dennoch erlaubt sein, einen gewissen Grad der Befriedigung darob zu empfinden, daß ich, und sei es noch so entfernt, mit dazu beigetragen habe, dem Blick der Wissenschaft eines der allererregendsten Geheimnisse bloßzulegen, die jemals ihre Aufmerksamkeit in Anspruch genommen haben.

XVIII. KAPITEL / *18. Januar*. Diesen Morgen[1] ging es weiter nach Süden, bei demselben angenehmen Wetter wie zuvor. Die See war gänzlich glatt; das Lüftchen aus Nordost mäßig gelinde; die Wassertemperatur +9,5. Wir machten wiederum unser Lot-Gerät einsatzbereit; und fanden, mit 150 Faden Leine, die Strömung weiterhin polwärts ziehend, bei einer Geschwindigkeit von 1 Meile pro Stunde. Diese anhaltende Tendenz nach Süden, sowohl des Windes als der Strömung, bewirkte in den verschiedenen Logis des Skuners einen gewissen Grad von theoretischer Betrachtsamkeit, ja sogar Beunruhigung; und ich sah deutlich, daß auch Käptn Guy's Gemüt beeindruckt worden war, und zwar nicht wenig. Immerhin war er ungewöhnlich empfindlich, was Ausgelachtwerden angeht; und es gelang mir am Ende, ihm seine Bedenklichkeiten wieder weg zu spotten. Die Nadelabweichung war nunmehr ganz geringfügig. / Im Laufe des Tages sahen wir mehrere große Wale, von der Art des gemeinen oder Grönland-Wals; und nicht zu zählende Scharen von Albatrossen zogen über das Fahrzeug dahin. Auch fischten wir einen Busch auf, voll mit roten Beeren, gleich denen des Hagdorns; sowie den Leichnam eines eigentümlich aussehenden Land-Tieres. Es maß 3 Fuß in Länge, bei jedoch nur 6 Zoll Höhe; die vier Beine waren sehr kurz, und die Füßchen bewaffnet mit langen Krallen, von brilliantem Scharlachrot, die der Substanz nach Korallen ähnelten. Der Leib war bedeckt mit einem glatten seidigen Haarkleid, von vollkommener Weiße. Der Schwanz war schmächtig & spitz, wie der

[1] *Die Ausdrücke Morgen und Abend, deren ich mich in meinem Bericht bedient habe, um, soweit möglich, Verwirrung zu vermeiden, dürfen selbstredend nicht in ihrer gewöhnlichen Bedeutung genommen werden. Schon seit geraumer Zeit hatten wir ja keinerlei ›Nacht‹ mehr gehabt, vielmehr ständiges Tageslicht. Die Datierung entspricht durchgehends nautischer Zeit, und Richtungen sind grundsätzlich auf die des Kompasses zu beziehen. Auch möchte ich an dieser Stelle bemerken, daß ich im ersten Teil des hier niedergeschriebenen, nicht Ansprüche auf die strengste Genauigkeit hinsichtlich Daten, oder Längen & Breiten erheben darf; führte ich doch nicht eher ein regelrechtes Journal, als nach dem Zeitraum, von welchem besagter erster Teil handelt. In zahlreichen Fällen habe ich mich sogar gänzlich auf mein Gedächtnis verlassen müssen.*

einer Ratte, und rund anderthalb Fuß lang. Der Kopf ähnelte dem einer Katze; mit Ausnahme der Ohren – diese schlappten vielmehr, wie Hundeohren. Die *Zähne* waren von dem gleichen strahlenden Scharlachrot wie die Krallen.

19. Januar. Heute, in einer Breite von 83° 20′, auf Länge 43° 5′ West, (und die See war von außergewöhnlich dunkler Färbung), sichteten wir erneut Land von der Mastspitze; und erkannten, bei näherer Prüfung, daß es sich um 1 von einer Gruppe sehr großer Inseln handele. Die Küste war klippig & steil, und das Innere schien dichtbewaldet zu sein; ein Umstand, der große Freude bei uns hervorrief. Binnen ungefähr 4 Stunden, nachdem wir das Land zuerst entdeckt hatten, fiel in 10 Faden Tiefe, in sandigem Grund, unser Anker, noch 5 Kilometer von der Küste; da eine hohe Brandung, mit starken Kabbelseen hier & dort, eine weitere Annäherung als untunlich erscheinen ließ. Die 2 größten Boote wurden nunmehr fortbeordert; und ein Detachement, gut bewaffnet, (bei dem sich auch Peters & ich befanden), ging daran, eine Öffnung in dem Riff ausfindig zu machen, das die Insel zu umzirkeln schien. Nachdem wir eine Zeitlang gesucht hatten, entdeckten wir auch eine Einfahrt; in die wir eben eindringen wollten, als wir 4 große Kanus von der Küste drüben abstoßen sahen, voll mit Männern, die anscheinend wohlbewaffnet waren. Wir warteten & ließen sie heran kommen; und da sie sich mit erheblicher Geschwindigkeit bewegten, befanden sie sich bald in Rufweite. Käptn Guy hielt nunmehr, befestigt am Blatt eines Ruders, ein weißes Taschentuch in die Höhe; worauf die Unbekannten prompt anhielten; und sogleich ein lautes Geschnatter, untermischt mit gelegentlichen Einlagen von Rufen, anstimmten, in dem wir die Worte *Anamu-mu!* und *Lama-Lama!* unterscheiden konnten. Sie setzten dies mindestens eine halbe Stunde lang fort; während der wir reichliche Gelegenheit hatten, uns ihre äußere Erscheinung genau anzusehen.
In den 4 Kanus, die etwa 50 Fuß lang & 5 breit gewesen sein mochten, befanden sich im Ganzen 110 Wilde. Sie hatten ungefähr die normale Statur eines Europäers; waren aber von stämmigerem & muskulöserem Bau. Ihre Gesichtsfarbe war ein Jettschwarz; der Haarwuchs dicht & langwollig. Gekleidet waren sie in zottige, seidige Felle eines unbekannten schwarzen Tieres, die mit einem gewissen Grad von Geschicklichkeit dem Körper angepaßt waren, das Haar nach innen; Nacken,

Handgelenke & Fußknöchel ausgenommen, wo es nach außen gewendet war. Ihre Waffen bestanden hauptsächlich in Keulen, aus einem dunklen & anscheinend sehr schweren Holz. Immerhin waren auch einige Speere mit Feuersteinspitzen bei ihnen zu sehen, sowie ein paar einzelne Schleudern. Die Böden der Kanus lagen voll mit schwarzen Steinen, vom Format etwa eines großen Hühnereis. Nachdem sie ihre Ansprache beendet hatten (denn es war klar, daß ihr Geschnatter als solche gedacht sein sollte), stand 1 von ihnen, der der Häuptling zu sein schien, im Bug seines Kanus auf und machte uns Zeichen her; daß wir, mit unsern Booten, zu ihm längsseits hinkommen sollten. Diese Andeutung gaben wir nicht zu verstehen vor; da es uns das weisere Verfahren dünkte, den Abstand zwischen uns, wenn irgend möglich, beizubehalten; betrug doch ihre Zahl mehr als das Vierfache der unsrigen. Da der Häuptling dies erkannte, bedeutete er den 3 anderen Kanus, liegen zu bleiben; während er mit seinem eignen auf uns zu kam. Sobald er uns erreicht hatte, sprang er an Bord des größten unsrer Boote, und setzte sich neben Käptn Guy hin; wobei er gleichzeitig auf den Skuner deutete, und dabei die Worte *Anamu-mu!* und *Lama-Lama!* wiederholte. Wir ruderten nunmehr zum Schiffe zurück; die 4 Kanus, in geringem Abstand, hinterdrein. Als wir uns längsseits legten, bekundete der Häuptling Symptome von äußerstem Überraschtsein & Ergötzen, klatschte in die Hände, patschte sich schallend Oberschenkel und Brust und schlug eine unbändige Lache auf. Seine Gefolgsmannen hinten stimmten in seine Lustigkeit ein; und ein paar Minuten hindurch herrschte ein so ausschweifender Lärm, daß er buchstäblich ohrenbetäubend war. Nachdem die Ruhe sich endlich wieder hergestellt hatte, ordnete Käptn Guy, als eine notwendige Vorsichtsmaßnahme, an, daß die Boote an Bord gehißt würden; und gab dem Häuptling (dessen Name, wie wir bald herausbekamen, *Tu-wit* war) zu verstehen: daß wir nicht mehr als 20 seiner Leute auf einmal an Deck lassen könnten. Er schien mit dieser Einrichtung auch vollkommen befriedigt, und gab den Kanus einige Anweisungen; worauf 1 von ihnen sich näherte, der Rest sich aber an die 50 Meter entfernt hielt. 20 der Wilden stiegen nunmehr an Bord; und gingen sofort daran, übers ganze Deck die Kreuz und Quer herumzuschwärmen, durch die Takelage zu krabbeln, jeden Gegenstand mit größter Neugier zu untersuchen, und sich überhaupt ziemlich häuslich einzurichten.

Es lag auf der Hand, daß sie noch nie zuvor Angehörige der Weißen Rasse zu sehen bekommen hatten – vor deren Hautfarbe sie sogar zurückzuschaudern schienen. Sie glaubten, daß die ›Jane‹ ein Lebewesen sei; und hatten offenbar Angst, sie mit den Spitzen ihrer Speere zu verletzen, die sie deshalb sorgfältig nach oben trugen. Unsre Mannschaft war sehr belustigt darüber, wie sich Tu-wit bei einem Anlaß benahm: der Koch spaltete neben der Kombüse grade etwas Brennholz; und traf dabei, ganz zufällig, mit seiner Axt das Deck, was einen Ritz von einiger Tiefe machte. Sofort kam der Häuptling herzu gestürmt; und stimmte, den Koch dabei etwas sehr rauh zur Seite stoßend, ein Halb-Gewinsel Halb-Geheul an, das deutlich dartat, wie er mit dem, was er als die Leiden des Skuners ansah, sympathisiere; auch tätschelte & streichelte er die Ritze mit der Hand, und wusch sie sogar mit Seewasser, aus einem Eimer, der in der Nähe stand. Das war ein Grad von Ignoranz, auf den wir nicht vorbereitet waren; und ich meinesteils konnte mir nicht helfen, zumindest etwas davon für affektiert zu halten.
Nachdem die Besucher so gut sie konnten, ihre Neugier in Bezug auf alles über Deck befriedigt hatten, wurden sie anschließend nach unten gelassen; wo denn Bestürz- & Verwundrung sämtliche Grenzen überschritten. Ihr Erstaunen schien nunmehr bei weitem zu tief für Worte zu sein; denn sie schwärmten schweigend umher, höchstens von halblauten Ausrufen unterbrochen. Unsre Waffen gaben ihnen viel Stoff zu Betrachtungen, und wir gestatteten ihnen, sie nach Herzenslust zu befühlen & examinieren. Ich glaube nicht, daß sie den geringsten Argwohn hegten, wozu dergleichen eigentlich gebraucht werde; sie vielmehr ob der Sorgfalt die wir ihnen widmeten, und der Aufmerksamkeit mit der wir ihre Handgriffe überwachten, als sie daran herumspielten, wohl für Götzen hielten. Bei den großen Kanonen dann verdoppelte sich ihre Verwunderung. Sie näherten sich ihnen mit allen Anzeichen profundester Scheu & Verehrung; nahmen jedoch Abstand davon, sie des Umständlicheren zu untersuchen. In der Kajüte hingen 2 große Spiegel, und hier kam das Akme ihres Außersichseins. Der Erste, der in ihre Nähe geriet, war Tu-wit; und er hatte, bevor er ihrer richtig gewahr wurde, die Mitte der Kajüte erreicht, das Gesicht dem einen zugekehrt & den Rücken dem andern. Als er die Augen aufhob, und sein gespiegeltes Gesicht im Glase erblickte, dacht' ich, der Wilde wolle unsinnig werden; aber als er um den Rückzug anzutreten,

auf dem Absatz kehrt gemacht, und nun auch in der entgegengesetzten Richtung, zum zweiten Mal, sein selbst gewahrte, bekam ich es mit der Angst, er könne uns auf der Stelle tot bleiben. Kein Zureden konnte ihn bewegen, noch 1 Blick zu wagen; er warf sich auf den Fußboden, das Gesicht in die Hände vergraben, und verharrte so, bis wir uns genötigt sahen, ihn auf Deck zu schleifen.
Sämtlichen Wilden, je 20 auf einmal, wurde auf solche Weise der Zutritt an Bord gewährt; Tu-wit allein war gestattet, die ganze Zeit über da zu bleiben. Wir bemerkten keinerlei Hang zur Dieberei bei ihnen; noch vermißten wir, nachdem sie davongefahren, auch nur 1 Gegenstand. Die ganze Zeit ihres Besuches über, trugen sie das allerfreundlichste Benehmen zur Schau. Immerhin gab es gewisse Einzelheiten in ihrem Verhalten, die zu verstehen wir unmöglich fanden: zum Beispiel konnten wir sie nicht dazu bewegen, sich einigen, völlig harmlosen, Gegenständen zu nähern — etwa den Segeln des Skuners; einem Ei; einem aufgeschlagenen Buch; oder einem Napf mit Mehl. Wir gaben uns Mühe, herauszufinden, ob es bei ihnen irgendwelche Gegenstände gäbe, die sich eventuell als Handelsartikel verwenden lassen möchten; stießen aber auf große Schwierigkeiten bei der Verständigung. Immerhin bekamen wir heraus, daß, was uns beträchtlich verwunderte, die Inseln hier von Galápagos-Schildkröten wimmelten, und zwar der großen Art, von der wir eine im Kanu Tu-wit's liegen sahen. Auch bemerkten wir, daß einer der Wilden ein paar *beche de mer* in der Hand hatte, die er, so wie sie im Naturzustand waren, begierig verzehrte. Diese Anomalien (denn in Anbetracht der Breite handelte es sich einwandfrei um solche) bewirkten bei Käptn Guy den Wunsch, eine genaue Durchmusterung des Gebiets vorzunehmen; in der Hoffnung, seine Entdeckung nun auch gewinnbringend zu verwerten. Was mich anbelangt, der ich wohl auch gern etwas mehr über diese Inseln in Erfahrung gebracht hätte, war ich doch weit ernstlicher daran interessiert, zunächst ohne Zeitverlust unsre Reise nach Süden voranzutreiben. Wir hatten im Augenblick schönes Wetter, aber wie lange es anhalten würde, war nicht vorauszusagen; und da wir uns einmal auf dem 84. Breitenkreis befanden, vor uns ein offenes Meer, dazu eine starke Südströmung, zusamt günstigem Wind, konnte ich einfach nicht die Geduld aufbringen, Erwägungen, wie ob man länger hier verweilen solle, als für den Gesundheitszustand der Mannschaft & das Anbordnehmen eines an-

gemessenen Vorrats von Heizmaterial & Frischproviant unbedingt erforderlich wäre, auch nur mitanzuhören. Ich stellte dem Kapitän vor, daß wir doch auf unsrer Rückfahrt dann unschwer die Gruppe wieder anlaufen, und, falls wir wirklich vom Eise blockiert werden sollten, hier überwintern könnten. Am Ende machte er sich meine Einstellung denn auch zu eigen (hatte ich doch, ich weiß selbst nicht wie, erheblichen Einfluß auf ihn gewonnen); und wir kamen abschließend dahin überein: daß, auch wenn wir *beche de mer* vorfinden sollten, wir dennoch nur 1 Woche zu Erholungszwecken hier verweilen, und dann, solange wir noch könnten, weiter südwärts vorstoßen wollten. Dementsprechend trafen wir alle notwendigen Vorbereitungen; bugsierten die ›Jane‹, mit Tu-wit als Lotsen, sicher durch das Riff hindurch; und gingen schließlich, rund 1 Meile vom Ufer, in einer prächtigen, völlig geschützten Bucht mit schwarzem Sandboden an der Südostküste der Hauptinsel, in 10 Faden Wassertiefe vor Anker. Am innern Ende dieser Bucht gab es (wie man uns mitteilte) 3 schöne Quellen mit gutem Wasser, und in jener Gegend war auch Wald in Fülle zu sehen. Die 4 Kanus folgten uns; wobei sie sich jedoch in respektvoller Entfernung hielten. Tu-wit selbst blieb an Bord; und lud uns, nachdem der Anker gefallen war, ein, ihn an Land zu begleiten, und sein Dorf im Innern zu besuchen. Käptn Guy stimmte dem zu; und nachdem man 10 Wilde als Geiseln an Bord genommen hatte, machte sich ein Trupp von uns, 12 im Ganzen, bereit, den Häuptling zu begleiten. Wir trugen Sorge, wohlbewaffnet zu sein; ohne jedoch deshalb mißtrauisch zu erscheinen. Im Skuner wurden die Geschütze an die Stückpforten gefahren; die Enternetze angebracht; und jegliche andere Vorsichtsmaßregel getroffen, um sich gegen Überrumpelung zu sichern. Der 1. Maat erhielt Anweisung: während unsrer Abwesenheit keinen Menschen an Bord zu lassen; und, falls wir binnen 12 Stunden nicht wieder erscheinen sollten, den Kutter mit der Drehbasse um die Insel herum, auf die Suche nach uns, auszuschicken. –

Bei jedem Schritt, den wir landein taten, zwang sich uns die Überzeugung auf, wie wir in einem Gebiet angelangt seien, grundlegend verschieden von allen, die der zivilisierte Mensch bisher betreten habe. Wir sahen nichts, mit dem wir von früher her vertraut gewesen wären. Die Bäume glichen keinen Gewächsen weder der heißen, noch der gemäßigten, noch der nördlich-kalten Zonen, und waren auch gänzlich ungleich denen der niederen südlichen Breiten, die wir bisher schon durchreist hatten. Der Fels, er war uns neu, ob Stoff, ob Farbton, ob die Schichtung; ja, so unglaublich es auch scheinen mag, die Ströme selbst hatten so wenig mit denen anderer Klimate gemein, daß uns Skrupel kamen, sie zu kosten, und wir tatsächlich Schwierigkeiten hatten, uns zu dem Glauben durchzuringen, daß ihre Eigenschaften pur natürlich seien. An einem schmalen Bach, der unsern Pfad kreuzte (dem ersten, den wir erreichten) machten Tu-wit & seine Begleiter halt, um zu trinken. Aufgrund des eigenartigen Karakters dieses Wassers weigerten wir uns, davon zu kosten, mußten wir es doch für verdorben halten; und erst geraume Zeit danach sahen wir allmählich ein, daß sämtliche Wasserläufe, der ganzen Gruppe hier, dies Aussehen hätten. Eine klare Idee von der Natur dieser Flüssigkeit zu vermitteln, ist Verlegenheit; und läßt sich ohne viele Worte meinerseits nicht leisten. Obschon sie über jeden Hang, wo auch normales Wasser das getan hätte, mit Schnelligkeit dahinfloß; hatte sie doch, ausgenommen, wo sie als Kaskade niederfiel, niemals den gewohnten Anschein des Durchsichtig-Reinen. Und nichtsdestoweniger war sie in Wirklichkeit genauso vollkommen durchsichtig, wie das beste Kalkwasser was existiert, und der Unterschied nur im Schein begründet. Auf den ersten Anblick, und besonders dort, wo nur geringes Gefälle vorlag, hatte sie, was bloße Konsistenz anbelangt, Ähnlichkeit mit einer dicklichen Lösung von Gummi Arabicum in gewöhnlichem Wasser. Aber das war erst die noch am wenigsten bemerkenswerte ihrer extraordinären Eigenschaften. Sie war *nicht* farblos; noch hatte sie 1 einheitliche Farbe – bot vielmehr dem Aug', wie sie dahinflutete, jede nur possenhaft-mögliche Schattierung von Purpur, gleich dem Farbenspiel changierender Seide. Diese ihre wechselnden Valeurs produzierten sich auf eine Weise, die in den Gemütern unsres Trupps ein ähnlich profundes Erstaunen erregte, wie die Spiegel im Falle Tu-wit's getan hatten. Da wir ein Beckenvoll schöpften, und das Ganze sich ruhig setzen ließen, gewahrten wir, wie die gesamte Flüssigkeitsmasse aus einer Anzahl getrennter Adern bestand, jedwede von ihrer eigentümlichen Färbung; daß diese Adern sich nicht miteinander mischten; und daß ihre Kohäsion perfekt war, was die einzelnen Partikel untereinander, jedoch ganz unzulänglich, was benachbarte Adern anbetrifft. Wenn man eine Messerklinge quer durch sämtliche Adern führte, schloß sich das

Wasser sogleich dahinter wieder, ganz wie bei uns; und nach dem Herausziehen war jede Spur ihres Durchgangs auf der Stelle verschwunden. Wurde jedoch die Klinge genau zwischen 2 Adern entlang geführt, trat eine völlige Trennung ein, die durch die Kraft der Kohäsion nicht unmittelbar wieder ausgeglichen wurde. Das Fänomen dieses ›Wassers‹ bildete das erste handgreifliche Glied in jener großen Kette augenscheinlicher Mirakel, von der umcirct zu werden mir am Ende bestimmt war.

XIX. KAPITEL / Wir benötigten an die 3 Stunden, um das Dorf zu erreichen; da es mehr denn 9 Meilen im Inneren gelegen war, und der Pfad sich durch stark-coupiertes Gelände hinwand. Während wir so dahinzogen, wurde die Gesellschaft um Tu-wit (die vollen 110 Wilden aus den Kanus) jeglichen Moment durch kleinere Trupps von 2, bis zu 6 oder 7, verstärkt; die, wie durch puren Zufall, sich bei der & jener Wegebiegung uns anschlossen. Mir schien so viel System darin zu liegen, daß ich mich eines Gefühls von Mißtrauen nicht erwehren konnte, und zu Käptn Guy von meinen Besorgnissen auch sprach. Dennoch war es jetzt zu spät zum Zurückweichen; und wir kamen dahin überein, daß es am sichersten wäre, ein völliges Vertrauen auf Tu-wit's Wohlgesinntheit zur Schau zu tragen. Dementsprechend schritten wir fürbaß, 1 Auge immer wachsam auf die Manöver der Wilden gerichtet; und ihnen keinesfalls erlaubend, unsere Gruppe dadurch aufzulockern, daß sie sich zwischen uns eindrängten. Auf diese Art erreichten wir schließlich, erst noch durch eine sehr steile Schlucht hindurch, das, was, wie man uns mitteilte, die einzige größere Ansammlung von Wohnplätzen auf der Insel war. Als wir in Sicht von ihnen kamen, stieß der Häuptling einen Ruf aus; und wiederholte mehrere Male das Wort *Klock-Klock;* von dem wir ergo annahmen, daß dies der Name der Ortschaft, beziehungsweise der allgemeine Ausdruck für ›Ortschaft-überhaupt‹ sei.
Die Behausungen waren von der allerelendiglichsten Art, die man sich nur vorstellen kann; ja, darin ungleich denen selbst der tiefststehenden primitiven Rassen, mit denen die Menschheit bekannt ist, waren sie nicht einmal nach einem einheitlichen Plan. Einige von ihnen (die, wie sich dann herausstellte, den *Wampus* oder

Jampus, den großen Männern des Landes, gehörten) bestanden darn, daß man einen Baum etwa 4 Fuß über der Wurzel abgeschnitten, und über den Stumpf ein schwarzes Fell geworfen hatte, das in losen Falten auf den Boden herniederhing — darunter nistete nun der Wilde. Andere wurden dadurch gebildet, daß einfach unbearbeitete starke Äste, mit dem welken Laubwerk daran, in einem Winkel von 45° an einen Lehmwall gelehnt worden waren, den man, ohne ihn regelmäßig zu formen, an die 5—6 Fuß hoch aufgehäuft hatte. Andere wieder waren bloße Löcher, senkrecht in die Erde gegraben, und mit ähnlichem Astwerk zugedeckt; das der Besitzer, wenn er eintreten wollte, beiseite schob; und, sobald er drinnen war, wieder über sich zog. Einige wenige waren in den Astgabelungen von Bäumen, wie sie dastanden, angelegt worden; wobei man das oberste Zweigwerk zum Teil so eingeschnitten hatte, daß es sich auf das untere herabsenkte, und dergestalt einen dichteren Schutz gegen das Wetter abgab. Die überwiegende Zahl jedoch bestand aus kleinen flachen Höhlen-Nischen, anscheinend hastig eingekratzt in die Front einer Steilwand aus dunklem Gestein (Walkererde ähnelnd), die das Dorf auf drei Seiten umgrenzte. An den Türen jeder dieser primitiven Höhlchen, befand sich ein kleines Felsstück, das der Besitzer, sobald er seine Wohnung verließ, sorgfältig vor den Eingang stellte; zu welchem Zweck, habe ich nicht in Erfahrung bringen können, war doch der Stein selber nie von hinreichender Größe, um auch nur ein Drittel der Öffnung zu verschließen.
Besagtes Dorf, falls es eine solche Bezeichnung verdient, war in einem ziemlich tiefen Tal gelegen, und konnte einzig von Süden her erreicht werden; denn jene Steilwand, die ich bereits erwähnt habe, schnitt jeglichen Zugang aus allen andern Richtungen her ab. Mitten durch das Tal rann ein murmelndes Flüßchen, von dem gleichen magischen Wasser, wie's schon beschrieben worden ist. Wir erblickten diverse fremdartige Tiere in der Nähe der Behausungen, die aber alle vollkommen domestiziert schienen. Die größten dieser Creaturen ähnelten, was Körperbau und Schnauzenform betrifft, unserm gewöhnlichen Hausschwein; der Schwanz jedoch war buschig, und die Beine hochschlank, wie Antilopenbeine. Seine Bewegungen waren über die Maßen linkisch & gleichsam unentschlossen; und wir haben nie gesehen, daß es schnell zu rennen versucht hätte. Auch fielen uns mehrere andere Tiere, von sehr ähnlichem Habitus auf; deren Leib jedoch

wesentlich langgestreckter & zudem mit schwarzem Wollhaar bedeckt war. Eine große Menge von verschiedenem zahmem Geflügel lief herum, aus denen die Hauptnahrung der Eingeborenen zu bestehen schien. Zu unserm Erstaunen erblickten wir unter diesen Vögeln schwarze Albatrosse, im Zustand völliger Domestiziertheit; die zwar regelmäßig zur Futtersuche aufs Meer hinausflogen, stets jedoch wieder zum Dorf, als ihrer Heimat, zurückkehrten; und auch die nahe Südküste als ihren Brutplatz benützten. Dort gesellten sich ihnen, wie üblich, ihre alten Freunde, die Pinguine, zu; doch folgten ihnen diese Letzteren niemals zu den Wohnplätzen der Wilden. Unter den andern Arten zahmen Geflügels befanden sich Enten (nur wenig verschieden von den Canevas-Enten unserer Heimat), schwarze Tölpel; und ein großer Vogel, der Erscheinung nach dem Bussard nicht unähnlich, jedoch kein Fleischfresser. An Fischen schien ausgesprochener Überfluß zu herrschen. So sahen wir, während unsres Besuchs eine Menge getrockneten Lachs, Klippfisch, Blaudelphine, Makrelen, Lippfisch, Glattrochen, Meeraale, Seekatzen, Meeräschen, Seezungen, Papageienfische, Hornfische, Knurrhähne, Hechtdorsche, Flundern, Paracutas, und unzählige andere Arten. Auch fiel uns auf, daß die meisten von ihnen Ähnlichkeit mit den Fischen hatten, wie sie um die Gruppe der Lord Auckland Inseln herum vorkommen, auf einer südlichen Breite von immerhin 51°. Die Galapagos-Schildkröte war ebenfalls zahlreich vertreten. An wilden Tieren sahen wir nur wenige; und diese weder von ansehnlicher Größe, noch von einer Gattung, mit der wir bekannt gewesen wären. 1 oder 2 Schlangen von formidablem Aussehen kreuzten unsern Pfad; aber die Eingeborenen beachteten sie kaum; woraus wir folgerten, daß sie nicht giftig seien.
Als wir uns, zusammen mit Tu-wit & seiner Partei, dem Dorfe näherten, kam eine große Menge Volks herausgestürmt, uns entgegen, und grüßte mit lauten Rufen, von denen wir aber wieder nur das immerwährende *Anamu-mu!* und *Lama-Lama!* unterscheiden konnten. Was uns sehr überraschte, war die Wahrnehmung, daß, mit 1 oder 2 Ausnahmen, diese Neuankömmlinge sämtlich nackt waren; sodaß die Felle nur von den Kanumännern getragen wurden. Auch alle Waffen des Landes schienen ausschließlich im Besitz der Letzteren zu sein; denn man erblickte nicht eine unter all den Dörflern. Eine große Menge Frauen & Kinder waren zu sehen; von denen die ersteren nicht gänzlich dessen ermangelten, was

man persönliche Schönheit nennen könnte. Sie waren groß und wohlgestaltet, und schritten aufrecht dahin, mit einer Grazie & Feinheit der Haltung, wie man sie in der zivilisierten Gesellschaft nicht antrifft. Ihre Lippen allerdings waren, genau wie die der Männer, dick & klumpig, in einem Maße, daß, selbst wenn sie lachten, die Zähne niemals bloßgelegt wurden. Ihr Haar war von feinerer Textur, als das der Männer. Unter all diesen nackten Dorfbewohnern mag es 10 oder 12 gegeben haben, die bekleidet waren; und zwar, genau wie die Partei Tu-wit's, mit Gewandungen aus Schwarzfell, und bewaffnet mit Lanzen & schweren Keulen. Sie schienen beträchtlichen Einfluß bei den Übrigen zu haben; wurden stets mit dem Titel *Wampu* angeredet: und waren auch die Besitzer der Paläste aus schwarzem Fell. Der von Tu-wit war im Mittelpunkt des Dorfes belegen, und wesentlich größer & ein wenig besser konstruiert, als die anderen seiner Art. Der Baum, der den Mittelpfeiler bildete, war hier erst in einem Abstand von 12 Fuß etwa überm Erdboden abgeschnitten; auch hatte man, genau unterhalb der Schnittfläche, mehrere Äste stehen lassen, die also dazu dienten, die Decke breiter auszuspannen, und zu verhindern, daß sie unmittelbar um den Stumpf herum schlappe. Die Bedeckung selbst, die aus 4 sehr großen, vermittelst hölzerner Speiler aneinander gehefteter Felle bestand, war am Boden mit Pflöcken befestigt, die man hindurch & in die Erde getrieben hatte. Der Fußboden im Innern war mit trocknen Blättern bestreut, die als Teppich dienten. Zu dieser Hütte wurden wir mit großer Feierlichkeit geführt; und hinter uns drängten sich so viele der Eingeborenen mit ein, wie nur möglich. Tu-wit nahm auf den Blättern Platz, und machte Zeichen, daß wir seinem Beispiel folgen sollten. Dies taten wir, und fanden uns prompt in einer Situation von absonderlichster Unbehaglichkeit; wenn sie nicht sogar kritisch war. Wir, 12 an der Zahl, waren ›zu Boden‹ gegangen; während mindestens 40 Wilde derart dicht in Hockstellung um uns herum saßen, daß es uns, im Fall einer Friedensstörung, platterdings unmöglich gewesen wäre, von unsern Waffen Gebrauch zu machen, ja, überhaupt nur aufzustehen. Und solch Gedränge herrschte nicht etwa nur innen im Zelt; sondern auch außen, wo sich vermutlich jeglicher Einwohner der ganzen Insel eingefunden hatte, und die wogende Menge nur durch die unaufhörlichen Bemühungen & das Geschimpfe Tu-wit's daran verhindert wurde, uns zu Tode zu trampeln. Am besten jedoch wurde un-

sere Sicherheit dadurch verbürgt, daß sich Tu-wit in unserer Mitte befand; und wir beschlossen, nicht fingersbreit von ihm zu weichen, als Hauptchance, uns aus diesem Dilemma herauszuwinden; beziehungsweise, ihn, beim ersten Auftreten von Symptomen von Feindseligkeit, auf der Stelle zu opfern.
Nach einigem Trubel, wurde endlich ein gewisses Maß von Ruhe hergestellt; worauf der Häuptling denn, in einer Ansprache von großer Länge & frappanter Ähnlichkeit mit derjenigen, die er schon vom Kanu aus gehalten hatte, uns anredete; lediglich mit der Ausnahme, daß diesmal auf den *Anamu-mus!* etwas effektvoller verweilt wurde, denn auf den *Lama-Lamas!* Wir lauschten in tiefem Schweigen, bis zum Schluß seiner offiziellen Adresse; wo Käptn Guy ihm denn antwortete; dem Häuptling seine ewige Freundschaft & Wohlaffektioniertheit zusicherte; und endlich das, was er zu sagen hatte, mit einem Geschenk abrundete, bestehend aus ein paar Schnüren blauer Glasperlen & 1 Messer. Bei den ersteren rümpfte der Monarch, sehr zu unserer Überraschung, mit dem Ausdruck einer gewissen Geringschätzung seine allerhöchste Nase; das Messer aber gereichte ihm zu unbegrenzter Genugtuung & er ließ sofort das Dinner auftragen. Dies wurde, über die Köpfe des Gefolges hinweg, ins Zelt hineingereicht, und bestand aus den noch pochend-zuckenden Eingeweiden einer unbekannten Tierart; vermutlich von einem der schlankbeinigen Schweine, die wir bei unserer Annäherung an das Dorf beobachtet hatten. Da er uns in Verlegenheit sah, wie hier anzufassen sei, begann er, uns ein gutes Beispiel dadurch zu geben, daß er Meter auf Meter der verführerischen Speise in sich hinein schlang; bis wir es buchstäblich nicht mehr aushalten konnten, und so unverkennbare Zeichen eines rebellierenden Magens von uns gaben, daß es bei Sr. Majestät einen Grad von Erstaunen hervorrief, der nur von dem durch unsere Spiegel ausgelösten übertroffen wurde. Trotzdem lehnten wir es ab, von den uns vorgesetzten Delikatessen etwas zu uns zu nehmen; gaben uns vielmehr Mühe, ihm begreiflich zu machen, daß wir eben erst ein herzhaftes *déjeuner* hinter uns und folglich keinerlei Appetit hätten.
Als der Monarch mit seinem Mahl zu Ende war, begannen wir, auf die ingeniösesten Methoden, die uns nur immer einfallen wollten, ein Kreuzverhör mit ihm; zu dem Zweck, herauszubekommen, was die Hauptprodukte des Landes hier wären, und ob sich das ein- oder andre davon eventuell gewinnbringend verwerten

ließe. Am Ende schien ihm eine blasse Idee aufzudämmern, was wir meinen könnten; und er erbot sich, uns an einen Küstenabschnitt zu begleiten, wo, wie er uns versicherte, *beche de mer*, (er zeigte dabei auf das Exemplar eines solchen Tieres), in Überfülle anzutreffen seien. Wir waren froh ob dieser zeitigen Gelegenheit, dem Druck der Menge zu entkommen; und gaben ihm unser Verlangen aufzubrechen zu erkennen. Worauf wir sogleich das Zelt verließen; und, geleitet von der gesamten Bevölkerung des Dorfes, dem Häuptling zur Südostspitze der Insel folgten; nicht weit von der Bay, wo unser Fahrzeug vor Anker lag. Hier warteten wir etwa noch 1 Stunde; bis die 4 Kanus von ein paar Wilden zu unserm Standort herumgebracht worden waren. Dann stiegen wir, unser ganzer Trupp, in 1 davon ein; wurden um den Rand des vorerwähnten Riffes herumgepaddelt; zu einem anderen, noch weiter vorgelagerten; wo wir denn eine erheblich größere Menge *beche de mer* antrafen, als selbst der älteste Seemann unter uns bei den Archipelen der niederen Breiten, die für diesen Handelsartikel am renommiertesten sind, je erblickt hatte. Wir hielten uns bei diesen Riffen aber nur gerade lange genug auf, um uns zu vergewissern, daß wir, falls erforderlich, leicht 1 Dutzend Fahrzeuge mit den Tieren beladen könnten; worauf wir uns längsseits des Skuners bringen ließen, und uns von Tu-wit verabschiedeten; nachdem wir von ihm das Versprechen erlangt hatten, daß er uns, im Lauf der nächsten 24 Stunden, soviel Canevas-Enten und Galapagos-Schildkröten bringen wolle, als seine Kanus nur fassen möchten. – Im ganzen Verlauf dieses Abenteuers, hatten wir im Betragen der Eingeborenen nichts gewahrt, was dazu angetan gewesen wäre, Verdacht zu erregen; mit der einzigen Ausnahme der systematischen Art & Weise, in der ihre Abteilung sich während unsres Marsches vom Skuner nach dem Dorf hin verstärkt hatte.

XX. KAPITEL / Der Chef war so gut wie sein Wort; und wir sahen uns bald aufs üppigste mit Frischproviant versorgt. Wir erfanden die Schildkröten als so lecker wie nur je eine; und die Enten übertrafen unser bestes heimisches Wildgeflügel, derart zartfleischig, saftig & würzig schmeckten sie. Überdem belieferten uns die Wilden, nachdem wir ihnen unsere Wünsche erst einmal verständlich ge-

macht hatten, mit großen Mengen von brauner Sellerie und Löffelkraut; zusamt einer ganzen Kanu-Ladung Frischfisch, worunter ein paar gedörrte. Die Sellerie war wirklich ein Schlager; und das Löffelkraut erwies sich als insofern von unberechenbarem Segen, als es diejenigen unserer Leute, die Symptome von Skorbut gezeigt hatten, kurierte: binnen ganz kurzer Zeit hatten wir nicht 1-einzige Person mehr auf der Krankenliste. Wir erhielten noch eine ganze Menge von anderem frischem Proviant; worunter 1 Schaltierart erwähnt sei, von etwa Miesmuschelgestalt, aber mit dem Geschmack einer Auster. Auch Granat & Steingarneelen gab es die Fülle; und dunkelschalige Eier, sowohl vom Albatross als von anderen Vögeln. Gleichermaßen nahmen wir einen beträchtlichen Vorrat Fleisch jener Schweine an Bord, die ich bereits erwähnt habe. Die meisten unsrer Leute hielten es für eine durchaus schmackhafte Kost; mir jedoch dünkte sie fischig, und auch sonst widerstand sie mir. Als Gegengabe für all diese guten-teuren Sachen, beschenkten wir die Eingeborenen mit blauen Glasperlen, Messingtand, Nägeln, Messern, und Stücken von rotem Stoff; ein Tausch, der sie vollauf entzückte. Wir richteten unter den Kanonen des Skuners, einen regelrechten Markt am Strande ein; wo unser Getausche denn unter allen äußeren Anzeichen von Treu & Glauben, mit einem Grad von Ordnung vor sich ging, den ihre Aufführung im Dorfe *Klock-Klock* uns von den Wilden nicht hatte erwarten lassen.
Dergestalt ging alles aufs freund-nachbarlichste vor sich, mehrere Tage hindurch, während deren sich häufig Eingeborenenabteilungen an Bord des Skuners aufhielten, und Trupps unserer Leute häufig an Land; wo sie weite Ausflüge ins Innere unternahmen, auf denen sie nie die geringste Belästigung erfuhren. Da Käptn Guy erkannte, wie leicht sein Fahrzeug, dank der freundlichen Haltung der Inselbewohner & ihrer Bereitwilligkeit, uns beim Einsammeln Unterstützung zu gewähren, mit *beche de mer* zu beladen sein würde; beschloß er, mit Tu-wit in Verhandlungen einzutreten, bezüglich der Errichtung angemessener Gebäude, in denen der Artikel entsprechend präpariert werden könne; und wegen der Dienstleistungen seiner selbst sowie seines Stammes, die schon immer so viel wie möglich zusammenbringen sollten; indes wir das selten schöne Wetter dazu ausnützten, unsre Fahrt nach Süden zu verfolgen. Als dies Projekt dem Häuptling gegenüber zur Sprache gebracht ward, schien er äußerst willig, zu einem Abschluß

zu gelangen. Demzufolge wurde, zur völligen Zufriedenheit beider Parteien, ein Abkommen getroffen, durch welches geregelt wurde, daß, nachdem einige notwendige Vorbereitungen, zu denen die gesamte Mannschaft des Skuners erforderlich war, getroffen seien, (wie etwa das Abstecken des geeigneten Grundstücks, die Errichtung eines Teils der Baulichkeiten, und noch einige andere Arbeitsgänge mehr), der Skuner sich wieder auf seine Fahrt begeben, 3 von der Besatzung jedoch auf der Insel zurücklassen solle, die pünktliche Durchführung des Projekts zu überwachen, und die Eingeborenen im Trocknen des *beche de mer* zu unterweisen. Was die Bedingungen angeht, wurden sie so gefaßt, daß alles vom Fleiß der Wilden während unserer Abwesenheit abhing: für jede bestimmte Anzahl Piculs fertigen *beche de mer,* die wir bei unserer Rückkehr vorfinden würden, sollten sie ein festgesetztes Quantum an blauen Perlen, Messern, rotem Tuch undsoweiter in Empfang nehmen.
Eine Beschreibung der Beschaffenheit dieses bedeutenden Handelsartikels, und der Art ihn einzulegen, wird meinen Lesern gewiß von Interesse sein; auch wird sich schwerlich eine passendere Stelle als diese finden, eine Darstellung davon einzuschalten. Ich entnehme den folgenden gedrängten Abriß über das Thema, der modernen Schilderung einer Reise in die Südmeere:
»Es handelt sich um jene Molluskenart des Indischen Ozeans, die im Handel unter dem französischen Namen *bouche de mer* (›ein netter Bissen aus der See‹) bekannt ist. Wenn ich nicht sehr irrig bin, hat der erlauchte CUVIER sie *gasteropoda pulmonifera* getauft. Man sammelt Unmengen von ihnen an den Küsten der Pazifischen Eilande, speziell für den chinesischen Markt, wo sie einen hohen Preis erzielen; vielleicht ebensohoch wie der der vielgenannten ›eßbaren Vogelnester‹, die vermutlich sowieso nur aus der gelatinösen Masse bestehen, die eine bestimmte Schwalbenart aus den Leibern dieser Mollusken herauspickt. Sie haben weder Schale, noch Beine, noch sonst irgend abgesetzte Extremitäten; sondern nur an einem Ende das nahrungsaufnehmende, am andern das -ausscheidende Organ; doch können sie, ähnlich wie Raupen oder Würmer, mit Hülfe elastischer Stummelfüßchen im Flachwasser herumkriechen; in dem sie dann, zur Ebbezeit, von jener Schwalbenart erblickt werden, deren spitzer Schnabel in das Tier eindringt, und eine gummige-fädige Substanz herauszieht, aus der, wenn sie trocknet, die

dauerhaften Wände ihres Nests hergestellt werden können. Daher der Name *gasteropoda pulmonifera.*
Die Molluske ist von länglicher Gestalt, und ihre Größe schwankt zwischen 8 und 45 Zentimetern; ja, einige sind mir aufgestoßen, die nicht weniger als 2 Fuß Länge maßen. Sie sind nahezu rund, und nur auf der dem Meeresboden zugekehrten Seite ein wenig abgeplattet; ihre Dicke beträgt zwischen 3 bis 20 Zentimeter. Zu gewissen Jahreszeiten kriechen sie ins seichtere Wasser hinauf; wahrscheinlich zu Begattungszwecken, da man sie dann oft paarweise antrifft. Und zwar nähern sie sich dem Strande, wenn die Sonne am heißesten überm Wasser liegt, so daß es laulich wird; und oftmals begeben sie sich an so flache Stellen, daß, wenn die Flut zurückgeht, sie trocken & der Sonnenhitze ausgesetzt liegen bleiben. Die Nachkommenschaft entsteht jedoch nicht im flachen Wasser; denn noch nie hat man 1 Exemplar der Jungbrut zu sehen bekommen; und die ausgewachsenen Tiere erscheinen, allen Beobachtungen nach, nur aus größeren Tiefen. Sie nähren sich hauptsächlich von jenen Zoophyten, die die Korallenbildner stellen.
Im allgemeinen fängt man die *beche de mer* in einer Wassertiefe von 3—4 Fuß; worauf sie strandwärts gebracht, und an einem Ende mit dem Messer aufgespalten werden; ein Einschnitt, der 1 Zoll oder darüber beträgt, je nach der Größe des Einzeltieres. Durch diese Öffnung werden die Eingeweide herausgedrückt, die sich von denen der anderen kleineren Bewohner der Tiefsee nicht nennenswert unterscheiden. Der Artikel wird nun gewaschen; und anschließend bis zu einem bestimmten Stadium gekocht, das jedoch weder unter- noch überschritten werden darf. Anschließend wird er für 4 Stunden in die Erde vergraben; dann noch einmal kurze Zeit gekocht; und endlich getrocknet, entweder beim Feuer oder an der Sonne. Die an der Sonne getrockneten sind am meisten wert; aber in der Zeit, wo 1 Picul (rund 120 Pfund) so konserviert wird, lassen sich am Feuer 30 Piculs abtrocknen. Sobald sie erst einmal korrekt eingelegt sind, lassen sie sich, an einem trockenen Ort, 2—3 Jahre lang gefahrlos aufbewahren; sollten jedoch vorsichtshalber alle paar Monate, sagen wir 4 Mal im Jahr, nachgesehen werden, ob etwa Feuchtigkeit sie anzugreifen droht.
Die Chinesen, wie zuvor schon erwähnt, halten *beche de mer* für einen großen Luxusartikel; des Sinnes, daß er den ganzen Körper aufs wundersamste nähre &

stärke, und vor allem den Organismus des ausgemärgelten Wollüstlings erneue. Die 1. Sorte erzielt in Kanton hohe Preise, nämlich 90 Dollar pro Picul; die 2., 75 Dollar; die 3., 50; die 4., 30; die 5., 20; die 6., 12; die 7., 8; und die 8. schließlich, 4 Dollar; jedoch erbringen klein-erlesene Ladungen in Manila, Singapur und Batavia häufig noch mehr.«
Nachdem wir dergestalt eine Vereinbarung getroffen hatten, gingen wir unverzüglich daran, alles, was für die Errichtung der Gebäude sowie der Planierung des Geländes erforderlich war, an Land zu schaffen. Ein großer ebener Platz, nahe dem Ostufer der Bucht, wurde auserkoren; wo gleichzeitig reichlich Wald & Wasser vorhanden, und die Entfernung zu den eigentlichen Riffen, auf denen die *beche de mer* sich fand, nicht allzu erheblich war. Nunmehr begaben wir uns Alle, in vollem Ernst ans Werk; und hatten bald, zum großen Erstaunen der Wilden, eine für unsern Zweck hinreichende Anzahl Bäume gefällt, und sie ebenso rüstig zum Fachwerk für die beabsichtigten Gebäude zugerichtet; die denn binnen 2, 3 Tagen soweit vorangetrieben waren, daß wir den Rest der Arbeit ohne weiteres den 3 Männern anvertrauen konnten, die wir zurückzulassen gedachten; nämlich John Carson, Alfred Harris, & . . . Peterson, (sämtlich geborene Londoner, wie ich glaube), die sich freiwillig hierzu erbötig gemacht hatten.
Am Letzten des Monats war jedenfalls Alles zur Abreise fertig. Wir waren jedoch übereingekommen, den Dörflern einen formellen Abschiedsbesuch abzustatten; und Tu-wit bestand derart hartnäckig auf der Einhaltung unseres Versprechens, daß wir es nicht für ratsam erachteten, durch abschlägigen Bescheid ein Risiko einzugehen, und ihm Anstoß zu geben. Ich glaube, daß zu jenem Zeitpunkt nicht 1 von Uns mehr den leisesten Verdacht in die Redlichkeit der Wilden setzte. Sie hatten sich durchgehends untadelig benommen; und bereitwilligst bei unsrer Arbeit unterstützt; uns ihre Waren oftmals gratis offeriert; und nie, in keinem Falle, uns irgendetwas gemaust; obschon der hohe Wert, den sie auf unsere mithabenden Güter legten, sich unverkennbar in den überschwenglichen Freudenbezeugungen offenbarte, die sich anläßlich von Geschenken an sie grundsätzlich kundtaten. Die Frauen zumal waren in jeglicher Beziehung äußerst gefällig; und, alles in allem genommen, hätten wir schon die argwöhnischsten sämtlicher menschlicher Wesen sein müssen, wenn wir hinsichtlich eines Völkchens,

das uns so zuvorkommend behandelte, auch nur 1 Gedanken noch an Perfidie gehegt hätten. Eine ganz kleine Weile jedoch reichte hin, uns darzutun, daß dieses scheinbar freundliche Entgegenkommen nichts weiter war, als ein tiefangelegter Plan zu unserer Vernichtung; und daß die Insulaner, für die wir so ungewöhnliche Achtung empfanden, in Wahrheit zu den barbarischsten, raffiniertesten & blutdürstigsten Schurken gehörten, die je das Antlitz des Globen befleckt haben.
Es war der 1. des Februars, als wir, das Dorf zu besuchen, an Land gingen. Obgleich wir, wie schon gesagt, nicht den leisesten Verdacht hegten, wurde dennoch nicht eine der gebotenen Vorsichtsmaßregeln vernachlässigt. 6 Mann blieben auf dem Skuner zurück; mit der Anweisung, keinem der Wilden zu erlauben, sich während unsrer Abwesenheit, unter was für einem Vorwand auch immer, dem Fahrzeug zu nähern; und sich selbst beständig an Deck aufzuhalten. Die Enternetze waren hoch; die Geschütze doppelt geladen, mit Kartätschen & Trauben, und die Drehbassen mit Kartätschen aus Gewehrkugeln. Der Skuner lag überdem ›auf & nieder‹ vor Anker, rund 1 Meile von der Küste entfernt; und kein Kanu konnte sich ihm, aus irgendeiner Richtung her, nähern, ohne nicht sofort deutlich gesehen zu werden, und dem vollen Feuer unserer Drehbassen ausgesetzt zu sein.
Diese Sechse an Bord also abgerechnet, bestand unser Landungskommando im ganzen aus 32 Personen. Wir waren bis an die Zähne bewaffnet; hatten Musketen, Pistolen & Macheten bei uns, und Jeder außerdem noch eine Art langen Seemannsmessers; ungefähr ähnlich jenem ›Bowie-knife‹, das jetzt im Süden & Westen unseres Staates so sehr im Schwange ist. Einhundert der Schwarzfellkrieger empfingen uns bereits am Landeplatz, zu dem Zweck, uns auf unserm Wege das Geleit zu geben. Wir verzeichneten jedoch, mit einiger Überraschung, daß sie heute gänzlich ohne Waffen waren; worauf Tu-wit, als wir ihn hinsichtlich dieses Umstandes befragten, lediglich erwiderte, daß *Mattee non wi papa si* — das heißt: daß es dort keiner Waffen bedürfe, wo Alle Brüder seien. Wir legten das im guten Sinne aus, und schritten fürbaß.
Wir hatten Quell & Bächlein, die bereits früher geschilderten, passiert; und traten nunmehr in eine enge Bergschlucht ein, die durch die Ketten von Specksteinhügeln, zwischen denen das Dörfchen gelegen war, dahinführte. Die Schlucht war überaus steinig & uneben; in einem Maße, daß wir sie, bei unserm ersten Besuche

in Klock-Klock, mit nicht geringen Schwierigkeiten durchstolpert hatten. Die gesamte Länge dieses Engpasses mag anderthalb Meilen betragen haben, oder vielleicht an die zwei. Jedenfalls schlängelte er sich in allen möglichen Windungen durch die Hügel hin, (wobei er, in längst vergangnen Zeitaltern, anscheinend das Bett eines Gießbachs gebildet hatte); und behielt in keinem Fall dieselbe Richtung mehr als 20 Meter weit bei, ohne daß er nicht sogleich wieder eine scharfe Biegung beschrieben hätte. Die Seitenwände dieser Steilschlucht, des bin ich mir sicher, im ganzen Verlauf ihrer Längenerstreckung durchschnittlich 70—80 Fuß, senkrecht nach oben, gemessen haben; ja, in einigen Abschnitten hoben sie sich bis in erstaunliche Höhen, wo sie den Paß denn so gänzlich überschatteten, daß vom Tageslicht nur ganz wenig noch hineindrang. Die durchschnittliche Breite war um die 40 Fuß; die sich jedoch gelegentlich so verminderte, daß nicht mehr als 5 oder 6 Personen nebeneinander hätten hergehen dürfen. Kurzum, kein Ort in der Welt hätte sich besser zur Anlegung eines Hinterhalts eignen können; und es war nicht mehr als natürlich, daß wir, da wir ihn betraten, vorsichtshalber erst noch einmal nach unsern Waffen sahen. Wenn ich heute über unsre ausbündige Narrheit so nachdenke, scheint mir das hauptsächlich Erstaunenswürdigste immer noch das zu sein: daß wir, bei gleichviel wie gelagerten Umständen, es je haben wagen mögen, uns der Macht & Willkür unbekannter Wilder so völlig anzuvertrauen, daß wir ihnen gestatteten, beim Durchschreiten der Hohlschlucht sich vor & hinter uns zu gruppieren. Dennoch war eben dies die Marschordnung; die wir auch blindlings akzeptierten, indem wir uns törichterweise auf die zahlenmäßige Stärke unsrer Abteilung verließen; den unbewaffneten Zustand Tu-wit's & seiner Mannen; die verläßliche Wirkung unserer Feuerwaffen (deren Leistungsfähigkeit den Eingeborenen immer noch ein Geheimnis war); und, mehr denn alldieses, auf den solange behaupteten Anschein von Freundschaft, den die infamen Kreaturen simuliert hatten. 5 oder 6 von ihnen zogen voran, gleichsam wie um den Weg zu zeigen; wobei sie sich noch ostentativ damit beschäftigten, uns Schutt & größere Steine beflissen aus dem Pfade zu räumen. Als nächstes kam dann unsere Abteilung — wir gingen geschlossen beisammen, und gaben hauptsächliche Acht, eine etwaige Trennung zu verhindern. Dann folgte die Hauptmacht der Wilden, die heut ungewöhnliche Ordnung & Dekorum beobachteten.

Dirk Peters, ein Mann namens Wilson Allen, und ich-selbst, befanden uns rechts von unsern Gefährten, und untersuchten, wie wir so dahinzogen, die eigenartige Schichtung der Steilwand, die uns überhing. Ein Spalt in dem weichen Gestein lenkte unsere Aufmerksamkeit auf sich. Er war just weit genug, um 1 Person ohne großen Zwang das Eindringen zu gestatten; und erstreckte sich in gerader Richtung an die 18 oder 20 Fuß in den Hügel hinein, worauf er sich anschließend nach links senkte. Die Höhe der Öffnung, soweit wir von der Hauptschlucht aus hineinschauen konnten, betrug schätzungsweise 60—70 Fuß. An 1 oder 2 Stellen wucherte aus Ritzen verkümmertes Strauchwerk, das eine Art Haselnüsse trug, die mir näher anzusehen ich eine gewisse Neugier fühlte; zu diesem Zweck kurz einmal hineindrang; mit einem Griff 5 oder 6 Nüsse packte, und mich dann hastig wieder zurück zu ziehen gedachte. Wie ich mich umdrehte, merkte ich, daß Peters & Allen mir gefolgt waren. Ich ersuchte sie, hinter sich zu treten, da für 2 Personen nebeneinander kein Platz wäre; und versprach ihnen, sie könnten von meinen Nüssen ein paar haben. Sie drehten sich dementsprechend um; und waren, Allen der Öffnung des Spaltes nahe, im Begriff zurückzukriechen; als ich plötzlich eine Erschütterung verspürte, mit nichts zu vergleichen, was ich bis dahin erlebt hatte; und die mich mit der undeutlichen Vorstellung erfüllte, (falls ich damals wirklich irgendetwas gedacht haben sollte), daß das gesamte Fundament des Erdballs plötzlich auseinandergerissen und der Tag der Auflösung des Universums angebrochen sei.

XXI. KAPITEL / Sobald ich meine verwirrten Sinne wieder zu sammeln vermochte, fand ich mich nahe am Ersticken, und wie ich, in völliger Finsternis, zwischen Massen von loser Erde herumgrabbelte, die auch immerfort noch, aus allen Richtungen her, schwer auf mich niederfielen & mich gänzlich zu begraben drohten. Aufs grausigste entsetzt ob dieser Vorstellung, arbeitete ich mich ab, um wieder auf die Füße zu gelangen; womit ich am Ende auch Erfolg hatte. Anschließend blieb ich ein paar Augenblicke lang regungslos stehen, und versuchte zu begreifen, was mir zugestoßen sei & wo ich mich befände. Unlängst hörte ich ein tiefes Stöhnen, direkt an meinem Ohr; und darauf die erstickte Stimme Peters', der nach

mir rief: ihm um gotteswillen beizustehen! Ich strampelte mich 1 oder 2 Schritte vorwärts: worauf ich buchstäblich über Kopf & Schultern meines Gefährten stürzte; der, wie ich bald erkannte, bis zur Mitte begraben in lockeren Erdmassen steckte, und wie ein Verzweifelter kämpfte, sich von dem Druck zu befreien. Ich zerrte das Geröllе um ihn mit aller mir zu Gebote stehenden Energie auseinander; und schließlich gelang es mir auch, ihn herauszubekommen.
Sobald wir uns hinlänglich von Angst & Überraschung erholt hatten, um wieder vernünftig miteinander reden zu können, kamen wir Beide zu dem Schluß, daß die Wände des Spalts, in den wir uns hineingewagt hatten, infolge irgendeiner Convulsion der Natur, oder vielleicht auch ihres eignen Gewichts, über uns zusammengestürzt, und wir also für immer verloren, nämlich lebendig begraben seien. Da gaben wir uns, geraume Zeit, untätig einer so überwältigenden Todesangst & Verzweiflung hin, wie sie sich Derjenige, der nie in einer ähnlichen Lage gewesen ist, auch nicht annähernd vorzustellen vermag. Ich bin fest davon überzeugt, daß kein Vorfall, der sich jemals im Lauf eines Menschenlebens ereignen mag, mehr dazu angetan sein kann, den höchsten Grad von Qual, sei's geistige, sei es körperliche, zu bewirken, als unsre damalige Situation, die des Lebendigbegrabenseins. Der Schwärzegrad der Dunkelheit, die das Opfer einhüllt; der schreckliche Druck auf die Lungen; das still-stickende Gedunste feuchten Erdreichs; vereint mit spukhaften Betrachtungen a la wie wir uns weit-jenseits der Grenzen aller Hoffnungen befänden; und daß eben dies das angemessne Los *der Toten* sei — all das von entnervendem Graus & Horror, führt dem Menschenherzen solche Belastungen zu, daß es sie nicht ertragen, viel weniger sich theoretisch vorstellen kann.
Peters war es, der am Ende vorschlug, daß wir versuchen sollten, uns über das genaue Ausmaß unsres Elends zu vergewissern, und unser Gefängnis durch Abtasten zu erkunden; da, wie er bemerkte, vielleicht doch noch eine ganz schwache Möglichkeit bestünde, daß uns eine Öffnung zum Entkommen geblieben sei? Ich klammerte mich begierig an diese Hoffnung; ermannte mich zu angestrengter Tätigkeit, und versuchte, mir einen Weg durch die lose Erde zu bahnen. Kaum hatt' ich 1 Schritt nach vorn getan, als bereits ein Lichtschimmer wahrnehmbar wurde; auf jeden Fall genug, mich zu beruhigen, daß wir wenigstens nicht an Luftmangel unmittelbar zugrunde gehen würden. Da faßten wir einigermaßen wie-

der ein Herz, und ermutigten uns gegenseitig, das Beste zu hoffen. Nachdem wir einen Schuttwall überkrochen hatten, der unser weiteres Vordringen in Richtung Licht behinderte, trafen wir auf weniger Schwierigkeiten beim Vorankommen; und verspürten auch einige Erleichterung der übermäßigen Atembeschwerden, die uns bis dahin gefoltert hatten. Unlängst darauf waren wir schon imstande, einen schwachen Schimmer der Gegenstände ringsum zu erkennen; und gewahrten, daß wir uns nahe dem Ende des geraden Teiles der Spalte befanden; da, wo sie einen Knick nach links machte. Noch ein paar Anstrengungen mehr, und wir hatten die Biegung erreicht; wo sich denn, zu unserer unaussprechlichen Freude, eine lange Fuge oder Spalte auftat, die sich im allgemeinen unter einem Winkel von etwa 45°, zuweilen jedoch wesentlich steiler noch, weitweit aufwärts erstreckte. Wir vermochten die ganze Längenausdehnung dieser neuen Öffnung nicht zu überblicken; da jedoch ein gut Teil Licht durch sie herunterkam, hegten wir kaum noch Zweifel, an ihrem oberen Ende (immer vorausgesetzt, wir könnten dies obere Ende irgendwie erreichen) einen unbehinderten Ausgang ins Freie vorzufinden.

Aber nun erinnerte ich mich, daß wir doch zu Dritt von der Hauptschlucht her in den Spalt eingedrungen seien, und daß unser Gefährte Allen noch vermißt werde; weshalb wir sogleich beschlossen, unsere Schritte wieder rückwärts zu lenken und nach ihm Ausschau zu halten. Nach langem Suchen & beträchtlichen Gefahren von der immer noch nachstürzenden Erde über uns, schrie Peters mir endlich zu: daß er 1 Fuß unsres Kameraden zu fassen bekommen habe; der ganze Körper jedoch so tief unter Schutt & Gerölle begraben sei, daß die Möglichkeit ihn freizumachen, gleich Null wäre. Ich mußte mich bald davon überzeugen, daß das, was er sagte, nur allzu wahr; und das Leben natürlich längst schon erloschen sei. Schweren Herzens überließen wir deshalb den Leichnam seinem Schicksal; und bahnten uns erneut den Weg zur Biegung hin.

Die Breite der neuen Fuge war kaum hinreichend, uns durchzulassen; und nach 1 oder 2 ergebnislosen Versuchen, hinaufzusteigen, begannen wir einmal mehr zu verzweifeln. Ich habe früher bereits erwähnt, daß die Hügelketten, durch welche die Hauptschlucht verlief, aus einer Art weichen Gefelses bestanden, das Speckstein ähnelte. Die Seitenwände der Klamm, die wir jetzt zu ersteigen versuchten, waren aus demselben Material & infolge von Nässe so unmäßig schlüpfrig, daß wir, selbst in ihren am wenigsten abschüssigen Teilen, kaum Fuß fassen konnten; an den Stellen, wo die Aufböschung nahezu senkrecht verlief, war diese Schwierigkeit selbstredend vervielfacht; und eine ganze zeitlang hielten wir sie, offengestanden, für unüberwindlich. Dennoch überkam uns der Mut der Verzweiflung; und indem wir mit unsern Bowie-Messern Stufen in den weichen Stein schnitten & hackten, oder uns, unter Lebensgefahr, von einer etwas vorstehenden Spitze härteren Schiefers, der hie & da aus der allgemein-umgebenden Masse herausragte, zur nächst-höheren schwangen, gelangten wir endlich auf eine natürliche Plattform; von der aus, am äußersten Ende einer dicht bewaldeten Hohlschlucht, ein Fleckchen blauen Himmels zu sehen war. Als wir nunmehr, mit etwas mehr Muße, auf den Gang zurückschauten, den wir so weit passiert hatten, ersahen wir aus dem Habitus seiner Wände, daß er von allerneuester Bildung sein müsse; und kamen zu dem Schluß, daß die Erschütterung, (was immer es auch gewesen sei), die uns so unerwartet unter sich begrub, im selben Moment aber auch diesen Pfad zum Entkommen uns aufgetan habe. Da wir ganz erschöpft vor Anstrengung waren, ja buchstäblich so schwach, daß wir kaum stehen oder articuliert sprechen konnten; schlug Peters jetzt vor, daß wir versuchen sollten, unsre Gefährten zur Unterstützung herbei zu holen, indem wir einfach die Pistolen abfeuerten, die wir Beide noch im Gürtel stecken hatten – die Musketen nämlich waren uns, ebenso wie die Macheten, in der losen Erde, am Boden des Abgrunds unten, verloren gegangen. Die sich anschließenden Ereignisse taten uns dar, daß, hätten wir Feuer gegeben, wir solches böse bereut haben würden; glücklicherweise aber war inzwischen bei mir in Gedanken schon halb & halb der Verdacht entstanden, ob nicht Verrat im Spiele sein könnte; und wir nahmen Abstand davon, die Wilden wissen zu lassen, woherum wir steckten.

Nachdem wir uns etwa eine Stunde ausgeruht hatten, arbeiteten wir uns langsam die Hohlschlucht hinauf; und waren hierbei noch nicht sonderlich weit gekommen, als wir eine ganze Folge gellender Schreie vernahmen. Endlich erreichten wir wieder das, was man als die Oberfläche der Erde bezeichnen konnte; denn bis dahin war unser Pfad, auch nachdem wir die Plattform verlassen hatten, unter einer Art Gewölbe hin verlaufen, das sich, aus ragenden Felsen & Laubwerk be-

stehend, hoch über unsern Häuptern dahinzog. Mit größter Behutsamkeit stahlen wir uns zu einer engen Öffnung hin, durch die wir eine unbehinderte Sicht auf das umliegende Land hatten; wo denn das ganze fürchterliche Geheimnis des Erdstoßes mit 1 Schlage & auf 1 Blick über uns hereinbrach.
Der Fleck, von dem wir Ausschau hielten, war nicht weit von der Spitze des höchsten Gipfels in der Kette der Specksteinhügel gelegen. Die Hauptschlucht, die unsre Abteilung von Zweiunddreißig betreten hatte, verlief, keine 20 Meter entfernt, uns zur Linken. Aber auf mindestens einhundert Meter Länge, war der Kanal beziehungsweise das Bett dieser Schlucht, total gefüllt mit den chaotischen Trümmern von mehr als einer Million Tonnen Erde & Gestein, die man künstlich hineingekippt hatte. Die Vorrichtung, durch welche die enorme Masse übergestützt worden war, konnte nicht minder simpel als augenfällig genannt werden; denn deutliche Spuren der mörderischen Betätigung waren noch zurückgeblieben. Auf der Ostseite der Schlucht, (wir befanden uns jetzt auf der westlichen), waren an mehreren Punkten längs der Oberkante Holzpfähle zu sehen, die man in den Boden eingetrieben hatte. An diesen Stellen hatte die Erde nicht nachgegeben; aber auf der gesamten Längenausdehnung der frischentstandenen Steilfront wo die Massen gefallen *waren*, ergab sich klar, aus den im Boden zurückgebliebenen halben Röhrenspuren, (denen ähnlich, die der Bohrer beim Felsensprengen verursacht), daß Pfähle, gleich denen, die wir noch stehen sahen, nicht mehr als 1 Meter voneinander entfernt eingeschlagen gewesen waren; und das auf einer Strecke von vielleicht 300 Fuß, und zugleich 10 Fuß vom Rande des Schlundes nach rückwärts. Starke Stricke, aus Weinranken gedreht, waren an den noch am Hügelrand stehenden Pfählen befestigt; und es war einleuchtend, daß entsprechende Stricke sich auch an sämtlichen anderen Pfählen befunden hatten. Ich habe bereits der eigenartigen Schichtung jener Specksteinhügel Erwähnung getan; und die eben gegebene Beschreibung der engen & tiefen Fuge, durch die wir unser Entkommen vor dem Begrabensein bewerkstelligt hatten, wird eine zusätzliche Konzeption von ihrer Beschaffenheit vermittelt haben. Sie war jedenfalls so, daß nahezu jede natürliche Erschütterung den Grund & Boden mit Sicherheit in parallel zueinander verlaufende, vertikale Lagen oder Schichten spalten mußte; und auch bereits eine recht mäßige Anwendung von Kunstfertigkeit konnte hinrei-

chend sein, die gleiche Wirkung herbeizuführen. Diese Bodenbeschaffenheit hatten die Wilden sich zunutze gemacht, um ihre verräterischen Absichten zu vollstrekken. Es kann kein Zweifel darüber bestehen, daß vermittelst der kontinuierlichen Pfahlreihe, zunächst ein teilweiser Einriß des Bodens, bis in eine Tiefe von schätzungsweise 1 oder 2 Fuß, bewerkstelligt worden war, und weiterhin dadurch, daß je 1 Wilder am Ende des Stricks kräftig anzog, (sie waren oben an den Pfahlspitzen befestigt & der Zug von der Kante weg gerichtet), eine enorme Hebelkraft erzeugt wurde, die hinreichte, um, auf 1 gegebenes Zeichen hin, die gesamte Schluchtwand nach unten, in den Abgrund, zu schmettern. Das Fatum unsrer armen Gefährten war nun nicht länger mehr zweifelhaft: wir allein waren diesem Orkan von Verschüttung & Zerstörung entgangen. Wir allein waren die einzigen noch lebenden Weißen Männer auf der Insel.

XXII. KAPITEL / Unsere Situation, wie sie sich uns nunmehr darstellte, war kaum weniger schrecklich, als da wir uns eingebildet hatten, für immer begraben zu sein. Sahen wir doch vor uns nichts, als die Aussicht, entweder von den Wilden totgeschlagen zu werden; oder aber ein elendigliches Dasein in endloser Gefangenschaft unter ihnen zu fristen. Wir konnten uns selbstverständlich in dem Gewirre der Hügel hier noch eine Zeitlang vor der Entdeckung durch sie verbergen; ja, als eine letzte Zuflucht uns in der Klamm verstecken, aus der wir uns eben emporgearbeitet hatten; aber auf lange Sicht mußten wir entweder vor Kälte & Hunger während des endlosen Polarwinters verkommen; oder schließlich doch einmal bei einem unserer unerläßlich werdenden Beutezüge entdeckt werden. Das Land um uns schien von Wilden förmlich zu wimmeln; von denen ganze Schwärme, wie wir erkannten, auf flachen Flößen von den Inseln weiter südwärts herüber gekommen waren; zweifellos mit der Absicht, beim Nehmen & Plündern der ›JANE‹ Hülfestellung zu leisten. — Noch lag das Fahrzeug ruhig in seiner Bucht vor Anker; und Die an Bord waren sich anscheinend gänzlich unbewußt der bevorstehenden Gefahr. Wie wir uns in diesem Augenblick gesehnt haben, bei ihnen zu sein!, sie entweder zu unterstützen bei Bewerkstelligung ihrer Flucht; oder mit ihnen unterzugehen beim Versuch zur Verteidigung. Aber wir sahen keine Möglichkeit, sie vor der ihnen drohenden Gefahr auch nur zu warnen, ohne gleichzeitig die sofortige Vernichtung über unsere Häupter heraufzubeschwören; und die Hoffnung ihnen dadurch zu nützen, blieb gänzlich fragwürdig. Gewiß, 1 abgefeuerte Pistole hätte vielleicht hingereicht, sie zu benachrichtigen, wie irgendetwas nicht stimme; aber der bloße Knall konnte sie unmöglich informieren, daß ihre einzige Aussicht auf Sicherheit darin bestünde, sich sofort von der Rheede zu entfernen — konnte ihnen nicht mitteilen, daß es keinerlei Ehrensache mehr sei, keine Verpflichtung gebe, auszuharren, weil ihre Gefährten ja nicht mehr unter den Lebenden weilten. Auch konnten sie, beim Vernehmen unsres Schusses, nicht nachhaltiger gerüstet sein, dem Feind zu begegnen, der sich inzwischen zur Attacke anschickte, als sie es bereits waren, und immer gewesen waren. Kurzum, nichts Gutes, wohl aber unermeßlichen Schaden hätte ein Schuß bewirkt; und, nach reiflichem Überlegen, nahmen wir Abstand davon.

Unser nächster Gedanke war, einen Sturmlauf in Richtung Schiff zu unternehmen; uns 1 der vier Kanus zu bemächtigen, die am inneren Ende der Bucht lagen; und zu versuchen, uns mit Gewalt an Bord durchzuschlagen. Aber die absolute Unmöglichkeit eines Erfolges bei solch desperatem Unternehmen, wurde bald offenkundig. Das Land, ich sagt' es schon, wimmelte buchstäblich von Eingeborenen, die sich so zwischen den Büschen herumdrückten & in den Schlupfwinkeln der Hügel, daß sie vom Skuner her nicht wahrgenommen werden konnten. Speziell in unsrer unmittelbaren Nachbarschaft, & so daß sie den einzigen Weg blokkierten, auf dem wir hätten hoffen können, das Ufer an der richtigen Stelle zu erreichen, hatte sich die gesamte Abteilung der Schwarzfellkrieger stationiert; mit Tu-wit an der Spitze, der anscheinend nur noch irgendeine Verstärkung abwartete, um den Sturmangriff auf die ›Jane‹ loszulassen. Auch die Kanus, die im Innern der Bucht lagen, waren mit Wilden bemannt; unbewaffneten, das ist wahr; die aber zweifellos ihre Waffen sehr in Reichweite hatten. Wir waren deshalb gezwungen, und sei es noch so unwillig, an dem Ort unsrer Verborgenheit auszuhalten; bloße Zuschauer des Konflikts, der binnen kurzem erfolgte.

Nach etwa einer halben Stunde, erblickten wir 60 oder 70 Flöße, beziehungsweise Flachboote mit Ausleger, gedrängt voll mit Wilden; die um die südliche Uferbiegung des Hafens herum kamen. Außer kurzen Keulen und Steinen, die auf

dem Boden ihrer Flöße lagen, schienen sie keine Waffen zu besitzen. Unmittelbar darauf näherte sich ein weiteres, ähnlich bewaffnetes, und noch zahlreicheres Detachement, aus der entgegengesetzten Richtung. Geschwind füllten sich nunmehr auch die 4 Kanus mit Eingeborenen, die plötzlich aus den Büschen am Rande der Bucht förmlich entstanden; und stießen schnell ab, um sich mit den anderen Abteilungen zu vereinigen. Dergestalt, in weniger Zeit, als ich gebraucht habe es zu berichten, ja wie mit 1 Zauberschlage, sah sich die ›Jane‹ umzingelt, von einer ungeheuerlichen Zahl von Desperados, unverkennbar entschlossen, sie auf jegliches Risiko hin zu kapern.
Daß sie dabei von Erfolg begleitet sein würden, konnte nicht 1 Augenblick lang zweifelhaft sein. Die 6 im Schiff zurückgelassenen Leute, mochten sie sich auch noch so entschlossen für seine Verteidigung einsetzen, reichten nicht einmal zur angemessenen Bedienung der Geschütze zahlenmäßig hin; oder um auf sonst irgendeine Art gegen solche Übermacht ankämpfen zu können. Ja, ich konnte mir schwerlich vorstellen, daß sie überhaupt einen Widerstand versuchen würden; aber darin hatte ich mich getäuscht; denn ich sah die Springleinen am Ankertau anbringen, und die Steuerbord-Breitseite des Schiffen auf die Kanus zu drehen, die inzwischen bis auf Pistolenschußweite heran waren; während die Flöße sich noch fast eine Viertelmeile windwärts befanden. Aus irgendeinem unbekannten Grunde, höchstwahrscheinlich aber infolge der Aufregung unsrer armen Freunde, sich in so hoffnungsloser Situation zu sehen, wurde die Salve ein absoluter Mißerfolg; nicht 1 Kanu ward getroffen, nicht 1 einziger Wilder verletzt; denn die Kugeln schlugen zu kurz auf, und gingen dann als *Abpraller* über ihre Köpfe hinweg. Die einzige auf sie hervorgebrachte Wirkung, bestand in Erstaunen ob des unerwarteten Knalls & Rauches; das allerdings so unmäßig war, daß ich ein paar Augenblicke lang beinah annahm, sie könnten ihr Vorhaben gänzlich aufgeben, und zum Ufer zurückkehren. Was sie allem Vermuten nach wohl auch getan haben würden, hätten unsre Leute der Breitseite sofort eine Salve aus ihren Handfeuerwaffen hinterhergeschickt, die, da die Kanus nunmehr zum Greifen nahe waren, unfehlbar einige Verheerung angerichtet hätte; zumindest hinreichend, um diese Abteilung so lange von weiterem Vordringen abzuschrecken, bis man auch den Flößen eine Breitseite verpaßt hätte. Statt dessen jedoch ließ man der

Kanu-Abteilung Zeit, sich von ihrer Panik zu erholen, und sich in aller Ruhe zu überzeugen, daß sie keinerlei Schaden erlitten hätte; während die Unseren nach Backbord hinüber stürzten, um für die Flöße bereit zu sein.
Diese Breitseite nach Backbord freilich, hatte wahrhaft fürchterliche Wirkung. Die Kartätschen & doppelt-gepfropften Ladungen der großen Kanonen, rissen 7 oder 8 der Flöße buchstäblich in Stücke & töteten schätzungsweise 30—40 Wilde auf der Stelle; während, mindestens, ein volles Hundert von ihnen ins Wasser geschleudert wurden, die Meisten davon mit schwersten Verwundungen. Die Übrigen, vor Angst wie von Sinnen, begannen sofort einen überstürzten Rückzug; wobei sie sich nicht einmal die Zeit nahmen, ihre verstümmelten Gefährten aufzulesen, die überall, kreischend & nach Hülfe brüllend, herumstrampelten. Dieser schöne Erfolg jedoch, kam für die Errettung unserer braven Leute leider zu spät. Die Kanu-Abteilung war bereits, mehr als 150 Mann an Zahl, am Bord des Skuners; waren doch die Meisten von ihnen, noch bevor die Lunten an die Backbordgeschütze gehalten wurden, schon in den Püttingen hoch- & über die Enternetze hinweggeklettert. Nichts konnte ihrer brutalen Wut widerstehen. Unsere Leute waren sofort überrannt, überwältigt, mit Füßen getrampelt, ja buchstäblich binnen Sekunden in Stücke zerrissen.
Da sie das erkannten, wurden auch die Wilden auf den Flößen wieder Herr ihrer Fürchte; und kamen, in Rudeln, zum Plündern herbei. Binnen 5 Minuten war die arme ›Jane‹ der Schauplatz eines wahren Trauerspiels von Verwüstung, Tumult & Gewälttätigkeit. Die Decks wurden zersplittert & aufgerissen; das Tauwerk, die Segel, überhaupt alles Bewegliche an Deck demoliert, wie durch Zauberkraft; während durch Vorwärtsschleppen vermittelst der Kanus, durch Nachschieben hinten am Stern, durch Ziehen & Zerren an den Seiten, von Tausenden das Schiff umschwärmenden Schwimmern, die Elenden es zuletzt am Ufer stranden machten, (das Ankertau ließ man schlippen); wo es denn zu treuen Händen Tu-wit überliefert wurde; der während des ganzen Scharmützels, wie ein geübter General, seinen sicheren Beobachtungsposten in den Hügeln behauptet hatte; nun jedoch, wo der Sieg zu seiner Zufriedenheit errungen war, sich herbeiließ, samt seinen Schwarzfellkriegern heruntergehampelt zu kommen, und seinen Part an der Beute zu vereinnahmen.

Tu-wit's Hinabsteigen gab uns die Freiheit, unser Versteck zu verlassen, und den Hügel um die Klamm herum zu rekognoszieren. Ungefähr 50 Meter von ihrer Mündung, sahen wir einen kleinen Quell entspringen, an dem wir als erstes den brennenden Durst stillten, der uns verzehrte. Nicht weit von dem Quell entdeckten wir mehrere jener Haselbüsche, die ich früher erwähnt habe. Als wir die Nüsse kosteten, fanden wir sie schmackhaft, und im Aroma sehr ähnlich der gewöhnlichen englischen Haselnuß. Wir sammelten unverzüglich unsere Hüte voll; verwahrten sie in der Steilschlucht; und kehrten zurück, nach mehr. Während wir so geschäftig beim Pflücken waren, alarmierte uns ein Geraschel in den Büschen; und wir waren eben drauf & dran uns in unsre Deckung zurückzustehlen, als ein großer schwarzer Vogel, eine Art Rohrdommel, sich umständlich & langsam über das Strauchwerk erhob. Ich hatte mich derart erschrocken, daß ich nichts mehr unternehmen konnte; Peters jedoch bewahrte genügend Geistesgegenwart, ihn, eh' er noch zu entkommen vermochte, einzuholen und am Halse zu ergreifen. Er wehrte sich und kreischte entsetzlich; und wir dachten schon daran, ihn laufen zu lassen, damit der Lärm nicht etwa einige von den Wilden aufmerksam mache, die sich vielleicht noch in der Nachbarschaft herumtrieben. Ein Stich mit dem Bowie-Messer brachte ihn aber endlich doch zur Strecke; wir schleiften ihn in die Steilschlucht, und konnten uns nunmehr gratulieren, daß wir auf jeden Fall zu einem Lebensmittelvorrat gekommen waren, der uns eine Woche lang reichen würde.
Wir gingen nun erneut hinaus, uns weiter umzusehen; und wagten uns ein beträchtliches Stück die südliche Abdachung des Hügels hinunter; doch stieß uns nichts anderes mehr auf, was als Nahrung hätte dienen können. Wir sammelten uns daher ein Quantum trockenen Holzes, und drehten um, da wir ein oder zwei großer Trupps von Eingeborenen auf ihrem Weg zum Dorfe ansichtig wurden, beladen mit Geplündertem vom Schiff; und die, wie wir besorgten, uns möglicherweise entdecken konnten, während sie unten am Hügel dahinzogen.
Unsere nächste Sorge war, den Ort unsres Verstecks so sicher wie nur möglich zu gestalten; zu welchem Zweck wir die Öffnung, von der ich bereits als derjenigen gesprochen habe, durch die wir das Fleckchen blauen Himmels erblickten, nachdem wir, aus dem Innern der Klamm aufsteigend, die Plattform erreicht hatten,

mit Buschwerk überdeckten. Nur 1 ganz kleines Löchelchen ließen wir frei, just weit genug, daß es uns ohne Gefahr von unten her entdeckt zu werden, gestattete die Bucht zu überblicken. Dies getan, beglückwünschten wir uns ob der Sicherheit unsrer Position; war doch nunmehr, solange wir uns dafür entschieden, in der Steilschlucht selbst zu verbleiben & uns nicht auf den Hügel hinaus zu trauen, ein Beobachtetwerden ausgeschlossen. Wir konnten keinerlei Spuren gewahren, daß jemals Wilde innerhalb dieser Hohlrinne gewesen wären; aber freilich, wenn wir dann wieder der Wahrscheinlichkeit gedachten, daß der Spalt durch den wir sie erreicht hatten, erst ganz neuerlich, durch den Fall der gegenüberliegenden Steilwand, geschaffen worden sei, und daß zu ihr zu gelangen kein anderer Weg erkennbar war – dann waren wir wiederum nicht so übermäßig erfreut bei dem Gedanken, vor jedweder Belästigung sicher zu sein; als vielmehr besorgt darob, daß nun eventuell auch für einen Abstieg absolut keine Möglichkeit bestehen könne. Wir beschlossen deshalb, den ganzen Gipfel des Hügels, sobald sich eine günstige Gelegenheit darböte, gründlichst zu erkunden. In der Zwischenzeit beobachteten wir durch unser Guckloch die Manöver der Wilden.

Sie hatten das Fahrzeug schon total zum Wrack gemacht; und waren eben dabei, es in Brand zu stecken. Über ein kleines sahen wir schon mächtige Rauchwolken aus der Großluke aufsteigen; und, kurz darauf, schlug eine geschlossene Flammenmasse aus dem Vorderschiff. Takelage, Masten, & was an Segelresten noch herumhing, entzündete sich sofort; und das Feuer breitete sich rapid' über die Decke aus. Dennoch hielt sich eine große Zahl von Wilden immer noch ruhig an Bord auf, und hämmerten mit großen Steinen, Äxten und Kanonenkugeln, rüstig weiter an Bolzen und anderem Kupfer- & Eisenwerk herum. Am Strande, sowie in Kanus & auf Flößen, befanden sich, in der unmittelbaren Umgebung des Skuners, insgesamt nicht weniger als 10.000 Eingeborene; ungerechnet die Rudel von ihnen, die, beutebeladen, landeinwärts unterwegs waren, beziehungsweise hinüber zu den benachbarten Inseln. Jetzt machten wir uns aber doch auf eine Katastrofe gefaßt; worin wir auch nicht enttäuscht wurden. – Zuallererst kam ein kurzer Schock, (den wir, bei uns hier, deutlich verspürten, wie wenn wir elektrisiert worden wären); aber von keinem sichtbaren Anzeichen einer Explosion begleitet. Die Wilden waren offensichtlich erschrocken, und hielten 1 Augenblick

mit Handtieren & Kreischen inne. Sie waren gerade dabei, erneut anzufangen, als aus den Decks urplötzlich eine Masse Rauchs aufpuffte, die einer schwarz- & schweren Donner-Wolke glich – dann, wie aus innersten Eingeweiden heraus, schoß ein dicker Strahl lebendigen Feuers in die Höhe, wohl eine Viertelmeile hoch – dann erfolgte eine plötzliche circuläre Ausdehnung der Flamme – dann war auf einmal die gesamte Atmosfäre, in 1 einz'gen Nu, magisch gefüllt, mit einem wilden Chaos von Hölzernem, und Metallenem, und Menschengliedern – und dann, letztlich, kam der Schlag in seiner ganzen Wucht, der uns, wie wir standen, ungestüm zu Boden schleuderte; während die Hügel vom Tumulte hallten schallten widerhallten, und ein dichter Schauer aus den kleinsten Trümmerfragmenten in sämtlichen Richtungen um uns herum jählings niederrieselte.
Die unter den Wilden angerichtete Verheerung, übertraf bei weitem unsre ausschweifendsten Erwartungen; nun hatten sie wahrlich, reichlich & gründlich, die Früchte ihrer Verräterei geerntet. Wohl an ein Tausend kamen bei der Explosion ums Leben; während zumindest die gleiche Anzahl hoffnungslos verstümmelt wurde. Die ganze Oberfläche der Bucht war buchstäblich übersät mit sich abhaspelnden & ertrinkenden Elenden; und an Land stand es womöglich noch schlimmer. Sie schienen ob der Plötzlichkeit & des Umfangs ihrer Schlappe total außer Fassung; und machten keinerlei Anstrengung, einander beizustehen. Nach einiger Zeit aber beobachteten wir eine gänzliche Änderung in ihrem Verhalten. Aus absolutem Stumpfsinn schienen sie mit 1 Schlage zum höchsten Grad der Erregung aufgerüttelt zu sein; stürmten wild durcheinander; zu 1 bestimmten Fleck am Strande hin, und wieder davon fort; wobei sich auf ihren Gesichtern das merkwürdigste Ausdrucksgemische von Schrecken, Wut & gespanntester Neugier malte, und sie, aus Leibeskräften, fortwährend schieen: ›*Tekeli-li! Tekeli-li!*‹
Plötzlich sahen wir einen großen Trupp sich in die Hügel entfernen; von wo sie in kurzer Zeit wiederum zurückkehrten, sich mit Holzpfählen schleppend. Diese brachten sie zu der Stelle, wo die Menge am dichtesten stand; die sich nun teilte, und uns endlich einen Blick auf den Gegenstand all dieser Aufregung gestattete. Wir sahen irgendetwas Weißes auf der Erde liegen; konnten aber nicht sogleich unterscheiden, um was es sich handelte. Schließlich erkannten wir, daß es der Leichnam jenes fremdartigen Tieres, mit den Scharlach-Zähnen & -Klauen war,

das der Skuner auf hoher See, am 18. Januar, aufgefischt hatte. Käptn Guy hatte den Körper konserviert aufbewahrt; mit der Absicht, das Fell auszustopfen & mit nach England zu nehmen. Ich entsinne mich, daß er gerade einige Anweisungen in dieser Beziehung gegeben hatte, just bevor die Insel zu Gesicht kam; und daß man es in die Kajüte hinunter geschafft, und dort in einen der Schübe weggeschlossen hatte. Jetzt war es also durch die Explosion ans Ufer geschleudert worden; aber wieso es unter den Wilden einen derartigen Aufstand hervorbrachte, war mehr als wir verstehen konnten. Ob sie sich schon in nur geringem Abstand um den Leichnam herum drängelten, schien doch Keiner unter ihnen gewillt, ganze nahe heran zu gehen. Nach & nach trieben die Männer mit den Pfählen diese in einem Kreis um ihn ein; und kaum daß sie mit dieser Veranstaltung fertig waren, stürmte der ganze große Haufe in Richtung des Inselinnern davon, unter lauten schrillen Schreien von: *Tekeli-li!: Tekeli-li!*

XXIII. KAPITEL / Während der 6 oder 7 unmittelbar folgenden Tage, blieben wir in unserm Versteck auf dem Hügel; indem wir nur ganz gelegentlich, und dann mit der größten Vorsicht, Wasser & Haselnüsse holen gingen. Wir hatten uns auf der Plattform eine Art Schutzdach hergerichtet; es mit einer Bettung aus trockenem Laub versehen, und 3 große flache Steine herbeigeschafft, die uns sowohl als Feuerstelle wie als Tisch dienten. Feuer erzeugten wir ohne Schwierigkeit, durch einfaches Aneinanderreiben von 2 Stücken trocknen Holzes; das eine weich, das andre hart. Der Vogel, der sich wie bestellt von uns hatte erbeuten lassen, erwies sich, wenn auch etwas zäh', so doch als ausgezeichnetes Essen. Es war kein Meeresvogel; vielmehr eine Art Rohrdommel, mit jettchwarz- & graulichem Gefieder, und, im Verhältnis zu seiner massigen Gestalt, winzigen Flügeln. Wir sahen späterhin noch 3 von derselben Sorte in der Umgebung unsrer Steilschlucht, anscheinend auf der Suche nach dem einen, den wir weggefangen hatten; da sie sich aber niemals niederließen, ergab sich uns keine Gelegenheit, ihrer habhaft zu werden.
Solange das Geflügel reichte, hatten wir unter unsrer Situation nichts zu leiden; nunmehr aber war es gänzlich aufgezehrt, und es wurde schlechterdings unerläß-

lich, uns nach Vorräten umzuschauen. Die Haselnüsse reichten nicht hin, den nagenden Hunger zu beschwichtigen; überdem riefen sie bei uns schweres Leibschneiden hervor, ja, wenn man zu viel davon genoß, sogar heftige Kopfschmerzen. Wir hatten ostwärts von unserm Hügel, nahe dem Meeresufer, mehrere große Schildkröten erblickt, und erkannt, daß sie sich leicht würden fangen lassen; vorausgesetzt, daß wir, ohne von den Wilden bemerkt zu werden, an sie heran könnten. Wir beschlossen deshalb, einen Versuch zum Abstieg zu machen.

Wir begannen damit, die südliche Abdachung, welche die wenigsten Schwierigkeiten zu bieten schien, hinunterzugehen; waren jedoch noch keine 100 Meter weit gekommen, als (worauf wir aus dem ganzen Habitus des Hügelplateaus schon gefaßt gewesen waren) unserm Vordringen Einhalt geboten wurde, durch eine Abzweigung jener Hauptschlucht, in der unsre Gefährten zugrunde gegangen waren. An ihrem Rande gingen wir nun dahin; rund eine Viertelmeile weit; als wir erneut aufgehalten wurden, durch einen Absturz von ungeheuerlicher Tiefe; und, da es nicht möglich war, an seiner Kante dahin weiter zu kommen, sahen wir uns gezwungen, unsre Schritte wieder der Hauptschlucht entlang zurück zu lenken.

Als nächstes stießen wir ostwärts vor; aber mit genau demselben Nicht-Erfolg. Nachdem wir 1 Stunde lang immer auf Gefahr hin, uns das Genick zu brechen, herumgeklettert waren, entdeckten wir, daß wir uns lediglich in eine weite Grube aus schwarzem Granit verstiegen hatten, deren Boden mit feinem Staub bedeckt, und aus welcher der einzige Ausgang eben der rauhe Pfad war, auf dem wir herniedergekommen. Also mühsamten wir ihn wieder nach oben; und versuchten es jetzt mit dem Nordrand unsres Hügelplateaus. Hier nun waren wir gezwungen, bei unsern Manövern die größte nur denkbare Behutsamkeit walten zu lassen; da die geringste Unvorsichtigkeit uns voll & ganz den Blicken der Wilden vom Dorf her bloßgegeben hätte. Wir krochen deshalb auf Händen & Knieen dahin; ja, waren gelegentlich sogar gezwungen, uns der ganzen Länge nach hinzulegen, und unsre Körper vermittelst des Strauchwerks voran zu ziehen. Auf solche vorsichtige Weise waren wir erst eine ganz kleine Strecke vorgedrungen, als wir schon an einem Klaff ankamen, noch weit tiefer denn alle, die wir bisher gesehen; und der überdem geradeswegs in die Hauptschlucht hinabgeführt hätte. Derge-

stalt sahen wir unsre Befürchtungen also vollauf bestätigt; und daß wir gänzlich von der Welt dort unten abgeschnitten seien. Zutiefst erschöpft von all den Anstrengungen, traten wir, so gut es ging, den Rückweg zu unserer Plattform an; wo wir uns auf das Bett aus Blättern niederwarfen, und ein paar Stunden lang sanft & süß schlummerten.
Mehrere Tage nach dieser fruchtlosen Suche, befaßten wir uns damit, jedwedes Fleckchen unsres Hügelplateaus zu erkunden; um uns über die wirklich auf ihm vorhandenen Hülfsquellen zu informieren. Das Ergebnis war, daß es uns weiter keine Nahrung gewähren werde; ausgenommen jene unbekömmlichen Haselnüsse; und eine Art üppig wuchernden Löffelkrauts, das auf einem kleinen Fleck von nicht mehr als 20 Metern im Quadrat gedieh, und sehr bald verbraucht sein würde. Am 15. Februar, soweit ich mich recht erinnere, war nicht 1 Blättchen davon mehr übrig, und selbst die Nüsse wurden knapp; sodaß unsre Lage kaum noch kläglicher sein konnte[1]. Am 16. umgingen wir erneut die Wände unseres Gefängnisses; in der Hoffnung doch noch irgendeinen Fluchtweg ausfindig zu machen; aber ohne Erfolg. Wir stiegen sogar noch einmal wieder in die Klamm hinunter, in der es uns schier verschüttet hatte; mit der schwachen Hoffnung, durch diesen Kanal hindurch vielleicht eine Öffnung in die Hauptschlucht zu entdecken? Aber auch hier wurden wir enttäuscht; obgleich wir 1 Muskete fanden, und mit nach oben nahmen.
Am 17. brachen wir auf, mit dem Entschluß, jene schwarze Granitteufe, in die wir uns bei unserm ersten Versuch verstiegen hatten, heute gründlicher zu untersuchen. Uns war eingefallen, daß wir in 1 der Gangspalten an der Seite dieser Grube, doch wohl nur partiell hineingeschaut hatten, und es drängte uns, sie zu erkunden; obschon nicht in der Erwartung, nun hier eine Öffnung zu entdecken. Wir fanden, wie zuvor, keine sonderlichen Schwierigkeiten dabei, den Boden der Eintiefung zu erreichen; und waren diesmal gelassen genug, sie mit entsprechender Aufmerksamkeit zu untersuchen. Es war tatsächlich eine der merkwürdigst

[1] Dieser Tag war insofern bemerkenswert, als wir unten im Süden mehrere mächtige Schlieren jener graulichen Qualmungen beobachteten, von denen ich zuvor schon einmal gesprochen habe.

aussehenden Lokalitäten, die man sich nur vorstellen mag; und wir konnten uns kaum zu dem Glauben durchringen, daß es sich dabei lediglich um ein Werk der Natur handele. Die Pinge maß, von ihrem östlichen bis zum extremsten westlichen Ende hin, alle Windungen mit einbegriffen, an die 500 Meter in der Länge; in Luftlinie jedoch betrug diese Ost-West-Distanz (geschätzt freilich; denn über Mittel zu exakten Messungen verfügte ich nicht) kaum mehr als 40 oder 50 Meter. Auf dem ersten Abschnitt bei Abstieg in die Kluft hinunter, (sagen wir 100 Fuß, vom Hügelplateau nach unten gerechnet), zeigten die Seitenwände des Abgrunds wenig Ähnlichkeit miteinander; und hatten anscheinend auch zu keiner Zeit in Verbindung gestanden; war doch die eine Oberfläche reiner Speckstein; die andere dagegen Mergel, körnig-durchsetzt mit irgendeiner metallischen Substanz. Der durchschnittliche Breitenabstand, das Intervall, zwischen den beiden Klippenfronten, betrug hier vermutlich an die 60 Fuß; doch schien etwelche Regelmäßigkeit der Formation nicht zu bestehen. Wenn man dagegen über die erwähnte Schichtlinie hinaus tiefer drang, verringerte sich der Abstand rapide, und die Seitenwände begannen parallel zu verlaufen; obgleich sie sich noch, eine ganze Strecke weiter, in Material & Oberflächengestaltung unähnlich blieben. Bis auf 50 Fuß dem Boden nahe gekommen, setzte dann, und zwar perfekte, Regelmäßigkeit ein. Ab hier waren die Wände nun vollkommen uniform, ob Material, ob Färbung, ob seitliche Richtung; wobei das Gestein ein sehr schwarzer & glänzender Granit war, und der Abstand der beiden Seitenwände, auf 2 einander gegenüber-

Figur 1

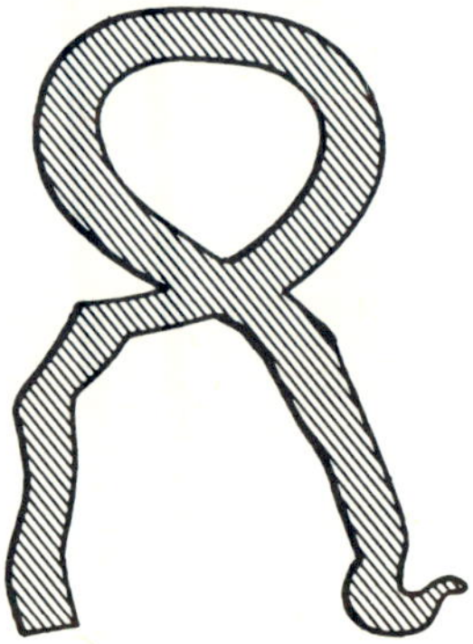

liegenden Punkten gemessen, immer exakt 20 Meter betrug. Die genaue Formation der Kluft wird man am besten an Hand einer Zeichnung verstehen, die ich an Ort & Stelle angefertigt habe; führte ich doch glücklicherweise immer Notizbuch & Bleistift bei mir, die ich mit großer Sorgfalt durch eine lange Kette auch anschließender Abenteuer noch hindurchretten konnte; und denen ich Gedächtnisstützen über so manchen Gegenstand schulde, der ansonsten aus meiner Erinnerung verdrängt worden wäre.
Die Zeichnung (siehe Figur 1) gibt die allgemeinen Umrisse der Kluft wieder; jedoch ohne die minderen Cavitäten in den Seitenwänden, deren es mehrere gab; wobei jeglichem Grübchen ein genau korrespondierender Höcker gegenüber entsprach. Der Boden des Schlundes war, bis zu einer Tiefe von 3 oder 4 Zollen, mit einem nahezu impalpablen Pulver-Puder bedeckt; unterhalb dessen sich, wie wir fanden, wiederum der schwarze Granit hinzog. Zur Rechten, ganz unten, wird man die Andeutung einer kleinen Öffnung erkennen: das eben war die oben erwähnte Gangspalte, die genauer denn zuvor zu untersuchen, eben der Zweck unsrer neuerlichen Visitation war. In sie drangen wir nunmehr energisch ein; hackten eine Menge Dornengestrüpps hinweg, das uns behindern wollte; räumten auch einen mächtigen Haufen scharfer Feuersteine beiseite, die ihrer Form nach eine gewisse Ähnlichkeit mit Pfeilspitzen hatten. Was uns jedoch eigentlich zum Ausdauern ermutigte, war, daß wir eines schwachen Lichtscheins gewahr wurden, der vom ferneren Ende, drüben, ausging. Wir zwängten uns schließlich an die 30 Fuß weit unseres Weges; wobei wir feststellten, daß es sich bei dieser Öffnung um einen zwar niedrigen, aber regelmäßig-gebildeten Röhrengang han-

Figur 2

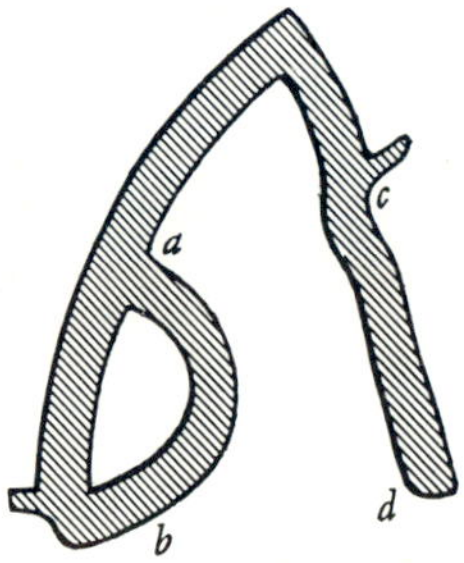

delte, der einen Bodenbelag von demselben feingemahlenen Puder, wie das in der Hauptkluft, hatte. Schon aber fiel helles Licht auf uns hernieder; und, nachdem wir um einen kurzen Knick herum waren, fanden wir uns in einem zweiten hohen Hohl-Gemach, demjenigen, das wir verlassen hatten, in jeder Hinsicht gleich; nur in der Längsform nicht, die hier im, schematisierten, Grundriß folgt, (siehe Figur 2).
Die Gesamtlänge dieser neuen Kluft, beginnend bei a, über die Biegung bei b, und weiterhin via c bis zum äußersten Ende d hin gemessen, beträgt 550 Meter. Bei c entdeckten wir einen engen Durchlaß, ähnlich demjenigen, durch den wir aus der ersten Kluft her hereingekommen; und auch der hier war in derselben Weise mit Dorngestrippe verstopft & einer Menge jener weißen Pfeilspitzen-feuersteine. Wir forcierten auch hier den Durchgang, der sich als an die 40 Fuß lang erwies; und tauchten auf in einer dritten Kluft. Auch sie war genau der ersten gleich; ausgenommen ihre Längsform, die so war (siehe Figur 3).

Figur 3

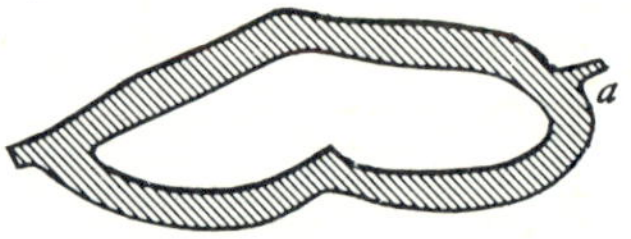

Wir erfanden die gesamte Länge dieser dritten Kluft zu 320 Metern. Bei dem mit a bezeichneten Punkt befand sich eine Öffnung, an die 6 Fuß weit & die sich 15 Fuß tief ins Gefels hinein erstreckte; wo sie dann in einem Bett von Mergel endete, und keine weitere Kluft sich mehr anschloß; (wie wir eigentlich zuerst erwartet hatten). Wir waren eben dabei, diesen Spalt, in den nur sehr wenig Licht Zutritt fand, zu verlassen; als Peters meine Aufmerksamkeit auf eine Reihe eigentümlich-aussehender Einkerbungen auf der Mergeloberfläche lenkte, welche den Terminus des *cul-de-sac* bildete. Selbst bei einer nur mäßigen Anstrengung der Einbildungskraft, hätte sich die linke, das heißt die nördlichste, jener Zack-&-Zähnelungen, für die zwar rohe aber doch absichtliche Wiedergabe einer menschlichen Gestalt halten lassen; die aufrecht, mit ausgestrecktem Arm, da stünde. Die übrigen davon wiesen ebenso eine gewisse Ähnlichkeit, diesmal mit alphabetischen Zeichen auf; und Peters war sogar, auf jeden Fall willens, die müßige Grille zu verfechten, daß es sich tatsächlich um solche handele. Ich überführte ihn jedoch am Ende seines Irrtums dadurch, daß ich seine Aufmerksamkeit auf den Boden des Spaltes richtete; wo wir aus dem Pulverstaub, Stück um Stück, diverse größere Mergelbröckchen auflesen konnten, die augenscheinlich infolge irgendeiner Erschütterung von der Wandfläche, da wo sich die Einkerbungen vorfanden, abgeplatzt waren; und die, genau in jene Auszackungen einpaßbare Unebenheiten besaßen; wodurch denn einwandfrei bewiesen wurde, daß es sich um ein bloßes Naturspiel handele; (Figur 4 gibt eine akkurate Copie des Ganzen).

Figur 4

Nachdem wir uns vergewissert hatten, daß diese merkwürdigen Cavernositäten uns nicht die Möglichkeit gewährten, unserm Gefängnis zu entkommen, brachten wir den Rückweg, zum Plateau des Hügels hinauf, entmutigt & niedergeschlagen hinter uns. Nichts des Erwähnens wertes ereignete sich während der nächsten 24 Stunden; abgesehen davon, daß wir beim Absuchen des Bodens ostwärts von jener dritten Kluft, 2 dreieckige Löcher fanden, von großer Tiefe, die Wände ebenfalls aus Schwarzgranit. Einen Versuch in diese Löcher einzusteigen, hielten wir für nicht der Mühe lohnend; da sie den Eindruck bloßer natürlicher Brunnenschächte, ohne Ausgang, machten. Sie hatten jedes einen Umfang von circa 20 Metern; und ihre Gestalt, wie auch die relative Lage in Bezug auf die dritte Kluft sind aus Figur 5 ersichtlich.

Figur 5

XXIV. KAPITEL / Am 20. des Monats, nachdem es sich als gänzlich unmöglich herausgestellt hatte, noch länger von den Haselnüssen zu leben, deren Genuß uns die peinlichsten Martern verursachte, entschlossen wir uns, einen verzweifelten Versuch zu unternehmen, und die südliche Abdachung des Hügels hinunterzuklettern. Die Front der Steilwand bestand hier aus der weichsten Sorte Speckstein; obwohl sie in ihrer ganzen Ausdehnung (einer Tiefe von 150 Fuß, mindestens) nahezu lotrecht verlief, ja, an manchen Stellen sogar überhing. Nach langem Suchen entdeckten wir eine schmalvorstehende Leiste, an die 6 Meter unterhalb der Kante des Abgrunds; und Peters brachte es fertig, mit dem bißchen Hülfstellung, das ich ihm vermittelst unsrer zusammengeknoteten Taschentücher zu geben vermochte, daraufzuspringen. Mit etwas mehr Schwierigkeit gelangte auch ich hinab; und nun erkannten wir die Möglichkeit, den ganzen restlichen Weg durch dasselbe Verfahren zu bewältigen, das wir beim Heraufklimmen aus jener Klamm, als uns der Bergrutsch begrub, eingeschlagen hatten – das heißt, indem wir mit unsern Messern Stufen in die Specksteinfront einschnitten. Das unglaubliche Risiko des Unterfangens wird man sich schwerlich vorstellen können; aber da es einfach kein anderes Auskunftsmittel gab, beschlossen wir, es zu versuchen.

Auf der Leiste wo wir standen, gediehen einige Haselbüsche; und an einem von ihnen befestigten wir das 1 Ende unseres Taschentuchstrickchens. Das andere Ende ward Peters um die Taille gebunden; worauf ich ihn über die Kante der Steilwand nach unten ließ, bis die Tücher straff gespannt waren. Er ging nun daran, ein tiefes Loch in den Speckstein zu graben (volle 20–25 Zentimeter); schrägte dann das Gestein darüber, in Höhe von 1 Fuß, oder so, ab; auf daß er, mit dem Kolben einer Pistole, einen hinreichend starken Pflock in die planierte Oberfläche eintreiben könnte. Dann zog ich ihn an die 4 Fuß höher; wo er ein Loch, genau wie das untere, machte; auch einen Pflock einschlug; und dergestalt Anhaltspunkte für sowohl Hände als auch Füße gewonnen hatte. Ich machte nun die Taschentücher von dem Busch los, und warf ihm das freie Ende zu; welches er um den Pflock im obersten Loch knotete; sich darauf sacht nach unten ließ, bis zu einer Stelle, ungefähr 3 Fuß tiefer, als er bisher je gewesen war – das heißt also bis zur vollen Länge des Taschentuchstricks. Hier grub er ein weiteres Loch, und

schlug einen weiteren Pflock ein. Dann zog er sich hoch; so daß seine Füße in dem eben geschaffenen Loch ruhten; wobei er sich mit den Händen an dem Pflock oberhalb festhielt. Nun aber wurde es erforderlich, die Taschentücher vom allerobersten Pflock loszuknoten, um sie am zweiten befestigen zu können; und dabei stellte sich heraus, daß ein Fehler insofern begangen worden war, als er die Löcher in so großen Abständen voneinander eingegraben hatte. Nach 1 oder 2 erfolglosen & gefährlichen Versuchen, den Knoten zu erreichen, (mußte er sich doch mit der linken Hand festhalten; während die Rechte arbeitete, die Befestigung aufzulösen), schnitt er endlich das Strickchen so durch, daß etwa 6 Zoll davon an dem Pflock hängen blieben. Indem er die Taschentücher nunmehr an den zweiten Pflock anknotete, stieg er tiefer, zu einer Stelle unterhalb der dritten; wobei er aber Sorge trug, diesmal nicht zu weit nach unten zu gehen. Indem er fortlaufend so verfuhr, (worauf ich, von mir aus, nie verfallen wäre; und was wir einzig & allein Peters' Ingeniosität und Resolutheit zu verdanken hatten), gelang es meinem Gefährten schließlich, unterstützt von gelegentlichen kleinen Handhaben aus der Wand, den Boden unten ohne Unfall zu erreichen.
Es dauerte eine Weile, bevor ich genügend Energie beisammen hatte, um ihm zu folgen; aber am Ende versucht' ich es. Peters hatte, ehe er hinabstieg, sich sein Hemd ausgezogen; und dies, zusammen mit meinem eignen, ergab den für das Wagnis erforderlichen Strick. Nachdem ich erst noch die in der Klamm wiedergefundene Muskete hinuntergeworfen hatte, befestigte ich besagten Strick an den Büschen und ließ mich dann rasch nach unten, im Bemühen, durch Rüstigkeit der Bewegungen mein Zittern hintanzuhalten, das ich auf keine andre Manier zu überwinden wußte. Das ging auch, was die ersten 4 oder 5 Groß-Stufen anbelangt, leidlich gut; dann aber merkte ich, wie meine Einbildungskraft zunehmend-schrecklich erregter werde, durch Gedanken an die mächtige Tiefe, die noch zu durchsteigen sei, sowie die prekäre Beschaffenheit der Pflöcke & Specksteinlöcher, in denen mein einziger Halt bestünde. Vergebens war ich bemüht, derlei Vorstellungen zu verscheuchen, und dafür meine Augen stetiglich auf die platte Flachheit der Wand vor mir fixiert zu halten. Je ernstlicher ich mich abarbeitete, *nicht zu denken,* desto intensiv-lebhafter spielten meine Ideen & umso schauerlich deutlicher. Endlich trat denn auch jene Krisis der Fantasie ein, fürchterlich wie

in all' ähnlichen Fällen; jene Krisis, in der wir die Gefühle vorwegzuleben beginnen, mit denen wir fallen *werden* – in der wir uns die Übelkeit, das Schwindeln, den letzten Verzweiflungskampf, und dann die Halbschwummrigkeit und das bittere Ende des Abstürzens ausmalen, sausend & kopfunter. Und schon erlebt' ich, wie diese Fantastereien sich ihre eigne Realität erschufen, und alle eingebild'ten Schrecken tatsächlich auf mich einstürmten. Ich fühlte, wie meine Kniee heftig gegeneinander anschlugen; während meine Finger, langsam aber sicher, ihren Griff lockerten. In meinen Ohren war es wie ein Klingeln, und ich sagte gleich: »Ist wohl mein Todtenglöcklein!« Und jetzt verzehrte mich das ununterdrückbare Verlangen, einmal hinunter zu gucken. Ich konnt' nicht ich wollt' nicht länger mein Starren nur an die Steilwand beschränken; richtete vielmehr, unter verwilderten unbestimmbaren Gefühlswallungen, halb Graus halb bedrückte Erleichterung, mein Gesicht tief hinab in den Abgrund. Einen Augenblick lang noch schlossen sich meine paar Finger convulsivisch über ihrem HALT!; während, synchron mit dem Bewegen, possenschwächste Ideen, von letztlichem Entkommen, schattengleich durch mein Gehirne wanderten – im nächsten dann durchdrang schon meine Seele das *Gelüst zu fallen;* ein Wünschlein, Sehnen, eine Passion, nicht mehr zu kontrollieren. Ich ließ sogleich meinen Griff um den Pflock fahren; und, halb mich von der Steilwand fortwendend, lehnt' ich noch, schlotternd, einen Moment lang gegen die nackte Fronte. Aber nun kam's an & spinnräderte im Gehirn; schrillschallend kreischte das Phantom einer Stimme ums Geöhr; eine duffe bösfeindlich filmige Figur stand unmittelbar unter mir; und seufzend, ein zerberstend Herze, sackt' ich zusammen, nach unten, ihr in die Arme. –

Ich hatte die Besinnung verloren, und Peters mich aufgefangen, grad als ich fiel. Er hatte, von seinem Posten am Fuße der Wand aus, mein Hantieren beobachtet; und als er die mir drohende Gefahr erkannte, sich bemüht, mir auf jede Weise, die ihm nur einfiel, Mut zuzusprechen; obschon meine seelische Verworrenheit so groß gewesen war, daß sie mich zu verstehen hinderte, was er sagte; beziehungsweise, mir bewußt zu werden, daß er mich überhaupt anrede. Schließlich, als er mich gar torkeln sah, war er zu meiner Rettung heraufgehastet; und kam just noch recht, mich zu bewahren. Wäre ich gestürzt, mit meinem vollen Körperge-

wicht dahinter, hätte der Leinenstrick unweigerlich reißen und ich in den Abgrund geschleudert werden müssen; so jedoch schaffte er es, mich sacht herniedergleiten zu lassen, daß ich ohne Gefährdung hängen blieb, bis die Lebensgeister zurückkehrten. Das war in etwa 15 Minuten erfolgt. Als ich zu mir kam, war mein Zittern & Zagen gänzlich verschwunden; ich fühlte mich wie ein neues Wesen; und mit ein klein wenig weiterer Unterstützung seitens meines Gefährten, erreichte auch ich schließlich den Boden in Sicherheit.
Wir fanden uns jetzt nicht weit von jener Hauptschlucht, die bestimmt gewesen war, unsern Freunden zum Grabe zu werden; und zwar südlich von der Stelle, wo der Bergrutsch erfolgt war. Die Gegend hier war von merkwürdiger Wildheit; und ihr ganzer Aspekt brachte mir die Beschreibungen zu Sinn, wie Reisende sie von jenen öden Regionen geben, die die Lokalität des heruntergekommenen Babylon bezeichnen sollen. Gar nicht zu reden von den Ruinen der abgesprengten Steilwand, die als chaotische Barriere die Aussicht nach Norden zu begrenzten, war die Bodenoberfläche hier auch in jeglicher anderen Richtung mit mächtigen Tumuli übersät, anscheinend den Überbleibsalen gigantischer Kunstbauten; ob auch, im Einzelnen, keine Ähnlichkeit mit Kunst zu entdecken war. Scoria gab es in Fülle, und große formlose Blöcke jenes Schwarzgranits, untermischt mit andern aus Mergel[1], beide aber körnig von Metalleinschlüssen. Von Pflanzenwuchs war nirgends die geringste Spur rundum zu erblicken; auf dem ganzen wüsten Gelände nicht. Nur mehrere riesige Scorpione waren sichtbar; sowie diverse andere Reptilien, die man sonst in hohen Breiten nicht antrifft.
Da unser allerdringendstes Anliegen ›Nahrung!‹ hieß, beschlossen wir, den Weg nach der nicht mehr als 1 halbe Meile entfernten Meeresküste einzuschlagen; mit der Absicht, Schildkröten zu fangen, deren wir ja, von unserm Versteck auf dem Hügel aus, mehrerer ansichtig geworden waren. Wir hatten auch, uns immer achtsam zwischen den mächtigen Findlingen & Tumuli hindurchschleichend, bereits ein paar hundert Meter zurückgelegt, als, da wir um eine Ecke bogen, plötzlich aus einer kleinen Höhle her 5 Wilde uns ansprangen und Peters mit einem

[1] Der Mergel war gleichfalls schwarz; wie wir denn tatsächlich keinerlei hellfarbige Substanz, von welcher Art auch immer, auf der Insel gewahr worden sind.

Keulenhieb zu Boden schlugen. Als er fiel, stürzte die gesamte Rotte über ihn her, sich ihres Opfers zu versichern; wodurch ich Zeit bekam, mich von meinem Erstaunen zu erholen. Ich hielt zwar auch noch die Muskete; aber ihr Lauf hatte beim Hinunterwerfen von der Steilwand so viel Beschädigung erfahren, daß ich sie als nutzlos beiseite schleuderte, und es vorzog, mich auf meine Pistolen zu verlassen, die einsatzbereit zu halten wir immer Sorge getragen hatten. Mit ihnen drang ich auf die Angreifer ein, wobei ich eine nach der andern, in schneller Folge, abfeuerte: 2 Wilde fielen; und ein Dritter der eben dabei war, Peters einen Speer in den Leib zu stoßen, sprang ohne seine Absicht auszuführen, auf die Füße. Meinem Gefährten auf diese Weise einmal Luft gemacht, gab es für uns keine weiteren Schwierigkeiten mehr. Auch er hatte noch seine Pistolen; nahm jedoch klüglich Abstand davon, sie zu brauchen, und verließ sich lieber auf seine große körperliche Kraft, die bei weitem alles übertraf, was mir je bei Andern vorgekommen ist. Indem er sich der Keule eines der gefallenen Wilden bemächtigte, schlug er den 3 noch verbleibenden die Schädel ein, wobei 1 Hieb pro Kopf sofortigen Tod bedeutete; und uns als absolute Herrn des Schlachtfeldes zurückließ.
So rapid waren diese Ereignisse einander gefolgt, daß wir Mühe hatten, an ihre Wirklichkeit zu glauben; und noch über den Leibern der Todten da standen, in einer Art stupider Betrachtsamkeit, als wir durch den Klang von Rufen in der Ferne, wieder zur Besinnung gebracht wurden. Es lag auf der Hand, daß die Wilden durch unsre Schüsse alarmiert worden waren, und wir nur geringe Chancen hatten, eine Entdeckung zu vermeiden. Um die Steilwand wieder zu erreichen, wäre es nötig gewesen, in Richtung eben der Rufe zu laufen; und selbst falls wir Erfolg haben & ihren Fuß erreichen sollten, wären wir doch nie & nimmer imstande gewesen, sie ungesehen auch wieder zu ersteigen. Unsere Situation war also gefährlich im höchsten Grade; und wir zauderten noch ob eines Fluchtweges, den wir einschlagen könnten, als plötzlich 1 der Wilden, die ich erschossen & für tot gehalten hatte, hurtig auf die Füße sprang und uns zu entkommen versuchte. Wir hatten ihn jedoch, kaum daß er viele Schritte davon war, schon wieder eingeholt, und waren eben dabei ihm den Tod zu geben; als Peters einfiel, daß es vielleicht noch von Nutzen sein könne, wenn wir ihn mit Gewalt nötigten, uns auf unserm Fluchtversuch zu begleiten. Wir zerrten ihn deshalb mit uns; wobei wir ihm zu verstehen

gaben, daß wir ihn, wenn er irgend Widerstand leiste, sofort erschießen würden! Binnen weniger Minuten war er auch völlig unterwürfig geworden, und rannte, uns zur Seite, durch das Steingewirre mit dahin, immer in Richtung Meeresufer. Bisher hatten die Bodenunebenheiten, durch die wir dahineilten, abgesehen von einzelnen flüchtigen Intervallen, die See unsern Blicken verborgen; und als wir ihrer das erste Mal voll ansichtig wurden, lag sie, schätzungsweise, nur noch 200 Meter von uns entfernt. Als wir auf den freien Strand hinaus jagten, sahen wir zu unsrer größten Bestürzung, wie eine nicht zu zählende Masse von Wilden, sowohl vom Dorf her, als auch aus sämtlichen sonst sichtbaren Winkeln der Insel, herbei & auf uns zu geströmt kam; mit Gebärden äußerster Wut & einem Geheul, wie das von wilden Bestien. Wir waren eben dabei, wieder kehrt zu machen, und zu versuchen, ob wir nicht in den Schlüften des unebneren Geländes doch einen sichereren Rückzug antreten könnten; als ich plötzlich der Schnäbel zweier Kanus gewahr wurde, die hinter einem großen, ins Wasser hineinreichenden Felsblock hervorragten. Auf sie nun rannten wir aus Leibeskräften zu; erreichten sie; und fanden sie unbewacht & ohne jede andere Ladung, als 3 der großen Galapagos-Schildkröten, zusamt der normalen Ausrüstung mit Paddeln, für 60 Ruderer. Wir nahmen sofort Besitz von einem; nötigten unsern Gefangenen gewaltsam an Bord; und machten uns fort, hinaus auf's Meer, mit aller Kraft, die wir nur aufbringen konnten!

Wir hatten uns jedoch nicht mehr als 50 Meter erst vom Ufer entfernt, als wir Besonnenheit genug gewannen, den großen Fehler einzusehen, dessen wir uns dadurch schuldig gemacht hatten, das andere Kanu in der Gewalt der Wilden zu lassen, die mittlerweile nicht mehr als zweimal so weit vom Wassersaum waren, wie wir selber, und aufs schnellste zu unsrer Verfolgung herbeistürmten. Jetzt war keine Sekunde zu verlieren. Unsere Chance war, selbst im besten Fall, nur ganz winzig; aber eine andere hatten wir überhaupt nicht. Es war höchst zweifelhaft, ob wir, bei größter Anstrengung, noch rechtzeitig genug zurückgelangen würden, um ihnen bei Besitzergreifung des Kanus zuvorzukommen; aber eine schwache Aussicht dazu bestand immerhin. Wenn wir Erfolg hatten, konnte das unsre Rettung bedeuten; während den Versuch nicht zu machen, geheißen hätte, uns ins unvermeidliche Hingeschlachtetwerden zu ergeben.

Die Kanus waren so modelliert, daß Bug & Heck einander glichen; und anstatt erst wenden zu müssen, brauchten wir lediglich unsre Stellung & Richtung beim Paddeln zu wechseln. Sobald die Wilden des gewahrten, verdoppelten sie ihr Gekreisch, und ihre Schnelligkeit nicht minder, und näherten sich mit unvorstellbarer Geschwindigkeit. Wir-unsrerseits pullten mit der ganzen Energie der Verzweiflung; und kamen an dem umstrittenen Punkte an, bevor noch mehr als nur 1 der Wilden ihn erreicht hatte. Der Mann hatte seine überragende Behendigkeit teuer zu bezahlen; denn Peters schoß ihn, als er sich dem Ufer näherte, mit der Pistole durch den Kopf. Von den übrigen seiner Bande waren die Vordersten ungefähr noch einige 20 oder 30 Schritt entfernt, als wir Hand ans Kanu legten. Zuerst versuchten wir noch, es in tieferes Wasser, außerhalb der Reichweite der Wilden, zu ziehen; da wir aber fanden, daß es zu fest auf Grund saß, und keine Zeit mehr zu verlieren war, gelang es Peters, mit 1, 2 mächtigen Hieben des Musketenkolbens, ein großes Stück aus Bug & Seitenwand herauszuschlagen. Dann stießen wir ab. 2 der Eingeborenen aber hatten inzwischen unser Boot zu fassen bekommen, und weigerten sich derart hartnäckig, loszulassen, daß wir schließlich gezwungen waren, sie mit unsern Messern abzutun. Nun waren wir wieder klar, und in voller Fahrt hinaus auf See begriffen. Die große Masse der Wilden, als sie das beschädigte Kanu erreichten, stimmte das ungeheuerlichste Gegelle von Wut & Enttäuschung an, das man sich nur vorstellen mag. Wahrlich, all- & jedem nach, was ich von diesen Elenden zu sehen bekam, schienen sie die verkommenste, gleisnerischste, rachsüchtigste, blutdürstigste, kurzum die teuflischste Menschenrasse auf dem ganzen Erdball zu sein. Es ist klar, daß wir, wären wir ihnen in die Hände gefallen, keine Gnade zu gewärtigen gehabt hätten. Sie unternahmen noch einen tollen Versuch, uns in dem zerbrochenen Kanu zu folgen; da sie aber einsehen mußten, daß es nutzlos sei, machten sie ihrer Wut noch einmal in einer Folge scheußlichster Verwünschungen Luft; und stürzten hinauf, in ihre Hügel.

So waren wir also von unmittelbarer Gefahr erlöst; aber unsere Situation war noch ausgesprochen düster. Wir wußten, daß es seinerzeit 4 Kanus von der Art des unsrigen im Besitz der Wilden gegeben hatte; und waren uns des Umstandes nicht bewußt (den wir erst späterhin von unserem Gefangenen herausbrachten), daß 2 davon bei der Explosion der ›Jane Guy‹ in die Luft geflogen waren. Wir kalkulierten deshalb ein, daß, sobald unsre Feinde zu der (rund 3 Meilen entfernten) Bay, wo sie ihre Boote gewöhnlich liegen hatten, herum wären, man uns doch noch nachjagen werde. Mit dieser Befürchtung, machten wir alle Anstrengungen, die Insel nur recht weit hinter uns zu lassen; zwangen den Gefangenen, ebenfalls ein Paddel zu ergreifen, und schossen rapide durchs Wasser dahin. In etwa einer halben Stunde, nachdem wir schätzungsweise 5–6 Meilen Vorsprung nach Süden zu gewonnen hatten, sah man eine große Flotille von Flößen oder Flachbooten aus jener Bucht herauskommen, unverkennbar mit Verfolgungsabsichten. Schließlich aber kehrten sie um; daran verzweifelnd, uns je einzuholen.

XXV. KAPITEL / Da fanden wir uns nun inmitten des weit- & öden Antarktischen Ozeans; auf einer Breite, die 84° überstieg, in einem gebrechlichen Kanu, und mit weiter keinem Proviant als den 3 Schildkröten. Auch konnte der lange Polarwinter nicht mehr als allzufern betrachtet werden; und es wurde notwendig, uns sehr reiflich zu überlegen, welcher Kurs einzuschlagen wäre. Wir hatten 6 oder 7 zur selben Gruppe gehörende Inseln in Sicht, die untereinander je 25–30 Kilometer entfernt sein mochten; hatten aber nicht die geringste Absicht, uns auf eine davon zu wagen. Als wir, auf der ›Jane Guy‹, von Nord her kamen, hatten wir, schrittweis' die Regionen stärkster Vereisung hinter uns gelassen – das war, wie wenig es auch in Übereinstimmung mit den allgemein gängigen Ansichten über die Antarktis sein mag, ein Faktum, das wegzuleugnen unsre eigne Erfahrung uns nicht erlaubte. Folglich mußte ein Versuch, dorthin zurückzukehren, Narretei sein – zumal bei so weit vorgeschrittener Jahreszeit. Nur 1 Kurs also schien unsrer Hoffnung offen gelassen: wir beschlossen, kühnlich nach Süden zu steuern; wo zumindest die Wahrscheinlichkeit bestand, weitere Landstriche zu entdecken, und mehr als die bloße Wahrscheinlichkeit, ein immer noch milderes Klima anzutreffen.

So weit hatten wir den antarktischen, ebenso wie den arktischen Ozean, bemerkenswert frei von heftigen Stürmen oder auch sonderlich schwerem Seegang gefunden; aber unser Kanu, obschon geräumig, war doch von, schonend formuliert, gebrechlichem Bau; und wir gingen geschäftig ans Werk, mit dem Ziel, es so stabil zu machen, wie die uns zu Gebote stehenden, freilich begrenzten, Mittel es nur gestatteten. Der Bootsrumpf bestand aus keinem tüchtigeren Material als Rinde — der Rinde eines unbekannten Baumes. Die Rippen waren aus einer zähen Weidenart; und zu dem Zweck, zu dem man sie gebraucht hatte, trefflich geeignet. Wir hatten, vom Bug bis zum Heck, 50 Fuß Raum; die Breite betrug zwischen 4 und 6; und die Tiefe durchgehends $4^1/_2$ Fuß — so daß der Bootstyp also von denen anderer Bewohner des Südmeers, mit denen zivilisierte Nationen bisher bekannt geworden sind, beträchtlich differierte. Wir haben sie niemals für eigene Erzeugnisse dieser Ignoranten von Insulanern gehalten, denen sie gehörten; und bekamen einige Tage später auch durch Befragen unseres Gefangenen heraus, daß sie in der Tat von den Bewohnern einer Gruppe im Südwesten des Landes, wo wir sie angetroffen hatten, herrührten; und nur durch Zufall in die Hände unserer Barbaren geraten waren. Was wir für die Sicherheit unsres Bootes unternehmen konnten, war imgrund äußerst wenig. Diverse breite Risse waren an beiden Enden zu entdecken; und diese konnten wir annähernd mit den Fetzen einer Wolljacke ausflicken. Mit Hülfe der überzähligen Paddel dann, deren es ja eine große Menge gab, konstruierten wir im Bug eine Art von Fachwerk; so daß die Gewalt etwelcher Wogen, die von dorther hereinzuschlagen drohten, in etwas gebrochen würde. Dann richteten wir noch 2 Ruder als Masten auf, indem wir sie, an jedem Dollbord eines, einander schräg gegenüber stellten, so daß wir die Rahe sparten. An diesen Behelfsmasten befestigten wir dann ein Segel, hergestellt aus unsern Hemden — was uns alles einige Mühe verursachte, da wir hierbei nicht die geringste Unterstützung seitens unseres Gefangenen bekommen konnten; obschon er sich doch wirklich willig genug gezeigt hatte, bei allen anderen Verrichtungen mitzuarbeiten.

Der Anblick des Linnens schien ihn auf ganz merkwürdige Weise anzugreifen: er war nicht zu bewegen, es anzurühren, oder ihm auch nur nahe zu gehen; und wenn wir versuchten, ihn dazu zu zwingen, schüttelte es ihn & er fing an zu kreischen: ›*Tekeli-li!*‹

Als wir unsre Einrichtungen hinsichtlich der Sicherung des Kanus beendet hatten, richteten wir unsern Kurs zunächst nach Südsüdost; mit dem Hinblick, die Südlichste der in Sicht befindlichen Inselgruppe luvwärts zu umschiffen. Dies vollbracht, wendeten wir den Bug dann voll gen Süden. Das Wetter konnte keineswegs als unangenehm betrachtet werden. Wir hatten vorherrschend ganz sanfte Winde aus nördlichen Richtungen, eine glatte See, und immerfort Tageslicht. Nicht das geringste Bißchen Eis war zu sehen; *wie ich denn, nach Überschreiten der Breite von Bennett's Eiland, niemals auch nur 1 Partikelchen davon erblickt habe.* Die Wassertemperatur war auch wirklich viel zu hoch, als daß nennenswerte Mengen existieren konnten. Nachdem wir die größte unserer Schildkröten getötet, und von ihr nicht nur Fleisch, sondern auch ein reichliches Quantum Wasser gewonnen hatten, setzten wir unsern Kurs, ohne irgend bedeutsamen Zwischenfall, vielleicht 7 oder 8 Tage lang fort; während welcher Zeitspanne wir eine gewaltige Strecke nach Süden zurückgelegt haben müssen, da wir den Wind beständig von achtern hatten, und zusätzlich noch eine recht starke Strömung in der Richtung herrschte, die wir verfolgten.

1. März[1]. Manch ungewöhnliches Fänomen deutete nun darauf hin, daß wir im Begriff stünden, in eine Region der Novitäten & Wunder einzudringen. Eine hohe Bande aus lichtgrauem Gedämpf erschien beständig am südlichen Horizont; flackerte gelegentlich auf, in luft'gen Streifen, die jetzt von Ost nach West, jetzt von West nach Ost schossen; dann zeigte der obere Rand sich wieder eben & einförmig — kurzum, sie hatte all die wild- & wirre Veränderlichkeit der Aurora Borealis. Die durchschnittliche scheinbare Höhe dieser Qualmwand, betrug, von unserm Standpunkt aus, um die 25°. Die Temperatur der See schien fortwährend zuzunehmen; und eine sehr merkliche Veränderung in ihrer Färbung ging vor sich.
2. März. Heute, durch längeres wiederholtes Befragen unsres Gefangenen, wurden uns zahlreiche Einzelheiten bezüglich der Insel des Massakers bekannt, ihrer Bewohner, und deren Gebräuche — aber wie kann ich den Leser *jetzt* mit der-

[1] *Aus naheliegenden Gründen kann ich, was diese Daten anbetrifft, keinen Anspruch auf strickte Genauigkeit erheben. Ich gebe sie hauptsächlich zum Zweck eines Gewinns an Übersichtlichkeit der Darstellung, und so, wie sie sich in meinen Bleistiftmemoranda niedergelegt finden.*

gleichen aufhalten? So viel darf ich vielleicht kurz sagen, wie wir erfuhren, daß jene Gruppe aus 8 Inseln bestünde — daß sie von einem gemeinsamen König, namens *Tsalemon* oder *Psalemoun*, regiert würden, der seine Residenz auf einem der kleinsten Eilande hätte — daß die schwarzen Felle, die die Kriegertracht bildeten, von einem Tier von gewaltiger Größe herrührten, das nur in einem Tal, nahe der Hofhaltung des Königs, zu finden sei — daß die Bewohner der Gruppe selbst, keine anderen Boote fabrizierten, als ihre flachen Flöße — die 4 Kanus waren die einzigen in ihrem Besitze gewesen; und ihrer wäre man durch bloßen Zufall, auf irgendeiner großen Insel im Südwesten, habhaft geworden — daß sein eigener Name *Nu-Nu* wäre — daß er von Bennett's Eiland keine Kenntnis habe — und daß die Bezeichnung der Insel, die wir verlassen hatten, *Tsalal* sei. Der Anfang dieser Worte *Tsalemon* und *Tsalal* wurde mit einem langgezogenen Zischlaut eingeleitet, den nachzuahmen wir, selbst nach wiederholten Bemühungen, unmöglich fanden; und der genau identisch war mit dem Ruf der schwarzen Rohrdommel, die wir auf dem Gipfel des Hügels aufgezehrt hatten.

3. März. Die Hitze des Wassers war nunmehr wirklich bemerkenswert; und die Veränderung seiner Farbe ging rapide vor sich, so daß es nicht länger durchscheinend war, vielmehr von milchiger Consistenz & Tönung. In unserer unmittelbaren Nachbarschaft war es gewöhnlich glatt, niemals so rauh, um das Kanu zu gefährden — aber es überraschte uns häufig, zur Rechten wie zur Linken, in unterschiedlichen Entfernungen, plötzliche & ausgedehnte Erschütterungen der Oberfläche wahrzunehmen — denen, wie wir am Ende erkannten, grundsätzlich ein besonders wildes Geflickere der Dampfregion, im Süden, voraufging.

4. März. Heute zog ich, mit der Absicht unsre Segelfläche zu vergrößern, (da die Brise aus Norden spürbar abzunehmen fortfuhr), aus meiner Rocktasche ein weißes Taschentuch. Nu-Nu saß neben meinem Ellbogen; und als das Linnen ihm zufällig ins Gesicht wehte, wurde er von heftigen Convulsionen befallen. Auf sie folgte Schlaftrunkenheit; und Stupor, mit leisen Murmelungen von ›*Tekeli-li!*, *Tekeli-li!*‹

5. März. Der Wind war gänzlich eingeschlafen; dennoch war unverkennbar, daß wir still nach Süden geflößt wurden, unter dem Einfluß einer kraftvollen Strömung. Und nun wär' es doch in der Tat räsonabel erschienen, wenn wir ein wenig Unruhe verspürt hätten, ob der Wendung, welche die Dinge nahmen – aber wir fühlten keine. Das Antlitz Peters' tat nichts dergleichen kund; obschon es zu Zeiten einen Ausdruck trug, den ich nicht ergründen konnte. Der Polarwinter schien ankommen zu wollen – aber ankommen, ohne seine Schrecken. Ich empfand eine *Dumpfheit* an Leib & Gemüt – eine Traumhaftigkeit der Sinne – aber das war auch alles.

6. März. Der graue Dampf war nun um viele Grade mehr über den Horizont emporgestiegen; und büßte dabei allmählich seine Grautinten ein. Die Hitze des Wassers war extrem, direkt unangenehm anzufassen; und seine milchige Tönung augenfälliger denn je. Heute ereignete sich eine heftige Unterwasserbewegung, ganz dicht beim Kanu. (Begleitet war sie, wie üblich, von einem verwilderten Aufflackern des oberen Dunstrandes; wie auch von einem momentanen Auseinandergehen an der Basis.) Ein feiner weißer Puder, Aschen ähnelnd – aber gewißlich nichts dergleichen – sank über das Kanu & einen großen Teil der Wasseroberfläche hin; während gleichzeitig das Flackern oben im Dunst erstarb, und ebenso der Aufstand in der See sich legte. Nu-Nu warf sich auf's Gesicht, in den Boden des Bootes; und kein Zureden konnte ihn zum Aufstehen mehr bewegen.

7. März. Heute verhörten wir Nu-Nu hinsichtlich der Motive seiner Landsleute, unsere Gefährten einfach umzubringen?; aber er schien allzu überwältigt von Entsetzen, um uns irgend verständige Erklärungen abzugeben. Noch immer lag er obstinat auf dem Boden des Bootes; und machte, nachdem wir die Fragen nach den Motiven wiederholt hatten, lediglich Gebrauch von idiotischen Gebärden; wie etwa mit dem Zeigefinger seine Oberlippe hochzuheben, und uns die darunterliegenden Zähne zu weisen. Sie waren schwarz. (Wir hatten zuvor niemals die Zähne eines Einwohners von Tsalal gesehen.)

8. März. Heut trieb auf der Flut eins jener weißen Tiere bei uns dahin, deren Erscheinung auf dem Strande von Tsalal einen derartigen Aufstand unter den Wilden bewirkt hatte. Ich hätte es wohl aufgehoben; aber es kam über mich wie eine plötzliche Lustlosigkeit, und ich ließ es. Die Hitze des Wassers nahm immer noch zu; und die Hand konnte es nicht länger darin aushalten. Peters sprach wenig, und ich wußte nicht, was ich von seiner Apathie denken sollte. Nu-Nu atmete, sonst nichts mehr.

9. März. Die ganze aschige Materie fiel nun fortwährend & in wüsten Mengen um uns her. Die Dampfwand im Süden, hatte sich ungeheuerlich am Horizont aufgerichtet, und begonnen, mehr Bestimmtheit der Form anzunehmen. Ich kann sie mit nichts vergleichen, als mit einem grenzenlosen Katarakt, der lautlos von einer riesigen & weitentfernten Rampe im Himmel, in die See herabrollt. Der gigantische Vorgang reichte über die gesamte Ausdehnung des südlichen Horizontes. Ihm entstrahlte kein Laut.

21. März. Eine mürrische Düstre schwebte jetzt über uns — aber aus den milchigen Tiefen des Ozeans stieg es wie Glimmlicht auf, und stahl sich, der Bordwand des Bootes entlang, nach oben. Wir wurden nahezu verschüttet von dem weißaschigen Schauer, der sich auf uns niederließ und auch im Kanu; aber im Wasser zerschmolz er, wie er hineinsank. Die Oberkante des Kataraktes verlor sich gänzlich in Fahlheit & Ferne. Doch offensichtlich ging's auf ihn zu, mit grauser Behendigkeit. Zu Zeiten, doch momentan nur, wurden weite gaffende Spalten darin sichtbar, in denen ein Chaos unscharfer Imagines flatterhaftete, kamen stürmisch & mächtig doch lautlos die Winde, und furchten den erleuteten Ozean in ihrem Lauf.

22. März. Die Dunkelheit hatte beträchtlich zugenommen, gemildert nur vom Glanze der Wasser, den der Weiße Vorhang vor uns zurückwarf. So manche gigantisch- & fahlweiße Vögel kamen fortwährend von Jenseits des Schleiers hervorgeflogen; und ihr Kreisch war das ewige *Tekeli-li!*, während sie sich aus unserm Gesichtskreis wieder entfernten. Auf das hin stört' es Nu-Nu, im Boden des Bootes, auf; aber da wir ihn anrührten, fanden wir, daß sein Geist ihn verlassen hatte. Und nun rauschten wir in die Umarmungen des Kataraktes, wo just eine Klamm sich auftat, uns zu empfangen. Da aber erhob sich in unserm Pfade eine verhüllte menschliche Gestalt, sehr viel größer an Glied-Maßen, als sonst ein unter Menschen je Hausendes. Und die Tönung der Haut der Gestalt, war von der völligen Weißnis des Schnees.

SCHLUSSBEMERKUNG / Die mit dem neulichen, ebenso plötzlichen wie betrüblichen Tode Mr. Pym's zusammenhängenden Umstände, sind der Leserschaft bereits durch das Medium der Tagespresse hinlänglich bekannt. Es ist zu befürchten, daß die wenigen noch ausstehenden Kapitel, die seinen Bericht abgeschlossen hätten, und die von ihm, während das Vorstehende sich im Druck befand, zu Korrekturzwecken noch zurückbehalten wurden, infolge des gleichen Unfalls, dem er selber zum Opfer fiel, unwiederbringlich verloren sind. Immerhin braucht dies nicht unbedingt der Fall zu sein; und wenn sie sich letztlich doch finden sollten, werden seine Papiere der Öffentlichkeit vorgelegt werden.
Kein Mittel ist unversucht gelassen worden, diesem Übelstand abzuhelfen. Der Herr, dessen Name im Vorwort erwähnt wird, und von dem man, gemäß seiner dort abgegebenen Erklärung, theoretisch eine Ausfüllung der Lücke erwarten könnte, hat diese Aufgabe abgelehnt — und zwar aus völlig zureichenden Gründen; die einmal mit der durchgängigen Unexaktheit der ihm zur Verfügung stehenden Details, und dann auch mit seinem Unglauben an die Wahrhaftigkeit der späteren Abschnitte des ganzen Berichtes in Verbindung stehen. Peter, von dem einige Informationen zu erwarten sein könnten, ist noch am Leben, und wohnt zur Zeit in Illinois; war jedoch im Augenblick nicht zu erreichen. Vielleicht wird man später einmal seiner habhaft; wo er denn, zweifellos, zusätzliche Materialien für einen Abschluß von Mr. Pym's Bericht liefern wird.
Der Verlust jener abschließenden 2 oder 3 Kapitel, (denn es waren tatsächlich nur noch 2 oder 3), ist umso tiefer zu bedauern, als es nicht bezweifelt werden kann, daß sie Angaben enthielten, die entweder den Pol selbst, oder zumindest doch die Regionen in seiner allernächsten Umgebung betreffen; und weiterhin, da gerade

die Angaben des Verfassers in Bezug auf diese Regionen im Begriff stehen, binnen kurzem von der Expedition unsrer Regierung, die just dabei ist in die Südmeere aufzubrechen, bestätigt oder aber widerlegt zu werden.
Über 1 Punkt des Berichtes allerdings, möchten einige zusätzliche Bemerkungen angebracht sein; und es würde dem Verfasser dieser Schlußbemerkung viel Vergnügen bereiten, wenn das, was er hier vorbringt, sich als dazu angetan erweisen möchte, die hier veröffentlichten, doch beträchtlich kuriosen Seiten, in gewissem Grade glaubwürdiger zu machen. Und zwar sind jetzt speziell die auf der Insel Tsalal angetroffenen Klüfte, sowie die Gesamtheit der Figuren auf den Seiten 373–377 gemeint. Mister Pym hat die Grundrisse jener Klüfte ohne weiteren Kommentar mitgeteilt; und spricht betont von den *Einkerbungen,* die man am äußersten Ende der östlichsten dieser Klüfte fand; wie sie nur eine eingebildete Ähnlichkeit mit alfabetischen Charakteren hätten, und, kurz gesagt, eben *keine solchen* wären. Diese Behauptung wird so schlicht vorgetragen, und durch eine so schlüssige Beweisführung unterstützt, (nämlich das Einpassen der im Staub gefundenen Gesteinsstückchen in die Einkerbungen an jener Wand), daß man gezwungen ist, an den Ernst des Verfassers zu glauben, und wie kein verständiger Leser sich einer andern Meinung unterfangen dürfe. Da jedoch die Fakten in Bezug auf *alle* Figuren höchst eigentümlich sind, (zumal zusammengehalten mit einzelnen Angaben im Text selbst, mag hier der rechte Ort sein, das ein- oder andre Wort über sie zu sagen — umsomehr, als die hier zur Debatte stehenden Fakten, zweifellos der Aufmerksamkeit Mr. Poes entgangen sind.
Figur 1 nämlich; und weiterhin Figur 2, 3 und 5 — wenn man sie in der natürlichen Reihenfolge ordnet, wie die Klüfte sich nacheinander darstellten; und wenn man die kleinen seitlichen Abzweigungen oder Röhren wegläßt, (die wie man sich erinnern wird, lediglich der Communication zwischen den eigentlichen Hauptkammern dienten, und ja auch total verschiedenen Charakter trugen) — bilden eine äthiopische Verbalwurzel: die Wurzel  »schattig sein« — und folglich alle Varianten von Schatten, beziehungsweise Dunkelheit.
Was die »linke oder nördlichste« jener Zack- & Zähnelungen in Figur 4 angeht, so ist es mehr als nur wahrscheinlich, daß Peters' Meinung die korrekte, und das hieroglyphische Aussehen tatsächlich ein Werk der Kunstfertigkeit war und als

Wiedergabe einer menschlichen Gestalt gedacht. Die Zeichnung liegt dem Leser ja vor; und er kann (bzw. kann nicht) sich von der Ähnlichkeit selbst überzeugen; aber auch der Rest der Einkerbungen bestätigt Peters' Ansicht aufs nachhaltigste. Die obere Reihe ist unverkennbar die arabische verbale Wurzel  dh »weiß sein«? wovon sämtliche Schattierungen von Glanz und Weißheit sich ableiten lassen. Die untere Zeile ist nicht ganz so durchsichtig. Die Charaktere wirken beschädigt & auseinandergezogen; nichtsdestoweniger kann kein Zweifel bestehen, daß sie in ihrem ursprünglichen Zustand, das komplette ägyptische Wort ⲠⲀⲐⲨⲢⲎⲤ· »Die Region im Süden«, gebildet haben. Betont sei, daß eben diese Deutung die Meinung von Peters in Bezug auf die »nördlichste« der Figuren bestätigen würde: der Arm ist ausgestreckt nach Süden hin.
Folgerungen wie diese, eröffnen ein weites Feld für Spekulationen und aufregende Konjekturen. Vielleicht wäre es am besten, sie im Zusammenhang mit einigen der am flüchtigsten behandelten Details des Berichtes zu betrachten; obschon diese Verkettelung des Zusammenhanges nicht absolut erkennbar ist. *»Tekeli-li!«* war der Aufschrei der entsetzten Eingeborenen von Tsalal, da sie den Leichnam des *weißen* auf See gefundenen Tieres entdeckten. Eben dies war der schaudernde Ausruf des gefangenen Tsalalianers, als er mit den *weißen,* in Mr. Pym's Besitz befindlichen Stoffen in Berührung kam. Genau dies war der Schrei der schnellfliegenden, *weißen* & gigantischen Vögel, die aus dem *weißen* qualmenden Vorhang des Südens herausschossen. *Nichts Weißes* dagegen fand sich auf Tsalal; und auf der anschließenden Reise in die Regionen jenseits, wiederum nichts anderes. Es ist nicht gänzlich unmöglich, daß »Tsalal«, die Bezeichnung der Insel der Klüfte, sich bei einer minutiösen filologischen Untersuchung, als entweder verbunden mit jenen Klüften selbst, oder aber doch in irgendeiner Beziehung zu den äthiopischen Charakteren herausstellen könnte, die ihren Hügelgewinden so mysteriös einbeschrieben sind.
»Ich habe es gegraben in die Hügel; und meine Rache auf den Staub im Felsen.«

Lobo